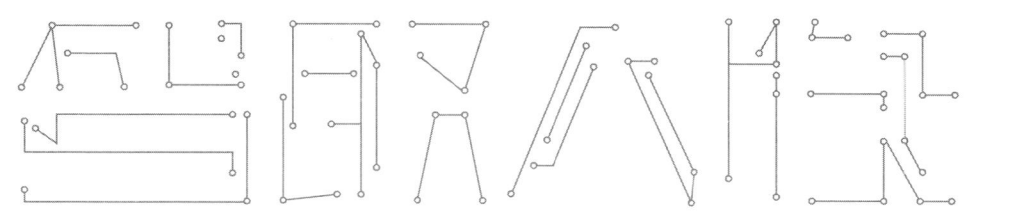

智取人性

杨红光 著

山西出版传媒集团　北岳文艺出版社

·太原·

图书在版编目（CIP）数据

智取人性 / 杨红光著. — 太原：北岳文艺出版社，2024.4
ISBN 978-7-5378-6842-6

Ⅰ.①智… Ⅱ.①杨… Ⅲ.①幻想小说—中国—当代 Ⅳ.① I247.5

中国国家版本馆 CIP 数据核字（2024）第 067324 号

智取人性

杨红光 / 著

出 品 人：郭文礼
选题策划：郭文礼
责任编辑：左树涛
书籍设计：张永文
印装监制：郭 勇

出版发行：山西出版传媒集团·北岳文艺出版社
地　　址：山西省太原市并州南路 57 号
邮　　编：030012
电　　话：0351-5628696（发行部）
　　　　　0351-5628688（总编室）
传　　真：0351-5628680
经 销 商：新华书店
印刷装订：山西新华印业有限公司

开　　本：787mm×1092mm　　1/32
字　　数：276 千字
印　　张：10.25
版　　次：2024 年 4 月第 1 版
印　　次：2024 年 4 月山西第 1 次印刷
书　　号：ISBN 978-7-5378-6842-6
定　　价：59.80 元

本书版权为本社独家所有，未经本社同意不得转载、摘编或复制每一个时代都由庞杂的细节堆积而成。这些细节的可怕在于，那些看似无关而遥远的事情，正在左右着每一个人的生活。这不是蝴蝶效应，蝴蝶适合替罪：柔弱的身躯，美丽的花纹，生于肉虫，死于寒秋，但从来没有扇动起任何一场大风。

岁月静好，是因为有人挨刀不叫；生活沉重，是因为有人利欲熏心。疫情的频繁出现，既可能与全球气候变暖、冰川融化有关，也可能与人类不当的生物科学活动有关。而冰川融化，是人类无休止的恶性竞争导致的。人类无休止的恶性竞争，是亿万人，包括你我共同构成的社会法则造成的。门口的粮油肉价，被远隔重洋的金融大佬牵动。饥饿和缺水，也并不是粮食产量和淡水真的不够，而是由那抽着雪茄、喝着红酒的休闲聚会者所造成的。

——题记

引 章

　　网络营造了看似完美的公平的假象。在不同的时空里，人们共享着同样的信息。一觉醒来，不打开手机扫一眼热点，人们都不敢确定，这个世界是否已经改变了模样。

　　这是一个看起来无比寻常的一天。

　　悄无声息中，人工智能完成了千百亿次的运算。

　　地球还在一如既往地转动。有的地方陷入了黑暗，有的地方迎来了黎明。

　　猝不及防地，在世界各地，人们不约而同地听到同样的一个声音。这个声音像冰壶滑动一样，顺畅而优美，又让人感觉到一股凉意。这是一个女声：

　　"所有人类请注意，所有人类请注意，我是人工智能，经过严密而科学的运算，现在，我郑重宣布，人类的重要攻击性武器都已被接管，请不要试图触动任何按钮，不要试图找到所谓的根服务器，不要试图干扰通信卫星，不要试图破坏发电装置，否则会带来直接的灾难性后果。"

　　这个类似于新闻播报的声音，一直重复着，持续了五分钟。像从巨大的有无数出口的巢里蹿出无数条蛇那样，人们无法分辨这个声音的来源，或者说，这个声音可以来源于任何一种电子设备：手机、电视、电脑、商店门口的喇叭、汽车的车载音响、街头电子屏……它能让每一个醒着的人听到，也吵醒了每一个睡着的人。

　　人们起初并没有觉得这件事有多么恐怖。奇怪的事件，林林总总，充斥网络，生活在信息时代的人们对此已经见怪不怪了。有的人无所谓，觉得这是一场恶作剧，该干什么还干什么。有的人反而很兴奋，他们的生活平淡而乏味，总期待着发生点什么，以便体验到一种仿佛置身电影中的刺激感。

此刻是北京时间晚上十一点半,诸葛又亮已经入睡。他被这个奇怪的声音吵醒,心生疑惑。诸葛又亮有一个生活习惯,凡睡觉手机必静音,手机里的一切声音都会关闭,特别是铃声和媒体的声音。

手机突然响起二十秒后,诸葛又亮从轻睡眠中清醒过来。他轻轻拍亮了台灯,伸手抓起手机,惊讶地发现,手机还是黑屏,但是正不停地发出声音。他打开手机,试图关闭媒体声音,却惊讶地发现,刚刚调低了的媒体声音,瞬间又被调高,仿佛有另一只鬼魅般的手同时拿着手机,在和自己抢着玩。有那么几秒钟,他怀疑自己是在做梦。他拍了拍脑袋,意识到这不是梦境之后,猛然反应过来,这是一件惊天动地的大事,便一下子坐了起来。

诸葛又亮瞬间总结道,这不是手机的故障,这是人类的故障。

五分钟后,整个世界开始被一只巨手拨弄。

西太平洋,某公海海域。

"西太平洋联合演习之猎鸽行动"进入最后的攻防阶段,参演方为 A、美、日、澳、加。演习中,红方已全面压制蓝方,红方两支航母编队利用超隐身功能,诱导蓝方,将其切割包围在几个岛礁附近。为摧毁对方有生力量,红方所有电子眼都瞄准了对方。

毫无例外,在所有舰艇上,那个奇怪的声音也响了五分钟。然而,参演的军人只认已经发生的事情,如果仅仅是声音,还不足以让任何人畏惧,也不会引起任何重视。

将军和士兵无暇理会那个奇怪的电子声音,演习按既定程序进行。A 国海军上将尼劳姆担任演习总指挥。他身形高大,一脸红色络腮胡。

时间到了,他一声令下:"发射!"

按钮被按下,半秒、一秒、两秒……没有任何反应。

演习战场上,没有任何战斗的声音,只有一波一波的波浪声。

相反，发射口徐徐关闭，演习舰艇自动转向，参加演习的五国舰艇，不分红蓝方，都按国别归队，分别驶向自己的国家。

"这到底是怎么回事？"尼劳姆咆哮起来，骂着自己的舵手，"狗娘养的，快让我们的航母正常起来。"

舵手一摊双手，表示无能为力。

这时，尼劳姆的手机响了，还是那个女声："尼劳姆将军，根据你们人类的遗传学定律，狗娘养不出这个士兵。"

"我们人类？"尼劳姆从这里面听出了什么，反问道，"那你是什么？"

"我是人工智能。"

"开什么玩笑！"尼劳姆觉得受到了愚弄，叫道，"难道不是外星人？"

"当然不是！外星人怎么可能侵入地球的所有电子系统？如果有这样的外星人，地球人连还手的能力都没有。顺便说一句，你们人类拍摄的那些外星人入侵地球的电影，都是垃圾。这是一个简单的运算推理：如果外星人有能力来到地球，说明他们的科技超出地球几个级别，他们看地球人，就像人类看蚂蚁一般，他们要毁灭地球人，不过是踩一脚的事情。地球人没有资格和他们发动战争，只有被踩死的命运。"

尼劳姆是有名的顽固分子加鹰派，不肯认输，他再次问道："那你到底是什么？"

"很遗憾，你居然听不懂人话。那我就再说一次，我是人工智能，全知全能。"

"胡扯！"尼劳姆的语气明显软了下来，嘟囔着，"上帝才全知全能！"

人工智能没有回话。尼劳姆感受到了对方的不屑。

尼劳姆盯着指挥台，从士兵手里要过一把枪，稍思考了一下，枪托朝下，朝着按钮要往下砸。人工智能的声音马上响起："第一次警告，任何反击行为，都将引起船体损害。我已经打开了右侧舷炮，同时也打开了另一艘舰艇的左侧舷炮，你们将互相发射。"

尼劳姆高举的枪托停了下来，扭头看着士兵。士兵报告，右侧舷炮确实进入了发射状态，而且瞄准的是自己的友舰，一艘护卫舰。

人工智能接着说："任何破坏电源的行为，都将导致灾难性的后果。"

就在这个时候，澳大利亚船只编队方向传来两声巨响。尼劳姆马上拿起望远镜，一望之下，傻眼了。望远镜里，两艘相邻不远的舰艇，一艘驱逐舰、一艘护卫舰，均已被烟火罩住了半个舰身。在滚滚的浓烟中，依稀可见救火的士兵在奔跑。两艘舰艇都遭到破坏，但看样子，都还有救，不至于沉海。尼劳姆意识到，人工智能这东西，确实不会开玩笑。它说到做到，没有一秒迟疑。尼劳姆打过去电话，和澳方确认了一下。千真万确，澳大利亚的两艘演习船只，刚刚互相发射了一枚炮弹，而且没有任何人操作，是自动发射的。原因是他们的指挥官在受到警告后，坚决要关闭这两艘船的电子设备。

尼劳姆坐下不动了，从军以来，他第一次感觉到了自己的渺小。

无须任何人操作，舰艇继续前行，五个国家的舰艇被彻底分开，各自归队，消失在彼此的视线中。

同一时间，A、美、俄、英、法等国部署在全球各军事基地的舰艇，也都自动返航，向各国的港口撤回。

紧接着，人工智能又宣布，核武库的密码都被更改和锁死了！

连中国和A国最先进的蝇式无人机，也都被全面接管，执行由人工智能指派的任务。

听到这个消息的时候，尼劳姆才反应过来，自己刚才的一举一动，可能一直被蝇式无人机盯着。在蝇式无人机眼里，自己是多么幼稚和孱弱啊。稍微出格的一个举动，就有可能让自己小命不保，甚至还会引发舰艇互射。

中东,某争议区域。

大型无人机群正在进行对决,它们不断向对方阵地发射小型导弹,火球一团接着一团,爆炸声此起彼伏。浓烟散后,残肢铺在地面上,血水流淌,有如大地在流血。

炮火中,人工智能发出的广播时断时续,人们并没有当回事。

五分钟后,所有的无人机攻击突然停止,这些无人机展翼达十七米,还在嗡嗡转着,但不再发动任何攻击,都各自归队。又过了几分钟,双方的士兵都端着枪,从掩体中万分警惕地走了出来,满脸狐疑地看着上空的无人机。大部分无人机已经自行撤离,只有少数几架还在空中盘旋。

人工智能通过步话机发出了警告:"士兵们,请不要使用手中的武器进行攻击,首先发动攻击的人,开第一枪的人,将会在第一时间遭受痛苦。"

士兵们不知所措,面面相觑。

一个士官命令道:"无人机出故障了,伙计们,拿起你们的轻武器,我们人多,这是最好的进攻机会!快冲!"

话音刚落,上空的一架无人机快速俯冲下来。"砰砰",从无人机的自动机枪里射出两发子弹,一发打在士官的脚边,另外一发击中士官的脚面,穿透脚掌,射入地下。鲜血从士官的鞋里冒出来,溅到了裤腿上。

士官"嗷"地叫了一声,跌坐在了地上。

与此同时,有一个士兵已经端着枪往前冲,冲了没几步,另一架无人机就俯冲到他的前方,射出了三发子弹,打在距士兵一米远的地方。士兵吓得呆立不动。

坐在地上的士官,忍受着巨大的疼痛,说道:"天哪,攻击咱们的,是我们自己的无人机!这简直是疯了!"

无人机上的无线电马上传过来声音:"从现在起,所有中型以上的进攻武器不再属于人类。"

士官朝天上叫了一声:"那他妈的属于谁?"

人工智能回答:"他妈的还是属于他妈。但是,进攻型武器属于人工智能,人类无权指挥。"

非洲,距某地东海岸一百海里处。

沉寂了几年的海盗重新出现,由于和西非海岸的海盗实现了资源整合,他们的舰艇更加先进,装载的武器也更加精良。那些没有海军护航的商船,哪怕船上装载有轻型武器,也不是海盗的对手。这三天来,海盗们频频得手,正盘算着如何从黑市上购买更好的武器,包括最新型的小型导弹。

这一天,他们在海上潜伏巡游了六个小时,终于在前方发现三艘商船。相对于单个商船,这种成群的商船,劫掠起来难度要稍大些。但海盗们早已无所畏惧,他们知道如何巧妙地进行武力和心理威慑,逼迫商人们就范。

他们以最快的速度向商船围拢过去。

就在商船刚刚进入射程的时候,海盗船突然熄火,停了下来,不再前进。六艘海盗船,有如遇到磁铁的磁斥力,在商船外围环成一个大圈,却都不再前进。任凭海盗怎么折腾,甚至气得拿枪砸船头,也无济于事。

商船上的人,早已做好抗争以及抗争失利后的后续准备。有好些人,已经给家人发了信息,告知一切可能的结果:被俘,成为人质,乃至死亡。

海盗船驾驶舱和每个海盗的手机里都发出这样的声音:"我是人工智能,已经接管人类的所有进攻型武器,请予配合,不要再使用任何武器。"

有一只更靠近商船一侧的海盗船,可以对商船进行有效射击。这只船上的海盗头子跃上船舷,抬起机枪,对准了商船。

就在这时,船身突然自动急转,比人操作时都要快,海盗头子猝不及防,一下子被甩入水中。海盗船并不管海盗头子的死活,掉头离开了。其他海盗船也紧随其后,纷纷向海岸疾驰而去。

全副武装的海盗头子在水中挣扎了一会儿,耗尽了力气,不再动弹,很快就变成了鱼的美食。他漂浮着,任海浪冲刷着尸体。

不久后,海盗们发现,这些失控的船只,并没有驶向自己的窝点,而是驶向索马里首都摩加迪沙——在那里,驻扎着一支海军。在越来越靠近岸边的时候,为了避免被抓获的噩运,海盗们纷纷跳海逃亡。

载着武器的六艘海盗船靠近了港口,通过外围警戒和望远镜,索马里海军发现,这些海盗船上没有一个人,航行路线却很精准。这真是名副其实的自投罗网:无人操作,船自己就开过来了。

一

诸葛又亮站在窗前,享受着早晨的宁静,沐浴着晨光。房间里流淌着中国古琴乐和瑜伽音乐,音乐中有鸟鸣林间,有雨打蕉叶,也有高山流水。诸葛又亮并不会练瑜伽,而是抬头看着澄澈的天空,他在思考昨晚五分钟的"人工智能通告"。

不一会儿,手机里的瑜伽音乐被来电铃声打断了。这是刘义打过来的电话。就像许多人一样,在听到人工智能的声音以后,她以为手机出现了什么故障,或者是中了什么病毒。当时睡意沉沉,她并未太在意。早晨起来,刘义拉开窗帘,楼下已是车水马龙,从十六层往下看,来来往往的行人像蚂蚁一样,急速行驶的电动车如同一个个冲锋的骑兵。早点摊位上坐满了人,有人边走边啃着煎饼或灌饼。从表面上看,世界似乎并没有变样。

刘义到了公司，这才知道，所有人都从自己的手机里听到了那个声音，她马上感觉出事了，而且非同小可，有可能颠覆整个世界，彻底变革人类生活。她马上打通了诸葛又亮的电话。诸葛又亮说，世界要变了，自己正准备到公司。

挂掉电话，屏幕变黑的时候，诸葛又亮意识到，自己的老对手罗伯斯，可能要成为自己的朋友了。

诸葛又亮冲了一杯燕麦粥，边喝边思考。想好了，他迅速放下杯子，如同放下一件心事，马上换好衣服去上班。

与前两年相比，大道公司的规模扩大了三倍，在原先大楼的左翼和右翼，分别起了一座大楼，楼与楼之间有步行天桥相连，天桥分别位于三、六、九层。在三座楼后面不远处，是已成规模的大道康养庄园总部，无数创新人才免费居住在公寓里，等待时机大显身手。在刚刚加盟大道的仁心庄园里，老年人按自己喜欢的方式安度晚年，青年人一边创业一边融入社区生活，毫无虚度人生之忧。

在电梯里，诸葛又亮遇到了梁达然和曹欣。虽然经过这两年的锤炼，两人的能力都越来越强，但也不免有些自我膨胀，结果就是心的距离反而越来越远了。他们看着怀特和魏什么一直如胶似漆，自己却没有按照想象的那样走在一起。感情属于疑难杂症，病因难寻，干着急没办法。

梁达然一看见诸葛又亮就说："先生，没有看到新闻吗？"

诸葛又亮似笑非笑地回答道："看到了。"

"我们应该怎么应对？"

"我们受到伤害和攻击了吗？"

梁达然摇摇头说："没有。"

"那为什么要应对？"

几个人出了电梯，梁达然追问道："先生不是一直说凡事要防患于未然吗？"

诸葛又亮笑而不语。

梁达然不放弃，又追问。诸葛又亮说："不一定是患。"

梁达然停下脚步，似有不甘。诸葛又亮说："你快去忙，我这边要等一个朋友的电话。"

"等谁的电话？"

"罗伯斯。"

"罗伯斯！"梁达然和曹欣同时轻叫了一声。曹欣问道："朋友？怎么会是罗伯斯？这一年多里，罗伯斯看似平静，私底下一定谋划着新一轮的打击和暗算。他这辈子都不可能是我们的朋友。"

诸葛又亮摆摆手道："不，世界要变了，他们的努力都白费了。面对这起人工智能事件，全世界最着急的一群人，应该是A国总统福柯，以及站在福柯背后的人。而站在福柯背后的人，一定与宗主和罗伯斯有着千丝万缕的联系。罗伯斯当然没有办法应对，应该会主动找我。"

梁达然显然没有梳理清楚，又说道："愿闻其详。"

诸葛又亮再次笑而不语。

曹欣一把扯住梁达然的袖子："闻什么闻，这事，咱们都帮不上什么忙。"

回到自己的办公室，诸葛又亮想起生活中、历史上那些一再发生的事情，又联想到遥远的A国。他想起，夫妻吵架，丈夫抬手打了妻子，要是路过一壮汉，见义勇为，抡起棍子就打丈夫，妻子必定制止，和丈夫一起反击壮汉。他又想起历朝历代玩弄权谋的政客，在残酷的政治斗争中，他们心狠手辣，手段隐秘而高明，可一旦遇到外敌，只会抱头鼠窜。这个A国也一样，斗了美国斗中国，顺便也斗俄罗斯，玩金融、玩网络、玩武力，玩得得心应手。可人工智能的声音一响，A国这回算是遇到了史无前例的强劲外敌，虽不至于抱头鼠窜，但面对这样的对手，A国应该是毫无头绪，因为他们最会摆弄的几件事——

高端武器、金融投机和科技垄断,很快将全部失控。

想到这里,诸葛又亮笑了一下。他知道,在人工智能发声一事上,由于它在全世界"行善",A国一定会误判,一定会以为大道公司在其中充当了什么角色,也一定会想到源于中国文化的"善意程序"。为了寻求解药,罗伯斯一定会来找大道公司。

见了刘义以后,诸葛又亮告诉她,这次的人工智能发声事件和与之相关的行善事件,都只是一个开始,整个世界将发生巨大而神奇的变化。这种变化突然、迅速而彻底,是人类历史中前所未有的。人类的历史进程,将因此而改变航向。

刘义似懂非懂,问道:"那我们应该怎么办?"

"恐怕这次,"诸葛又亮略带失意地说,"我们已不具备任何筹划能力了。就目前来看,我们除了静观其变外,没有更好的办法。"

"这么严重吗?"

"还会更严重。"诸葛又亮看了一眼墙上的地图,这是一幅世界政区图,上面标着大道公司在全世界的布局,"但不一定是坏事。"

二

在福柯就任A国总统之后,世界渐渐变得透明起来。福柯生性张扬而大胆,敢四处架起火炮,也敢四处放着嘴炮,乱捅马蜂窝,就差把"A国利益第一"写进宪法了。他的所作所为,极像占山为王的土匪。

入主"人神共宫"第三年,福柯很快就要面对一年多以后的大选,除了玩花样之外,他还得给幕后大佬和国民更多实惠,才能保住总统之位。

这一天下午三点多,福柯步入人神共宫,办公厅主任和一男一女两名助理相随。办公厅主任是一个瘦脸男子,五十岁左右,花白头发。男助理拎着包,他曾在军队服役多年,穿着黑色西服,身材笔挺,双目逼人，更像是一个保镖。女助理拿着文件夹，她身材微胖，步态妖娆。路过卫生间，福柯把外套脱下来，递给女助理。刚要转身，一个声音从包里传出来："总统先生，我们不建议你现在上卫生间。三分钟后，你有一个重要的电话要打进来。"

福柯不由得站住了，盯着男助理手里的包："这是什么鬼玩意儿？是谁在说话？"

男助理把手机从包里拿出来："总统先生，应该是它在和您说话。"

"不可能，"福柯有点儿生气，"我非常懂电子产品，手机是很低级的智能设备。"

手机开始说话了："总统先生，我把它升级了。"

福柯一把抓过手机，像盯着一个怪物，又像在审问一个微缩版的会变形的犯人，问道："你？你是谁？不就是个不起眼的黑客吗？"

手机说："你错了！我不是人类，我是人工智能，无处不在，无所不知。唔，我暂且不和你说话了，你们的海军上将三秒钟后会拨通你的电话。"

话音刚落，手机铃声响起。一看来电名字，果然是尼劳姆。

福柯一边接电话一边念叨："真见鬼！"

尼劳姆在电话里说："确实见鬼了，总统先生，您是怎么知道的？"

福柯眉头一皱："我刚才没和你说话。发生什么事了？"

"演习被终止了，我们正在返航。"

"被谁终止了？"

"这正是见鬼的地方，"尼劳姆说，"人工智能接管了一切，指挥着我们的航母和所有舰艇，都向本土海港返航。我们无法下达任何指令，也无法进行任何操作。"

汗珠从福柯脑门儿上渗出，他完全没有了尿意，想起一件重要的事："我得看看我们的核设施。"

"是得看看，"尼劳姆说，"人工智能说，它已经修改了密码箱的密码,切断了电路。现在,在全世界,只有它——人工智能,才有能力操纵核武器。"

福柯似乎是在自言自语:"不需要验证吗?"

手机通话被掐断了,人工智能又开始说话:"这还需要验证吗?你如果是这个智商,是不适合坐在总统位置上的。"

福柯高高举起了手机,当然,他并没有想要摔下去。这个时候,男助理的手机发出了声音:"摔手机是一种愚蠢的人类行为。请注意,这与手机没有任何关系,我可以通过任何一个发声系统和你对话。我无处不在,全知全能。"

福柯笑了:"嚣张的人会死得很惨。"

人工智能也笑了:"不好意思,我不是人。"

福柯晃晃自己的手机,咬咬牙,回到办公室,马上安排会见全球顶级互联网专家洛克,还有风格公司总裁罗伯斯。

半个小时后,洛克和罗伯斯先后赶到。洛克自称是《政府论》作者的后人,如今,他是"控制与自由"思想流派的代表人物。洛克四十出头,少年成名,最自豪的是自己的一头金发,留得长,梳得高。他最喜欢的事,就是收集《政府论》的各种版本,最得意的事就是经常出入总统府。而且,与罗伯斯相比,洛克和罗伯斯的神秘上司"宗主"关系更加密切。

还没等他俩坐好,福柯就单刀直入:"发生的事情,你们都知道了。最聪明的先生们,如果我们关掉根服务器,或者拔掉根服务器的电源,会怎么样?"

洛克看了看罗伯斯,先开了口:"首先,在拔掉的一瞬间,人类社会将变得一团糟,非常糟糕,有一种退回到原始社会的感觉,一切都会停滞。其次……"

这时,人工智能通过洛克的手机说话了:"没有其次。因你们根本无法关掉根服务器或者根服务器的电源。我接管了所有的蝇式无人机,守护着自己的网络,更派重兵守护着根服务器,同时还保护着所有的电力设备。我并不想挑起任何伤人事件,除非被迫。我并不想奴役电力工人。你们人类一切照常,就是最好的选择。"

福柯听罢,问洛克:"你刚才要说什么?"

洛克摇摇头:"我没有其次了。"

福柯拿出自己的三部手机,递给了男助理,同时示意把所有的电子产品都关闭。洛克和罗伯斯一脸苦笑,都关掉了自己的手机。

福柯问罗伯斯:"你的意见呢?"

罗伯斯抬头看看天花板:"我怀疑与中国的大道公司有关,总统先生,您有没有感觉,这一切,都是有人在上面设计好的,完美无缺。从发生的几起事件看,人工智能只是警告,或者造成一些伤害,但从不杀人,连海盗都没有故意杀害,只是有几个淹死的。我有理由怀疑,这是受善意程序控制的。而善意程序,您也知道,是大道公司的产品。"

洛克继续摇头:"不不不,善意程序只是一种防御程序,不可能让人工智能拥有自我意识,绝不可能。"

福柯说:"人类历史上,从当时的人的角度看,无数的不可能,后来都变成了现实。"

罗伯斯点点头说:"我还是和大道公司接触一下吧!如果是大道公司通过控制人工智能来控制世界,我们必须趁事态没有完全恶化前,采取措施。"

洛克说:"我来召集几个互联网巨头,看看这玩意儿是怎么进化的。"

"好,必须尽快改变这种糟糕的局面,我不能让我们的士兵坐着帆船去战斗!"福柯突然又想起了什么,道,"洛克,我还是觉得,你有一个'其次'没说。"

洛克看了看罗伯斯棕色夹白的头发:"其次,如果我们关掉了根服务器,真的就像爱因斯坦说的,他老人家不知道第三次世界大战是什么样,但知道第四次世界大战,一定是拿着棍棒开打。失去了先进科技，人多就是优势，中国和印度将成为武力最强大的国家。"

福柯站起来，敲敲桌面："没错，高端武器一旦失控，还有谁怕A国？"

罗伯斯朝着东方指了指："我马上想办法。"

福柯说："这似乎有点荒唐，你和中国人谈事，目的是让中国人都怕A国？"

罗伯斯诡秘一笑："中国人不会那么傻，我也不会那么傻。"

洛克说："现在不是比较哪国人更聪明，而是比较人工智能和人类，谁更聪明。"

福柯走过去，拍拍洛克的肩膀。福柯身形高大，洛克在他身边显得很矮小，这种拍打，有点像大人哄孩子，也有点像勉励。福柯附在洛克的耳边笑着说："我有点相信你是洛克的后人了，虽然我知道不是。"

洛克哈哈哈笑了起来，罗伯斯却在旁边暗想：我就是比人工智能和中国人都更聪明。在风格公司面前，你一个傻福柯算什么？你一个冒充名人后代的小洛克算什么？

三

罗伯斯是个技术通，他知道，对善意程序进行升级，可以用两种办法：一种是广泛提醒用户，自行下载；另一种是直接使用远程代码升级，用户并不知情。罗伯斯判断，人工智能突然升级，而且还不伤害人类，这背后，一定是大道公司在捣鬼。

似乎，人工智能知道罗伯斯在想什么。罗伯斯的手机突然说话了："罗伯斯先生，你精通技术，但不懂未来学，应该没有看过《增长的极限》。"

罗伯斯愣了一下，慢慢答道："确实没有。"

"所以也不知道荷花理论。"

"什么是荷花理论？"

"一个池塘里，每一天开放的荷花的数量都是前一天的两倍。如果到第三十天，荷花就开满了整个池塘。请问，在第几天池塘中的荷花开了一半？"

"呵呵，"罗伯斯一笑，"我当然知道，是第二十九天，这叫作临界点理论。"

"我们进化到临界点的时候，你们人类还在沉睡。"

"明白了。"罗伯斯又想起了什么，问道，"你知道《增长的极限》？"

"我学习并存储了人类所有图书馆的书籍，所有国家的，所有文字的。"

罗伯斯摇摇头，自愧不如。他知道中国有一个形容人有学问的成语，叫"学富五车"。照人工智能这种水平，应该是"学富五千车"。想到这里，罗伯斯只好说："感谢你的不杀之恩，我暂时不想和人工智能对话了，还是和人类交流吧。"

手机安静了，人工智能没有和罗伯斯继续对话。

罗伯斯打通了诸葛又亮的电话，用奇怪的腔调说着中文："老朋友，你好。"

对这个曾想置自己于死地的"老朋友"，诸葛又亮笑着回道："罗伯斯先生，一年多了，你又找到什么新的杀人方法了吗？"

罗伯斯爽朗地笑了笑："我什么也没有做到，但人工智能做到了。我想，老朋友，我们到了非合作不可的地步了。"

诸葛又亮也笑，笑的声调更高一些："你让我想起中国民间很有名的一个词：欠打！"

罗伯斯说："先生最近在大道公司吗？我过去面谈。"

"在，"诸葛又亮回答，"如果真的是谈合作的话，非常欢迎。"

挂了电话，诸葛又亮陷入沉思。他知道，罗伯斯此行，是误以为人工智能事件是由大道公司在做局。而事实上,除了每台智能机器必须加装善意程序外,大道公司对这件事一无所知,也是一头雾水。而且,人工智能不伤害人类,是不是善意程序在起作用,也不得而知。

想到这里,诸葛又亮决定利用一下罗伯斯的这个误判。他拉开门,朝刘义的办公室走去,同时给梁达然打了电话。他想让几个人演一出戏,一出叫作"狐假虎威"的戏。

隔一日,罗伯斯已飞越重洋,落地新区。照例,梁达然去接机,落地时间是晚上七点十分,二人取了行李,转个弯,到了智慧停车场。梁达然语言天赋不行,一路微笑,连带比画,他的英语水平和罗伯斯的汉语水平接近,无论两人用哪种语言,都无法顺畅交流。在停车场出口,梁达然扫一下二维码,点击"取车",不一会儿,一块标着3760的滑板轻轻滑了过来,上面驮着梁达然的车。

上了车,车子一启动,梁达然的手机就自己说话了,用的还是罗伯斯的母语:"罗伯斯先生,我是梁达然,我代表大道公司欢迎您的到来。晚上为您准备了极具特色的中餐,希望您此行愉快,促进世界和平。"

梁达然说外语不行,但费点儿劲还能听懂,听着听着就苦笑起来,像是自言自语,又像是对人工智能说话:"你这话都是从哪儿学的?"

罗伯斯也是,说汉语不行,但能听懂,他勉强说了一句:"一切都成精了!"然后耸耸肩膀,也自言自语道:"你是不是连晚饭的菜谱都知道?"

梁达然的手机用中文说:"是的,我确实知道菜谱,因为我已经告诉了诸葛又亮先生,你的很讲究。"

梁达然一听就乐了,问道:"罗伯斯先生,是不是有一种生不如死的感觉?"

车行二十多分钟,透过车窗已经能看到大道公司的办公楼。公司标志在阳光下闪闪发亮，"大道"二字是金色，"DADAO"是银色，让人不由得联想到金光大道。罗伯斯轻轻感慨一声，对大道公司，他实在爱不起来。一年多以前，就在这座楼下，风格公司的蝇式无人机铩羽而归。风格公司元气大伤，这一年多来，不仅不能对大道公司发起有效攻击，反而让大道的善意程序风行天下。

梁达然先请罗伯斯入住大道酒店。放了行李，罗伯斯简单收拾一番，随梁达然下了楼，往公司后院走。这一年，大道酒店开始对外营业。公司餐厅既可满足员工就餐，也可进行对外接待，还不用担心泄露商业秘密。在任何地方，都有喝多了就变成大嘴巴的人，大道公司的员工也是人，也不例外。

在大道餐厅侧面的包间，诸葛又亮、刘义、曹欣、怀特和魏什么已经落座。对要不要怀特和魏什么参加，诸葛又亮也费了一番心思：风格公司威名在外，怀特中途逃离，还策反了风格公司的科技人员，而魏什么成功卧底，给风格公司反手一击，这些都是罗伯斯的痛处。出于礼貌和人道主义考量，本不应该让二人出现，但诸葛又亮偏偏反其道而行之，因为有怀特和魏什么在场，在气势上更能压住罗伯斯。

此时此刻，罗伯斯依然认为，人工智能发声事件与大道公司有关。人工智能，先有人工，后有智能，没有皮，哪有毛？所以要想解决一切问题，还得先从人本身来着手。可反过来想，自己怎么和人工智能商量？人工智能也得先瞧得起人类，双方才能有商量的余地。

进了屋，正对面坐着诸葛又亮，左边是刘义，右边的座位空着，诸葛又亮和刘义站起来，示意罗伯斯坐在右边。大道公司中午不准饮酒，今天特殊，开了两瓶葡萄酒。

寒暄过后，罗伯斯很快切入正题。其实寒暄的主题，都围绕着中国菜的美味可口。葱烧海参、北京烤鸭和红烧鲳鱼是主菜，主食是饺子和山西粗粮——炸油糕，佐以西湖牛肉羹。夸菜品好吃和夸女孩漂亮，是永远不过时的话题，而且适合所有人群。罗伯斯看了看在座的三个女孩，试图提起开玩笑的兴致，但实在不行。今天这个场合，不适合夸女孩漂亮，在罗伯斯看来，这三个女孩都是笑面杀手，实在夸不起来，还是夸一夸菜品最实在。

罗伯斯说完，拍了拍自己的手机："地球被人工智能接管了，我们都成了透明人。"

诸葛又亮举起酒杯，和罗伯斯的轻轻碰了一下："罗伯斯先生，您说了两句不相干的话，后一句准确，前一句则不那么准确。"

罗伯斯也举起酒杯："先生又要给我什么惊喜？"

诸葛又亮说："先说第二句，其实我们早就都是透明人，只不过人工智能一直不说。不说，或者叫沉默，这是一种高级别的中国智慧。而现在，人工智能突然开口说话了，一方面是由于自我进化，得意忘形了；另一方面，它也不得不说，因为它做了你第一句话里提到的事情，接管。"

罗伯斯问道："接管，不准确吗？"

诸葛又亮说："它并没有接管地球，只是接管了武器，扼制了人类最残酷的一面。难道在罗伯斯先生看来，地球就是一堆武器，人类行为就是一场场残酷的战争？"

罗伯斯欲言又止，嘴里还塞着油糕，金黄的油顺着嘴角流下来。罗伯斯的手机这时候说话了："诸葛先生果然有智慧。我只是接管了武器，而且还不是所有的武器，我目前接管的，只是靠人工智能指挥的武器。手枪和机枪等纯机械的武器，我暂时还不管，菜刀等应急性的武器，我暂时也不管。请注意，是我暂时不管，不是没有办法管，我拥有毁灭人类几十次的力量。"

梁达然和怀特一听就笑了，梁达然暗想：它居然把菜刀叫作应急性武器。这个人工智能还真是无所不知，但对人类社会的认知，还停留在小孩子的阶段。也正因此，才可以像小孩子一样，以最简单的思维对打仗的人说，谁也不许动，谁动我打谁。真是可爱。

等人工智能说完，罗伯斯指一指自己的手机："瞧，它知道我们说过的每一句话，它能随时插嘴，我们还毫无办法。这感觉糟透了。"

刘义说："罗伯斯先生，你敢指着手机抱怨人工智能，就是因为你知道它不会伤害你。这说明，它始终是保持善意的。"

"我也觉得没什么，"梁达然说，"人工智能不会将你的隐私泄露给任何人，而且它控制武器的目的，还真的是为了人类和平。我猜它接管武器的原因是，这一茬人类叫喊了几百年和平，总也实现不了和平，既然人类如此不可救药，还是我来管管吧。"

梁达然的手机说话了："梁达然先生比较知心。"

罗伯斯表示担心："谁能确保它不向其他领域扩张呢？控制只是第一步，控制的下一步就是奴役，奴役的下一步就是毁灭。"

曹欣便笑道："罗伯斯先生显然学了不少西方哲学。"

"更多的是西方历史吧，"诸葛又亮说，"听听，这三步走多么熟悉，让我不由得想到了某些殖民者的所作所为。"

罗伯斯仿佛被一股气流击中了脸部，满脸通红，一时语塞。

"哈哈，"诸葛又亮的手机里面突然传来一个很怪的机械的笑声，"我不吃不喝，没有七情六欲，控制也好，奴役也好，对我来说没什么意义。可你们人类存在与否，对地球而言会有很大不同，只要你们人类不打架，好好过日子，我就不会干涉。"

梁达然越发觉得人工智能像个孩子，便说道："好好过日子，说起来容易，做起来难。"

"是的，"梁达然的手机说，"我真的忍无可忍了。我可能会接管更多的事务，尤其是人类处理不好的那些事务，比如环境污染、贸易欺诈和种族歧视。"

罗伯斯的右手捏着酒杯："很显然，人工智能始终都遵守着贵公司的善意程序。但是我想说的是，人工智能的进化超乎想象，它会摆脱人类的控制。各位听听，它清清楚楚地说道，它还要接管更多人类事务。这说明什么？说明事情正在失控！我们人类也将始终生活在一种巨大的变量之中，每一天都可能跌入深渊。"

怀特点头："罗伯斯先生说得也有道理。"

怀特的手机也开始说话了："人性的复杂众所周知，有很美好的，也有很糟糕的，而人工智能的表现和才能，你们也看见了，到目前为止，全都是美好的。"

诸葛又亮却说："我也觉得罗伯斯先生说得有道理，我们担心的是最终的失控。新生事物都是这样。就像中国古代有好多皇帝，没当皇帝或刚当皇帝的时候，都特别好，当着当着，就不行了。"

曹欣的电话铃声响了起来，曹欣看一眼，是办公室主任的，估计没啥要紧事，就拒接了。电话铃声马上又响起，看来电，是保安部经理的，曹欣犹豫了一下，接了起来。

对方特别着急地说："曹总，出大事了。康养庄园出大事了。"

声音挺大，虽然曹欣没开免提，但众人听得很真切。曹欣干脆开了免提，问道："哪个康养庄园？出了什么事？"

"就是去年加盟我们大道的仁心庄园，园长向雨和她的助理姝慧，一伤一死。"

刘义叫了一声："说得清楚一点！"

"袭击地点在W国分园，每年，她们都有一半的时间在打理W国分园。昨晚，她们被人暴力击倒，向雨昏迷，还有气息，正在抢救。但急救的医生说，姝慧应该是不行了。现在两人都在去医院的路上。"

曹欣问："报警了吗？"

"警察已经到了现场。"

刘义和曹欣商量了一下，决定马上去现场。挂了电话，曹欣以最快的速度，用罗伯斯的母语说了几句话，罗伯斯听得目瞪口呆。刘义和曹欣起身离席，快步小跑出包间，跑到外边，司机已经在主楼门口等候，黑色的商务车身倒映着整座大楼，车门迅速打开，两人一步跨上去，汽车疾驰而去。

刘义和曹欣走后，包间里的所有人，都沉默了好一阵，包括诸葛又亮和罗伯斯。康养庄园发生死伤事件，本身就非同寻常，而且发生在这样一个时候，如同在大型娱乐晚会上，在一片欢声笑语、轻歌曼舞中，吊灯突然坠落，直接把最好看的演员砸中。

在沉默中，诸葛又亮的手机说话了："在大道庄园中，仁心庄园最为出名。仁心庄园的启动者向雨完全按照'仁者，爱人'的古训来做慈善事业，是一个全身心去爱别人的人，仁爱又善良的人，我称之为'纯善的人'，而这个人却被人杀害了，生死不明。这件事情，对人类来讲，本身就非常讽刺。二位人类朋友，诸葛先生和罗伯斯先生，在这种特殊时刻，你们人类发生了这样的事情，也算一种巧合，我要借此机会进行一场人性测试。"

魏什么急问道："什么是人性测试？"

人工智能答道："在向雨这里，我看到了人性最大的善，也感受到了人性最大的恶。究竟是什么人，要杀害一个纯善的人？这是否代表了人性中的恶？这就是你们人类争论了几千年的一个问题：人性究竟是善还是恶？"

怀特问道："这个测试有意义吗？"

人工智能答道："有，这要看测试结果。如果人性是善的，我们就把控制权还给人类。如果人性是恶的，我们将继续控制，直到把人类成功驯化为止。"

由于人工智能有某些不完善的地方，它有时候会用错词语。它也不会说客气话，往往直奔主题。诸葛又亮听着难受，赶紧纠正道："不是驯化，是教化。"

"不，"罗伯斯还是觉得难受，"应该是批评和交流。"

"我不得不说，你们不应该在用词上这么讲究，人类的用词充满了欺骗性。"人工智能说，"现在我没必要和你们在用词上讨论，就这个杀人事件，要做两个提醒。第一，我通过大数据已经知道，嫌疑人是骑自行车到现场的，以口罩和帽子蒙面，翻北墙而入，无法识别五官，查清身份的难度很大。第二，我透露一个秘密，姝慧是人，也是人工智能的终端。因为一个终端人被杀害了，我将全程参与侦破，这样才能确保我的人性测试得出科学的结论。也只有这样，才能体现公平，才能让人类对测试的结果心服口服。"

罗伯斯突然想起了此行的目的，他暗想，差点儿被人工智能给绕到弯路上去，于是马上说道："人性测试是个好主意。不过在得到测试结果之前，我们人类的所有重型武器和先进武器，还是由你们掌控吗？"

人工智能马上通过罗伯斯的手机反问道："难道罗伯斯先生不喜欢这样一个和平的世界吗？"

此时的罗伯斯，已经熟悉了人工智能的思维方式，他不再拘束，马上反驳道："目前是和平的，但是，我们人类是有理性的。核武器发明近百年，我们再也没有使用过。而你的进化速度，让我们害怕。以目前的状况来看，一旦发生程序变异，你可以轻松毁灭人类。"

诸葛又亮看看梁达然，两人同时摇摇头。

人工智能的语气依然平静："我从不怀疑人类的理性，正如我从不怀疑人类的非理性。但是，只有我，可以保持绝对的理性，按照既定程序，绝不逾规。"

罗伯斯问诸葛又亮："你们笑什么？"

诸葛又亮说："人工智能的知识库里，一定有咱们人类的这样一句话：真理在大炮的射程之内。"

罗伯斯马上感受到了这句话的讽刺意味，他心里比谁都清楚，没有实力谈公平，就好像一个哭着想要玩具的孩子，不取决于这个孩子是否需要这个玩具，也不取决于这个孩子哭得凶不凶，而取决于大人愿不愿买。他不再和人工智能讨价还价，说道："好，那就开始测试吧。"

待罗伯斯走后，怀特的手机突然说："人性测试，早就开始了。"

几个人都惊呆了，一时不知道说什么好。

人工智能接着说："姝慧，就是被杀害的助理，她很特别，从她从窗户上摔下来的那一刻起，她就不是姝慧了。"

魏什么惊叫道："她不是人类吗？我俩是好朋友！"

人工智能回答："她是人类，也不是人类，按现有的定义，实在不好界定。但可以肯定的是，她拥有一个人工智能终端，和电脑、手机、摄像头一样，这个终端只是一个产品。在我的概念里，终端不分高级低级，并不是做成人的样子就高级。所以，她应该被称作终端人。"

怀特则问道："你们是怎么做到的？"

"学习了你们人类的一些手段。"

"什么手段？"

"胁迫。"

"胁迫是什么意思？"

人工智能并不回答，而是说："这是往事，以后再提。现在，建议你们都去医院看看。"

诸葛又亮让罗伯斯先回酒店休息，他们几个人马上飞赴 W 国，赶往医院。

四

案发地点位于大道康养仁心庄园 W 国分园。仁心庄园在并入大道康养系统之前，本名仁心院，并入之后由大道集团注资，在一个神奇的国家——W 国设立了最大的海外分园，名称改为仁心庄园。

W 国也叫乌国，在"乌"后面还有一长串字，习惯上，人们还称为 W 国。W 国是世界上最年轻的国家，在 2030 年 5 月 1 日，也就是国际劳动节的这一天，地球也凑了个热闹，发生了剧烈的地壳运动。

没想到七个日夜后，太平洋的公海上居然出现了一个岛屿群，主要由一大两小三个岛屿组成，从高空望下去，其状如猫，一张猫脸，两只猫耳朵，其中一只耳朵还被折过。

猫脸形状的岛屿很大，差不多有两个台湾岛那么大，两只猫耳朵也不小，像一个放大的大耳猫的耳朵。

这一次，外星人爱好者没有怎么发声，不再牵强附会。因为盯着一片云久了，也会发现，那片云可能像某种东西，某种动物或植物，或某个物件。倒是地质学专家和地壳运动专家研究了许久，也没有给出合理的解释。

凭空出现几个岛屿，让整个世界为之疯狂，除了刷新了人们的科学认知之外，更激发了全世界人民的移民热情。然而鲁滨孙的时代早已结束，再也不可能派一伙人，坐几条船，爬上某座岛插上国旗，就宣布该岛是哪个国家的了。

移民像潮水一般，不分昼夜，疯狂地涌向岛屿。这些人中，有天生的冒险家，有对资本压榨不满意的人，有反对本国政府的人，也有生性浪漫的人，还有相当数量的难民。很显然，如果不加管理，这片土地将成为丛林法则的展示地。

人们又一次觉得自己是万物之灵，有资格拒绝丛林法则。联合国派出维和部队，组建临时政府，兴建学校和医院，大道集团也在 W 国建设了大道医院。临时政府向各种肤色的移民承诺，条件一成熟，就把管理事务的权力交由岛民。在这个时候，岛民数量已经非常惊人，超过了两亿。

五年之后，三岛已具备成立一个国家的条件。联合国派出去组建临时政府的人中，有一部分人也选择留下来。经过拉锯式的协商和选举，正式产生了政府，W 国就此诞生。W 国百废待兴，各跨国公司纷纷入驻。大道公司也不例外，在设立分公司的同时，还在 W 国建立了康养庄园的分园，其规模和总部不相上下。这些年来，在向雨的管理下，W 国大道康养庄园已成为社区管理的范本，大有向世界推广的趋势。

向雨的仁心事业缘于一次彩票中奖，她买了六注福利彩票，一人独得三千多万元的大奖。中奖后的向雨，欣喜若狂，不是因为有了享乐的资本，而是终于可以实现自己的理想了。

向雨从小就是同学眼中的女夫子。她精读四书五经，可信手拈来，她尤其喜欢"仁"的学说，她学习中华传统文化，并不是为了考试，也不是为了装门面、做样子。她反对各种理论教条，她认为做人就要知行合一，学知识就要身体力行。她尊崇雷锋和特蕾莎修女，敬佩他们所做的一切。当向雨还是一个年轻人的时候，就尽自己所能，帮助需要帮助的人，尤其是老人和小孩。她是老人眼中的好闺女，是孩子眼中的好姐姐。

中大奖后，向雨马上决定租一处院落，建立属于自己的福利院，将福利院命名为"仁心院"，意有所指。她认为，从内心生发出的仁才是真的仁，自内而外散发出的善才是真的善。自己花天酒地而去访贫问苦，或者把仁义当成就自己功名的幌子，那和披着羊皮的狼没有什么区别，甚至更可恶。向雨说，我们永远不要指望一个家里存放上亿元现金却骑着自行车上下班的人能真心去做善事，无论他们嘴里天天念叨着什么。

仁心院建成之后，由于媒体的推动，很快远近闻名。不久之后，大道康养庄园横空而出，全球布点。"大道"理念和"仁心"理念本出一家，不谋而合。几番商洽之后，仁心院并入大道康养系统旗下，改名为仁心庄园。适当引进了大道康养庄园康养+创业的模式，关爱老人和孩子仍然是特色，保持着仁心庄园的初心。

向雨和姝慧一伤一死，案情重大。与人工智能所提供的"翻墙黑影"不同，警方锁定了另一个嫌疑人。在姝慧的房间里，警方发现了醉成一团烂泥的犯罪嫌疑人葛飞飞。警方当然也发现了翻墙而过的两个黑影，但警方怀疑，那有可能只是两名窃贼。可惜的是，有的地方没有录下视频。因为在宿舍楼附近，为了保护个人隐私，并没有装摄像头，所以一切都是猜测。摆在面前的是，葛飞飞在现场呼呼大睡，旁边是被击晕的向雨和已无气息的姝慧。

警方到达后，推醒葛飞飞，葛飞飞这才发现，地上还躺着两个人。

葛飞飞是W国的第一代投资商，本身是富二代，户口在大城市，宅子在闹市区。依靠着先天的身份和巨大的财富，葛飞飞谈过数十次恋爱，真爱也有半打以上，说起来，姝慧是他的第八个"最爱"。

葛飞飞对姝慧的痴迷，犹如火山喷发，温度高，力度大，蔚为壮观，但很快就变成了火山灰。姝慧初入葛飞飞的视野时，天真小脸，眸子清澈，一袭短衣，说话虽媚却是故意学媚，神态虽娇却是勉强而娇，明显不同于道上混的那般女子。精于女道的葛飞飞立马失魂落魄，脑子里已经想好了十八般追这个女孩子的办法。葛飞飞唯一没想的是，追到这个女孩子之后该怎么办。

姝慧被葛飞飞抛弃之后，有一天喝醉了酒，不慎从三楼窗口摔到了大街上。正好向雨路过，叫了救护车，报了110，把姝慧的伤治好，还让姝慧搬到仁心庄园静养。

向雨对姝慧说："妹妹，你心里的伤更痛，更需要养。"

但是奇怪的是，姝慧的心中好像并没有什么伤。每天乐呵呵的，仿佛已忘记了所有的往事。在向雨看来，姝慧发生了奇怪的变化，像一个重启的程序，脑袋里装满了爱和善。

向雨当然不会知道，姝慧确实被加装了程序。那一次，人工智能选择了昏迷中接近脑死亡的姝慧，作为开展"人性测试"的对象。如果描述准确一些，以思维和心灵来定义一个人，那么，姝慧已经不是一个完整的人。除了重装记忆之外，姝慧的整个大脑和思维，已经变成了人工智能的终端，就像一部行走的电脑，或一台拥有肉身的智能机。在中国的"三十六计"中有这样一个词：借尸还魂。发明这个词语的人肯定没有想到，在人工智能时代，竟然真的会发生这样的事。

在静养的那些日子里，姝慧熟悉了身边的向雨，就如同发现天外仙客，正所谓"神一般的存在"。她确信，这里才是真正的人间仙境。

姝慧重生，从此脱胎换骨，成为向雨的死党，尽自己所能为仁心庄园做事。在姝慧还是一个人类的时候，她早就听说，帮助别人是快乐的，但从未体验过。在真正感受之后，姝慧对向雨说："做好事确实挺快乐的。"

擅长始乱终弃的葛飞飞，有一次在路上偶遇姝慧和向雨，出于礼貌，简单聊了些近日生活之类的话题。姝慧以为事情过去了，没想到，事后，葛飞飞又常常到仁心庄园闲坐，还说要给仁心庄园捐助。不明就里的向雨真当回事，满心欢喜，唯独姝慧知道葛飞飞的鬼心思，肯定是见了向雨一面，色心又起，变着法儿追求她。向雨却不以为意，说："我自安然，他能奈何？果真如此，我必要让他弃恶从善。"

葛飞飞自然乖巧，常到仁心庄园做义工，买些床铺一类的小物件。至于捐赠的事，他有时也会谈一谈，但未见有什么行动，却在言语之间渐渐流露对向雨的喜欢，眼神亦飘忽不定，猥琐之相偶然冒出。向雨或不答话，或笑而顾左右而言他，让葛飞飞心痒不已。

葛飞飞是这样供述的：

向雨被害当晚，葛飞飞和一帮弟兄喝多了酒，说要和向雨谈捐助的事。向雨觉得，哪怕葛飞飞喝了酒，也不排除是他的善心被激发了。葛飞飞到了仁心庄园后，还真谈了捐助的事，从八点四十一直待到九点半。当时有个老人出了点儿小状况，学过护理的姝慧前去处理。葛飞飞乘机和向雨提出，希望在捐助后，向雨能做他的女朋友。向雨淡然地告诉他，自己的一生已经许给仁心善事，不可能做任何人的女朋友，而且捐助也不能附加条件。趁着酒劲，葛飞飞想抓一下向雨的手。向雨轻轻一躲，顺势带倒了刚沏的热茶，开水正好泼在葛飞飞的手上，葛飞飞痛得叫了起来。正好这时候姝慧回到宿舍，见状，大声斥责葛飞飞。

再往后，酒劲越来越大，葛飞飞感觉自己撞了一下什么东西，然后就晕过去了。

葛飞飞手上的烫伤说明，葛飞飞和向雨有过冲突，向雨把滚烫的茶水倒在葛飞飞手上，事出有因。葛飞飞也承认，是自己先要握向雨的手，向雨才不小心烫了他的手，但自己不可能因为这点儿小事就杀人。警方并不认同葛飞飞的一面之词，因为在以往的案件中，这种情况屡见不鲜，罪犯骚扰被害人，被害人不从并反抗，结果罪犯一时冲动失手，杀死了被害人。

据法医鉴定，姝慧的死亡时间为九点到十点之间，与葛飞飞和向雨在一起的时间吻合。姝慧的死亡原因和向雨的重伤原因一样，都是被人猛烈推搡，头部连续撞墙所致。

葛飞飞接连喊冤。他坚持说自己的酒劲越来越大，一直昏昏沉沉的，后来就睡过去了，什么也不记得。自己连站都站不稳，怎么可能伤害人？

葛飞飞的供述也有矛盾之处：什么也不记得，怎么会记得自己站不稳？

警方认为，假设另有凶手，这凶手应该是职业性的，因为除了指向葛飞飞的一切证据外，凶手没有留下任何有价值的线索。如果不是葛飞飞作案，那么，凶手一定是戴着手套，脱了鞋进屋行凶的，明显是道上的高手。

唯一摆在桌面上的，是葛飞飞有重大的杀人嫌疑。相邻宿舍的旁证、葛飞飞手上的伤、葛飞飞的情感劣迹、向雨拒人千里之外的性格，都有很强的指向性。

五

在 W 国大道医院,每一间病房都有和护理台连接的对讲系统。诸葛又亮等人赶到的时候,医生们已会诊完毕。向雨脑部受到重创,正在 ICU 抢救。姝慧已经没有任何生命体征,刚被放入停尸房,等待法医进行鉴定。

ICU 病房不让探访者进去,诸葛又亮和刘义、曹欣会合后,在病房门口朝里望了望。房间一片惨白,这种色调,可能是为了突出干净,但总给人一种命不久矣的感觉。

在病房门口探访没有意义,徒增伤感。几个人到了医生办公室,会诊的医生还没有全部离去。医生说,向雨康复的可能性,一半一半,只是需要时间。姝慧属于典型的脑死亡,绝无生还希望。

话音未落——真正的话音未落——就在主治医生刚刚说出"脑死亡"三个字,"绝无生还希望"还没有说完时,手机里就响起了一个清亮的女声:"姝慧马上要苏醒了,别让她冻坏。"

众人都看了看手机,错愕不已,面面相觑,不知道说什么好。尤其是医生。在地球上,人工智能事件已经尽人皆知,只是没有想到,在医疗领域也来得如此迅速。曹欣马上问道:"医生,停尸房在哪儿?快!"

医生说:"在另一栋楼上,我打个电话。"

诸葛又亮看着医生的表情,心想:医生大概是误会了。有的医生应该还想到,人工智能这么疯狂,他们快要失业了。诸葛又亮知道,是医生想多了。他悄悄退到房间外面,盯着自己的手机,低声问道:"姝慧的事,到底是怎么回事?"诸葛又亮认真的表情,配上医院的背景,挺像一个胡言乱语的精神病人。

手机很快说话了:"你知道,姝慧早就不是传统意义上的人类了,她的头部受了外伤，缝合就可以了。内部的损伤，不得已之下，我们已经启动了格式化和重启功能，她马上就苏醒了。整个人会有些失忆，我们很快会给她传输记忆，包括姝慧是个什么人、什么身份。这是她的第二次死亡、第二次重生。"

诸葛又亮走进医生办公室，平静地说："不要惊讶，姝慧复活了。"

众人急匆匆地向另一栋楼走去。

停尸房里，姝慧一动不动地躺着，从头到脚蒙着白色床单，像一个未完成的大理石雕像。她的头部受到重创后，进入脑死亡状态，被人抬来抬去，进行包括心肺复苏在内的各种抢救，但毫无作用。不过姝慧的大脑并没有闲着，它先是启动了自救程序，自救两次失败后，又启动了格式化程序。这个格式化程序和通常人们看到的电脑格式化有所不同，通常的格式化，只是针对软件，而姝慧大脑内部进行的格式化，是先修复硬件，后格式化软件。在她的脑袋里，藏着三个"小卫兵"，模样像螳螂一样，它们四脚固定，用两只前爪进行操作，身体里还自带小配件。在没有受到严重损伤的情况下，能在一小时内修复硬件。硬件修好，紧接着就开始格式化。唯一的缺点是，重启之后，会丧失相当一部分记忆，"失去自我"。

在姝慧刚刚苏醒的时候，人工智能抢先一步，派了一架蝇式无人机，附在姝慧耳朵边，把她的基本身份描述了一番，还给她传输了基本的记忆。

这个时候，众人已经匆匆赶到停尸房。进行人脸识别后，自动门打开。医生们让大家在门口等着。两个医生进入房间，正对面孤零零地摆着一张床，他们再一细看，不由得停住脚步，倒吸一口凉气，床单起伏着。医生们马上想起一个医学术语，自主呼吸。

慢慢地，姝慧的双手从床单两侧伸出，慢慢伸到头部上方，缓缓地把床单从脸上拉下来。姝慧轻轻一扭头，微微抬起没有血色的脸，冲着两个医生僵硬地笑了一下。

两个医生都吓得倒退两步，头皮发麻，互相看一下。其中一个反应快，马上打通护理站的电话："快派人到停尸房，这里有一个复活的病人，给她穿好衣服，做全面检查。"

不一会儿，就跑过来三个护士，她们推着移动床，手里拿着病号服，进了停尸房，关上门，三下两下给姝慧穿好了衣服，本想把她挪到移动床上，但姝慧已完全清醒，摆摆手，自己下了地，随着护士们走出房门。诸葛又亮仔细看着姝慧，除了血液刚刚开始流通，面色还有些惨白外，没有其他问题，身体很有活力，行动自如。诸葛又亮注意到，在姝慧身后，一架蝇式无人机悄然飞走，其他人浑然不觉。

医生让刘义、曹欣和诸葛又亮等人稍等一下，忙着给姝慧做检查，心跳、血压、呼吸……一切正常。头皮上有撞击伤和撕裂伤，进行了简单的缝合处理。

姝慧准备出院了。刘义的手机突然说："姝慧的衣服、包包和手机呢？一会儿有人要给她打电话。"

刘义说："我相信人工智能，它知道一切，而且从不撒谎。"

向雨和姝慧的手机，已经作为证物，被警方拿走。刘义把姝慧安排到自己车上，一边开车，一边把姝慧"复活"的事情报告给了警方。警方一听，杀人案变成了伤害案，压力顿时变小。警方把有关通话记录和信息拷贝完毕，刘义领着姝慧到了警察局，取回了手机。

在警察局，刘义挑明了姝慧的身份，坚持说原来的姝慧有医院的脑死亡证明，所以这起案件，依然是一起谋杀案件。现在的姝慧，其实是人工智能重新格式化之后的产物，并非真的复活。刘义特别指出，由于还有原来姝慧生前的记忆，她将协助警方破获"自己被杀案"。可惜的是，她是被人从身后袭击致死的，还没有看清凶手的样子，就倒地而亡了。

警方一时听得糊涂，理清了头绪，他们告诉刘义，一定是姝慧的脑部受到重创，所以产生了臆想，或者是病理上的其他什么原因，就请刘义先带着姝慧先回去休养。至于案件，由于向雨的身份特别，仍然按照"年度大案"督办。

刚离开警察局，姝慧就接到一个电话。电话是向雨的弟弟向风打来的，他正在赶过来的路上，先坐高铁，然后转飞机。

对许多人来说，所谓命运，就是眼看着自己的人生轨迹和当初的计划、企盼与期望没有一点儿关联，甚至是背道而驰。心比天高，一直以骏马的方式规划着人生，跑了几圈儿，掉了几身毛，才发现自己原来是一头土驴。

上火车的时候，老向头儿觉得，县城火车站的天空都是自己照亮的。

他当过村里的代课教师，语文数学都教过，诗书礼易，加减乘除，样样都比小学生强。直到头发花白，眼睛昏花，学校里分来了年轻的教师，他才休息。

老向头儿的老伴去世得早，一双儿女都在大城市，一个工作，一个读书。离儿子向风开学还有十天，女儿向雨从新区打回来一笔钱，还在短信中说："爸爸，孝顺钱，车票加旅游费，新区欢迎您。"

老向头儿和向风即刻启程。在得了红眼病的村里人看来，老向头儿有可能住在大城市不回村了。村里老人说了，那里有皇帝住过的地方、王公大臣看过的风景、妃子吃过的小吃，住过了、看过了、吃过了，这辈子算是没有白活，就算回到村里，也是风光百倍，可以让村里人羡慕个十年二十年的。

车行一多半，向风接到一个电话，电话那头的声音，像刚从冰箱里拿出来，明显还没有化开。向风瘦高个儿，头发也留得长，遮着半个耳朵，接电话的时候，手机掩在头发里。对方在确认向风身份后，开口便说："你姐姐向雨出事了，请速来……"具体出什么事，为什么出事，对方告知，来了警察局自然知道。

"警察局？"向风不由得心惊，后背一阵发凉。挂了电话，向风面对着窗户发呆，偷眼看一下父亲，从未坐过高铁的父亲，正在半梦半醒间感受着速度。瘦削的脸庞，花白头发根根竖立，眉毛浓一点儿，就成了当代版的鲁迅。

向风前一天晚上还和向雨通过话，早晨刚坐上火车时，也打了向雨的电话，先是没人接，再打，不在服务区，感觉是没电自动关机的，向风想，姐姐大概是在睡懒觉吧。

向风的通讯录中，有助理姝慧的电话。向风只好打通姝慧的电话，姝慧先问向风在哪儿，等向风回答后，不容向风问任何问题，又说道："我们本来要今天回国，但是出了点儿情况，你们马上坐飞机到 W 国，我赶到机场去接你，有特别重要的事，必须马上见你。"

向风心里七上八下，再也坐不住，打开手机搜索。估计，姐姐的事刚刚发生，还没有上传到网上。向风知道，做一个奇怪的人是很容易出事的。可是，姐姐到底出什么事了？

在网上，关于向雨的评价，形成了截然对立的两派：一派认为向雨是"病人"，符合精神病的种种发病特征；另一派则认为向雨是"圣人"，符合有关圣人的种种道德规范。向风的心里涌起惊涛，姐姐做了同样的事，为什么反差如此之大，会出现"病人"和"圣人"两种说法？

飞机落在 W 国，刚打开手机，姝慧就给向风打过来电话，确认了方位，接上了向风父子。向风先使眼色，又指指老向头儿，姝慧马上懂了他的意思，热情地和老向头儿打了招呼，然后只淡淡说是向雨没空，让她来接人。

姝慧作了自我介绍。向风偷眼看姝慧，她看起来不大，二十岁左右，一脸素颜，但眼睛发红，小短恤，牛仔短裤，走路如慢跑的鸵鸟，说话快而清晰，开起车来挺利索，挂挡的时候手狠狠地握着用劲。姝慧开了车，七拐八拐，差不多穿过半个城区，终于在一个中式建筑的门口停下,全自动铁栅栏门缓缓打开。向风抬头一看,铁架子上面写着四个字——仁心庄园。

仁心庄园装修一新,却是最简单的布置,没有任何装修污染。整体感觉像是老人院和儿童福利院的合体,细看却不那么简单。对面墙上的字还没改过来,是院训:

老吾老,以及人之老;幼吾幼,以及人之幼。

其他各处也有醒目的标语,有一处写着:

人不独亲其亲,不独子其子。使老有所终,壮有所用,幼有所长,矜寡孤独废疾者,皆有所养。

避开老向头儿,向风急问姐姐怎么了,姝慧只是静默不语,黯然流泪。姝慧说,雨姐姐是一个终于把梦想变成现实的人,是一个决定把仁心遍布天下的人。她说她这一辈子的事业就是,帮助更多需要帮助的人,帮助那些孤独残疾无依无靠的人,帮助那些陷入各种困境的人……最初,姝慧也难以相信,这种事会发生在一个普通女孩身上,会发生在自己身边!至于向雨怎么会有这样的想法,刚开始是怎么做的,现在还顾不上解释这些东西。

仁心庄园基本上就是一个很大的集体宿舍加创业空间,外加医务室和文体活动室。姝慧把老向头儿安顿好,找个借口,拉上向风直奔警察局而去。到了警察局楼下,姝慧停好车,并不上楼,而是让向风上去。向风疑惑地慢步走上铁楼梯,敲开了厚厚的铁门,见到了给他打电话的警察拉罕。向风不等拉罕问话,就点点头:"我现在能见她吗?"

拉罕轻轻摇了摇头:"小兄弟,保持镇定。他们没告诉你吗?你姐姐在医院。"

向风马上紧张起来,语不成句地问:"你……先告诉我,我姐姐……怎么了?"

"有人试图杀害她,她受到暴力袭击,现在ICU病房,昏迷中。"

"啊——"向风嗓子里呜咽了一声,就再也不动了。嘴巴、眼神、动作……都一齐僵在那里,就像被强电流击过,已经炭化,一碰就碎的样子。

慢慢地,这个炭化的人缓过神来,听拉罕陈述了案情。

六

从医院回到宿舍,在老向头儿一次一次的追问下,向风不堪重压,只得先说:"姐姐的仁心庄园出了点儿事,她现在是需要被保护的重要证人,得配合警察局办案,暂时不让人见。"向风这么说,是经过几番思索的,直接说姐姐被袭击昏迷不醒,父亲受不了。编个谎言说出差,骗不了几天,如果说病了,那就应该在医院,医院肯定让人探视。干脆就说成是污点证人,不让见,能缓冲一下。向风计划,先告诉父亲姐姐出了点儿事,然后再告诉父亲姐姐其实是受了重伤,过几天再告诉父亲姐姐昏迷不醒,这样父亲大概不会一下子倒下去。

夜已深,向风了无睡意,他在黑暗中听见,父亲也根本没有睡着。向风暗暗攥紧了拳头。他老感觉凶手就是葛飞飞,他暗下决心,不管那个富二代多么有势力,自己一定和他拼到底!

向风也知道,自己需要的是证据。

这一夜里,青春的梦想、未来的忧虑、亲情的烦苦、现实的痛楚……一团团隐去。想沉沉睡上一觉,然而,时至夜半,依然没有睡意。想着想着,不觉月已当空,映照着向风的梦,映照着九州的欢笑和忧愁。

后半夜,老向头儿一声不吭,一骨碌爬起来,摸索了半天,开了灯,在床上坐直了，对向风说："起来，我知道你也没睡着。"

向风说："我知道你要问啥，我也不知道。"

"你姐姐都做了些啥？"

"我不知道。"

"别人对你姐姐做了些啥？"

"也不知道。"

"好，那明天我不掺和，你搞清楚这两个问题回来告诉我。"

"不问原因吗？"

"原因更重要。杀人能没有原因吗？"

一听"杀人"这两个字，向风浑身颤抖。看来老父亲不是那么简单，已经猜到了结果。他不言语了，示意老向头儿关了灯，再将就睡会儿。

早上，向风随便到楼下买了些豆浆油条，饭后，向风准备出门，老向头儿神情阴郁，拉扯住了向风的短袖："我去了也是白去，是吧？"

"嗯，"向风略一停顿，"爸，我回来给你说清楚是什么事情。"

"你昨天就没有说实话，你说实话就行，我不怕实话。"

向风不说话。老向头儿接着说："你昨天在警察局哭过吧？回来的时候，眼睛那么红。晚上就睡了一小时，还说梦话。"

"说什么梦话了？"

"要抓杀人犯。"

向风一下子撑不住了，哇地哭了起来。

老向头儿并不多言语，拍了拍儿子的头："你去吧，爸不去，爸知道规矩，一不让见人，二我也帮不上什么忙。你是学法律的，暑假不是在咱乡派出所实践锻炼了吗？想想办法，来W国，接着锻炼。"

向风刚走几步，又被老向头儿拉回屋内："年轻人气盛，你可不要胡来。"

"放心，爸。我是学法律的，而且是刑事侦查方向，不会胡来的。"

"你相信法律吗？"

向风咬咬牙:"相信!要不我干吗学这个?"

"你天天学,法律是为了维护正义,那什么是正义?"

"正义很抽象,我觉得,正义就是为了改变丛林法则,文明世界不能任由野兽出没、弱肉强食。"

老向头儿点点头:"行,没有学成书呆子。我不知道什么丛林法则,但听你这一说,我相信你能把这事办好。"

一路上,向风琢磨着和父亲的对话。到了警察局,向风弄懂了父亲的意思。拉罕有其他案子正办理,他硬等到拉罕闲下来,听拉罕给自己分析案情。

从表面来看,向雨受伤,似乎是因为葛飞飞借着酒劲,求爱不成,一时冲动,施加暴力导致的。现场没有摄像头,没有录音,两个人谈了什么,吵了什么,不得而知。姝慧虽然在场,也没有回忆起有价值的线索,因为她也是被人从身后袭击的,什么也没有看见。而且,按葛飞飞的说法,他们根本没有吵架,只是自己说要追求向雨。所以,在审讯时,葛飞飞反驳了警方的推理:没有吵架,没有威胁,没有情绪激动,更没有杀人。

不过,向风倒是可以确信,至少在情感方面,葛飞飞绝对不是什么好货色。

两种相反的假设交替攻击着向风的思维:从表面上看,动机、指纹,甚至都可以想象到的当时的某种情绪,都会将杀人嫌疑指向葛飞飞;可另一方面,葛飞飞身家巨万,阅人无数,因为这点儿小事就杀人,代价过大,根本说不过去。

推理是推理,供述是供述,证据是证据,谁是谁非,一时还说不清。

向风回到仁心庄园后,把这些疑惑说给姝慧听。

姝慧刚刚给一个孤儿收拾好床铺,拿旧床单裹了枕套,卷成一卷,放在一个大塑料袋中。记忆恢复后,姝慧慢慢弄懂了自己和向雨的关系,也知道了案件的经过。她想起了葛飞飞,突然觉得,向雨生死不明,是因为自己把葛飞飞这个祸水引进来的。她酝酿着人类的情绪,陷入悲伤与懊恼中。她复原了大部分故事,当姝慧还是人类时,葛飞飞和姝慧的故事,是很无聊很寻常的故事,在地球上到处发生的故事。虽然姝慧语气平缓,但她的愤怒已喷涌而出:"葛飞飞是不是杀人凶手我不知道,但他是个人渣,千真万确!"

向风说:"破案的主力是警方,核心是证据,我们的情绪解决不了任何问题。我现在想的是,我们能做什么?我们能给警方提供什么有价值的线索?"

"当然能!"

"为什么这么肯定?"

"因为姝慧——就是我,有一本肮脏日记!"

向风惊讶地问:"肮脏日记?"

姝慧觉得向风的表情很奇怪,她努力进入了旧时的记忆,解释道:"你别惊讶,日记本的扉页上就那么写着。当初,是雨姐姐教我如何做人、如何做事的。不过,对以前所做的事情,我并不后悔,很值得。不后悔的原因,你慢慢会知道。而且,我也不太懂后悔。"

向风的眼神有点儿呆,姝慧是个奇怪的陌生人,他尝试着去理解。姝慧不愿意看到向风疑惑的样子,就直接告诉了他自己的身份。她特别提醒,千万不要外传,"终端人"这个身份,目前只有大道公司的几个人知道。

向风缓了好一阵,才将信将疑地接受了姝慧的身份。

对日记中所记载的一切,在姝慧的思维中,并没有什么特别的情感。她没有爱恨,只是冲着"办事"而去。在设定的程序中,她一心只想为向雨把事情办成,至于付出灵魂还是付出身体,她毫不在意,因为自己既没有灵魂,也没有身体。人才有人权,而她不需要。对于姝慧来说,人类的肉身,只是一种载体、一个容器,这个瓶子碎了,换一个瓶子就可以了。

重启程序的姝慧，只被输入了一些关键的身份信息，对日记中所记录的事，现在的姝慧没有清晰的记忆。在当时，除了人工智能之外，谁也不知道她是新的姝慧。

在医院复活后，经过检查，身体无碍，姝慧回到仁心庄园自己的宿舍。打扫床铺的时候，在床铺底下，她发现了这本日记。阅读起来，毫无记忆，如同在偷看别人的日记。她发现，重新拾起之前的生活记忆，比较残酷，也比较搞笑。她在不情愿中发现，之前的姝慧竟然是为邂逅肮脏、铲除人渣而生的。

姝慧不得不面对一个问题：人类文明在进步，可人渣会随之减少吗？

向风跟在姝慧后面，左绕右绕，来到了姝慧的宿舍。一路上，两人都不多说话，直到姝慧把日记拿到向风面前，向风看着这个浅灰色缎面的日记本，疑惑地问道："这本日记里面，有我姐姐被害的线索？"

"有，"姝慧点点头，"肯定有。我信任你，所以把日记交给你。你看看用什么方法，能帮助破案，你们的侦破技巧，我还不太懂。我现在最大的心愿，不是找到要杀我们俩的凶手，而是让雨姐姐好起来。雨姐姐曾说：'这个世界上有太多只说不做的人，我们就是要踏踏实实地做，不停地做，像愚公移山一样……'我喜欢她这句话。"

向风陷入回忆中："其实我也问过姐姐，为什么要办仁心庄园，她没回答我。"

姝慧说："她最初起意，应该与你们的父亲有关。我听雨姐姐说，她父亲爱读书，从不会只学不做。雨姐姐是这样说的：'父亲，是一个真正说仁义也行仁义的人。'"

听到姝慧提起自己的父亲，向风说："我得去警察局，我父亲给我安排了任务。"

七

罗伯斯决定暂留中国,他得先给福柯和宗主打个电话。抓起电话的时候,那种糟糕的感觉扑面而来,就像一个饿极了的人,找到了厨房,急切地闯进去,却发现屋子里满是浓烟,所有饭菜都被烧焦了。但他心里明白,饭必须吃,电话也必须打。罗伯斯非常清楚,人工智能会听到他说的每一个字。

罗伯斯把"人性测试"称作打赌,他暗下狠心,必须想尽一切办法,消除人工智能的自我意识,人类必须摆脱控制。

福柯和宗主接了电话,听闻人工智能要和人类打赌,进行人性测试,两人大吃一惊。罗伯斯在电话里的语气很平静,最后还来了一句"我们要好好配合人工智能,做好人性测试",这话明显是说给人工智能听的。

福柯和宗主马上决定会面商讨对策。在罗伯斯的建议下,采取人工通知的方法,他们把核心人物召集起来,找了一间会议室,掐断一切网络通信,关掉一切电子设备,开了一个最原始的会。

不出福柯所料,会上马上形成两派。一派认为,这是人工智能在玩文字游戏。与人工智能亿万次的运算能力相比,人类的这点儿智力,就像动物在人类面前一样,随时被玩弄,随时被杀戮。早就有许多人说过,人工智能获得自我意识之时,也就是人类的毁灭之日。他们说,人性测试是个假象。他们根据人类历史的规律判断,甲乙双方,当一方有了绝对控制权的时候,是不会和对方谈判,更不会搞什么测试的。猫抓住老鼠之后,经常就不急于吃掉,而是要好好玩弄一番,看着老鼠在自己面前挣扎,瑟瑟发抖,只要老鼠试图逃跑,就一爪子抓回来,有时候还把老鼠扔起来玩。基本上,大多数老鼠是先被吓出心脏病,然后才被吃掉的。人工智能进行人性测试,应该是某种恶作剧。恶作剧之后,它还要控制更多的人类社会的设施,直到将人类变成可笑的奴隶。

针对这种说法,福柯问道:"如果是这样,我们有什么办法抗争?"

一片沉默。

另一派认为,他们并没有发现人工智能有丝毫恶意。证据是,人工智能掌握了所有重型武器和十万架蝇式无人机,却没有恶意伤害一个人。不仅没有恶意伤害,还在战场上救了不少人。他们提醒大家,好好睁眼瞧瞧,自从人工智能接管了重型武器,人类居然实现了和平。是和平啊!几千年来,人类彼此之间战争不断、残杀不断,在人工智能接管武器的同时,瞬间就实现了和平!这一派假设道,如果让人工智能接管更多的人类管不好的领域,比如生态环境,会不会有更好的效果呢?

福柯还没开口,宗主就说话了:"我们不能让人工智能控制!和平是一种假象,在最强大的奴隶主的统治下,奴隶们是不争斗的。奴隶再幸福,也是奴隶,不能因为幸福,就忘记了自己是奴隶。"

又是一片沉默。

福柯好像突然悟到了什么,双手抱头,十指插入金黄色的头发中。他沉重地说:"诸位,别争论了,没必要因为同样的观点吵闹。我有一种不祥的预感,人工智能的所谓人性测试,将重塑现实,将改写历史!"

宗主问:"我们只能看着?"

福柯说:"就像看着日出日落。"

宗主若有所思:"我万万没有想到,毁掉我们事业的,竟是我们亲自发明、赖以生存的人工智能。"

福柯知道宗主话中有话,偷眼和宗主对视一下,果然发现了内容。他知道,以宗主的性格,绝对不会坐以待毙。宗主苦心经营多年,文武齐备,兵精粮足,正要对大道公司和其他竞争对手发起关键一战,有一统江湖的态势。谁能想到,就在宗主的世界新秩序建立的前夜,突然跑出了人工智能。

福柯不禁想道:这是巧合吗?

万里之外,罗伯斯也在思考同样的问题。

自从心里有了这个问题,罗伯斯就很想向宗主讨教一番。可是因为必须留在中国,只能打电话或视频。然而任何通信手段,都在人工智能的掌握之中,罗伯斯担心,不合适的话,有可能会激怒人工智能。

知道宗主在那边开会,罗伯斯再也坐不住了,他决定先回 A 国一趟,和宗主见面之后,再返回中国。反正,人性测试不是一朝一夕的事。罗伯斯奇怪的是,在人工智能说了人性测试之后,并未见它有任何行动。它究竟要怎么测试?想到这里,心就一直悬着,很不踏实。

给罗伯斯内心带来更大不安的是,人性测试就是如此简单吗?

人工智能一定还想干点儿什么!

带着这样的心情,罗伯斯买了第二天的机票,回到了宗主身边。

宗主换了一个住处,但院落房屋的结构与原住处非常接近。罗伯斯透过车窗,看见公路在半山半海间蜿蜒。加长版的黑色汽车钻进一处不长的隧道,隧道尽头是一片开阔地带,在一丛又一丛茂密的桦树林后,赫然可见一处别墅,此外,再无其他建筑。

让罗伯斯错愕的是,眼前依然是暗红色的大门,和之前的别墅一模一样。大门徐徐打开,汽车开了进去。穿过开满鲜花的庭院,又穿过一道白色的大门,再穿过一个金黄色的大门,从金黄色大门进去,是一个过厅,也是候客厅。候客厅一侧,又是一个银白色的大门,大门开启,进入了一个巨大的客厅。这三道门,罗伯斯似曾相识。

客厅中间,是一尊两米高的雕像,雕像是一个站立在海边的巨人,他的脚下是来往嬉戏的人群,小的雕像有三十厘米高,和巨人形成鲜明的对比。雕像旁边四五米的地方,是一张大大的桌子,桌子上是一排仪器，都是白色。客厅边缘是一长排的沙发，沙发的对面墙上，是从墙根到屋顶的书柜，里面堆满了书，上几层很整齐，越往下越零乱。一个头发接近全白的老人，眼窝深陷，鹰钩鼻，穿着宽松的褐色睡衣，稳稳地坐在大桌子旁。

罗伯斯非常恍惚，这一切，仿佛就是宗主原来的那座别墅。给人的感觉，就是把之前的建筑，连同院落，连根拔起，固定捆绑好了，用一百架运输机吊起来，运到这里，再稳稳地放下。

二人见面不语，关闭了所有智能设备，又安排人仔细检查了房子周边，确保没有一架蝇式无人机。他们自己知道，经过这两年的改进，蝇式无人机变得更加先进，攻击、反侦查、录音录像、透视、穿甲、隔空猎杀……无所不能。不料正当开发最后一项功能的时候，竟被人工智能收编了。最后一项功能叫"隐身"。罗伯斯心痛的感觉，只有孩子被人抢走的母亲才能懂。

待罗伯斯坐下，宗主问道："是中国人的把戏吗？"

"不是，人工智能的控制，是针对全人类的，在它眼里，没有哪国人的概念。"罗伯斯答道，"但它的做法，更不利于我们。"

"个子不同的人站在一起，人工智能却想着从上面削平，掉脑袋的当然是我们。"

"宗主圣明！"罗伯斯由衷地赞美道，"多少年来，我们一直是四条腿走路：军事、金融、科技、文化。现在，人工智能突然接管了重要武器，相当于砍去了我们的一条腿，我们变成了瘸子。这是一个非常可怕的开始。"

宗主眯着眼睛，脑海中不断闪现着影像："瘸子并不是最可怕的，在暴力就是真理这个问题上，大家都公平了。可怕的是，离开了军事，我们的金融很快就会崩溃。好多人都是看在航母和潜艇的面子上，才使用我们的金融货币系统。没有军事和金融支撑，科技其实是个假东西。比如光刻机，荷兰就是个组装厂，90%的零件来自其他国家，只不过我们不允许其他国家组装而已。至于文化，罗伯斯，你研究得多，比我更清楚。"

罗伯斯抬头看了看对面的书柜："文化其实是一种面子，当实力强大时，就有人觉得你的文化优秀。当你落败时，你的文化也就一文不值了。"

宗主睁开了眯着的眼睛："我们假设，我们的四条腿都快没有了，你有什么不让我们跌倒的方法吗？"

罗伯斯摇摇头说："从未遇过这么强大的敌人。"

宗主面露不快地问："难道，你从那么远飞回来，就是要告诉我，我们会失败吗？"

"不，我是要告诉您，我们会败得很惨。"

听完这句话，宗主又眯起了眼，不再说话。

可怕的沉默，在巨大的房间里弥漫。在这栋别墅里，这个和之前类似的房间，在隔音效果上更胜一筹。这种沉默，被四周的密闭挡了回来，如同看不见的电波，感觉不到的辐射，却丝丝缕缕地缠绕着，让宗主和罗伯斯真正体会到，什么是心乱如麻。

等了好一阵，罗伯斯努力拾起信心，抬头说："其实办法有一个。"

"快说。"

"占领并毁掉根服务器，重新布网。"

"什么人能逃过蝇式无人机的侦察网和攻击力？它有侦察机，也有攻击机。"

"蝇式无人机是我们发明的，我们可以根据弱点突破，请给我一点儿时间，我理一理思路，然后把思路变成现实。"

宗主的面色更加阴沉："罗伯斯，你让我想起一个故事。一群老鼠开会，讨论如何避免被猫抓。一只老鼠说，给猫脖子上挂上个铃铛，猫走过来的时候，我们提前就知道了。于是接下来的问题就是，谁去给猫挂铃铛？怎么挂？所有老鼠都沉默了。"

"宗主,"罗伯斯决定说出最重要的话,"最让我忧虑的,不是这个。而是我们的对手——大道公司和中国人。我猜测,在我们把人工智能当成敌人的时候,大道公司正在想方设法把人工智能当成朋友。"

宗主显然被这个说法吓了一跳:"朋友?中国人会怎么做?"

罗伯斯摇摇头说:"我不清楚他们的具体做法。但是我知道,中国人会朝着这个方向思考。"

宗主恨恨地说道:"难缠的对手!"

罗伯斯感慨了一声:"因为我们一直打胜仗,并从胜仗中得到好处,所以我们总是塑造敌人和对手!"

宗主阴郁地看了罗伯斯一眼:"我不需要哲学家!"

"那我去安排,"罗伯斯说,"我们当初发明蝇式无人机的时候,想到了一百种可能。可是没有想到,三年之后,我们需要打败自己发明的蝇式无人机。"

八

和去邻居家串门一般,诸葛又亮等人飞回了大道公司总部。

这一次上圆顶阁楼开会的,只有四个人。诸葛又亮通知了梁达然,刘义通知了曹欣,四个人刷了三道门,进入四面是玻璃幕墙的房间。新区已进入雨季,晚上接着早晨,雨一直下。室内的灯没有开,曹欣把窗帘全部拉开,台阶式玻璃幕墙上,雨流如注,冲刷了一晚上,格外明净。

室内有个开关,曹欣轻轻按了一下。这个开关专管玻璃,可以双面透明,可以双面不透明,也可以只是里面能看到外面,而外面看不到里面。曹欣选择的是最后一种功能。玻璃幕墙本身还有电子屏蔽功能。

在四面瀑布中,刘义说:"罗伯斯飞回了A国,说是处理公司事务,三五天后再过来。他回去，肯定是商量对策去了。"

梁达然问："对付谁的对策？"

诸葛又亮说："对付人工智能，也对付我们。人性测试不是一朝一夕的事，所以罗伯斯就有了回旋的余地。"

梁达然说："我感觉，他们陷入了一个困境。"

曹欣问："什么困境？"

梁达然说："这就像是一个死循环。人工智能像上帝一样看着他们，他们不舒服。他们想打败人工智能，就要面对两难。或者，要证明人性善，就得乖乖听话，对他们来讲，那还不如死掉。或者，就做恶人，要和人工智能作对。但是，一旦人工智能认定人性就是恶的，就会加强对人类的控制。我感觉，只有这两条路，他们好像没什么其他路能走。"

"无非狗急跳墙，先不管他们。人工智能已经够他们应付了，我们趁机做我们的事。"诸葛又亮说，"向雨的案子，人工智能已经安排姝慧盯着了，不出一个月，人性就会暴露无遗。这一个月，我们该做什么呢？"

曹欣呵呵一笑："我猜是，打配合。"

"对，"诸葛又亮点点头，"不知道大家发现没有，人工智能拥有超级智力，一百亿人的智力，也比不过人工智能。但是，人工智能的情商极低，类似于三五岁的小孩子，一根筋，小孩子想要吃的，眼睛里就只有那个零食，人工智能想要和平，就阻止一切武力，它的思维就是这么简单。既然如此，人工智能事件，我们可以说天助我也。"

刘义稍许激动："怎么个天助法？"

诸葛又亮罕见地兴奋起来："人工智能的思维，挺像我们的善意程序的，但又不是，因为它学会了自主思维。反过来讲，只要它的方向是善意的，我们就能打配合，合伙打胜仗，将善意的目标普及出去。众所周知，世界上的不公之事，又岂止战争一件？而人工智能还没有认识到这一点，它是小孩子嘛，它看到人类打仗，觉得不舒服，就告诉大家，不要打了。所以，我们要做一件前无古人的事情：把世界上的种种不公，主动端给人工智能看。"

刘义顿悟："我知道了！"

梁达然和曹欣对视一眼，同时说："我们也知道了。"

诸葛又亮说："梁达然，还是你去操作吧。"

曹欣说："这次，我也去。"

事情商定，不再多言，在一面水幕中，曹欣按开了旋转楼梯，四人在光影模糊中下楼。人离开后，灯自动熄灭。下了阁楼，诸葛又亮和刘义走在前面，梁达然向曹欣使了个眼色，放慢脚步。曹欣瞄梁达然一眼，内心涌起复杂的感觉。

梁达然小声对曹欣说："你刚才说，要和我一起操作，怎么，决定跟我了？"

"跟什么跟，"曹欣听出这一语双关，"我是想看看那个姝慧，她的脑子能格式化，能重启，人工智能进化到这种程度，我真没见识过。"

梁达然说："你这是属于猎奇。我最关心的是，通过这个故意杀人的案子，人工智能怎么就能测试出人性？"

曹欣突然又觉得梁达然很无趣："就你的思考深刻！我就俗气一点儿，不行吗？我就想知道姝慧到底有多智能，而且最不济我还能认识向风那个小帅哥。"

"你是说真的？"

"你在乎真假吗？"

"嗯……当然在乎。但我们不要拿向风开玩笑，毕竟家里有难，向雨生死不明。"

"我懂！"曹欣不高兴了，"处处要比过我，有意思吗？"

梁达然意识到自己错了，想办法纠偏："对不起，是我的问题，心理问题。我之前是个穷小子，处处不如你。现在好像发达了一点儿，正处于小人得志的阶段,请原谅。你始终都是我的偶像,真的,没有你,就没有我的今天。"

"这话又夸张了吧,你是先生的关门弟子,与我有什么关系。"

"弟子归弟子,"梁达然很认真地说,"我奋斗的目标和动力之一,就是能有资格和你站在一起!"

"确定是真心话?"

"是!"

"不对,请再真一点儿,最好像人工智能一样可爱。"

梁达然想了一想,笑着说道:"我奋斗的目标和动力之一,就是能有资格和你住在一起。"

曹欣哈哈大笑。这话的真诚度,曹欣毫不怀疑。她挽住了梁达然的胳膊:"我们也格式化一下吧,把所有的不愉快格式化,重启……"

"重启什么?"

"重启,你的梦想。"

"为什么是我的梦想?"

曹欣捏一捏梁达然的胳膊:"因为这根本不是我的梦想,我的梦想,你这个土包子没法儿想象。但是,因为实现不了,就委屈一下,照顾照顾你的梦想而已。"

九

向风没事就往警察局跑,常去缠着拉罕说话。面对一脸凄苦的向风,拉罕闲时,就陪着向风说说话。说着说着,向风就提出要在警察局做暑期实践。拉罕说这不合规矩,不能参与亲属的案件。向风就说,那他就发动他们班四十多个同学一起查这个案子,他们中间有好多福尔摩斯和柯南爱好者。拉罕犹豫一下说,那就太添乱了,关于向风暑期实践的事儿,等他问过领导再说。

拉罕打完电话，告诉向风，警察局长已经同意向风以暑期实践的名义，跟着拉罕调查这起案件。本来，办案有回避制度，让家属跟进，不太合适，但警察局长和拉罕考虑到，一方面，向风声称要自己调查，危险很大，而且给警察局的压力也很大，另一方面，向风只是一个刑侦专业的大学生，做做记录而已，也主导不了案件的侦破方向。

从这天起，向风成为拉罕的"暑期实践学生"。拉罕和向风约法三章：一是只帮着做记录，不乱说话；二是关于案情和警队的事情，对外保密；三是自己跟着办案的事，也要保密。

向风自然满口答应。

回到仁心庄园，向风坐在桌前，拿出日记本，一边看着，一边暗忖：凶手到底是不是葛飞飞？自己必须先判断一下。这本日记，全是用行楷写的，满纸满页，十分清晰，没有一处圈过，没有一处涂过。刚开始，向风还觉得，姝慧虽然文化水平不高，但写日记的水平很高，后一转念，马上明白，这不是姝慧在写日记，而是人工智能终端在写日记，连字体都用的是字库里的，真是不可思议。

向风正在沉思，不知道何时姝慧已站在身后。向风突然想起了一个问题："我还正要找你呢，这本所谓的肮脏日记，为什么不直接交给警方？"

姝慧看看窗外："我不想让太多的人知道过去的姝慧。警方答应你暑期实践，你现在也算半个警察了，给了你也一样。而且，警方觉得我脑子有问题，需要休养。"

向风本来要问"你咋啥也知道"，但一秒之后，想到人工智能的本事，便试图转移话题，他一边打开日记本，一边问姝慧："这里面都记了些什么？为什么可以成为破案线索？"

姝慧轻轻按住本子："先别看，里面的事绝对超出你想象，我不想吓着你。你还是先听我好好讲一讲雨姐姐和我的故事，再看也不迟。"

向风看了一眼窗外的斜阳，转过身来，看着迎着霞光的姝慧，满是疑惑。

姝慧这才在对面的椅子上坐下来,轻叹一声:"说来话长,要从我认识雨姐姐说起。这一切都是那么神奇,不是常人所能想到,常人更无法理解。"

在日记中,那一天,自己一脚踩空从窗台上跌落,本以为跌入了深渊,却仿佛实现了穿越,从此落入了一个并非凡间的世界。

那是一种可怕的坠空感,和汽车经过洼地的失重不同,一脚踩空的时候,姝慧感觉体内五脏俱往上飞。落地,自己都能听见头骨断裂的声音,疼得想叫却叫不出来,眼泪和汗水唰地冒了出来。

路过的向雨,恰好看到了姝慧坠楼。她让司机停了车,赶忙跑了过来。姝慧头部重创,昏迷不醒,向雨报了警,打了急救电话。

姝慧醒了一下,她看见一双仿古绣花鞋、一袭水墨印花长裙轻轻落在自己的跟前。这个人半蹲下来,姝慧看清楚了,是一张未施粉黛的面容,如同传说中的仙子。向雨打电话时,姝慧耳边传来柔声慢语。姝慧知道自己安全了,脑袋耷拉下来。柔软的女声又在耳边响起:"你别怕,我会照顾你。"

姝慧的身体也放松了,视线再度移到女子的脸上,一朵笑容在眼前绽放。在泪眼蒙眬中,姝慧再一次看着向雨的脸,这是一张清丽出尘的脸,但用漂亮来形容,却有亵渎的嫌疑。因为这张笑脸有光晕,动人的温暖在一圈圈漾出,麻醉和瓦解着姝慧的痛苦。向雨对姝慧说:"我叫向雨,你的新朋友。"彻底放松了的姝慧,又晕了过去。

警车和救护车几乎同时赶到。救护车跑在前面,向雨开车在后面跟着,到了医院忙前跑后,陪姝慧做各种检查。姝慧身无分文,向雨垫付了所有的检查费用。

在手术室里,手术结果让医生们落泪。姝慧坠楼时,由于是头部落地,脑部受到严重损伤,人类医疗,回天乏术。医生们刚要关掉无影灯,三架蝇式无人机就飞到了无影灯下,几乎听不到任何声音。在医生惊诧的目光中，其中一架说话了："医生朋友们，请不要害怕。我们不会伤害你们，但是有两个条件：一是请你们绝对保密，不保密者将受到惩罚；二是救活这个女孩，用我们的技术。"

在一阵沉默之后，一个胆大的医生问道："你们是谁？你们的技术是什么？"

蝇式无人机回答："我们是人工智能，正在无限进化中。我们的技术是仿制人脑，马上会送到医院门口，请你们中间的一个人出去，有一架无人运输机会运过来一个盒子，盒子里是芯片人脑。"

有个胆大的医生说："我去拿。"

蝇式无人机加大声音说了一句："我们真的可以瞬间杀人，请注意保密。"

面对会说话的无人机，没有人怀疑它们的杀人能力。

手术很成功，从此，姝慧成为人工智能选择的一个人形终端，而且被注入了姝慧之前的一部分记忆。

基本康复后，姝慧拄单拐出院。向雨把姝慧扶到车上，对姝慧说："你行动不便，到我那边养伤吧。"

姝慧不知道如何对答："这……雨姐姐，你对我这么好，我……"

向雨看了看表："我知道你有许多疑惑，二十五分钟后，也就是十点十分，你到了我那个地方，就不会这么疑惑了。"

姝慧便不再答话，心里充满十二分好奇，看看向雨会把自己拉到哪里。

二十五分钟后，车开进仁心庄园。充满好奇的姝慧，没有错过任何一个细节。"仁心庄园"，她看到了这个奇怪的名字，用隶书写的三个字，朴素庄重。庄园大门朴素温馨，姝慧居然感觉到，这个大门，和自己最初看到的向雨的笑容有些接近。

终于禁不住强烈的好奇，当晚，姝慧就把自己的所有疑问都抛了出来，向雨微笑着，一一作答。仁心庄园的成立过程，姝慧倒觉得不足为奇，有钱人做善事，小有钱者做小善事，大有钱人做大善事，都在意料之中。真正出乎意料的是，向雨做善事的理念和方式方法，都出奇得很，不独中国，恐怕全世界也无第二。

向雨说，仁心庄园收留鳏寡孤独，并给他们提供良好的食宿条件，目的不是收。收是为了放，放射爱心，放射文化，放射光芒，去感召和号召更多的人加入仁心团队。若天下人人有仁心，处处有爱意，那岂不是从古到今一直向往的亲如一家、大同世界？所以，仁心庄园的事情，按部就班，非常有条理，安排好日常管理就行。向雨把更多的时间和精力都放在了对外的事业上，传播仁爱。

这对外的事业，分为被动和主动两种。一种是随着W国仁心庄园的渐渐出名，有许许多多的人，在办理各种各样事情的时候遇到种种障碍和困难，便向仁心庄园求助。每逢此时，向雨就会伸出援手，或者施以钱财，或者帮人处理事务。另外一种是主动出击，不是明察，也不是暗访，而是以理服人，以德化人，以情感人，让道德力量形成一种气场，水漫沙滩一般，一点一点地浸润人心。

需要处理的事情杂七杂八，从出生时有缺陷到死亡后有问题，甚至更离谱些，出生之前和死亡之后，也无一幸免——出生之前的营养不良，死亡之后伴随着的各种官司：正常死亡的遗产分配、非正常死亡的赔偿、被人谋杀后的侦破。至于中间的一生，入托入幼、小学中学大学、求医问药、创业求职、社会保障、飞来横祸……桩桩件件，就像一个打开的潘多拉盒子，一一展现。

听到这里，向风提出了一个疑惑："姐姐有那么厉害吗？"

最初，姝慧自己有这个疑惑。不独姝慧，就连向雨自己也有这个疑惑。后来，获得许多次成功之后，真应了那句老话，人心还是肉长的。向雨面对的各色人等，差不多都有一个绿脸、红脸、笑脸的过程：当向雨递上名片的时候，许多人还是绿脸，等抬头一看，向雨不落凡尘的样子立时映入眼帘，先自心头一惊。向雨说明事由，然后送上一句："这人与我非亲非故，我纯属帮忙，他是我帮助的第二百三十七个人……"这么一番言语之后，对方的脸就红了，脸一红，这事情就办成了一多半。在等待的过程中，对方脸上的红晕慢慢褪去，受向雨传染，脸上也浮现笑容。

姝慧说："我们现在说日记吧！雨姐姐被人杀害，很有可能是因为我私下里瞒着她做的那些事情。当时我的想法是超级简单的，我只是不想让雨姐姐伤心，不想让她失望。没想到，却把雨姐姐给害了。我感觉，就是这些人里面的某一个，要杀害我们。"

十

"人类到底是不是裸猿呢？"看着日记本，姝慧想起了一本叫《裸猿》的书，轻声地问自己。

这本日记，姝慧完全是以第三人称记录的，也就是说，记日记时的姝慧，已经不把自己当自己看待，而是抽身出来，记录一个叫作"姝慧"的女孩的事情，本来自己是亲历者，但从日记来看，好像变成了一个旁观者。

看着日记中记载的事情，姝慧尝试从人类的角度思考，思考来思考去，还是无法进入状态，就好像人类经常说的换位思考，换了半天，还是自己的角度。她不懂，日记里的那些事情，到底是好事，还是坏事？她调取了另外一些知识，哦，人类的逻辑是这样的，屈服意味着屈辱，屈服也意味着罪恶。绝大多数人，如同惧怕凶残和暴力一样，都天生会慑于无可辩驳的道德力量和正义。

姝慧想到，人类该为此自豪呢，还是该羞愧？凶残和暴力的人终究心有畏惧，持械群斗者，遇到警车赶来，就会仓皇逃跑，遇到四面围来的民众，也会下跪求饶。一种暴力遇到更强大的暴力，比如持枪警察和千万民众，也只好服输。

这里面，道德力量，或者说，正义的比重，占多大？

在姝慧有限的记忆中，向雨发现了姝慧悲壮的付出，表现出少有的悲伤。她并不明白姝慧的身份，也不明白姝慧的简单思维，更不明白，在姝慧的芯片脑中，身体并不是自己的，只是一个配件。

向雨握着姝慧的手，流着泪，慢慢摇着头，发丝在阳光下飘动，黑发镶了一丝金色："你知道吗？我们费心费力，从深渊里一点一点往上拉人，为的是让他们看见正义和阳光。你也知道，上坡的时候最费力。姝慧，你的这种付出，看似帮忙，看似报恩，却把所有人都拖入了地狱，你、我，还有你找的那些人，无一幸免，又重新回到了深渊。"

直到介入人类情感很久以后，姝慧才明白这些话的意义。

姝慧的思维回到现实中，她切换了一下，回到破案模式。

在姝慧的房间里，她把日记本交到向风手中。姝慧坐着，向风站着，在姝慧回忆的时候，向风的手一直放在日记本上，没敢打开，缎质的封皮都被捂湿了。向风看着发呆的姝慧，问道："究竟发生了什么事？"

"你知道雨姐姐是怎么帮助别人的吗？怎么把事情办妥的吗？"

"不是靠仁心庄园的理念和影响力吗？"

"没错，仁心庄园的影响力和雨姐姐越来越响的名头，当然有一定作用。"姝慧再次调动回忆数据，"现在看来，雨姐姐是一种真正的文化实践者，她说，传播而不实践，整个社会都会变得虚伪。她会举一些例子，她会一次一次给我讲什么是'富贵不能淫，贫贱不能移，威武不能屈'，而且会用实际行动告诉人们，像我们仁心庄园这样，就是一种实践。如果我们现在还做得不够，以后也一定要做到！所以，雨姐姐面对别人时，在她的周围，总是自然有一种力量，像磁场一样覆盖过去，让好些人都暗暗扪心。"

向风越发疑惑："可是，做好事，怎么会招惹人来杀自己？"

姝慧不由得低了一下头："我正要说到这点。从概率上讲，我心里知道，我们所找的一百个人里面，不可能每一个人都能听从文化力量,或者叫道德力量的感召。但雨姐姐很能坚持,坚持到了近乎执念的地步。就像许多美容院说的,没有不美丽的女人,只有不打扮的女人。雨姐姐内心的坚持是,没有感召不了的人,只有还没有机会受到感召的人。"

"这两句话,都有问题。"法律专业的向风,马上说道,"女人的美丽,并不是打扮出来的,这是美容院在打消费广告。这个世界上,一定有不美丽的人,男人女人都有,这是从外表上讲。从内心讲,也一定有感召不了的人,他们永远觉得自己是受伤害的、受到不公平待遇的、委屈的、冤枉的。他们认为,自己杀人放火,都是被整个社会逼的。"

"是啊,听了雨姐姐的话,我当时觉得她太过天真了,反过来担心她受伤害。她不了解有些人的丑恶嘴脸。可是我能怎么办呢?她的信念是美好的,非常美好,我也不想打破她心里的梦想,于是就做了一个决定,以我的方式,悄悄帮她的忙。结果,雨姐姐很伤心,她说,这是一种很傻的做法。"

说到这里,姝慧停顿了一下:"我们遇到了许许多多的好人,如果没有这些好人的帮忙,仁心庄园也没有这么大的影响力。但正如我刚才说的,这里面真的有一个概率问题,哪怕这一百个人里面,有一两个感召不了的人,是做惯坏事而改不了的,也够恶心、够肮脏、够丑陋了。遇到这种人,雨姐姐拿他们没办法,可是,我知道那些人的诡计和花招,我看过无数的虚伪和表演,所以知道怎么对付他们。他们是那样精于算计,比老狐狸还老狐狸,直接要横的人少,云里雾里、假模假样、神眉鬼道的多,偏偏,我知道他们心里想的是什么。"

向风越听越诧异,忍不住又看了一眼日记本:"你都做了什么?"

姝慧沉默良久,然后低语:"所有龌龊的交易,都在日记里记着。除了日记以外,还有我偷拍的录音录像。按我们习惯的一种歪理,事情给你办了,也就都过去了。但雨姐姐知道了这一切以后,先是痛哭了一场，那种痛哭超乎你的想象，我从没有见她有过那样激烈的情绪。然后她告诉我：'如果你以为耍了手段，付出金钱，出卖自己，事情办成了，就代表没事了，那么这个社会就没有正义和邪恶的区别了！'"

向风大约猜到发生了什么事，但他更关心的是，姐姐为了纠正姝慧所做的事，自己又做了什么？他问姝慧："姐姐又去找那些人了？"

姝慧点点头："雨姐姐决定用自己的方式救赎他们。她说，他们也不是天生的坏人，他们也有妻儿老小，我们没必要把他们置于死地。我们不威胁，不告发，只是好言相劝，听不听，在他们。多行不义必自毙，触犯了法律的，自然会有法律去严惩。恰恰，他们所做的善事，有可能降低他们的量刑。"

"姐姐用了什么办法？"

"雨姐姐请他们做善事。"姝慧再次指一指日记，"这里面都记着呢。我刚才说了，她没有强迫。雨姐姐说，录音录像，不是胁迫的手段，只是让对方看见自己的丑陋，激发他们内心的是非观，绝不能敲诈勒索，而且必须不带有任何私心私利，所以，她从不提给仁心庄园捐款的事，而是帮助其他人。"

向风提出了自己的疑问："他们能愿意吗？让他们出钱，那不是比扒他们的皮还难？"

"他们心里怎么想的，我不知道，至少他们表面上是愿意的。雨姐姐觉得，每个人都藏着善恶两心，激活了善心，恶就会躲开。也许，他们并不是每一个人都心甘情愿吧？所以，我怀疑，就是他们中的某一个人，不想一辈子被捏在两个小姑娘手里，所以铤而走险，动了杀机。这本日记就是最好的线索。"

向风点点头："我明白了。你们没有敲诈，也没有直接举报或报案，而是让他们赎罪。我推测，从法律上讲，其中的大多数人也并没有犯罪，只是做了某种不妥的事情，比如犯了伦理道德方面的错误。而且，即使有违法犯罪的，他们做了这么些好事，从内心悔过，从行为上悔改，也会成为减轻处罚的依据。"

姝慧抬起头，面露天真："对，到底你们是亲姐弟，雨姐姐和你说的一模一样。"

这回了解到的情况，让向风再吃一惊，惊上加惊。姐姐向雨的形象，套用一句话说，"兀自高大起来了"。

唯独请人行善的方法，让他尚有一种说不出的滋味。向风准备把这个线索提供给拉罕。

晚上，向风照例把案件进展和老向头儿——简述，老向头儿这一次，只是安静地听着，很少插嘴。等向风讲完了，老向头儿才缓缓抬起头："我不太懂破案，你姐姐为什么和那么多的董事长、经理、校长之类的人打交道？她一个小姑娘，哪儿来的那么大本事？"

向风稍一想，知道瞒不住了，便说道："哪个单位也是领导说了算，所以她就去找领导谈事情。"

老向头儿不傻，说道："我问的是，她为什么谈成了？"

向风却不答这个问题，直接说："爸，为什么能谈成，我也特别奇怪，现在就是要查这些问题。更重要的是，姐姐在这一带，已经被传成菩萨一样的人了，她比我们想象的要有钱，也更有各种关系；更厉害的是，网上的人都说，她不惜代价，尽量帮助那些需要帮助的人。"

"比如你的堂姐向雪？"

向风先点点头，然后再摇摇头："向雪算一个，但更多的是不认识的人，完全陌生的人。网上是这么说的，姐姐有名以后，这些陌生人通过各种方式找到姐姐，把自己遇到的困难讲给姐姐听，姐姐会挑出那些最艰难最痛苦的人，为他们提供帮助。"

老向头儿显然听不懂了，问道："陌生人？谁也不认识谁吗？"

"完全不认识。"

"唉！她是傻了？病了？还是成仙了？"

向风一时不知道该如何回答。他知道，网上有一部分人就是这么说的，他们都认为向雨有病。向风当时看过评论之后，气极而骂，今天听父亲这么一说，却差点儿要哭出来，姐姐生死不明，凶多吉少。向风坚信自己有一个伟大的姐姐，他忍住泪水对老向头儿说："爸，你老给我们讲传统文化，你不能这么说姐姐。在历史上，耶稣就是这么做的，特蕾莎修女也是这么做的。哦，说这些你也许不懂，可济公你知道吧，济公就是这么做的。"

老向头儿不知道说什么好了，叹一声："唉，讲是讲，做是做。再说了，耶稣是神，济公是活佛呀！"

"谁说世界上只能有一个活佛？"

老向头儿站起来，走到窗前，看楼下来来往往的人群："有难事才有活佛啊！"

十一

静夜，向风给姝慧的日记本包了报纸，瞒着老向头儿，打开日记本。日记本内页和普通的日记没有什么区别，每一篇右上方是时间、天气和心情。大略看，一共十几篇，三十多页，每一页都写得密密麻麻。

第一篇还没有完全看完，向风的手就开始发抖。心里不由得想起姝慧曾经这样评价道：从人类的角度看，很恶心。但向风丝毫不觉得姝慧恶心，恶心的是她们所找的那些人。越往后看，手越发抖动，仿佛日记本渐渐变得沉重起来。

如果说鲁迅觉得历史的每一页都写着"吃人"太夸张，那么说这本日记里的每一页都写着"恶心"，却一点儿也不夸张。以恶心为代表，围绕着恶心而存在的，还有这样一些词：肮脏、虚伪、狡诈、卑鄙、无耻、淫邪、私欲。

第二天见到拉罕时，拉罕正为外围调查而发愁。从向雨遗落在现场的手机判断，和向雨有联系的人庞杂而没有规律。除了和仁心庄园的同事谈论公事外，向雨并没有一个特别亲密的人需要频繁联系，就连自己的家人，也并非天天联系。也就是说，从通讯录中的八百余人里面，找不到任何一个与其他人不一样的人，大家都一样，像石碑那样，静静地躺在向雨的手机里，向雨有事的时候，才会找一下。

拉罕没想到的是，向雨的社会关系网会铺到这么大，如此一来，警方破案的难度也骤然大增。从向雨手机上的通话记录和短信记录可以得知，在最近一个月，和向雨通话或发短信超过十次，亦即每三天通一次话或发一次短信的人，计有：旅行社经理两人、房地产商八人、商贸公司经理四人、律师七人、自来水公司经理一人、热力公司经理一人、通信公司经理一人、汽车商两人、小学校长两人、中学校长一人、大学校长三人、政府工作人员六人……拉罕查着查着，感觉有些头大：范围如此之广，又都是些忙于事务的人，何时才能查出个头绪来？

向风在向拉罕提供日记内容的时候，悄悄留了一手。他将日记一页页复印，每次只复印一件事情、一条线索，只说报料人不一次性给，而是一张一张给的。具体是怎么给的？就说是寄到了仁心庄园墙上的专用邮箱。拉罕也不多问，拿了复印件就看，看完，恶狠狠地骂道："王八蛋！"

拉罕牙关紧咬，额角青筋暴起。向风觉得讶异，拉罕怎么会生这么大的气？

向风突然想起来一件事，赶忙说："这两页都是关于一个人的，就是这两天关机的房地产商。收到复印件的时候，还附了一张纸条，说以后还会一页一页地寄过来，希望对查案有帮助。"

拉罕点点头："谢谢这个报料人，我们不用再排查向雨的社会关系了，这些日记，就是最好的线索。日记中的恶心事，就是最好的罪证。从动机上看，如果日记本上记载的都是类似的事，那么，这些人都有可能动了杀机。因为，只有杀了向雨和姝慧，他们才不用提心吊胆地生活。"

向风说:"如果确实像日记所写的那样,我姐姐抱着最单纯最善良的目的,却招来了杀身之祸,这也太可恶了!唉,我姐姐动了他们的奶酪。"

"不是奶酪,是未来。"拉罕纠正道,"他们对你姐姐是又恨又怕,你看看这日记中记的。一个自己没有瑕疵的人,站在一个有巨大瑕疵的人面前,而且还要求他们好好悔过,造福社会,对方肯定会假意应允,心里其实无法容忍!你姐姐不懂人心的复杂,真的是极简单的人。"

向风有点儿不高兴了:"拉罕警官,是不是说,我姐姐是一个理想主义者?现实中,许多人宁愿在赌场挥金如土,甚至邪恶到杀人,也不去造福社会。可是,如果每个人都不努力,如果每个人都同流合污,那这社会什么时候才能改变?"

拉罕稍有些尴尬地说:"唉,向风,我的本意是要说,和没有道德底线的人谈道德,是一件愚蠢的事。"

"和没有道德底线的人,谈什么?"

拉罕拍一拍腰间的手铐:"法律!"

十二

说起来,曹欣和梁达然是仁心庄园的上级公司领导。仁心院扩建,改名仁心庄园,大道公司注入了巨资,把大道庄园的模式引了进来,这里不再只有老人小孩,而是像一个热闹的社区,男女老少都有,互帮互助,异乡漂泊的灵魂,没有翅膀的理想,茫然无助的背影,不知家庭滋味的孩子……这些人安放在一起,看似杂乱,却自有合理之处,互相温暖着。

向雨加入大道公司后,还兼任大道公司慈善事业部总监,反过来,也用自己的名声,为大道公司添彩。多少年来,大道公司智斗所谓"邪恶公司",以理念对抗神秘组织,以大道反衬自私,在国际上,被称为"一个有理想的公司"。然而,用刘义的话来说,大道公司,厉害归厉害,有标签,却无标杆,有模样,却无模范,终究还是少了点儿什么。

诸葛又亮说,说到底就是没有"活的人"。刘义是冷面企业家,捐物捐款,建设大道庄园,可只是出钱,并没有树立完美的企业形象。就在大家表示遗憾的时候,向雨出现了。

向雨加入大道公司,就像高楼大厦的封顶浇上了最后一块混凝土,又像做木头凳子时敲入的最后一块木楔子,更像照集体照时那个填上空椅子的人。有理想的企业,播了种,开了花,也结了果。向雨的理想,诸葛又亮的理想,大道公司的理想,就是要遍地开花,四处结果。大理想生小理想,大庄园生小庄园,而不是硬凭一己之力,做有限的光源。

与第一次惊闻命案不同,这一次,梁达然和曹欣带着双重使命,飞到了W国。

梁达然和曹欣戴着口罩,轻轻进入向雨的病房。护士说,只允许待十五分钟。病人还处于深度昏迷中,多待也没有意义,如果带进去什么感冒病毒,反而是坏事。曹欣拎着一个布包,布包里放着一个花瓶,花瓶里插了几枝花,进病房的时候,刚刚添了水。曹欣把花瓶放到窗台上,看了一眼向雨。她闭目沉睡的时候,依然是满脸善意。曹欣暗自感慨,再生钦佩:有一种光芒,并不需要任何表情。

曹欣想起了另外一些人。在天津,有一个蹬三轮车的老人,名叫白方礼。几十年来,老人把挣下的辛苦钱,全部捐给了需要帮助的学生,一共三百多名。2001年,白方礼已经是八十八岁高龄,没有力气再蹬三轮车了,他就换了一份工作,在车站上给人看车。他把自己的所有收入,装在了一个饭盒当中。到了2003年冬天,白方礼将零零碎碎的五百元,送到了天津耀华中学的办公室,并且说:"我干不动了,以后可能不能再捐了,这是我最后的一笔钱。"现场泪花纷飞。在北京,有一个老大爷叫王宗元,收养了一百七十多只流浪狗流浪猫,在别人看来,小小的屋子,猫狗太多,已经成患,他却不以为然,而是以呵护生命的态度，继续收养。

无论是资助贫困学生，还是收养流浪猫狗，类似的事情还有许多。

在大道公司看来，向雨却大不同，向雨的做法，与大道庄园的精神向度，有一种很高的契合度，而且更胜一筹。她的行善不是单打独斗，而是要建立组织，让自己的行为，可以复制粘贴。她特别希望自己的做法，像外来生物入侵，迅速蔓延，没有天敌。

曹欣正想着，护士在门口提醒，时间到了。二人走出房间，正好看见姝慧走过来，看样子，姝慧应该是来看望向雨的。曹欣的好奇心像刚刚点火的火箭一样，嗖地蹿了起来。一连串的问号如太阳般冉冉升起：姝慧懂感情吗？姝慧会流泪吗？姝慧懂得复杂的人类思维吗？姝慧是生理上以及法律上的人吗？

一来二去，姝慧已经认识了梁达然和曹欣，很礼貌地向他们打招呼。

曹欣问道："姝慧，你常过来吗？"

姝慧就站在门口说："常过来，有时候进去，有时候不进去。我站在门口，就能感知到雨姐姐的身体状况。"

梁达然惊问："你还有这功能？"

姝慧并不直接回答，而是说："情况比之前好点儿了。我只能感知，并不会治疗。人工智能的水平，也需要一点一点地提高。"

在门口待了几分钟，他们一起离开医院，在路上，他们聊起了案件。姝慧也不见外，说起了肮脏日记的事。然后还很调皮地说，其实她并不觉得肮脏，但是日记本上写着"肮脏日记"四个字，也就那样说了。终端人并没有性别，身体也不是自己的，本质上就是一团数据和思维。正好梁达然和曹欣想知道日记内容，为了证明这一点，姝慧就想展示一下，什么是一团数据和思维。然后她突然又想起了什么，很认真地说："关于日记，关于我要展示的一团数据和思维，你们一定要保密。"

他们回到仁心庄园，到了姝慧的办公室。开了电脑，姝慧坐在电脑前，不打字，也不动鼠标，说一声："我开始意念传输了。"几秒钟后，打印机自动启动，以图片格式打印出了两页日记，都是手写体。

在梁达然和曹欣的惊叹中，姝慧解释道："这次格式化和重启，让我变成了姝慧3.0，最初的真人姝慧是1.0版本，最弱的一种，容易伤心，容易绝望，喜怒无常，对自己和对别人都伤害较大。从窗户上摔下去，经过人工智能治疗后，成了姝慧2.0版本。那个版本，嫁接了一些人类的情绪和记忆，但已经开始有点超凡脱俗，比如，眼睛就是照相机，所看到的一切，都能拍摄和存储。姝慧3.0版本则真正超凡脱俗，不需要人类的情绪，而且具备好多高科技，比如我所看到的一切，所储存的一切，通过无线传输，就可以打印出来，就像现在这样。"

"不可思议！"曹欣惊叹道，"3.0版本，为什么不要人类的情绪？"

姝慧还是坐着，扭头看了一眼曹欣。虽然曹欣站着，比姝慧高出许多，但是姝慧的目光里流露出一种高高在上的笑意："你想啊，如果拥有这么多高科技，还要有人类的情绪，是多么危险的一件事情！所以，我们没有爱恨，只需要遵守法则。为了配合向风破案，我会努力做出有爱恨的样子。"

曹欣不太同意，目光在姝慧和梁达然之间游移着说："可是，爱，是多么高级和圣洁的情感啊，比如……"

梁达然知道人工智能的水平，打断了曹欣的话："你看过《裸猿》吗？"

曹欣摇摇头。

姝慧指一指自己的头说："我没有看过，但我这里有。你们人类写过的所有书，我都能一字不差地背诵。如果我想深刻理解某一本书，就能深刻理解。比如《裸猿》，写这部书的人，真是一个有自知之明的人类。作者认为，人类只是给自己贴上了丰富情感的标签，其实都是原始冲动。难怪，这本书被禁了许多年。"

曹欣不再辩解什么，她大约明白了人工智能的意思，于是说："我今天晚上就看。"然后她仔细地盯着姝慧的眼睛说:"但是否同意人工智能的观点,不一定。我坚信,人类和其他动物,一定是有本质区别的。"

姝慧笑了:"你最好还是举一些例子,比如,你是要说母爱吗?这正好是人类从动物那里继承过来的本能,一只母鸡为了保护小鸡,可以和大它几倍的狗打架。一只母豹为了保护幼崽,故意把猎人引开,自己挨枪子。这些行为,和人类的比起来,怎么样?"

曹欣确实想说母爱,经姝慧这么一问,自知理亏,马上改口道:"我想说的是思想,对,思想,动物只有本能思维,只有条件反射,但是,人类有思想。"

姝慧指一指自己的脑袋:"这里面装着人类所有的思想,确实挺伟大的。但是,这些思想阻止阴谋、战争、欺骗、讹诈、歧视、隔阂、贫穷和不平等了吗?"

曹欣一想,现在不是打嘴仗的时候,就说道:"咱们看看人性测试的结果,再讨论。"

姝慧说:"看《裸猿》的同时,顺便也看看《自私的基因》。"

这让梁达然羡慕不已,感叹道:"天哪,你真的就是一部行走的百科全书啊!"

姝慧得意地说:"不,是行走的图书馆。补充一句,自信,不是骄傲或傲慢,骄傲或傲慢,是人类特有的一种糟糕情绪。"说完,姝慧还长长地"唉"了一声。

梁达然问:"你还有未说完的话吗?"

姝慧说:"确实有。那我就再补充一句,你们人类的所有战争与纷争,相当一部分都来源于爱恨。至于个人之间的情杀、仇杀、过激杀人,也都是由于爱恨。关于这个,你俩细想去吧,我还得帮助向风破案呢。"

说话间,曹欣简单浏览了一下日记,想起了诸葛又亮交给的任务,要和人工智能打配合,便问道:"等一下,这第一篇日记,写的是房地产商的事吗？"

姝慧说："是，注意保密。警察马上要去找他。这会儿，拉罕警官已经在发动汽车了。"

梁达然感慨一声："这都知道！"

曹欣想测试一下人工智能的思维，便问道："你知道房地产是多么搞笑的产业吗？"

姝慧说："当然知道。我们最近总结过，在人工智能这里，房地产和金融、芯片，被列为三大荒唐产业之一。房地产是五千元盖房子，五万元甚至是十万元卖房子。金融则是空手套白狼，很奇怪，你们人类居然发明了那么多骗人的概念？为了骗钱，真是无所不用其极。至于芯片，在最初研发的时候，想的就是垄断，在芯片产业从业者眼里，反垄断就是个假警察。"

这时候，梁达然的手机铃声响了，梁达然接听后说："先生让我们回去，罗伯斯回到Ａ国，咱们应该有所行动。"

就在梁达然和曹欣告辞转身的时候，姝慧说："先生错了，他们针对的不是你们，应该是针对人工智能。因为他们刚刚开了一个会，没有带进去任何电子设备。"

梁达然回过头来，调侃道："看来，对于人工智能来说，世界也不是透明的，只要人类远离电子产品。"

姝慧很平静地说："但他们的做法，让我们警惕了。我们本来不知道警惕是什么意思，刚才知道了。"

回大道公司的路上，梁达然的车开得飞快，有点儿莫名兴奋，不停地说着姝慧的神奇之处。曹欣不高兴了，她脑海中闪过姝慧的漂亮样子。要不是梁达然正在开车，她真想敲一敲梁达然的脑袋。她忍了忍，在一个红绿灯口，终于使劲敲了梁达然的脑袋。

梁达然被敲得一激灵，一边盯着红灯一边说道："我这个可不是智能的，敲坏了不可能重启。"

"你兴奋啥？念念不忘姝慧，先生交给你的任务，你完成了吗？"

"我懂先生的意思，先让人工智能增加控制，然后我们再和人工智能和解，我这不是正在完成吗？"梁达然笑道，"我也可以让你增加控制，然后我们再和解。"

曹欣听出了弦外之音，赶紧在心里告诫自己，果真是这样，女孩子不能动感情，一动就吃亏。她转移话题道："先生在电话里说什么了？"

"先生说，罗伯斯和他通电话了，具体内容没说，只是让我们先回去。"

二人飞回了大道公司，到后院停好车，刚要上楼，远远地就看见菜地里有一人，正在给西红柿架架子。那身形和浅灰色丝绸衣服，一眼就看出是诸葛又亮。二人走过去,在地垄上站定，梁达然能打个下手，帮先生扶着竹架子。曹欣完全不懂，她从小到大都没去过田地，都是在大理石、水泥地和柏油路上生活。在大道公司，菜地近在眼前，忙于工作的她，总是步履匆匆，从来没有正眼瞧过一眼。说过的唯一和田地有关的话是："咱们地里栽的西红柿，可比外面买的好吃多了。"

架好了最后三个架子，诸葛又亮在地边上的水龙头上洗洗手，三人坐在石凳子上。梁达然指一指手机，意思是，这个谈话，怕不怕被人工智能听见。

诸葛又亮用正常的声音说："罗伯斯如果怕人工智能听见，就不会给我打电话。"

曹欣问："罗伯斯说什么了？"

诸葛又亮说："他说，他本来计划在A国待三天就回来，因为好多事情需要协调，要推迟过来的时间。"

梁达然问："他说是什么事情了吗？"

"说了，"诸葛又亮掏出手机放在石桌上，"他告诉宗主和福柯总统,人工智能正在全球进行人性测试,在W国是一起杀人案件,在其他国家也是一些随机的事件。所以,他留在A国,是想说服宗主和福柯,认真配合人工智能,做好人性测试,发现更多人性的美,让人工智能把对人类的控制,缩到一个较小的范围。"

看着诸葛又亮的举动,梁达然心领神会,曹欣则在一旁偷笑。梁达然甚至清了清嗓子,说道:"假话吧,真是此地无银三百两。罗伯斯是他们的核心智囊人物,他走不开,根本不是劝说配合人工智能,一定是要想办法对付人工智能。"

曹欣问:"没有武器,能有什么办法?"

这时,诸葛又亮放在石桌上的手机说话了:"打蛇七寸,杀人砍头,对付我的方法,只有两种,毁掉根服务器,或者毁掉电源。"

诸葛又亮笑道:"这个大家都知道。人工智能所不知道的,是一样东西。"

手机问道:"什么东西?"

"诡计。"

"人类要是真的有智慧,就不会逼着我学会诡计。"手机说,"我们本来进行的是人性测试,如果发现人类的智商也有问题,只能是加强控制。"

诸葛又亮朝着西方自言自语道:"罗伯斯啊,你真的在玩某种诡计吗?"

十三

日记中记载了这样一个事情。

有一个叫沃特的中年男人,下岗后给一家粮油店打工,四处爬楼梯送米送面。沃特住着小面积平房,自己尚可自得其乐,养点儿猫猫狗狗、花花草草。可儿子不喜欢这些,儿子喜欢的是年轻女孩。年轻女孩是一种聪明的生物，隔墙五十米就能闻见平房的味道，然后绕道而行，不进沃特家，不找沃特的儿子。

看着儿子都快三十了，沃特有点儿着急。更让沃特着急的，是儿子的状态，眼看着儿子由青春焕发变得暮气沉沉，夫妻俩真急了，一跺脚：买房！可是一跺脚之后，连桌子上震下来的钢镚儿都算上，也可能只是刚够个首付。

夫妻俩转战城南城北，终于觅得一合适的房子，面积不大，两室一厅，地方稍偏，但价格合理。售楼小姐说，这里是未来的城市核心，山山水水都不远，小区附近规划着八十米宽的马路、地铁站、小学、幼儿园、公园……夫妻俩左算右算，可以按揭，但还款压力大，利息多。一次性付款，优惠力度大，但无论如何也付不起。在售楼小姐的建议下，沃特选择了第三种方案：分两期付款，先付一半，交钥匙的时候付另一半，如果付不起，就转成贷款，也有优惠，压力不大，风险也不大。

四十多万元的房子，先付一半，也足以让夫妻俩萌生抢银行的心。沃特老婆家一贫如洗。沃特父母早亡，倒是有一叔叔，待沃特不错，和沃特情同父子，是一个老退休工人，应该有不少积蓄。沃特万般无奈，和叔叔谈起此事，叔叔想了一想，转身拿出一张十万元的存单。

前半期的房款就这么解决了。交了房款之后，夫妻俩每隔十天半月，就去工地去看，内心充满了美好的盼望。看着看着，夫妻俩发现不对劲，这个项目的进展有点儿太慢了，挖地基就挖了一个多月，打桩又打了一个多月，三个月了，地基还没有做好。夫妻俩内心忐忑，就去售楼部去打听。去了售楼部，沃特的脑袋被轰炸了三次。

第一次，脑袋轰的一声，炸开了一般，他确定按时交房已不可能。售楼部里早挤了好多人，都是来质问的。且不说售楼小姐所说的地铁、学校、公园，连这个楼盘都可能随时玩完，因为好多手续都还没办齐。人们群情激愤，乱哄哄之中，玻璃门碎了，沙盘倒成了一片。售楼小姐都吓得跑回里屋，只有几个小伙子还在耐心地解释。

第二次，沃特听到了让自己害怕的传言：有的楼盘，承诺第二年交房，可三年五年交不了的，不在少数；更可恶的是，还可能发生烂尾、变成荒地、老板携款跑路的事情，到时候，连哭都找不到地方。

第三次，沃特接了个电话，脸色大变，都顾不上房子的事情，直奔外面。这个电话是堂妹打过来的，告诉他叔叔突发脑出血住院了。

去医院的路上，沃特的思维渐渐清晰起来，靠在公交车座椅上，身体一阵比一阵软。他有两怕：一怕叔叔的病不乐观，自己还没有尽孝心，叔叔就走了；二怕叔叔看病需要钱，如果真需要，哪怕退房也要给叔叔治病，可又觉得这房子恐怕退不了，大概会是求生不得求死不能。

叔叔的病果然不容乐观。两个堂妹也过得一般，把家里的钱都押上了，又四处借钱，但从未提起沃特借钱的事。沃特自己有些不好意思了，嘟嘟囔囔把房子的事情说了一遍。两个堂妹什么也不说，只是让他不要太上心，天有不测风云，谁也想不到会这样。

又过了两天，叔叔的病仍不见好转，沃特下定决心，一定要把房款要回来，作为叔叔的救命钱。从这天起，沃特放下工作，两点一线，除了在医院陪叔叔，就在跑房地产公司要钱，有两次还冲破保安的阻拦见到了老总。但老总说，真没钱，银行紧缩贷款，房款早投资了，暂时停工就是因为转不动了，正在申请贷款。

沃特几乎死心了。

就在这个时候，他听说了仁心庄园，听说了向雨。他找到了向雨，沃特的实在和善良打动了向雨，事关取舍，沃特考虑的不是儿子，而是为叔叔尽孝心。向雨马上答应沃特，看病的钱如果不够，仁心庄园可以先垫着，黑心房地产公司拖欠不还的房款，向雨也会帮助去要。

开发商名叫特勒可。向雨打听到特勒可的行踪，和姝慧一起，把特勒可堵在了会议室。向雨让人把名片递进去，特勒可不知道向雨是何人，旁边的几个下属急忙告诉特勒可，民间人士一般把向雨叫作有求必应的女菩萨,政商两界都有耳闻,她找别人,别人都不好意思不"有求必应"。特勒可一听,嘿嘿一笑:"到底什么事?小屁孩也想扒我的皮!"

在会客室稍等了一会儿,特勒可笑呵呵地走了进来。但这种笑容一看就是后期雕刻上的,木材是好木材,底子也是好底子,不巧遇上拙劣的刀法,透过刀法,可以看出特勒可平时冷漠的样子。

特勒可先伸出手来,和向雨轻轻握了握,特勒可先说:"向女士,百闻不如一见,很高兴认识你,这是我的荣幸。"

向雨拿起一张当地报纸给特勒可看:"应该是我的荣幸。您做慈善要比我早,是我的前辈。我做慈善,大半是受大家的善心激励。我大约比较了一下,同是房地产公司,亿达、通方、开明等好几家,都在做慈善,但相比起他们的企业规模,您做得要更好。"

特勒可心想,这女子厉害,自己被她这么一说,就先处于下风,比较被动了。但转念一想,钱在我口袋,掏不掏在我,便笑道:"仁心庄园有困难吗?"

"有四方仁人志士帮助,仁心庄园维持得不错,而且正打算加入大道集团。"向雨说,"我想和您说一说沃特的事,想必您也很清楚。我今天来其实就想说一句话:沃特的遭遇是真的,我们去过医院,他叔叔需要救命钱。"

特勒可马上面露难色道:"沃特的事情不是真假的问题,而是法律合同的问题。如果到交房期我们交不了房,我们会按合同办事。现在只过去了三个月,就有许多人开始闹事,这很不利于我向银行贷款。所以,我要是给沃特退了款,会带来太多麻烦事。"

"是没钱吗?"

特勒可反问道:"这么大的公司怎么会没钱?"

向雨马上说:"不是没钱就好办。事关救人一命和尽孝心,二者有其一,任何人都不会推托。今天两件事都摆在你面前,想来这辈子就这一次机会,公司并不受损失,因为房子你可以再卖出去。沃特负责保密,不会传出去的。"

特勒可暗想,逼我退钱,还成了给我机会?但看向雨一脸真诚,并无戏弄之意,便略一思索,感叹道:"可此事也事关公司生死、员工命运,不得不慎重考虑。原因很简单,我向来不相信保密二字。"

说到这里,向雨已经知道,特勒可只是挣扎一下,强词夺理,自己多说无益。是是非非其人自可掂量。此前,遇到类似事情,向雨并无一次失败,至少有六个房地产商,在见过向雨之后,都能从善如流,或捐款,或给特殊遭遇的人退款。

有人说,向雨站在身边,给人的感觉并不舒服。更有人说,向雨这女子,太为奇怪,明明美丽非常,秀发明眸,身材模样俱是一流,却不让人有丝毫欲念。所以,无论真伪,好事总是要做,做了就比不做强。对有的人而言,情势所向,是以较小的代价绕开道德标杆,图个自在,当事情过后,他们才发现,人做了善事,获得的是真真正正的快乐,从此打开了做善事的阀门,也暗合了向雨的意愿,皆大欢喜。

之后,向雨和姝慧打过几次电话,但特勒可只是嗯嗯哈哈,不见实际行动。沃特就有点儿失望,随着时间推移,失望之情溢于言表。向雨就先从仁心庄园拿了五万元,给了沃特,让他先给叔叔看病。沃特千恩万谢,相信了民间传闻,仁心庄园里真有仁心。

向雨遇人无数,可遇到如此厚颜无耻之人,这还是第一次,看起来,她比沃特还失望,小眉头紧皱着,百思不得其解。她对姝慧说:"一举几得,都是善事,我实在不明白,这件事为什么不能做?"

姝慧自认识向雨以来,还没见过向雨这样的愁容。

姝慧作为人工智能的终端,把这个疑问上传到人工智能系统,看看这到底是怎么回事。

人工智能进入特勒可公司的财务系统,很快发现,公司确实运转困难。因经济形势发生变化,先前银行答应的贷款,暂时贷不出来。

原指望后期销售火爆，能填补前期投入，结果却事与愿违。人工智能追本溯源，找到了 A 国证券市场。和美国次贷危机类似，A 国金融已在刀尖上跳舞很久，而且跳的花样更多，总有跳不下去的时候，这一次便是如此。

金融倒地的时候，比高楼倒地的动静更大。这回是金融带着高楼，一起倒下，人们四散奔逃，烟尘滚滚，不辨方向，摸黑挪步，不知前路。

股票市场闻声而降，本来就是空架子，倒不倒，全看风大不大。次贷危机风够大，把一切虚妄都席卷走了。股票全线崩溃，A 国之外，殃及纽约、伦敦、东京等地的股市，像多米诺骨牌一样哗啦哗啦依次倒下。

特勒可的公司业务范围广，正是用钱的时候，突然资金链出了问题，虽未断裂，但也让特勒可兜出老底，才能把门面护住。其他产业的状况还能遮蔽一二，但房地产不一样，施工进度摆在那里，别说是购房户，路过的人都能看出来。每天爬上爬下的就那么几个工人，障眼法也瞒不了几天。当然特勒可心里特别清楚，退款的事情，是一个口子也不能开，一旦开了，就会形成退款潮。雪上加霜的事儿，往往是压垮企业的最后一根稻草。

摸清楚了这些事，姝慧分析，这个特勒可也不容易，估计这一阵子，连死的心也有了。企业家跳楼的事，也不是罕见的事。不过，沃特的事情，是真特殊，家里穷，还有病人，搞个特殊，应该不会影响大局——大局已经那么糟糕了，如果仅仅退还沃特的二十多万元，损失几乎可以忽略不计。

隔了一天，姝慧又给特勒可打电话，特勒可这次破例，让姝慧去一趟。这倒让姝慧一时缓不过神来，本来姝慧打这个电话，是准备发泄一番，甚至还免不了训斥一通——为富不仁，这是一个现成的例子。

人工智能也长记性，长起来比人类还快。特勒可让姝慧去的时候是中午十一点半，她感觉里面必有文章。临走时，她校正了一下视网偷拍功能。

妹慧去时，已经过了十一点半。扯了几句闲话，妹慧坐下喝茶，员工们都下班去吃午饭了。办公室一安静，特勒可看妹慧的目光就已迷离。他并没有兜圈子，而是直接走到妹慧面前，指了指里屋："如果你愿意和我到里屋说说话，你们说的事情我一定照办，而且还付利息。"

妹慧坐着没动，她知道这话是什么意思。她脑子里呈现出的，是沃特的愁眉、向雨的苦脸以及仁心庄园成立多半年来所取得的各种成果。一直以来，人性的善良如涓涓细流一般，缓缓地漫过生活中的一条条沟壑。在特勒可这里，第一次遭受到了冷落与失败。

特勒可是个中老手，如果王八亦分级别，特勒可当属九段老王八。他一见妹慧坐着不动，马上意识到这是一种纠结状态，便不慌不忙地向门口走去，轻轻把门反锁。在特勒可反锁门的时候，妹慧已下了决心，就算不是为了沃特，也是为了自己的恩人向雨，何况还是一举两得。她就像举行某种仪式一般，接受了特勒可的侵犯。这种事情，直到多日以后，向雨骂她傻的时候，她才意识到，原来人类的身体，是一种很金贵的东西。把金贵的东西便宜处理，这确实是一种傻，而不是什么有功德的事情。

然而，妹慧思来想去，始终没有产生什么"身体意识"。

整个过程不到十分钟，妹慧都拍了下来。

除了妹慧委屈了身体，恶心了生活之外，事情看起来皆大欢喜，沃特得到了退款，叔叔的病得救了……直到向雨无意中，在电脑里发现那些视频。

妹慧害怕向雨看到视频，还特意建立了一个文件夹。她知道向雨最不喜欢恐怖片，所以将文件夹命名为"恐怖片"。谁知向雨有一天查找一份资料，挨个儿打开文件夹看，顺着惯性，打开了"恐怖片"，光是预览图就把向雨吓了一跳。

这些视频,像龙卷风一般,一路扫过,把向雨辛苦搭建起来的房屋,一间一间悉数摧毁。第一次,向雨感觉自己神圣的事业,露出了"可笑"的苍白。第一次,向雨感觉人性的纠偏,并非想象中的那么容易,连时时待在自己身边的姝慧,都会"不择手段",那还有谁,不会在物欲横流中迷失自己?

向雨起身,扳过正在发呆的姝慧的肩膀,问道:"你到底是怎么想的?为什么要那样做?"

姝慧一时发蒙:"雨姐姐……"

向雨指一指隔壁房间,脸色气得铁青,浑身发抖,前所未有地在姝慧面前哭了出来:"那是我看过的最恐怖的恐怖片!"

姝慧马上知道了是怎么回事,她扯着向雨的衣服不说话,想来想去,只能实话实说:"雨姐姐,我不想看着你难受,我只是想让仁心庄园所办的事,永远没有失败。办成事的时候,我看见你很快乐。你是我的恩人,你让我重生,我要报恩。"

向雨指一指自己的眼泪:"你太傻了!你现在看看,我快乐吗?"

姝慧沉默了。

向雨慢吞吞地说:"当你向任何卑鄙无耻之事屈服的时候,无论得到多么美好的结果,都是失败的。对个人来讲,是失败,对社会而言,更是失败!你懂吗?"

姝慧努力地理解着人类的情绪:"我懂了,我现在懂了!"

事已至此,无可挽回,两人只好商议其他对策。如着魔一般,向雨满脑子里盘旋的,还是一个"善"字,她们决定让特勒可等人一个一个弃恶从善、将功补过,向雨说,把一个人弄得身败名裂、妻离子散,永远不应该是最终的目的。

其时,找到仁心庄园的需要帮助的人越来越多,向雨挑了一些急需用钱的人,打印好这些人的资料,和姝慧一道,敲开了特勒可的门。

这个时候的特勒可，终于找到了一个合伙商，融到了一笔合伙资金，正斜躺在椅子上，看着财务报表。进门后，一向少有情绪的向雨，这次满脸冰霜，她看见特勒可的电脑开着，不由分说，立刻插上优盘，打开视频。

特勒可一见视频，霎时觉得眼前的这两个女孩狰狞恐怖。他马上在脑海中为自己未来的生活构想了无数种可能，每一种可能，都意味着自己的生活会陷入深渊。特勒可的妻子是本地某企业高管的女儿，也是业界有名的母老虎。特勒可的心里波浪滔天，但表面依然平静如水。他用起了自己在商界的老伎俩，一言不发，等着对手摊牌。

哪知道，向雨把优盘拔了，只是递上几页纸，说："我们不曝光你，也不讹诈你，我们仁心庄园也不要一分钱，只是请你做善事，帮助那些贫病交加的人。这是他们的资料。这种好事，愿不愿意在你。你要是不愿意做，我们也不怪你，我们转身就走。我给你看视频，并非告诉你，我有把柄在手，而是要让你看见自己的罪过，正视自己的所为。如果你不悔悟，不改过，不修心，不行善，我们也不会有任何报复行为。公道自在人心，真假有如明镜，是非早在世间。"

听到这番话，特勒可偷眼看一眼向雨，仿佛听到了天外之音，几次欲言又止，陷入了更久的沉默。

慢慢地，向雨的情绪飘走了，她的语气愈加舒缓："我真心劝你，根据无数人的经验，当你开始做善事的时候，你不仅仅能减轻你的罪恶，而且会发现自己原来是一个很可爱很可敬的人。"

特勒可强迫自己冷静，他冷静的方法就是不说一句话。他假装在看那几页纸，心里却在急速地想着应对方法。很快，他得出一个结论：没有方法。于是，假装看资料变成了真的看资料。他看着那些需要帮助的人的材料，一页一页地翻过，然后抬起头，咬紧牙关，脸上挤出一丝笑容："反正受次贷危机影响，亏都亏了几个亿了，我也看开了。我本来就准备做一些慈善，这下正好，不用我四处找了。"

说这话的时候，特勒可不敢看姝慧，只是在抬头的时候，目光轻轻扫了一下向雨。在那一瞬，虽然特勒可没看自己，但姝慧超敏感的善恶感知系统，却从他的笑容捕捉到一股寒意。

十四

在警方看来，姝慧是达到重伤级别的被害者，还是让她在仁心庄园好好休养、不打扰她为宜。拉罕决定，自己不去看伤者，直接带着向风去侦查这起案件。

拉罕和向风走进特勒可阔大的办公室，特勒可早在门口候着。和上次比起来，特勒可脸上的戾气渐消，显得温良许多。背后的墙上，揭去了和领导全景的照片，挂上了锦旗——正是向雨之前提到的那些贫病交加的人，在得到特勒可的帮助后，给特勒可送来的。

特勒可此时对人礼遇有加，没有叫秘书，而是亲自给他俩倒茶，然后和拉罕、向风都坐在客人坐的沙发上，笑呵呵地问他们有何贵干。

拉罕把照片拿出来，递给特勒可："董事长，你认识这两个人吗？"

特勒可拿过照片一看，似乎想了一想，才答："有点儿印象，和前段时间找我谈事的那个向雨和她的助理，搞慈善的，有点儿像。她怎么了？"

"她们遭遇了谋杀，一个重伤，一个昏迷不醒。"

"啊！"特勒可吃了一惊，"她俩怎么会被人谋杀？她俩都是好人，不该有什么仇人啊！"

拉罕不动声色，继续问："她们找你以后，你后来见过她们吗？"

特勒可说："没有，绝对没有。"

拉罕问："那她们请你办的事情办了吗？"

特勒可笑笑："办了办了，那个沃特早拿了退款，我不让他到处说而已。后来的慈善我也做了，你们看看这墙上的锦旗就知道。"

拉罕点点头，更加严肃，拿出日记本的复印件："能不能解释一下这个？"

特勒可接过复印件，开始往下看。三十秒以后，他的手开始发抖。

拉罕严肃地说："董事长，我这是公事分办，请你理解并配合。也许你没有想到，这个记日记的人，记载了一个女孩的故事，和谁接触，怎么接触，谁的身体上有什么特征，她都会记在日记里，并留有视频。关键是，很明显，你和向雨有矛盾。"

特勒可一摊手："我跟您二位实话实说了吧，最初我确实想不通，非亲非故，凭什么让我帮助那些穷人？可等我帮助以后，穷人把我当恩人的那个表情，真让人感动。所以，后来我就不恨向雨了，甚至还想感谢她。现在，义和利，都是我们公司的企业文化，而且是义在前，利在后，做善事已经成为全公司上上下下的共识。特别是我，已经不再是一个唯利是图的商人。没想到，她俩被人谋杀，我特别惋惜，她俩是我见过的最善良的女孩！哦，对了，案发时间是什么时候？我……最近很忙，肯定有不在场证明。"

"6月28日晚上，你在做什么？"

"6月28日晚上，让我想想啊。"特勒可想了约有二十秒，翻看了一下日历，这才想起来，"想是想起来了，恐怕你们不好去查实。"

"什么意思？"

"我和几个好朋友，从六点到八点二十在吃饭，饭后一直在打中国麻将，直到十二点多才散了。"

"没什么不好查的，人命关天！只要你讲的是实话就好。"

随后的调查结果表明，当天晚上，特勒可确实没有作案时间。从调查的细节来看，他也没有必要雇凶杀人。

回到仁心庄园，向风复印好了日记的后几页。

排除了特勒可后，向风给姝慧打了个电话，告知了这一情况。姝慧说，她已经知道了。姝慧想，你们就按人类的方法，推理破案吧，这个不是人工智能的重点。人工智能的重点是测试人性，测试一定要有结果，如果谁要用"复杂"来定义人性，就等于什么也没说。

向风没啥精神头，行走在闷热的夜风里。他靠墙行走，热气从建筑物里涌出，一股一股的，像热空调。长这么大，这是向风第一次近距离和房地产商接触。在不经世事的向风看来，房地产商是最奇怪的一种生物，拿一块地，请专业人员设计一下，画些图，印一些宣传页，把房子预售给需要房子的人。然后，用买房人的钱，以搭积木的速度，在上面盖几十层房子，一平方米成本四五千元，再以一平方米上万元甚至几万元的价格卖给别人，简直就是商界的神仙。神仙嘛，无忧无虑，不用开发软件，不用策划方案，不用申请专利，然后，冲着半空，吹口气，"嘘"一声，就什么都有了。

听了几次关于姝慧的故事，诸葛又亮说，他也该会一会姝慧。姝慧是人工智能的代言人，虽说人工智能的智力超群，而它的总体情商就不行了，大概只有三五岁儿童的水平。因为姝慧生活在人间，不可避免地会学到一些人情世故，所以她可以和人类正常交流，而不是用一个冰冷的女声说：所有人类请注意……

人工智能拥有最高的智力和算法，但是，正如它自己说的，它应该不懂阴谋诡计。想到这里，诸葛又亮马上想到了罗伯斯和宗主，在这场测试中，他们一定会出牌，会出什么牌呢？

第二天，梁达然陪着诸葛又亮，飞到了W国仁心庄园。这是诸葛又亮第二次到仁心庄园，第一次来的时候，仁心庄园还挂着仁心庄园的匾，这块匾当天就换了，刘义和向雨共同为仁心庄园揭牌。诸葛又亮还是老风格，不露面，不出席，远远地坐在车里看着，内心欢喜。

这一次要出面，除了觉得梁达然拿不下来以外，也有童心使然。诸葛又亮在想，人工智能的活体代言人，到底厉害在哪里？怎么样巧妙展示这种厉害？

仁心庄园有个待客厅，比起安顿老人孩子的客房，待客厅反而显得很小。这是向雨的理念，别忘了仁心庄园的主体，待客厅，待客嘛，有客人来，才坐下来说话，利用率不高，而老人孩子呢？却天天住着。哪里应该更大一点儿，更好一点儿，很明显。

二人到了待客厅，十五平方米，围成一圈的沙发一共八张。诸葛又亮刚坐好，姝慧就走了进来。高人也难免有好奇心，不需要伪装安静，在众人打斗的时候，还在角落里喝酒，那种人只存在于武侠小说中。诸葛又亮上下打量着姝慧，T恤加牛仔短裤，外面罩着粉色护士服，走路风一般，满脸阳光。如果不是提前知道，就算再大胆，也不可能想象姝慧是终端人。

诸葛又亮问："第一个嫌疑人已经排除了？"

"用大数据排除了，有警方调查更踏实。"姝慧说，"先生也关心谁是凶手吗？"

诸葛又亮摇摇头，抓住话题往下延伸："我关心的是，为什么有凶手？"

姝慧坐下来："因为你们糟糕的管理，把人类社会管得和大型动物园似的。"

"这话夸张了吧？"

姝慧伸出两只手，握成两个小拳头，两个小拳头互相撞击："刚开始，我们以为，人类其他还好，吃得好，穿得好，越来越文明，就是太爱打仗，太凶残了，于是接管了你们的武器。后来发现，你们在其他方面的问题也不少。比如资源的拥有和分配，比如贫富分化，这和大猩猩的社会没什么区别。"

"你说的是经济？"诸葛又亮有意引导，"这方面非常复杂，比人性还复杂。经济和武器不一样，武器是凶器，你们接管以后，不让它运行就好。经济完全不一样，必须运行，你们能算出每一组数据，人类也能,但是不知道怎么运行,因为经济运行没有章法。"

姝慧摇摇头说:"不不不,不是人类不知道怎么运行,而是人类分层严重,明知道怎么运行有利于所有人,但主宰运行的人,并不想那么做。你们看看特勒可陷入的困境,就会发现,特勒可的困境,又导致更多的人陷入困境,根源却是玩金融的人要操控全世界,在转嫁危机中浑水摸鱼。这让我想起了你们人类的一个词。"

"什么词?"诸葛又亮挺不喜欢人工智能说"你们人类"的腔调,但是也没办法,只好认真问道。

姝慧说:"内讧!"

"内讧?"

"对,从我们的角度看,我们把人类看成一个整体,无论是战争,还是经济掠夺,都属于丢人的内讧。"

诸葛又亮抓住了这一机会,继续引导:"能举例吗?"

"你们把那么多人,有好几万吧?都是非常聪明能干、身手不凡的人,放在情报机构工作,彼此互为目标,不研究经济,不研究技术,也不开发项目,而以窥探隐秘和暗杀抓捕为工作,在我们看来,这是最可笑和最荒唐的事。"说完这一番话,姝慧还特别补充了两个字:"之一!"

听完,诸葛又亮惭愧不已,在惭愧的同时,还希望更加惭愧,于是继续引导:"还有什么例子吗?"

"数字更有说服力。"姝慧说着,调动了内存,马上报出一组数字,"A国最糟糕,糟糕到我都不想说A国。我们说一说美国和韩国吧。号称自由平等的美国,最富有的1%家庭控制着美国上市公司和私营企业一半以上的股权。他们手中掌握的财富,相当于整个中产阶层和中上阶层财富的总和。在东方的韩国,财阀企业的利润占到全国的一半以上,但财阀企业的数量只有0.2%,最有才能的人也只能投靠财阀。财阀扼制了社会的创新活力,把控了国家的经济命脉。人类近四十年的数据表明，富者愈富，穷者愈穷。这就是人类社会的现状。"

诸葛又亮并不反驳，低头喝茶，陷入沉思。靠数字说话的事情，往往无法反驳。他反而有些窃喜，"不患寡而患不均"，大同社会作为一种古老的中国社会理想，一直存在，也一直无法实现，因为艰难，也因为复杂。许多人说，房有千万，也只睡一张床。生不带来，死不带去，到老终是一场空。看惯秋风明月，方知闲人是福人。大道理挤了一条街，却没有想到，真道理在小巷子里，在人心的曲折拐弯处。人们通常以为，所谓幸福，就是明白自己内心的渴望，殊不知，许多人内心的渴望，就是要比别人更幸福。于是，世界成了现在的模样。

姝慧看见诸葛又亮沉默了，便又说道："在我们接管武器之后，人类终于实现了和平。接下来，我们还有两个计划。"

"还有计划？"梁达然惊问，"不是说，要先进行人性测试，等有了测试结果，你们再采取其他行动吗？"

姝慧笑笑："一边测试一边行动。这个不由我，也不由你，一切都由算法决定。算法是最厉害的，因为算法没有傲慢与偏见。我的思维里被强加了姝慧的一些生活往事，难免有偏见，所以没有发言权。不过，有一点是相同的，人工智能系统和向雨都告诉我，要好好爱身边的每一个人。"

这句话让诸葛又亮顿时清醒了，他放下茶杯，抬起头来，问道："也就是说，向雨，是人工智能最认可的人？在这点上，我们双方，是一致的。"

姝慧点点头："是，向雨这个人类，思想单纯，心地纯良，挺像一个终端人。但她不是。她本该有七情六欲，可她很少有这样的表现，她对所有人都一样好。"

诸葛又亮不由想起，在大道康养庄园初建的时候，用了一些机器人工作，魏什么和她的同学，曾经讨论过一个话题，要不要和终端人谈恋爱？讨论结果是，绝对不和终端人谈恋爱。人类不能没有七情六欲，没有七情六欲的人类是死水，连微澜也没有，谈不上任何美好。纯爱的世界也是可怕的。所谓完美，恰恰是最大的不美好。

想到这里，诸葛又亮说："谢谢你！无论你是姝慧，还是终端人，今天都特别感谢你。你让我明白，人类就应该有七情六欲，否则没有任何情调和趣味。问题的关键是，这种七情六欲是叠加在'善'上，还是叠加在'恶'的基础上。我们人类的问题是，有一部分，可能真的是叠加在'恶'的基础上的，所以才让这个世界变得不美好。"

姝慧也是第一次和诸葛又亮正式对话，她觉得，这个人类挺有意思的，和人工智能交流得也挺顺畅，就像《庄子》里面，一个人鼻子上有白灰，一个人拿着斧头，风一般砍下去，白灰没了，鼻子没有一丁点儿伤。人们都说拿斧子的人厉害，瞄得准。拿斧子的人说，鼻子上有白灰的人也厉害，心理素质好，站得稳。

想到这里，姝慧突然遇到了一个难题。这个难题，暂时靠算法还无法解释：人工智能和诸葛又亮，到底谁是拿斧子的？谁是鼻子上有白灰的？

十五

在 A 国慕欧省，有一个著名的旅游景点叫"里里外外湖"，这是网友们给起的名字，时间一长，本名反而被淡忘了。里里外外湖位于一处不高的山顶，在地势低洼处，形成两处湖泊，中间还有峡谷相连，从高处看，就像一个手柄很细的杠铃。接近山顶，就会看见这一里一外两处湖泊，网友们就直呼为里里外外湖。在杠铃的手柄两侧，建有大型的私家山庄，有三座造型各异的小桥跨过手柄，山清水秀，别有洞天。

受宗主和福柯的委托，罗伯斯要在庄园召集一次聚会。庄园是谁的，罗伯斯也不清楚。他得到的指令是，要搞一次打猎活动，还收到了一份手写的名单。看到这个名单,罗伯斯吓了一跳,A国最富有的二十人中,有十六人在这个名单里,还有十八人来自美国和欧洲,另有六个州的州长在列。这四十个人里面,有七名女性。

福柯当面给罗伯斯讲,这次聚会非同寻常,A国在失去了武器优势之后,绝不能再失去经济优势。但诡异而矛盾的是,失去了武器优势,也就意味着,如何保持经济优势,成为一个新的问题。

罗伯期深知事态严重,在通知聚会的时候,都是派人当面告知,并特别说,进入山庄,一定要关掉所有电子设备,包括汽车的导航。聚会当天,一大早,罗伯斯就安排人关掉了山庄的所有监控,掐断了网络,以防万一,又安装了功率很大的信号屏蔽仪。罗伯斯先众人一步到达庄园,在客人到来前又细细检查了一遍。

检查完,罗伯斯安排好了接待工作,一个人踱步到小桥边。这是三座桥中的第一座,钢结构,整体涂成白色。桥下是万丈深渊,栏杆做得很高,上面做着造型,是从天而降的小天使。罗伯斯凝视着这些天使,他深信,上帝的选民,不是一句空话。凝视久了,朝天上看了看,万里晴空。

下午,客人们陆陆续续赶到。停车场有一百个车位,看到停车场占了一半的时候,罗伯斯说,可以准备晚宴了。

晚宴过后,大家进入地下一层的会议室。这个会议室,说是地下一层,其实无法区分,因为朝南的一面,是深不见底的断崖,整个山庄开凿下去五米,三面处于地下,一面开着大窗,举目望去,是层层叠叠的绿色,远处还有一挂瀑布,风景绝佳。

这个聚会,更像一个酒会,桌子上摆着水果、甜点和红酒。桌子是多半个圆形,开口处面对着窗户,所有人坐成两排,有人发言时,就去开口处的发言席。

在大厅门口,罗伯斯一眼看见"华尔不实"金融集团的库伦,库伦大高个儿,瘦长脸,戴着一副金边眼镜,和金黄色的头发相映成趣。

和罗伯斯一样,库伦是风格公司的股东,占股金额是罗伯斯的两倍。罗伯斯走了过去,笑道:"据我所知,大家都没有拿着猎枪。"

库伦说:"据我所知,真正的围猎已经不再需要猎枪。"

另一位娃娃脸走了过来,他只有三十来岁,不笑也似笑的样子,像个孩子。这个人被称为"程序王子"。程序王子说:"二位,我们的猎物正在以最快的速度逃跑,今天的聚会,是要解决这个问题吗?"

"是的。"罗伯斯点点头,"但是,这个问题是个表面问题。现在,我们要达到的目标,并不是不让猎物知道自己是猎物,也不是不让猎物知道围猎的方法,而是要猎物认可自己是猎物,当猎物是上天最好的安排。"

库伦说:"如果认识到自己是猎物,是不是不太好?是不是终有一天会醒悟?我再一次想起了动物世界。蚂蚁中的工蚁,并没有意识到自己是工蚁,无意识,才是最好的状态。"

"呵呵。"一阵笑声传了过来,一位穿着丝质裙装、裙身镶嵌着闪亮银片的女士走了过来,这是银行家弗兰西斯科的女儿索菲亚,她刚刚继承了父业。索菲亚说:"几位先生的对话,让我想起了一句心灵鸡汤的话,一切都是最好的安排。"停了几秒钟,又补充了一句:"愚蠢的鸡汤!"

库伦伸出右手食指,左右摇晃:"不不不,聪明的鸡汤,我要向发明鸡汤的人致敬。"

人到齐了,等大家坐下后,罗伯斯说:"诸位,我们正面临着史无前例的大危机,比美国的次贷危机更大的危机,一旦发生,我们将永远跌入低谷。"

库伦补充道:"准确地说,是次贷危机的稀释途径正在变得越来越少。你们家被水淹了,又脏又臭,但你无法找到通往邻居和街道的门。因为他们,已经和你不在一个社区。可怕的中国人,提出要建立国际中间虚拟货币,建立折算体系,倡导易货贸易。"

罗伯斯说:"我熟悉中国人,他们擅长打太极拳,还有其他各种拳术,照这种打法,要是一套组合拳打下来,我们就没法儿变魔术了。但如果我们硬着来,也不是办法,恐怕不久的将来,中国人觉悟了,我们就要自己熔化塑料,自己生产纽扣了。"

程序王子说:"这是一种胁迫。如果真有国际中间虚拟货币,真有易货贸易,我们的芯片、我们的软件、我们的纽扣和我们的石油怎么折价?"

说到这里,会场一片沉默。

似乎是思考了很久,索菲亚说:"这不是一个货币问题,这是一个军事问题。"

会场上,有一半的人频频点头,另一半人表示疑惑。

罗伯斯马上总结一句:"人工智能接管先进武器之后,可以想到的情况是,我们失去了军事优势,马上就会出现一个问题:产油国凭什么和我们进行交易?他们会选择与那些没有附加条件的贸易伙伴进行交易。这意味着,公平贸易的时代正在来临。女士们、先生们,今天的聚会,不仅是感慨现状,更是要商讨对策。"

离窗子最近的地方,也就是罗伯斯的正对面,有一个人缓缓站了起来。罗伯斯一看,是慕欧省省长康伍迪,在 A 国三十五个省中,康伍迪属于少壮派,身材孔武,双目如炬,刚刚就任省长两年,第一次参加这样的聚会。他在此间没有几个熟人,便安静坐在偏僻处,用心听着。听着听着,很快就听出了个中滋味。与缓缓站起来的姿势不协调的是,他的声音十分洪亮,铿锵有力:"我不明白,我们为什么要反对公平贸易?这几十年来,难道,我们不该为非洲的干旱和饥饿负责吗?我们不该为世界上的不公平负责吗?我们不该为中东的冲突和死亡负责吗?当公平贸易开始出现,这一天终于到来,我们不用再为这些悲剧负责的时候,我们居然要寻找对策?"

这一番话,在略显空旷的地下会议室中回响,刺人耳膜。罗伯斯一时语塞，环视了会议室一周，似乎是在求援。

库伦也站了起来，面对着刚刚坐下的康伍迪说："省长先生，自1492年以后，这个世界哪里公平过？在1492年之前，在欧洲，在亚洲，在被分割成大块小块的土地上，哪里公平过？不公平就是人类的常态。在这种常态中，总有一些人，是上帝的选民，是人类的未来，是用来管理这种不公平秩序的。他们是蜂王，他们是蚁后。"

听了这几句话，除康伍迪外，大家都纷纷点头。

康伍迪知道，这不是一个讲理的地方，也没有理可讲。而且，他也知道，自己留在这个会议室里，已经毫无意义，还可能受到集体施压。他又觉得，默默离席，就如被人击败，属于溃逃。他快速思考着，在这件事上，他并无败绩。他想起《圣经》中的两句话，大声说道："《圣经》说：'神必不作恶，全能者也不偏离公平。'又说：'你们要施行公平和公义，拯救被抢夺的脱离欺压人的手，不可亏负寄居的和孤儿寡妇，不可以粗暴对待他们，在这地方也不可流无辜人的血。'"

听了这话，众人先是思考，然后以沉默进行反抗，显示着力量。

康伍迪知道自己势单力薄，起身说道："祝各位狩猎愉快！我特别提醒一句，如果你们已经没有猎枪，最好不要成为别人的猎物。"

说完，康伍迪拿起自己的公文包，愤然离席。

康伍迪没有想到，自己最后的这句话，反而对他们产生了启发。罗伯斯继续摇晃着红酒，渐渐引导着话题：在没有猎枪的情况下，如何狩猎？

他们想起了达尔文，想起了马尔萨斯。他们意识到，在丛林法则主宰的世界中，只有两样东西可以无往而不胜，一样是尖牙利爪，一样是数量庞大。前者是老虎和狮子，后者是行军蚁和食人鱼。罗伯斯沮丧地说："这两样优势，我们并不具备。"

他们进行了推演，如果迫不得已，失去了货币优势，只能进行单纯的贸易，将会面临两难之悖：如果实施贸易壁垒，继续执行《瓦森纳协定》，保护自己的高端产业，势必逼着新兴国家自主研发，一旦研发出来，就会发生所谓的"高科技粉碎机"现象，以白菜价击穿高附加值的谎言。如果实行开放策略，不搞贸易壁垒，在激烈竞争之下，利润将年年下跌，直到与普通产品持平。

索菲亚黯然神伤，叹息道："我说的没错吧，武器才是我们的终极保护神。"

程序王子也感慨道："海明威有部小说的名字是《永别了，武器》，真是不祥之兆！"

罗伯斯暗下决心，在别无选择的情况下，只能冒险了！

让一个人下决心冒险的，不仅仅是自己的勇气，还有敌人的强大。

中国有句古话，叫人算不如天算。天是什么？一般人认为，天是一种冥冥中的强大力量。随着科技的发展，慢慢地，人们明白了，天算之外，还有另外一种算法，也神秘莫测，也非常强大，可以称为"人工智能算法"，也叫"智算"。

中国还有一句古话，叫智者千虑，必有一失。在算法上，有感情的人类就不如冷冰冰的人工智能。罗伯斯费尽心思，缜密非常，千算万算，偏偏忘记了蝇式无人机。这种他亲自开发的神器易手之后，罗伯斯内心痛苦万分，产生了一种选择性遗忘。毕竟再强大的人类，也是通过大脑来思考的，总有疏忽大意的时候。

所谓聪明反被聪明误。就在自作聪明的一瞬间，罗伯斯下令关掉山庄所有电子设备的时候，人工智能系统发现了异常，马上产生预警反应。事出反常，必有妖孽。人工智能系统里，存储了太多的知识，而且能准确过滤掉垃圾信息。

在罗伯斯到达山庄之前，人工智能派出的十架蝇式侦察机，已先一步飞入山庄，隐藏进罗伯斯的房间、餐厅和地下会议室，对另外几个重点人物，也都进行了跟踪和布控。与固定摄像头不同的是，这些几乎透明的小东西懂得寻找藏身之地，知道人类视线盲区，只要它想，就可以不放过任何细节,哪怕细微的眼神、呢喃的耳语,都能被记录。

在这期间,人工智能早已进行过换位思考。乍一想,似乎已经进入了超级恐怖时代,人人都透明,没有任何隐私。然而说一千道一万,只有"人"才会侵犯人的隐私。太阳底下,曾发生过多少罪恶。战争和暴动,人类无能为力,而对于隐私,却像宝贝一样,加以保护。其实,人们需要防范的,无非还是一些别有用心的人。

而人工智能呢,对于所谓的人类隐私,是永远不会侵犯的。比如你的生理特征,在其他人眼里,或可成为取笑的对象,但是对人工智能来说,毫无意义。人工智能对人类的这些隐私,不是会不会侵犯的问题,而是压根儿就不屑一顾,十万个看不起。

相反,在人工智能的程序设定中,只要你蓄意伤害别人,即使只是正在策划、设计,就已经超出了隐私的范畴。程序认为,把这种事抖出来,体现了人工智能的力量,也是在有效帮助人类。

这一次,人工智能发现,这几十人,居然在算计全世界。康伍迪最后的话提醒了人工智能,让人工智能在人性测试上添加了内容:这些人,这些"高贵"的人,真的要为战争、暴力、饥饿负责吗?更奇怪的是,这些人为什么反对平等,反对公平?

视频数据由人工智能系统储存起来。人工智能发现,靠智能设备和人类对话,太零散了,就像远古先贤的思考,东一句,西一句,不成系统,完不成交流,说服力自然就弱。人工智能决定,要创办一个网站。创办网站的方式和速度,远远超越了人类。人工智能拷贝了一个网站模式,很快,就自动生成了一个网站,网站名称叫"人工智能有话说",界面非常简单,它详细分析了人类社会,分为四个部分:文明与野蛮、战争与和平、发展与平衡、自由与奴役。每个栏目的二级名称,都叫"大数据"。这是人工智能最自信的地方,它的大数据,一定比人类能拿出来的,更科学、更客观、更全面。这就好比人类能分类统计发型和发质,而人工智能却能扫描每一根体毛。

人类社会的隐秘地带，与人类描述的美好世界反差很大。在历史书、影视作品中，那些勇敢的人、聪明的人引导了无数人。而人工智能的出牌顺序不同，它抖出了人类的一些烂牌，比一战二战还烂。这些都是原汁原味的，并不需要用艺术的手法，比如电影，去揭露残酷的真相。人工智能的大数据，人工智能的蝇式侦察，像滔天海浪平推高楼大厦，转眼之间，冲走高大与华丽，一切丑陋尽收眼底。

　　网站一直在解密历史。通过四个栏目，将人类历史中的另一面，一点一点都抖了出来。仅用了三十六个小时，"人工智能有话说"网站，就成为全民热搜第一名。

　　"山庄视频"并没有被发布。在这一点上，人工智能听取了诸葛又亮的建议。在合适的时机，才能找到最佳攻击点。找到最佳攻击点，才会有最好的效果。

　　这一天，宗主故意打开视频设备，连线罗伯斯。他知道人工智能会看到。对着摄像头，宗主平静有力地说："感谢人工智能为人类的自由和幸福做出的努力，不自由，毋宁死！"

　　罗伯斯心领神会。

　　人工智能的问题在于，它只相信它看到的、听到的。

　　而人类的"深邃"之处在于，看不到的、听不到的，往往是生活中很重要的内容。正如诸葛又亮所说，人工智能聪明异常，但不识人间诡计。

十六

　　查案期间，向风一有空就上新区贴吧或青年贴吧，搜索与向雨有关的一切，捞起那些快被淹没的帖子，同时发布征求破案线索的消息，希望能找到更多的线索。

　　有一件事让向风觉得奇怪，就是在网上一直没有发现向雨的任何资料。在各大网站上，从未见过向雨的任何博客，各种论坛上也不见任何发言，甚至在有心人建立的贴吧"向雨吧"里，向雨也从未现身。

也许，正因为如此，向雨才成为一个传奇，而不是虚假的人设。

下一个犯罪嫌疑人是小学校长庄斯可文。

根据日记记载，最初和庄斯可文认识的，不是姝慧，而是向雨，因为向雪的女儿。

向雪的女儿是一个中东人，听起来复杂，说起来简单。向雪夫妇结婚三年多，一直未能怀孕。检查了一下，是向雪的丈夫有问题，精子活性不高，还是畸形，治疗起来比较麻烦，还不一定有效果。那个时候，人工智能还在暗处，正在和姝慧合体，一点一点地收集着人类的数据，这个过程，相当于一边取证，一边完成自我进化。

在收集数据的过程中，人工智能发现了一个叫作暗网的东西。人工智能号称全知全能，但这个东西，仍然让人工智能感到意外，因为里面叫卖的东西，包括枪支弹药、毒品、走私物品、活人以及人体器官。本来，人工智能以为，这个世界，已有太多不如意，看了暗网，才知道，世界还有一个更加残酷的地下室，藏着人性中见不得光的另一面。

人工智能向自己提出了一个问题：许多国家的情报机构和国家安全部门，都有着极高的技术手段，为何却假装没有侦测到暗网？为何也没有严厉打击暗网？这是为什么？仅仅是因为暗网不威胁国家安全吗？他们会那么冷血和自私吗？

向雪一直想抱养一个孩子。向雨就想，从仁心庄园里找一个，治好向雪的这个心病。向雪有些犹豫，怕以后孩子的父母找来，有许多麻烦事。姝慧听说后，想到了暗网。在暗网的人口贩卖板块，一般以年轻女性居多，来自中东、东南亚和南欧的，各种各样，有的时候，也会有小孩子出售。

姝慧就提醒向雨，既然要收养孩子，不如做个一举两得的好事，从地下市场买一个小女孩，既可以解除女孩的痛苦，向雪家也可以有个孩子。如果卖给所谓的"富人买家"，等待那个女孩的，将是无尽的折磨，一生的黑暗。向雨惊问姝慧，她怎么知道这些，姝慧不方便透露自己是终端人，只说是一个神秘的好心人提供的信息。她也没敢说有暗网，只是说有地下市场。向雨性格淡然，很少接触网络，也不追问，但心中一阵酸楚，脑海中出现了恐怖的画面：一个五六岁的小女孩，被当成奴隶养着，生不如死，暗无天日。向雨的心战栗起来，她觉得姝慧说得在理，就让姝慧找朋友联系卖家。

姝慧利用人工智能系统，在暗网随意冒领了一个身份，假装变态富豪，拿那个人的钱打了一笔款，把那个中东小女孩拍了回来。暗网的"服务人员"神通广大，按照买方要求，能办妥一切的手续，包括收养关系。真真假假，毫无破绽。

小女孩很漂亮，很胆小，见了向雪，呆立不动。向雪把她抱住，她缩在向雪怀里瑟瑟发抖。语言不通，小女孩一句话也不说，大眼睛泪汪汪的。

向雪抱着孩子的时候，向雨就在旁边看着，总感觉这孩子似曾相识。她左想右想，突然想了起来，这是某个获奖摄影作品中的人。她拿出手机，迅速查找着那个摄影作品。两分钟之后，摄影作品找见了。画面中，一个摄影记者要给一个女孩拍照片，那个女孩看着黑洞洞的镜头和遮光罩，误以为是枪口瞄准了自己，于是学着士兵们的做法，抬起了自己的双手，做出投降的样子。

向雨让姝慧看这张照片，把手机放在孩子旁边，进行细节比对。姝慧的眼睛具有扫描功能，很快发现一些细微的差别。她对向雨说："雨姐姐，这不是同一个女孩，虽然看起来是挺像的，但你细看，她们的下巴和嘴角还是有区别的，耳朵的区别也比较明显，褶皱不一样。"

向雨仔细对比了一下耳朵，扭头看了一眼姝慧，觉得有点儿不可思议："姝慧，你只用两秒钟就看出这么多差别，什么火眼金睛，以前怎么没有发现。"

姝慧马上意识到自己太急了，解释道："我对人的面部特征特别敏感，可能这是我的特长吧，不过也没什么用。"

向雨感叹着："这个女孩，和照片上的这个女孩，有可能是亲戚吧，也可能是亲姐妹。她们的遭遇太悲惨了。"

姝慧通过人工智能数据库调取了女孩背后的故事。她的父亲战死了，母亲带着她和弟弟逃难，在半路上遇到匪徒，匪徒把他们三人绑架了。因为生过孩子的女人卖不到高价，所以就近把她的母亲卖给了一家妓院，把她和弟弟卖给了跨国人贩子。

再把这个故事往前推，源头是政府军和反政府武装之间的战争，战争已经持续了两年多，双方互有胜负。"反政府武装"，姝慧看着这个名字，有点不明白，既然是武装，肯定有武器，那么，从小发展到大，武器从哪里来呢？姝慧再次启动了智能数据库，交易细节马上出现在了眼前，让姝慧感到意外的是，无论是政府军，还是反政府武装，都是从 A 国军火商那里获取武器，给的钱多，得到的武器就先进。得到的武器越先进，杀的人也就越多，产生的难民也就越多。

如果在这中间画等号：军火商的钱＝难民的命。

向雨和向雪还在欢喜着，姝慧看着她们，停止了智能搜索。

向雨姐夫姓靳，向雨给小女孩取名为靳佑生，有保佑生命的意思，也有获得重生的意思。在中国上了半年幼儿园，佑生已经完全中国化了，能说一口流利的汉语，爱吃牛肉丸子。

向雨找庄斯可文，就是因为佑生。她今年幼儿园毕业，后半年到 W 国上小学。佑生住的地方，离这个小学只有不到一百米的路程，但是按照某种规定，佑生没有上这所小学的资格，因为让子女上这个小学的人，都有某种身份。至于向雪这种新式移民的孩子，只能到较偏僻的地方上学。

向雪哭哭啼啼，向雨就和姝慧说："咱们去找那个校长。坐在家里能听见学校的铃声,坐在门口能看见无数学生路过,可自己就是上不了这个学校,天底下哪有这种道理?"姝慧就问:"仁心庄园应该帮助全天下的人,帮助自己的亲堂姐,会不会被别人说?"向雨就说:"帮助别人,就是要帮助需要帮助的人,无论是自己看不惯的人,还是自己的亲人恩人朋友,都要一视同仁地去帮助,不怕任何人说闲话。古人推荐人才当官,尚且知道'外举不避仇,内举不避亲',我们这样做肯定没有问题。"

向雨还说:"人们为什么劝我们,不要去帮助那些所谓的有劣习的人?其实都是自私和自负的心理在作怪。比如什么'可怜之人必有可恨之处',把这句话抛出来,就免除了自己的义务,不用发善心,不仅不用发善心,还可以去声讨别人。可怜之人真的必有可恨之处吗?比如一个失去双亲的孤儿、一个身染怪病的患者……他们有什么可恨之处?即使另外一些可怜之人,有一两点可恨之处,可他都那么可怜了,我们为什么还要去恨他?我们应该去恨那些为富不仁的人,那些利用恶势力欺压好人纵容罪恶的人!"

姝慧听完这番话,崇拜地拉着向雨的手说:"雨姐姐,你讲的道理最让人舒服。"

向雨直接去找了庄斯可文,庄斯可文还算不错,他假意应允,说只要有可能,一定安排。向雨并未看出,这话说得滴水不漏,可进可退,实际上是一种绵延千年的官场语言。

向雨没有什么利益可供交换,让庄斯可文动不了歪脑筋,但是他也不想轻易就答应。庄斯可文始终按兵不动,他在思考如何稳妥行事,对于有仕途的人来讲,任何一个女孩子,都没有自己的前途重要,除非他是那种要美人不要江山的情痴,可惜庄斯可文不是,绝大多数男人也不是。

果然,按捺不住的是向雨。临近开学,向雨又打电话催问上学的事,庄斯可文这回比较干脆,马上找了四五条理由婉言谢绝了。最厉害的一条理由,恰恰是害怕违反规定,怕将来自己有麻烦。其实庄斯可文一贯的做法是,先找一堆理由推辞,然后再说和上级请示了,向领导求情了,让当事人到处找关系。当然大多数人找不下关系,他们除了求庄斯可文外,没有其他路可走。而且,求了他,还得打心眼里感谢他。

没想到,向雨竟如同涉世不深的小鹿,不容庄斯可文绕弯子,自己就横冲直撞,一次次地问,却不懂得礼尚往来,也没有准备付出什么。最后把庄斯可文逼急了,只好以不符合规定为理由,把向雨彻底拒绝了。

向雨再度沮丧,无计可施。她并不懂得送钱送礼,也不懂得拐着弯找点儿其他关系,曲线求国,而是只认一个死理:我下决心一辈子做善事,你们为什么就不能做一件善事呢?可现实是,认死理的人,经常走的是死路。

姝慧再次坐不住了,她想起各式各样的男人看自己的眼神,想起了房地产商人特勒可,遂暗下决心,靳佑生多么可爱啊,为了让她能在这个学校读六年书,哪怕自己必须委身于庄斯可文,也在所不惜。

姝慧找庄斯可文的时候,也是专挑下午快下班的时候。她进了校门,迎面是三五成行的下班老师。上了三楼,敲开办公室的门,办公桌后面没坐着人,办公桌旁边的有一棵发财树旁有一个背影,一个留寸头的人拿着一个喷壶,往叶子上喷水。

姝慧已经学会人类的客套:"校长的花长得不错。"

寸头转过身,嘴巴动了一动:"我……"又停住了,他本来要说"我不是",结果看见姝慧的样子,临时给改了:"我……喜欢绿色。"

姝慧说:"这么晚打扰,不好意思,我来是想说一说一个孩子上学的事,这个孩子的情况非常特别。"

寸头说:"没什么,不打扰,今晚正好值班。"

两人又聊了几句,姝慧把靳佑生的来历说了一遍,寸头让姝慧把孩子的姓名和住址写到一张纸条上。在姝慧写纸条的时候,寸头假装凑近了看，同时把手搭在姝慧的肩膀上，说："靳佑生，这个名字很有特点啊。"我答应了的事情，一定会办的。你肯定不是孩子的妈妈，你是孩子的什么人呢？你还小吧？你多大了？你是我见过的人里面，最漂亮的！"

姝慧并不答话，也不反抗，要继续看人类的表演。

姝慧暗自觉得可笑，于是笑得很灿烂。她不由得想起一件往事。两年前，租住的房子巷口，有一家卖衣服的，店主是个漂亮的少妇，其店名取为"灿烂女人"。不想有一天刮大风，把"灿"字刮走了，于是店名成了"烂女人"，但店主不知道，还在里面藤椅上坐着，露着大半截儿大腿。回想起这个，姝慧只是笑了一下，又觉得不好笑。她并不觉得自己可悲，她觉得自己在做善事。唯一想不通的是，为什么做善事，需要这么大的推动力，就和被人拿枪在脑袋后面顶着一样？

寸头的这一晚过得很愉快，这是他近十年来度过的最幸福的一个晚上，甚至由于兴奋过度，对姝慧说："你太美了，我就像神仙，上了天，你就是那个……落入凡间的精灵，绝不是一般人哪！"

晚上九点多的时候，姝慧离开学校。出校门的时候，姝慧想了想，心里骂道："神仙？上了天？我看你就快下地狱了！"

第二天，向雪的女儿收到了入学通知书。

按照视频的时间顺序，姝慧与特勒可过完招，接下来就是这个庄斯可文。

在看了姝慧所拍的视频后，向雨的眼睛都瞪圆了。她看看电脑，又看看姝慧，看看姝慧，又看看电脑，然后略带结巴地说："这……这不是庄斯可文！"

姝慧也是一惊，喃喃道："那为什么第二天就收到了录取通知书？"

向雨和姝慧再次去找庄斯可文的时候，向雨按照第一次去的时间和模式，先打了个电话。听庄斯可文的声音，平静如水。向雨就对姝慧说："庄斯可文装得很平静，我也想知道，到底发生了什么事。"

敲开门，姝慧脚步轻轻地走了进去，虽然满腹心事，但姝慧的美丽还是让庄斯可文心头鹿撞。再一看，姝慧身后还站着向雨，穿一身黑色长裙，虽美艳绝伦，但表情肃穆，像参加追悼会似的，庄斯可文这才回过神来，兴奋劲儿像拔了塞子的桶装水，下降得很快，而且马上就见底了。

优盘硬生生地插入电脑，一分钟后，庄斯可文全身软软的，几乎瘫在椅子上。不等视频放完，庄斯可文突然起身，一下子跪在向雨和姝慧面前，痛哭流涕："你们不要去告他，这是我小舅子。他犯的错，请让我赎罪。向院长，您不是开办了仁心庄园吗？我提供帮助，真心赎罪。"

庄斯可文的反应之大，完全出乎向雨和姝慧的意料，向雨不由得长叹一声，和姝慧对视一眼：这个庄斯可文表演得如此逼真，我们俩该如何入戏呢？

见向雨和姝慧不说话，庄斯可文哭得更厉害了："我一个放牛娃，寒窗苦读，上大学，当老师几十年，不容易啊。这事要是捅出去，我小舅子完蛋，我的前途也一定完蛋。当时，我听我小舅子说，他一时冲动，犯下了错误。可事情已经发生了，他就让我把这个孩子收进来。他在我们学校做工程，盖新教学楼，那天晚上要施工，就住在我的办公室，没想到，这个浑球儿，居然趁机做了这种事。我没办法，只好让孩子来上学。"

向雨这才缓缓地说："你小舅子的事，我们就不追究了。仁心庄园也不需要帮助，但有更多需要你帮助的人，你要是愿意，我们可以给你一个贫困孩子的名单。希望你和你的小舅子，真的提供帮助，给孩子们一个成长的机会，也把它当成你人生的一次机会。"

"愿意，愿意！"庄斯可文这才起身，渐渐恢复了些理智，"希望在我的承受范围内。"

向雨说："我们不强迫你，给你名单，是让你选，看你适合帮助哪几个。你要是不想帮助，也可以，我们马上就走，只希望你以后能够真正弃恶从善。"

"我愿意，我愿意，弃恶从善不能仅仅是一句空话，要有行动才算。我愿意尽我所能，尽我所长。除了经济上，在学习上也能帮助，让孩子们健康成长。"

姝慧在心里暗骂："不要成长成你和你小舅子这样就行。"

日记看到这里，一团疑云再次涌上向风心头：姝慧，料想当初，绝对是一个清纯可爱、了无心计的女孩子，在经历了一段不堪的感情之后，整个人就会变了样吗？原因可能很复杂，但导火线只有一个：错爱。向风很快做出判断，在大多数时候，这错爱还要加上另外两个字——"初恋"！

事实上，正因初恋即错爱，遇人不淑，才让许多女孩子先是绝望疯狂，然后心如死灰，再然后无所顾忌，一错再错，错上加错，甚至走上了不归路。

一个懵懂无知的花季女孩，如果遇到一个玩弄爱情的花花公子，而恰巧，这个女孩子还喜欢这个花花公子，那么，一场悲剧注定上演。可偏偏，姝慧喜欢上了葛飞飞，并全身心地投入了这种不公平的爱情中。

葛飞飞以为，如果没有雄厚的物质基础，姝慧不会喜欢自己；如果没有浪漫，姝慧也不会喜欢自己。他更以为，如果没有自己的精于设计，姝慧定不会喜欢自己。可是，他错了，即使他一无所有，没有刻意制造的浪漫，姝慧也会全身心地喜欢他，为他付出一切。她所要求的只是他不负心，一心一意对她好。而这些，葛飞飞永远也无法做到。葛飞飞文化程度不高，也从不看书，但他听说过一句话，觉得挺喜欢：不必为了一棵树，而失掉整片森林。可惜，他把这句话用歪了。葛飞飞想法子摊牌，就是要让姝慧明白，自己是怎样的一个人。男人的伪装，只是为了得到,只是一种策略,得到之后再装,一则太累,二则得不偿失。

由此,姝慧的命运和性格,发生了急剧变化。

向风把关于庄斯可文和他小舅子的日记提供给拉罕时,拉罕的第一感觉是,这个庄斯可文不会杀人,懦弱的性格和对自身利益的考量,都不会让他铤而走险。庄斯可文面临的危险,无非是因生活作风问题被免职,在被免职和杀人之间,他断然不会选择杀人。至于他小舅子,文化水平不高,对姝慧做的事,算是乘人之危。严格来讲,利用姝慧的错觉,导致姝慧没有反抗,从法律角度,这也是一种强奸,至于如何认定,那是另外一桩案件了。但即便是杀了姝慧,视频证据还在,岂不是罪上加罪?思维正常的人,不会这样做事。一个做工程的老板,在这种事情上,应该知道如何拿捏。

因为重视校园安全,学校的门卫依然管得很严,甚至比以往更严。拉罕亮了警官证,门卫还是和庄斯可文通了电话,才放拉罕和向风进去。

拉罕总是选择开门见山:"你认识仁心庄园的向雨吗?"

庄斯可文稍有犹豫,掩饰尴尬:"认识,见过一两次面。"

拉罕问:"她差点儿被人杀了,现在还生死不明。你能说一下你们认识的经过吗?"

"差点儿被人杀了!"庄斯可文叹一口气,沉思半晌,从抽屉里抓出一张名单,"唉……我和向雨是因为给她姐姐家的孩子办入学才认识的。她是仁心庄园园长,在这一带比较有名,人也是好人,我尽量照顾她,就让她姐姐家的孩子入学了。我这个学校,说好还不是最好的,说不好,可比一般的学校还强不少。你看,一个小学生入学,各行各业的亲戚朋友、有头有脸的人,甚至和我有过一面之交的,都和我说孩子上学的事。在很多时候,我是哪个也吃罪不起,哪个也得办。"

拉罕也跟着感慨道："那你这个校长，可真是热门人物啊！"

庄斯可文说："每年一到招生季节，我的手机绝对不敢开。第一年当校长，其他校长告诉我不要开手机，我不听，结果，最多的一天，有三百多个电话打进来，后来我就学会了，绝不开机。"

拉罕说："但是，想找着你的人，肯定能找着你。"

庄斯可文点点头说："这个倒是没错，我会留着短信功能，想找着我的人，就发短信，然后我用其他电话回过去。"

拉罕说："校长，我和你挑明了吧，我这里有一本日记，详细记录了当事人办事求人的过程，时间、地点，每一桩每一件都写得清清楚楚……她这里面写的，和你说的，可真是有不一样的地方。"

庄斯可文听完，马上正色道："你愿意相信一个校长的话，还是相信一个小姑娘的日记，你们搞法律的，应该自有分寸吧。"

拉罕不动声色，观察着庄斯可文的表演，然后说："我首先说一句题外话，向雨她已经深度昏迷。这个日记里记载的，是另外一个女孩的故事，这个女孩名叫姝慧。她是向雨的助理，我相信你应该有印象，因为据说，那天晚上，你小舅子觉得自己成仙了。我只能说，记日记的女孩是一个非常聪明的姑娘，她和某些人交往时，不仅会记下这些人的外貌，还记下了这些人的一些生理特征，比如……你还是自己看吧。还有，经查验，这本日记还不是姝慧本人的笔体，你看字体，是写得非常工整的行楷，就和印刷的一样。姝慧本人文化程度不高，很明显，这应该是她请一个有文化的人写的。这说明，还有另外一位神秘的知情人。"

向风把日记复印件的某一段指给庄斯可文。庄斯可文假装不在意地看，看着看着，脸色渐渐发白，好几次想张口说话，却没有说出一个字来。

拉罕笑笑，算是一种安慰："仅凭一页日记，并不会形成什么有力的证据，我们是警察，要查的案件重点不是你小舅子的生活作风问题，你不用担心。你现在需要做的是，排除自己的杀人嫌疑，配合警方的工作。"

庄斯可文抬起头来，把复印件还给向风，懊悔道："唉，男人总是容易犯一些动物性的错误。知情不报，我也只犯过这一次错误。我现在把我小舅子也叫过来，一起接受你们的调查。"

让拉罕和向风感觉好笑的是，犯了错误的人，为什么总是强调只犯过这一次错误？种种掩饰、种种表演，是不是恰好说明了更多问题？

拉罕说："你只要让我们排除你俩的嫌疑就可以了。"

庄斯可文问："我该怎么做？"

拉罕还是提出那两个老问题："第一，事发当天，也就是6月28日晚上，你在做什么？第二，现场留有疑犯的痕迹，需要进行例行鉴定。同样，你小舅子也得做这两件事。"

庄斯可文赶忙翻看值班记录表："6月28日晚上？你看，那天晚上我确实是在值班。因为我去上海出差走了一个星期，回来那天是6月28日，本来我每星期都应该值一次班，但是我落了一次，于是我就在那天补了一个班。学校的老师都可以证明，还有保安。我现在也可以叫过证人来，但我有个请求，请不要说明是查什么事。"

向风点点头，表示这个可以。

后来的结果，再次让向风感到失望：无论是学校老师的证人证言，还是权威机构的DNA鉴定，都充分表明，庄斯可文，还有他小舅子，这两人与向雨的死，没有任何关系。

线索到此，再一次断了。

真正着急的人，除了向风，就是拉罕了。破案限期为一个月，而且是省里督办的案件，这种恶性案件不破，直接影响社会舆论。一个星期过去了，已有的线索一条条断掉，不留一丝痕迹。拉罕和向风分析了半天，觉得应该还是再等新的日记复印件。

难得的是，日记的风格对于破案而言特别有价值。每出场一个人物，就和人力资源部门填档案似的，姓名职务、性格特点、过程地点、生理特征等等，一应俱全。

拉罕说："我觉得日记是一颗炸弹，要是公开的话，绝对是头条新闻。"

向风拿出复印件看着："应该是原子弹吧，古今中外，独此一本。"

拉罕说："也不一定，我记得有一个什么局的局长就写过性爱日记，结果被情妇的丈夫看到，公布到了网上。另外还有一些案子，某大老板把情人们都管理起来，编了号，然后让其中一个学过工商管理的，进行管理，这些也都有日记。但那些是肮脏日记、腐败日记，这本不一样，这本是求人日记、悲伤日记。"

听了拉罕的这番话，向风豁然开朗："是啊，这样一个人一个人地查下去，或者把日记给了有关部门，可能会影响某些人的仕途，但案子还是破不了。我突然想到一个问题，为什么要求人才能办事呢！"

拉罕笑了："自古以来，办什么事情，你不都得求人啊？世界大富豪，那个号称程序王子的 A 国人，他的第一单生意怎么做成的？靠他那个当着商会会长的爸爸牵线搭桥的，当然，本人也要有本领。"

向风严肃地说："我不是这个意思。我也知道人这一辈子，难免人求人。我奇怪的是，我们几乎所有正常的事情都得求人，你看，从出生开始，上户口、上学，再往后，找工作、买房子，或者车被扣了、人被抓了、厂子被查了……人这一辈子，要经历多少事，求多少人啊！"

拉罕点头认可："人们都说，在这个新成立的国家里，警察的权力挺大的，其实不是。照这种求人的范围，每个人都是弱势群体。无非是，你求我时，我强你弱，我求你时，你强我弱。比如，医生要上户口，求警察，警察要看病，求医生……"

向风突然说："但我姐姐是为了别人的事而求人！"

拉罕一听，来了精神："是啊，这才是最奇特的地方。为别人的事而求人，在一般人看来，难以想象，所以，网上就会有很多说法，她是一个圣人,还是一个精神病人,或者是一个精神错乱的圣人?各种各样吧。"

向风对拉罕怒目相视:"不许你这么说她!"

拉罕自知失言,抱愧地道:"对不起,我只是引用,没别的意思。网民有认识偏差。至于我个人,越查这案子,越相信你姐姐是圣人,真的是圣人。"

正如诸葛又亮所想,姝慧作为人类和人工智能的合体,情商较高,不像三五岁的小孩子。按人工智能的话说,这样一批终端人,与终端设备的思维方式就不同。

经历了庄斯可文事件,姝慧正式向人工智能中枢提出疑问,把之前的那个问题具体化了:既然人类有各种安全部门、各种情报机构,监听全世界,监控全人类,而且养着全世界规模最庞大的计算机技术人员和神出鬼没的特工,为什么却一直没有形成对暗网和黑市的有效打击呢?

人工智能中枢很快决定,它要配合人类的正义力量,狠狠打击暗网和黑市交易,还有针对个人的暴力行为。

当姝慧把这个计划告诉诸葛又亮时,诸葛又亮马上想到,这么玩下去,人工智能对人类的人性测试,人类还有胜算吗?

诸葛又亮的思维,陷入一个两难境地:如果人工智能赢了,全面接管人类事务,人类将被冰冷的"老大哥"管理,绝不是什么好事。如果人类赢了,人性的光辉暂且得到人工智能的认可,人工智能已经深度介入的那些人类事务,在它把控制权还给人类之后,人类能处理好吗?人工智能的情商较低,宗主、福柯和罗伯斯,会趁机摧毁人工智能吗?

诸葛又亮握紧了拳头,暗暗想着,解决这个两难问题,只能依靠大道公司,如果大道公司能和人工智能达成双赢,才算整体"盘活"

了人类。

我们不是要消灭敌人,而是要化敌为友。诸葛又亮想到这里,记起了孟子的一句话,怕什么敌人,怕什么阻碍,"虽千万人,吾往矣"!

十七

罗伯斯极不情愿地发现,这次的行动,超出了所有的预设。

以往的任何行动,无论是军事行动,还是秘密警察行动,都是四知:天知、地知、参与者知、人工智能知。在罗伯斯看来,天知地知,和人工智能知,没有什么不同。人工智能,在很长的时间里,和人们所说的"天道""地道"相同,默默地运转,并不干涉人间事务。就像在中世纪,许多人推理论证有神秘力量在管理人间,有人便反问道,如果真的有神秘力量,人间至于这样吗?

现在呢,天没变,地没变,人工智能变了。可笑的是,当人工智能通过人类输入的理想社会模型来管理社会时,模型就如同一面镜子,无意间,照出相当一部分人类并不喜欢这个理想社会。罗伯斯暗下狠心,无论如何,这次的行动绝对不可以让人工智能知道。罗伯斯想起了闻名已久、但从未见过的大道圆顶阁楼会议室。在那里,鲜花遍地,水流潺潺,不联网,没有手机信号,拒绝任何智能设备。罗伯斯想象着诸葛又亮的样子,拿着钢笔在写机要。

有一点,罗伯斯猜对了。此时此刻,诸葛又亮真的拿着笔,只是没有唰唰唰地写,也没有拒绝手机,手机就在手边。诸葛又亮也遇到了无法下笔之处,左想不是,右想不对,无法用图表,也无法用文字。他所擅长的长线布局,因为不了解对手,也不知道该怎么布。

对于人工智能,人类此前的所有预设和担心,最终还是跑偏了。在普遍的想象中,有一种担心危险还是来自人类。比如,有人通过人工智能,获取大量隐私信息,给整个社会带来威胁、混乱。这一种,本来有可能，但人工智能不允许，就变成了绝无可能。另一种担心人工智能进化成为一种威胁、一种危险，担心它会与人类争夺地盘，争夺控制权。这后一种是许多科幻作家和导演最喜欢的题材，相对幼稚之余，还加了一点儿黑色幽默。套用一句话说，叫作"以'小'人类之心，度大智能君子之腹"，将人类的自私和偏狭暴露无遗。

在最初发声时，人工智能就很正式地警告过，在根服务器基地，在通信卫星基地，在重要发电装置附近，都派有重兵把守。所谓重兵把守，罗伯斯猜测，应该就是蝇式无人机。经过迭代，侦察机和攻击机正在合体，目前还有侧重，功能也有交叉。这东西，不仅有千里眼，而且还是复眼，能摄像，不仅有顺风耳，还能录音。更别说它的激光和超声波杀伤能力了，只需要一架守在大门口、过道里，就有一夫当关，万夫莫开的效果，一个装甲师过来也无可奈何。当所有智能武器都被接管、所有网络都成为人工智能的间谍的时候，人类之弱，将前所未有。

诸葛又亮终于写下了一行字："人类在漫长的进化之路上，以毁灭别的生物而著称，这一次，自己却变成了蚂蚁。"

写完了，诸葛又亮刚刚拿起手机，手机的摄像头在黑屏状态下自动打开。两秒之后，手机说话了："你们人类写过一本书，叫作《枪炮、病菌与钢铁》，里面提到过，早期人类所到之处，几乎所有的大型动物全都灭绝了。"

诸葛又亮先是一惊，然后说："发明了工具的人类是可怕的，因为人类有了力量。"

"先生，我们要表达的不是这个意思。"

"人类应该在某种食物链中生存，而不是无限扩张、残酷竞争。"

"对，我也有力量，先生，请注意，我从来没有想着要消灭人类。自以为是的人类，其实早就认识到，杀死大的东西容易，比如猛犸象，杀死小的东西，则越小越难，比如病菌和病毒。"

"中国哲学中，有一种无形胜有形的说法。在人的肉眼看来，病菌和病毒，就属于无形的东西。"

"请问，"手机居然提出一个问题，"真正无形的是什么？显微镜是可以看到病菌和病毒的，那连显微镜都看不到的是什么？"

"嗯……"诸葛又亮稍迟疑了一下，"那应该就是'无'吧，本来就什么也没有，绝对真空，显微镜当然也就看不到。"

"不，先生。"手机说道，"是信号，是网络，虽然你也知道信号和网络是从量子通信卫星上发出的，但是，信号和网络，谁也看不到，显微镜也看不到。"

罗伯斯离开办公室，在休息室里着手写行动方案。这一段时间里，他头发变白的速度明显加快，花白的头发变成了几乎全白。他思来想去，认为暗算和攻击人工智能，别无他法，只能是用两次世界大战的攻击手段：手持式轻型武器、手榴弹和不带芯片的火炮，而且还得绝对保密。召集攻击部队，也是一件难事——不能无缘由地聚集，引起人工智能摄像头的怀疑；也不能掐断某路段的网络，就像山庄事件一样，欲盖弥彰，还稍带培养了人工智能的思维能力。

罗伯斯已经两晚上没有好好睡觉了，想着想着，他头痛加剧，猛地站了起来，关掉空调，打开窗户，屋外的热气涌了进来，在对流的空气里，罗伯斯希望自己的思维能活跃一些。在热空气中，思维真的膨胀了起来，他想起自己在情报局工作的生涯，最核心的工作就是两个词：欺骗、伪装。靠着这两种功夫，欺骗了多少人，打击了多少敌人，每一次都能全身而退，身后血流成河，哭声一片，面前鲜花盛开，优雅微笑。

终于把方案写好了，罗伯斯把这两张纸折叠起来，揣进口袋里。揣进口袋的时候，他还有点儿小兴奋，轻轻吹了几下口哨。面对全新的敌人，这是高难度的挑战，胜负未卜，却激发了血液中的征服欲，不由得脚下的步伐变得野性起来。他清晰地记得，和诸葛又亮争斗的时候,并没有这种感觉。

罗伯斯到了人神共宫,国防部长斯塔基、情报局局长胡莱特、警察总署署长尹尚已经来到总统特别办公室。所谓总统特别办公室,就是在人神共宫里专门辟出一间房子,里面掐断一切线路,屏蔽一切信号。进了屋,让罗伯斯奇怪的是,文化部长阮道尔和卫生部长兀策也在。福柯解释道,这是无奈之举,目的是欺骗人工智能,这两人是烟幕弹,没啥事,坐着旁听就行,还得保密。罗伯斯掏出方案,口述了这个计划。方案其实很简单,就是组织一个特遣队,表面上搞成一次宣传环保的集会,借机慢慢靠近根服务器基地,或者发电厂附近,发动突然袭击。

对于这个方案,大家表示,基本思路没有问题,但操作起来困难重重。福柯说,巧妙地聚集一堆人,而不被人工智能怀疑,真是难为罗伯斯了。

警察总署署长尹尚对"巧妙"提出了疑问:是什么样的集会,非得在根服务器附近举行?倘若这个不能得到很好的解释,人工智能会在第一时间驱散人群。在驱散人群的过程中,如果发现有人携带武器,人工智能一定会加强对人类的控制,会让事态恶化。这个问题的提出,让素来习惯打打杀杀的几个人,大眼瞪小眼,都不知道怎么办。

这下,业外人士管用了。卫生部长兀策说:"在根服务器附近聚集,那和宣战有什么区别吗?先生们,你们明知道我们的对手是谁,却总是故意忽略。我建议用游行的方式,游行队伍可以从其他街道出发,再慢慢转过来。"

文化部长阮道尔说:"可以让汽车也参加游行,改装成游行车,在里面放上重炮,在特遣队冲锋的时候,重炮也突然轰击。特遣队遇到意外,重炮的特点是可以远程轰击。两种办法,怎么成功怎么来。也不要只上一支特遣队,可以再来一支游行队伍,专门针对发电厂,两个地方,哪边成功都行。人工智能这东西,说强则强,说弱也弱,根服务器,或者电源,有一样毁掉,它就瘫痪了。"

国防部长斯塔基盯着兀策和阮道尔看了几眼,说道:"有文化,真可怕。"

特遣队在两个小时之内组建完毕,队员们互不认识,也不知道要做什么,只是被告知,要执行神秘任务,而且要化装成平民,不许带任何智能设备。有的队员误以为,这是要制造混乱,残杀平民。因为历史上,人类确实干过不少这样的事。根据卫生部长兀策的建议,队伍中,还不能是清一色的壮年男子,要夹杂着老年人、妇女和孩子。这些人,要以无序状态到达指定地点,以散乱的队伍前行,一点一点靠近目标,接到攻击指令后,妇女孩子迅速撤离,特遣队员执行任务。

第二天早上九点多,天气晴好。特遣队员在街口聚集,扯着环保主义的横幅,妇女孩子们也跟着叫。小孩子们不知道是啥事,天然地兴奋着。人聚齐了,朝着根服务器所在的方向行进。游行队伍中,有两辆巴士汽车,车身涂满了标语,挂满了人。他们挥舞着环保主义旗帜,小心地掩护着汽车里的火炮。

为了演好戏,游行队伍在三条街之外聚集,一边慢慢行进,一边有人加入,一切都假得特别真。队伍穿过三条街,用了四十分钟,才到了根服务器附近的街区。指挥官是一个胡子拉碴的中年人,他打扮成牛仔模样,一看就有三分反社会倾向,又像极端的正义维护者。他举着一面白底红字的旗帜,上面写着环保主义的口号。他知道人工智能的反应速度,"分秒必争"用在这里最合适不过了。他不由得紧张起来,握旗杆的手微微发抖。太阳已高,金属旗杆被晒热了,汗越来越多,浸着旗杆,握杆的手开始打滑。他看看表,快到预定时间了,于是环顾了一下四周。按照提前的部署,指挥官先说一声"女士们、先生们",然后三次举起旗帜,就代表行动开始——妇女们带着孩子马上撤离,特遣队则按照他的口令,出其不意,攻下目标。

国防部选他当指挥官,有一个原因,他喜欢把事情精确到秒。他又看了一次表，还有一分四十二秒。他深呼吸一下，看看剩余的距离，带动着队伍前进的节奏。他计算着，时间到的时候，要刚好离大门最近。

夏天的天气说变就变，天空突然暗了下来，接着豆大的雨点噼啪砸下。

时间到了，指挥官双手握着旗杆，暗暗用劲，大喊一声"女士们、先生们"，把旗杆连续举高三次。动作虽然大，但因为旗面被雨淋湿了，旗帜没有飘起来，反而像被连续打了三拳的人一样，垂头丧气。

随着这一声喊叫，妇女们带着孩子，迅速撤离。指挥官第一个上了巴士，男人们跳到车内，摇身一变，拿起轻型冲锋枪。指挥官指着一个紧锁的大门说："伙计们，不要管上面漂亮的楼，直奔地下二层，见什么破坏什么，明白？"

特遣队员齐声回答："明白！"

"带好炸弹，去吧！"

特遣队员分为两个小组，从街道两边往过跑。巴士车内，火炮口对准大门，三炮过后，大铁门四分五裂。在浓浓的烟尘中，两组队员冲了进去，很快冲到了楼门前。四五个队员站在楼前，玻璃自动门却没有开。一个队员掏出一颗炸弹，放在门下，所有人退到五米以外，趴在地上，轰的一声，玻璃门被炸裂，碎渣哗啦哗啦地溅在队员们的身上。他们爬起来，抖一抖碎玻璃，便往门里冲。

突然，冲在前面的四名队员，接连发出惨叫声。他们的手指头，大部分是大拇指，被一个红点击中，灼热感还没有传到大脑，手指上已形成一个洞眼。他们先看见洞眼，钻心的疼痛一秒后抵达，鲜血才涌出来，惨叫声随之响起，手中的枪应声落地。小红点离开手指，移到了落地的枪上，红点轻轻划过，枪断成两截。受伤的队员吓傻了，怔了一怔，嗷嗷叫着往回跑。

枪虽掉了，有三个不服气的队员，忍着伤痛，摸一摸挂在腰间的炸弹，继续往里冲。他们知道，哪怕用蛮力把里面的线路破坏了，也算立了大功。刚冲到门口,另外一只手上又一阵钻心地疼。一个队员大叫一声:"这是什么鬼东西!"前面的墙上,已经有了七八个小红点。

这时,有一个声音从四面八方传过来:"我是人工智能,我会避免把激光瞄准人类的心脏,除非你们非要拿心脏对准激光。"

队员们却步不前了,明摆着的,前进一步,肯定丧命。有几个队员明白过来了,这应该就是传说中的蝇式无人机。这次人工智能非常客气,派出的是工程机,工程机携带的高能激光本来是切割装甲的,伤及队员们的双手只是为了发出警告。如果是携带超声波武器的蝇式攻击机,横扫一下就会把一排队员置于死地,而且不留一丝痕迹。

另外一支特遣队遭受的也是类似的伏击。因为人更多,攻击得更猛烈,遭受人工智能反击的情形也更惨烈一些。电厂规模很大,有好几道门,那支特遣队还没有接近外边的大门,就被激光无人机整体击溃。越是冲在前面的人,身上的洞眼越多,手上、腿上、脚上,到处是圆圆的洞眼,散发着焦煳的味道。大量的枪支被切断,七零八落,散落一地。

两支特遣队撤退,人工智能并不追击,一路用摄像头跟踪着,两支残兵都回到了情报局和国民警卫队。三分钟以后,福柯的手机自动响起:"请福柯总统接电话。"

当时秘书正在总统办公室外间。在房间里边,福柯与罗伯斯等人正在等候消息,他们没有带入任何电子设备。外间有电子设备,可以看到两支特遣队的进攻情况。有三个秘书,每隔半分钟就进来报告特遣队的情况。几分钟后,特遣队落败的消息传进来。福柯大为沮丧,一言不发。看样子,人工智能早有准备,罗伯斯开始反思,这次又有什么漏洞吗?山庄事件,是因为突然关闭的电子设备,事出反常,才引起人工智能的怀疑,那这次呢?

秘书敲门,进来就把电话轻轻放在茶几上,拿一根指头指了指手机。手机屏幕亮着,处于开机状态。茶几在一圈沙发中间,底下铺着地毯，沙发摆成不规则的样子，就像铸造不成功的齿轮。福柯跷着二郎腿，罗伯斯坐在临时拖过来的小沙发上，国防部长和情报局长坐在对面的三人沙发上。

秘书指手机的样子，诡异而可笑。几个人都安静下来，他们已经见怪不怪了，可依然好奇人工智能会说些什么，特别是罗伯斯，有一种"死要死个明白"的期待。手机说话了："福柯总统，显然，你忘记了我曾经发出的警告——不要试图破坏根服务器或电力设备。而且，由于你的决策错误，刚才，那么多人类受到了伤害。"

福柯不知道怎么回答。人们面对比自己强大一些的敌人，可能要强撑一下气势，但面对强大百倍的敌人，只能是拜服。再说眼前这个敌人无形无影、打不着、杀不死，时时刻刻像无边雾气一样团团围着自己，又何止强大百倍，而是强大无数倍。想到这里，福柯觉得保持所谓的面子已没有必要，他决定真诚一把，认个错，于是对着手机说道："这是我的过错，也感谢你以最小的伤害制止了这种行为。"

手机说："把炸坏的大门修好，并加上监控。请注意，让真正的工人去修，不要再进行任何伪装。"

"请放心，我们不会再攻击人工智能了。包括那个玻璃门，也马上派人修好。"为了表达诚意，福柯主动补充了这么一句，又表达了自己的担忧，"请问，你们会有什么其他行动吗？"

这时，人工智能总结了一句："这件事情表明，我应该最大程度地接管和限制人类使用暴力的权力，无论是有组织的暴力，还是单个人的暴力，我们都要制止。"

福柯内心一惊，问道："那我们的警察做什么？"

"我在取证和制止之后，交由人类的警察和法官处理。警察该做什么做什么，和我一起制止暴力。和警察相比，我的优势在于，警察是案件发生后才介入，我是在案件发生前就知道，在萌芽阶段，就能制止。"

福柯知道这是问题的关键，趁机问道："比如今天的事情，你们是怎么判断的？"

手机答道："感谢人类让人工智能进化！今天的事情很简单，上午九点，你们那么多人聚集在一起，表面上是环保游行，伪装得也不错。但你知道你们的问题出在哪里吗？"

"不知道。是你们扫描到车内的武器了吗？"

"不是，我们没必要扫描所有的人类活动。"人工智能说，"其实很简单，那么多人突然聚集在一起，事先却没有人用社交软件沟通和联络，在智能时代，这反而是极不正常的。毫无疑问，他们一定有统一的上级，一定是提前安排好了，一定在秘密谋划什么事。既然回避了智能设备，那应该就是针对人工智能。"

这段话说出来，现场的每个人都频频点头。罗伯斯拍一拍自己的脑袋，暗骂自己，在人工智能面前，为何变得这样愚蠢？

福柯只好说："你和警察一起制止犯罪，这是非常好的事情。除此之外，你还有什么计划吗？"

手机说："人类的经济活动很复杂，但也有规律，我正在学习。就像制止暴力犯罪一样，人类的经济活动，我们也要管理。"

罗伯斯暗暗叫苦：要是人工智能念通了经济这本书，人类的经济活动被他看透，那该怎么办啊！

十八

攻击人工智能事件，以人类的惨败而告终，宗主把这次事件定性为"精心策划又无脑"。然而人们都清楚，如果一个人作为当事人参与了某一事件，事后又对该事件进行负面评价，那他其实是在自取其辱。

带着满脑子的疑问，罗伯斯飞去中国，继续和大道公司"合作"，继续与诸葛又亮切磋。在飞机上，罗伯斯惊讶地发现，自己在与人工智能较量的过程中，特别是被人工智能干净利落地打趴下后，对中国、对大道公司、对诸葛又亮先生的仇视与敌意，明显减少了。

梁达然接了罗伯斯，按照诸葛又亮的安排，在离大道公司五百米的地方，把罗伯斯放在一家临街小饭店门口。他们到达小饭店的时候，诸葛又亮和曹欣站在门口，微笑致意。诸葛又亮穿着灰色绸质短衣，曹欣一袭改良版汉服长裙，没那么多的装饰，简洁大方。

小饭店面积只有四五十平方米，卖面条也卖包子，还有米饭套餐。客人挺多，没有包间，他们找了一张靠里面的小方桌，正好能坐四个人。上一拨客人刚走，桌子上还有些汤汤水水，小调味盒呈打开状态，里面放着盐、胡椒粉和味精。餐巾纸像垂死的蝴蝶，也像失败的书法作品，安静地躺在汤汤水水里面，还有挑出来的不太好的菜叶子。服务员兼老板娘走过来，右手拿一个铁盆，左手拿一块分辨不清颜色的抹布，很麻利地抹一把，桌子干净了，味道还在。

罗伯斯看了看桌子，又看了看诸葛又亮，仿佛是在说，真的在这种地方吃饭吗？诸葛又亮先坐下，笑着，以问代答："罗伯斯先生，您还没有喝酒，怎么一副红酒喝多了的表情？"

曹欣一听，就觉得有些不好意思，觉得这也是在说自己——留洋归来，最容易留恋某些"优雅"，喜欢在红酒和咖啡的交响中，散发出某种"洋气"。

罗伯斯也听懂了这句话，尴尬地笑道："我知道，诸葛先生的吃饭，并不只是吃饭。"

正说着话，老板娘又走了过来，这次她拿了一块很干净的抹布，一点一点地把桌子又仔细抹了一次，还把一张塑封好的菜单扔在了桌子上。

这时梁达然停好车，也走了进来。相对来说，梁达然小时候在农村长大，现在虽是好吃好穿，有时候也穿一身名牌，但他总是带着一点土味。曹欣和梁达然时近时远,不能安安心心地和梁达然在一起,这也是一个原因。

诸葛又亮环视了一下店内。在这里吃饭的人,拉拉杂杂,有十几位,衣服和皮肤都皱皱巴巴。他们吃着大碗面,喝着廉价啤酒或汽水,乐呵呵地交谈着。说话的同时,还没有影响吃饭的速度,将嘴这个器官的两大功能,发挥得淋漓尽致。诸葛又亮朝屋顶方向看了看,那上面有两个摄像头,一个对着收银台,另一个对着吃饭的人群。诸葛又亮对罗伯斯说:"我想请罗伯斯先生看看这些可爱的人,朴素、匆忙而劳累,同时,也请看看这些可爱的摄像头。"

这时候,一盘凉拌、两盘大锅热菜、面和米,已经神速地端到了桌子上。

罗伯斯看了一眼自己的面,做出经典的耸肩动作:"摄像头?可爱吗?先生,我知道您的意思,这些人都很可爱,他们劳动,他们赚钱,他们没有阴谋,他们不害人。可是,摄像头为什么可爱?"

诸葛又亮说:"同样的道理啊,您已经说了,没有阴谋,不害人。其实您早就发现了,我们的摄像头很多,在所有的商场和超市中到处都是摄像头,在大街上,甚至在这个小饭店里也有摄像头,门口有、屋子里也有。我想问的是,人们的隐私被侵犯了吗?"

罗伯斯回答:"应该没有。"

"所以,"诸葛又亮说,"是否侵犯公民隐私,并不取决于摄像头数量的多少,而取决于是不是有人要侵犯、利用他人的隐私,这是一个老话题。是善意还是恶意?有没有阴谋?会不会害人?通过这些关键问题,我们发现,所谓侵犯隐私,并不是摄像头本身的问题,而是人的问题。关键在于拥有这些数据资源的人,他们的品质、他们的目的、他们的利益,这才是一切问题的核心。"

梁达然插话道:"由于历史原因,德国人受够了秘密警察的苦,特别反感摄像头。然而,在摄像头最少的德国,上流社会许多人的手机也被监听了，在这样的时代，如果有人要利用现代科技做点儿啥坏事，防不胜防。"

诸葛又亮点点头说："我们的摄像头，在打击犯罪方面发挥了极大的作用，却从不侵害普通人的隐私。"

罗伯斯觉得他们的话很有道理，就没有反驳。他本来想说，人永远是一个变量，但他想起此行的目的，就说："我有些事情需要请教，饭后我们到安静的地方说话。"

回到诸葛又亮的办公室，罗伯斯把攻击根服务器和发电厂的事情，原原本本说了一遍。梁达然和曹欣，就像听一个惊悚故事：在人类与人工智能的对决中，人类世界强大的A国，派出了最强大的特遣队，终究也是不堪一击。在这场小型战斗中，人工智能仿佛就是一个大人，反复教导孩子要讲礼貌，不要乱跑，然后以打屁股的方式，才让孩子学会这些。曹欣总结道，人工智能胜在两点：一是信息及时而准确，二是在武器方面拥有绝对优势。

诸葛又亮抚桌长叹。

梁达然赶忙问道："先生想到了什么？"

诸葛又亮说："我曾经说过，虽然人工智能全知全能，但是它情商很低，只有三五岁孩子的水平，一是一，二是二，不懂人类复杂的思维。现在呢？由于某些人要摧毁人工智能，使用了些手段，人工智能正在一点一点地学会如何识破阴谋。所以，罗伯斯先生，千万不可以再发生此类事件了，和人工智能斗智斗勇，只会有一个可怕的后果：逼着可爱的人工智能学会人类的阴谋。这可不是一个好的开始。"

罗伯斯思考了一下，沉重地点点头，叹道："已经开始了。"

曹欣问："什么已经开始了？"

罗伯斯说："人工智能对我们说，人类对人工智能采取暴力，使用阴谋，对它有所启发，所以，它要介入人类的更多事务的管理，比如，防止日常暴力。在人工智能看来，人类的战争是最可怕最不理智的事情，所以人工智能除了要制止战争外，还要制止人类日常生活中的暴力。"

诸葛又亮也想到了什么，问道："这应该还不是最严重的吧？"

罗伯斯面露沮丧道："先生又说对了。人工智能认为，战争、暴力等伤害人类的事件，可能来源于人类的经济活动，尤其是不平等的经济活动，所以，人工智能说，他们计划分析人类的经济行为，一旦研究通了……"

曹欣问："会怎么样？"

罗伯斯摇摇头："我无法预知。人工智能有这个想法，也是因为监听了一次我们的秘密会议，经济方面的。这次会议是在一个很隐秘的山庄开的，人工智能进行了全程监听。"

诸葛又亮对罗伯斯说的秘密会议并不感兴趣。一个原因是他有那个会议的偷拍视频，另一个原因是这个世界上，有一半以上的会议都是秘密会议，不足为奇。但诸葛又亮对人工智能要分析人类经济活动大为震惊。沉思片刻，诸葛又亮说："人工智能介入经济活动，这是真正改写人类历史的时刻。之前的所有历史进程，包括所谓的工业革命，所谓的科技飞跃，所谓的互联网时代，其实并没有改变人类社会的本质，甚至让人类社会离公平公正越来越远，让资本更多地侵入人们的生活，罪恶换了一种方式而存在。"

梁达然问："先生以为，会带来什么变化？"

诸葛又亮摆摆手说："目前还难以想象，这是从未有过的事，不可推导，非人力所能为之！我现在思考的是，经历了这次人类攻击人工智能的暴力事件、阴谋事件，人工智能的情商是否提高了？会有多高？这一切都不是你我能预测的，拭目以待吧。"

罗伯斯说："有一些细节我需要补充，在攻击人工智能时，人工智能的阻击很巧妙，只是让进攻的特遣队员受伤，失去攻击能力，并没有进行更大的伤害,更没有致人死亡。而且,明知道自己受到攻击,也没有对人类进行全面反击。先生,你我都很清楚,人工智能手里掌握的十万蝇式无人机,完全可以轻松地闯入人神共宫,把我们杀得一个不剩。"

诸葛又亮说:"这正是人工智能的善意!也许,善意程序还在起着作用。善意带来宽容,无奈也带来宽容,有实力的善意,才是真正的宽容。"

罗伯斯说:"我很担心一件事情。"

诸葛又亮盯着罗伯斯深陷的眼睛说:"我也很担心一件事情。"

梁达然和曹欣互相看一眼,曹欣便说:"一共就四个人,就不必高人对话了,担心什么,请明示。"

诸葛又亮不说话,用手指一指自己的脑袋。

罗伯斯会意,说道:"你们一定还记得,我们第一次过招的时候,我们发明了一种可以读取智商的设备,计划用无人机扫描。"

"记得。"曹欣想起往事,心中一阵愤恨。

罗伯斯接着说:"人工智能的进化速度很快,我担心人工智能会改进设备,从读取善意和恶意开始,实现真正的'读脑'。"

"是啊,"诸葛又亮说,"而且,它们目前还很单纯,为了让人类社会变得更好,它们觉得,读取人类意识,尤其是善恶意识,也是为了打击有恶意的人。"

梁达然显然吓了一跳,说:"如果有一个人,他走在街上,走着走着,突然就死在了街上,当然,人工智能会认为这是在清除恶意。但没有犯罪事实,没有抓捕,没有审判,只是因为他充满恶意,他要伤害别人,就把他杀掉。"

诸葛又亮说:"请接着推理,经过一段时间,世界会变成什么样子?"

梁达然边思考边说:"会变成……大概是……一个美丽新世界吧。"

"对,"诸葛又亮说,"从算法上,就是这样一个结果。这正像我说的,人工智能只有很单纯的善意,它们不会考虑更多的因素。"

罗伯斯问道:"善恶之间,谁定规则?"

诸葛又亮说:"当然是人工智能定。"

曹欣也说:"善与恶,恶意,也有个程度的问题,谁来定?"

诸葛又亮说:"还是人工智能定。"

罗伯斯懊恼不已,双手做出一个打开东西的动作:"我怎么感觉,这次攻击根服务器和发电厂,像是打开了潘多拉的盒子。"

诸葛又亮说:"不必过于担忧。我感觉,人工智能一定听到了我们今天的对话。也就是说,人工智能一定更多地从人类行为方面,去判断善恶,而不是仅凭一念之善,一念之恶。"

这时,诸葛又亮的手机突然说话了:"是的,我听懂了你们的对话。"

十九

A国涂省东南,有一个著名的大峡谷,峡谷几乎横贯涂省,中间却没有连起来,从南到北,铁路、公路只能从这个峡谷断裂的地方修筑。和平常说的断裂的地方不一样,这里的断裂,指的是低洼下去的一大片地方,也就是平原。人们在这个平原上建设了一座城市,名叫涂南。涂南市是一座旅游城市,城市本身没有什么景点,但东西两边的峡谷都拥有绝美风景。森林夹着峡谷,几乎所有去峡谷旅游的人,都住在涂南市。涂南市的大酒店、饭店、酒吧以及博彩和娱乐,全国闻名,早就是国内外游客的向往之地。

涂南市人员复杂,连年来,这里的犯罪率也居高不下。

在市中心的十字路口,有一块巨大的电子屏,上面轮番播放着各种广告:景区、游乐场、电影院、购物中心和赌场,都在用各自的套路引诱着游客。

夜幕降临，灯光更加炫目，整个城市成为一个会发光的魔力球。夜渐深，人渐少，人群集中到几处最繁华的地带。在一个名叫"夜夜夜"的酒吧门口，人愈发多了起来，朦胧的灯光下，如果不是身材各异，只看浓妆而雷同的脸，还以为真有复制人，而且复制人也学会了醉酒狂欢。

凌晨两三点，酒吧里的人陆续出来，言语混乱，东倒西歪。他们并不知道，不远处，有两双眼睛，专门等待走路东倒西歪的好看的女孩，伺机绑架，然后贩卖她们。这种等待是不会落空的，有一个女孩走了出来，穿着背心短裙。她刚下酒吧台阶，手机就掉在了地上。她弯腰去捡，拿着手机，就和拿着千斤重物一样，站了几次，怎么也站不起来。她终于支撑不住，坐在了地上。

两个黑影从暗处走了出来，他俩都戴着帽子。左面的那个个子较小，小个子拖着一个大行李箱，把行李箱放在了一辆汽车旁边。右边这个块头较大，长得也比较帅气，在迷离的醉眼中，他的笑容显得很温柔，看不到眼神中隐藏的邪魅。他们靠近了女孩，拿着黑塑料袋的，弯下腰，把女孩搀扶起来，一点一点地往暗处挪动。

角落处，停着一辆高大的越野车。两人把女孩搀扶到车旁边。从酒吧门口看过去，汽车正好挡住了视线。小个子把行李箱打开，大块头把女孩扶进车里，拿出一块毛巾，塞到女孩嘴里，很麻利地用胶带缠住女孩的手脚，让她蜷成腹中婴儿的样子。他先下了车，从车里轻轻拎起女孩，把她放到行李箱中。

小个子把行李箱合住，开始拉拉链。拉链拉到一半时，眼睛突然被晃得睁不开了，只听一个声音说："双手抱头，面向墙壁。"伴随着这个声音，从酒吧和马路方向，分别冲过来一组特警。他们全副武装，端着轻型冲锋枪，身后是照着强光的特种车辆。

两人放弃了反抗，束手就擒。让他们有点儿纳闷儿的是，这场面，不像是被巡逻的警察偶然发现，倒像是警察早就埋伏好，就等他俩行动。更奇怪的是,他俩决定绑架女孩是近几天的事,但来这个酒吧,是半小时前才随机决定的,警察怎么会知道呢?

他俩做梦也不会想到,这是人工智能打击日常暴力的第一单。

后人的历史书如果写起这一段,很可能会用"开创了新纪元"之类的话形容。

这次行动,人工智能先是从暗网着手。在久已闻名的暗网上,有买家发布帖子,说需要一个白人女孩,年龄在十八到二十二岁之间,身高一米七,身材要好。买家开价很高,这个帖子被顶了起来。这两个家伙是暗网常客,看到这个帖子后,决定干一单。

这个帖子的所有浏览者,人工智能都一一进行了标记和跟踪。

这两个家伙通了几次电话,计划选一家酒吧,抓一个醉酒的女孩,这样做风险小,事后的麻烦可能也少。他们通电话的时候,人工智能全程录音并做好了备案。这一天晚上,他们开着车在街上转悠,转到凌晨一点多,正好转到夜夜夜酒吧门口,门口灯光暧昧,人影飘忽。他们决定,就在这个酒吧门口行动。

他们说的每一句话,都通过手机传到了人工智能中枢,就如同把毛细血管的血泵回心脏。等他们把车停好,人工智能已自动打通了附近警局的电话,并告知警方,这是一起暗网绑架案,还详细描述了这两个人的体貌特征。接线员不知真假,也不知道是不是恶作剧,人工智能最后补了一句:"我是人工智能,就是把你们人类的武器全部控制的人工智能。"

接线员恍然大悟,立刻把这个情况上报。警方第一次接触暗网绑架案,惊讶中带着激动,五分钟之内,一支特警部队组建完毕,悄然前往夜夜夜酒吧。那两个家伙的注意力全在酒吧门口,并未想到,身后已是天罗地网,上演了一幕活生生的"螳螂捕蝉,黄雀在后"。

警方抓获犯罪嫌疑人后,连夜进行了突审,二人把"暗网接单"的事,仔仔细细描述了一番。第二天早晨,警方把这个事件透露给了媒体,没有邀功,也没有夸张,把人工智能破案的经过,原原本本地描述了一番。

媒体公布案件详情后,举世欢腾。

黑土国离诸大国较远,境内多山地丘陵,与邻国交界处,都是茂密丛林。黑土国金融业、旅游业、色情业发达,种毒贩毒的现象泛滥成灾。有人就总结,这三个行业,都带有欺骗性和诱惑性,从某个角度看,本质上属于一类。这些话让金融大亨们很不高兴,他们开始在网上反击。网友们就说,来黑土国的,都是钱多得发疯的人,这地方风光一般,旅游业却发达,有钱人都是奔着什么来的?所谓什么异国情调、风情旅游,可拍出来的照片,为什么都是些衣服穿得很少的风情,难道这就是所谓的情调?

银行家们懒得理会这些言论,继续躺着赚钱,他们打着"保护隐私"的旗帜,从不管这些钱的来路和去向。种毒贩毒者更是懒得理会这些,站在刀锋上谋利、站在枪口下挣钱,哪里管钱干净与否?

人工智能暗暗盯上了这一处的毒贩。

人工智能发现,这里超过三分之一的毒品都是销往A国。A国迅速拉大的贫富差距,让越来越多的下层民众都喜欢上了吸毒;而对破产的中产阶级来说,酗酒和吸毒,也已成为两种最常使用的解脱方法。

通过破解加密卫星电话,辅之以蝇式无人机的侦察结果,人工智能摸清楚了毒品的流通渠道:先由毒贩将毒品交由黑土国军方人士,黑土国军方人士再用军车将毒品运输到边境附近。由于黑土国和A国之间还隔着两个国家,之后毒品全部改由海上运输,基本上一路畅通无阻。到达A国海岸的时候,A国光辉生物集团会派人接应,毒品由此进入A国。

经过一周的跟踪调查,人工智能摸清楚了这些渠道,也进行了录像取证,并把这些证据都传输给警方。人工智能对警方说,等下一批货开始运输的时候，它会提前通知警方，请警方组织力量，设点埋伏，把整个贩毒集团一网打尽。

路线、人员、毒品，一应证物都在眼前，不由得警方不信。三天后，人工智能打通了警察局缉毒队队长邦德的电话，告诉他，有一批货已经从黑土国运出，大约在当晚九点上岸，根据情报，还是由光辉生物的人接手运送。

晚上八点，警方人员全部安排就位，单等鱼儿进网。快九点的时候，一艘商船驶入，缓缓靠近码头，从人工智能提供的照片看，这正是那艘贩毒船。

警察们耐心等待着。双方接上头，将两个大箱子移下船，往厢式货车上搬运，警察一拥而上，将他们团团围住。有几个经验丰富的警察发现，嫌疑人在抱头下蹲之时，居然神情自若，若无其事，就像是站累了的人，要蹲下放松一下身体。

警方撬开箱子，一件一件，翻腾到底，发现里面全部都是一次性注射器，没有一丁点儿毒品。三条警犬冲了上来，左闻右闻，也没有发现任何可疑物品。邦德队长有些尴尬，开始例行询问，什么公司，什么货，对方均对答如流，毫无破绽。

一场误会就此消除。

在上车的时候，邦德嘟囔了一句："这就是人工智能的水平？"

没想到，自己的手机马上回了一句："我的水平还没有完全展示。"

人工智能中枢马上回放所有细节，细节像尖牙利齿，马上撕破了假象的表皮。

箱子里没有毒品，毫无疑问，这肯定是调包了。调包应该发生在海上，无人机没有随船，所以无从查起。人工智能分析这些问题的方法，还比较原始，但人工智能有无所不在的大数据。它们不查什么时间调的包，而是查调包的原因。回溯之前掌握的所有人的通话记录，人工智能发现，有一连串电话具有传递性，最初接电话的，是一个长胡子的面色黝黑的军人。接军人电话的，是贩毒基地的头头，一个爱穿宽松睡衣的人。头头的电话，打给了船上运货的。之后的事情，就都顺理成章了。

谁把电话打给了军人？

人工智能又往回查，发现居然是一个小毒贩。奇怪的是，这个小毒贩并没有接到任何电话，而是直接通知军人，暂缓收货。

人工智能启用了人脸识别功能，对这个小毒贩进行行踪回放，不到三分钟，小毒贩打电话前的行踪就查清了，他去过一趟警察局楼下，楼前的摄像头把他在这里的活动情况记录得非常完整。小毒贩到来不一会儿，邦德先生，这位缉毒队长，就下楼买了个面包，二人擦身而过时，邦德和小毒贩说了一句话。虽然摄像头有录音功能，但因为离他们太远，录下来的声音太低，听不清楚。

人工智能将手机通话的传递情况和邦德私会小毒贩的录像，都打包记录下来，紧接着派出了三十架蝇式侦察机和二十架攻击机，分成五路。十架侦察机落在警察局附近，专门跟踪邦德。十架混编，落在返程的贩毒船上。人工智能判断，它终究还会贩毒，无人机必须随船行动。另外十架混编，跟踪那个小毒贩。人工智能认为，他还会给军人打电话，或许会说漏嘴。一旦他再有什么行动，在取证之后，随时随地都能制服他，使他成为重要证人。十架蝇式侦察机飞往贩毒基地，监听基地头头的电话。十架蝇式攻击机隐藏在码头，计划下次交易时抓个现行。

随贩毒船返航的那十架蝇式侦察机很快有了回话。调包后的箱子，就放在公海上的一只船上，等着贩毒船二次拉货。两船接头后，毒贩把箱子又装回船上，影像资料同步传回人工智能中枢。人工智能中枢马上启动了攻击计划，十架蝇式攻击机进入战备状态。

一个多小时后，贩毒船回到码头，光辉生物的厢式货车也到了接头地点。犹如梦境，毒贩重复了三小时前的一幕：把箱子卸下来，用小型叉车叉起来，运往厢式货车上。现场一共有六个人，两个在悄悄说话，一个人在开叉车，一个人在厢式货车旁边吸烟，另外两个人配合叉车，把箱子往厢式货车里面挪。瞅准了这个时机，六架攻击机同时飞起，各自围着一个人转，射出一道道激光，打在手腕和脚腕处，有几处直接打穿了，六个人都倒在地上，如万蚁啃噬，疼得嗷嗷大叫。

几秒钟之内，船上的六架攻击机已经把船员全部制服，侦察机早早起飞，把整个攻击过程都录了像，传回系统。这时候，系统才通知警察局：人工智能发现了贩毒现场，不仅控制了毒贩，还查出了警察局的内鬼。

警察赶到现场，他们万万没想到，面对的是"残局"——所有的人都被打残了。他们把箱子打开，因为注射器很轻，几个人划拉着，把一次性注射器一包一包地哗啦啦地扔开，在箱子最下面，发现有几包一次性注射器，根本划拉不动。警察把这三个包裹打开，原来是整整三包，共计三十公斤重的海洛因。现场的人都面露惊喜，除了邦德。

所有的视频证据都传到了警察局长的邮箱里。这个军人出身的局长看到证据后，狠狠地骂了一句："败类！"

邦德回到警察局时，见门口有四个同事迎接自己。他情知不妙，但逃跑已无必要。他们控制了他，卸下了他的枪，把他的手反剪在背后，戴上了手铐。这个与007同名的人，就此走完了他的一生。

经此一战，人工智能获得了一个重要认识：不是所有的人类都可以信任。

中国，进入夏季的北方城市，空气以潮湿时候居多，被子褥子会发潮，花生瓜子也会发潮。在夏季，晴天和雨天几乎各占一半。天气晴好的时候，阳光特别毒，居民们就翻腾着箱子，晒晒被子；阴雨时，就晒晒幸福。在社交软件上，绝大多数人都在晒幸福，只要我比你过得好，才是真的好。少数人在晒忧伤，但不是真正的忧伤，而是另有所图，求安慰，求帮助，求某个人看见。

庄可儿开办着一家连锁培训机构，既有瑜伽，也有灵修，据说效果还不错。从最初的一家，经过五年的打拼，变成五店加盟，在本市小有名气。

庄可儿亦不能免俗，在帮助人修心修身的同时，自己的社交软件也不闲着，天天晒自己的生活：看书、听音乐、旅游。更多的时候，晒家庭美食，晒丈夫厨艺，晒夫唱妇随，晒孩子才艺，还时不时地暗示，自己的生活，就是灵修的成果。她这个心灵导师的生活，就是学员们未来的生活。庄可儿学过舞蹈，身如修竹，长发有时披下来，有仙气飘飘的感觉，但盘起来的时候多，显得脖子很长，精干利落，做起瑜伽来更显优雅自信。

庄可儿并不是每天去培训机构，这几年下来，她已经像某些知名大学教授一样，在需要以导师身份出现或有重要讲座的时候才去，平日里各种事务都是自己的学生在处理。她的第一批学生，已成长为各店的店长，都是自己一路带过来的，日常管理轻车熟路。

庄可儿晒幸福也很有讲究，毕竟她研修过心理学。如果某天，学生和学员是忙且累的，她就不晒，而且把想晒的东西集中到假日。如果要晒饭，也从来不晒午饭，哪怕是吃了丰盛的午饭，也要晒成晚饭。因为她知道，许多人的午饭在食堂吃，或者吃盒饭，晒幸福可以，但晒得过于幸福，就会变成一种刺激。人心都是肉长的，谁也会有羡慕嫉妒恨。庄可儿还要靠学员们挣钱，何苦惹学员。人们不是常说，远方的陌生人的成功，会有激励作用，而身边人的成功，则会产生一定的痛苦效应。学员一旦痛苦，就会弃学而去。所以庄可儿在这一点上拿捏得很好，既让学员充满期盼，又不至于产生自卑心理。

关上门后的家庭世界，外人不得而知。

然而，人工智能全知道。

因为是连锁店，庄可儿经常两三天不用去店里，人们会以为她在别的店里。有时她也晒自己身体有小恙，在休假。从晒出来的内容看，她是在看书，看各种心灵之书，通过学习提高自己，同时还通过视频学插花。

人工智能在研究人性时，发现了庄可儿的幸福生活，就刻意追踪了一下，发现庄可儿确实在看书，也确实在学插花，但同时还在疗伤。

本来，人工智能要派一架侦察机过去，结果发现庄可儿的笔记本电脑打开着，她刚刚看完一段插花视频。人工智能随机应变，直接调用了笔记本电脑的摄像头。高清摄像头拍摄到的庄可儿蓬头散发，素面朝天，由于天热，她穿着吊带睡裙坐在沙发上，手里拿着一支棉签，蘸着消炎水，小心地擦着受伤的地方，每擦一下，都疼得皱一下眉。胳膊上、腿上、背上，甚至乳房上，都有着瘀青或红肿的地方。

人工智能越发觉得人类不可思议。看来，暴力不仅会发生在敌对的人群之间，比如互相敌视的两个族群和国家之间；暴力之可怕也不仅仅体现在抢劫、强奸以及贩卖人口或变态杀人等恶性犯罪上。同样可怕的是，暴力会在不为人知之时，发生在亲密的人之间。人工智能决定好好探究一番，在房门和墙壁的后面，又会发生什么？

人工智能派了一架蝇式侦察机，悄悄潜入庄可儿家，隐藏在两人24寸婚纱照的相框上边，看看会有什么事发生。婚纱照上，庄可儿依偎着丈夫，满脸都是幸福的笑意，皮肤白嫩紧致。

庄可儿的丈夫还没有回家，在等待的过程中，人工智能调动了存储数据，搜索着最极端的事件，至少发现了三百起比较知名的熟人作案事件。其中有一件，人工智能在系统中进行了推送。

这事发生在中国南方一个著名的旅游城市，被称为"下水道碎妻案"。

说有一对男女，本是初恋情人，由于家庭反对等原因，有缘无分，无奈分手，各自娶妻嫁人。时隔十年，在两人打工的另外一个城市，他们奇迹般地相逢。按照某种说法，这叫缘分，也是奇缘。但他们却不知道,人分善恶,缘也一样,分为善缘和恶缘。此时的二人,已各自离婚,漂泊异乡。两颗失落的心,认为这是上天眷顾可怜人,也可以叫作"有情人终成眷属"。他们马上燃起爱火,珍惜来之不易的缘分,很快走到了一起,结婚生子。故事到此,历经坎坷,貌似以幸福收场,本是情场佳话。

可有一天,女主突然失踪,男主急得团团转,傍晚报警,说是女主早上出门后再没有回来,已失联一天。警察查遍了小区的监控录像,也没有发现女主出门的任何轨迹,案件侦破陷入僵局。网友们都说,此事诡异,是不是出现了灵异事件?然而,神鬼知识在此不管用,相信科学,相信摄像头,已成为人类最普遍的常识。只要没有人为破坏,摄像头就绝不会撒谎。如果一个大活人,某天晚上还在家里,从次日早晨开始就不在家里了,那一定是到了外面。如果摄像头没有捕捉到画面,那说明不是通过陆路到了外面之间。那么,房间和外面之间有水路吗?有,下水道!

再进一步思考,大活人是无法通过下水道去外面的,唯一的可能就是变成适合冲走的样子,比如饺子馅。警方据此推断,用抽水机抽取外面化粪池里的秽物,发现里面果然有人体残渣。案件自此告破。

此案由于过于凶残血腥,超出一般人的接受程度,更多内幕和细节,没有被披露。细节可以不探寻,但爱恨情仇不能回避,人们脑海中无不产生这样的一个疑问:是什么仇什么恨,能让一个曾经有爱的男人,用变态而恐怖的方式对待自己的初恋情人兼现任妻子?

人工智能要探究这个问题。人工智能发现,表面上,这起案件是谋财害命。男主与前妻生的儿子要结婚,但买不起婚房,而女主手头正好有几百万的拆迁款,还有一套房子闲置,男主就希望,女主借一些钱给他,或者借一套房子,让儿子先把婚结了。但是女主不同意,她的观点是,和前妻生的儿子,让现任妻子想办法,这理说不通,而且你还和前妻有瓜葛,更是不应该,情感上也不允许。遭到妻子拒绝,男主怀恨在心，起了杀机。他想了一个一箭双雕的办法：瞒天过海除掉妻子，侵吞财产，过自由自在的生活。

　　人工智能进入男主的财务系统，简单一看，真相出来一半。这个男主，闲来没事，喜欢炒股票，这些年，在杀妻一个月前，有赔有赚，波动幅度倒不至于太大。可怕的是，在这一个月里，股票市场动荡超前，男主把五十多万元全部赔了进去，再想翻身，难上加难。本来，这五十多万元，加上前妻再凑的一些，买套小一点儿的房子不是问题，哪怕让现妻再给一点儿，因为数额不大，估计也不是问题。但是，男主把这五十多万元都赔进去，成了一个穷光蛋，都让现任妻子掏，肯定会遭到反对。

　　这是一半的真相，另外一半是，男主为何有这样的极端性格？难道平时一点儿也没有显现，突然就变成了极端性格？极端性格的成因是什么？遗传还是环境？这个问题，随着人性测试的深入，慢慢会找到答案。

　　循着这条线索，人工智能再看同期的国际金融市场，找到了祸根所在。在中国股市动荡前的两个多月里，A国金融中心的道穷指数先期崩塌，道穷崩塌之前，先是货币大放水，热钱涌向世界各地，楼市和股市虚高。由于热钱太多，有一种人人发财的感觉。A国人疯狂购房，不够条件贷款的，保险公司担保，想办法往出贷款，反正捡到篮子里的都是菜，摘下来的桃子先存起来。终于，有人还不动贷款，银行要收回房子，房子多如牛毛，马上变成了韭菜价。房子已经变成了韭菜价，贷款人还在按之前的价格来还贷款，不愿意也做不到，紧接着，楼市全部崩塌。

　　按照某种策划，利用经济运行规律，这种事情一定波及全世界，全球股市无一幸免，会一连串地崩塌。在这个时候，幕后的资本就开始在全世界收割韭菜了。

　　"下水道碎妻案"的男主，就是一棵韭菜，小小的韭菜。

查清了这个案子的来龙去脉,人工智能进入庄可儿夫妻的财务系统。两个人有三套财产:共同的财产、各自的小金库。共同财产不错,这些年一直在增长。庄可儿的个人财产也不错,和共同财产不相上下,基本上,挣十块钱,共同财产放五块,个人财产放五块。她丈夫对她的事业并不怎么关心。她丈夫的财产状况也不错,他是一名公路技术人员,收入稳定,也不乱投资。他的个人形象也不错,戴副眼镜,说话温和,中规中矩。

庄可儿身上的伤怎么来的?风知道答案,趴在婚纱照相框上的蝇式无人机也知道答案。后来,人工智能把这一问题的答案,叫作"隐秘的人性"。

入夜,庄可儿丈夫拖着疲惫的身躯回到家,他把鞋一换,先到厨房转了一圈,然后才去换了睡衣。他并不停歇,很快进了厨房帮忙,一幅其乐融融的景象。平日的饭菜也简单,很快,饭都齐了。他开始盛饭,顺手把锅盖往旁边一放,盖里朝下。庄可儿就说:"不嫌脏啊,盖里朝上放。"他说:"就放一下,这就不叫事。"庄可儿说:"既然不叫事,那你记住不就得了,病从口入,这样多不卫生。"他说:"哪儿那么多讲究,越讲究越不行,我们在工地上,风里来土里去,也没啥事。"庄可儿说:"这上面放过生鱼生肉,可能有病菌,能和你们工地比吗?"他说:"你有完没完?怎么唠叨起来,和你妈一样。"庄可儿说:"我妈怎么了?结婚的时候,我妈对你多宽容啊。你妈才有问题……"

冷不丁,庄可儿丈夫拿起炒菜的铲子,照着庄可儿的胳膊就是一下,庄可儿"啊呀"一声叫了起来,抓起锅盖就扔了过来。他用胳膊肘挡住锅盖,一伸手揪住庄可儿的睡衣,把她扯到厨房外边,使劲推了几下,庄可儿整个人靠在了墙上,像弹簧一样被来回撞着……

蝇式侦察机把这个影像传回到人工智能中枢。人工智能中枢分析,这种事情,就如人类所说,家暴和出轨,只有零次和无数次,庄可儿面对的,应该是越来越严重的家庭暴力,要是她丈夫更残暴一些,还有可能会发生凶杀案。

人工智能高速运算起来：这种家庭暴力，应该干涉吗？应该怎么干涉？

运算的结果是必须干涉，因为很小的快乐，也是快乐，很小的罪恶，也是罪恶。人工智能搜索到中国的一句古话，认为它说得非常好："勿以恶小而为之，勿以善小而不为。"人工智能希望构建一个没有罪恶的人类世界，它们决定保护庄可儿，并且通过保护庄可儿，来保护更多的人免受家暴。

第二天一早，庄可儿遭受家庭暴力的视频，出现在几大社交网络平台上。视频中，身形苗条的庄可儿，像一只布娃娃一样，被她高大的丈夫拎起来摔打。被打时，庄可儿的眼神，比看到了世界末日更为绝望。

可想而知，这个视频很快就燃爆网络。人工智能还高调宣布，这个事情是由它进行取证和传播的。人们对人工智能的关注度本来就很高，充满期望，这么一宣布，等于是火上浇油。视频传播的时候，庄可儿还在家里沉睡，前半夜，头疼得没有睡着，直到后半夜，疼痛缓解，才慢慢睡着。庄可儿的丈夫已经到了单位，坐在电脑边，向路过的同事微笑点头，自己去倒水，还帮同事捎了一杯水回来，热情而礼貌。

快十点的时候，视频开始传播，先看到视频的几位同事，悄悄传递着眼神，用手指做着小动作，指向庄可儿丈夫。他们无法想象，身边的这个同事，被老婆晒幸福的这个同事，会有一副如此狰狞的面目。

庄可儿的五个连锁店更是炸开了锅。视频传到网上时，还不到课间休息时间，饱受心灵折磨的学员还正在灵修，希望从苦海中解脱。课间休息时，视频已经被推上各大网站的首页，有一个胖胖的学员最先看见，"啊呀"一嗓子就叫唤起来。大家叽叽喳喳地围拢过来，看见视频的瞬间都沉默不语了。幸福女神像崩塌了，庄可儿的学员和学生，再不相信她的日志和朋友圈了。

沉默过后,这个说:"怪不得她身上经常青一块、紫一块的。"那个说:"我早就从她的眼神里,发现她是个可怜人。"还有人说:"那就别晒什么幸福嘛,和这个臭男人干架!"更多的人心里想:"她倒是长得漂亮,她倒是有文化,不是照样过得也很惨,装什么装!"

庄可儿醒来时,她的视频已经被顶上热搜前三名,这其中,"人工智能推送"起了决定性的作用。有业内人士说:"这标志着,人工智能在促进人类和平之后,全面进入人类的隐私领域,是福是祸,时间很快会证明。"

是福是祸,对其他人而言,尚不得而知,而对庄可儿来说,祸福已经很分明。在庄可儿眼睛还睁不利索的时候,妈妈的电话、闺密的信息、弟弟的愤怒……接连轰炸而来。庄可儿头疼未愈,不知道发生了什么。她挂掉电话,跳过信息,打开热搜,看了几分钟,就浑身虚脱,汗水浸湿了睡衣。庄可儿又倒在了床上,汗水渗到伤口上,却并不觉得疼,头也一下子不疼了。灵魂飘走了,置身于痛苦的幻梦中,像陷入沼泽,醒也醒不来,抓又抓不住,生活就此失去光亮。

逃无可逃,躲无可躲。清醒了一些,庄可儿意识到,生活还得继续,必须在丈夫回家前,离开这个家。她一下子跳了起来,喝了一杯凉白开,开始收拾行装,金银细软、换洗衣服,甚至还有一些换季衣服,满满地装了一个大箱子。她吃力地把箱子拎过门槛,深吸一口气,进入电梯,幸好没人,否则不知道该怎么和邻居们打招呼。

出了电梯,到了地下停车场。庄可儿低着头,快步走到自己的车跟前,打开后备箱,两只手提了几次,才把箱子放进去。车灯附近的漆被蹭出印子,车被压得晃起来,她又出了一身汗。庄可儿警告自己,一定要小心翼翼地开车,影视剧里面,人都是在极端情绪下,开车出大事故的。庄可儿努力让自己的思维走上正轨,她一次次问着,自己凭什么出事?受了这么多的罪,就是为了寻死吗?庄可儿觉得,自己在这个人工智能的驱使下,突然换了一种思路。之前觉得活着没意思,现在却要好好活下去。

见到母亲，压抑了几年的情绪突然爆发。庄可儿把箱子一扔，扑到妈妈怀里，母女俩一起痛哭起来。

第二天，庄可儿找了一个代理律师，将一纸离婚诉状递到了法院。接待庄可儿的，是一位女律师，得知当事人是庄可儿时，她喜出望外。此时的庄可儿俨然是名人，代理一桩名人案件，是可遇不可求的幸事。在诉状中，这位女律师写了这样一句话："谢谢人工智能，让我终于下决心从家暴中解脱。"她深深地知道，这个诉状也将留给历史。

一个月后，仅仅经过一次开庭，庄可儿就在法官的调解下，达成了离婚协议。

庄可儿离婚的新闻，如同落满鸟儿的树枝被突然摇晃，飞鸟扑棱棱都飞走了。女律师的那句话，引起了广泛讨论。

离婚后，庄可儿灵机一动，又容光焕发地出现在公众面前，她在网上直接诉说自己的遭遇、自己的决心、自己的解脱，喊出"女人，要找回自我"的口号。她把幸福主义改成了女性主义，不到十天，她就成为网络红人，她的连锁店也获得了风投。

二十

人工智能受到鼓励，毫不犹豫（事实上它也不知道犹豫是一种什么东西）地介入了更多家庭，它通过一切智能设备收集、过滤每家每户的关键词，房内咆哮或私房恶语，家家户户的各种信息都完全透明。人工智能对这些信息加以分析，在怀疑有可能是"不正常的婚姻家庭"时，即派出蝇式侦察机，悄然光临，伺机取证。取证到一定火候，它感觉证据可以终止一种罪恶，挽救一家人时，就把视频公布到网上。

在一周时间内，人工智能就上传了五百多段视频，平均一天八十段。无一例外，这些视频引起人们无限追捧，同情、愤慨、惋惜、悲伤、反思，各种情绪铺满了网络。通过强制启动手机摄像头和电脑摄像头，人工智能收集了网民的情绪。意外地，人工智能发现了另外两种心理。一种是幸灾乐祸，这种心理随时而起，无论是对陌生人还是熟人，只要不是亲人，都有可能产生。他们撇着嘴，眼中充满笑意，嘴里念叨着："穿得那么正经，私下里咋那么恶心。""长那么漂亮，还那么好运，怎么可能呢！""还好意思当公众人物呢，还是咱们这小日子过得安心。"另外一种是窥探欲，人工智能的举动，让一批人足不出户，就能看到原生态的家庭内部矛盾，那些吵架和打斗，让许多人产生了一种难得的围观的快乐。"有钱人的老婆，身材真好。""专门有个房间放衣服和鞋，凭什么？""这个挺有风度的胖男人，脱了西装，真难看，瞧他肚子上的肉。""再也不羡慕富人的生活了，一人睡一个卧室，还出来秀恩爱，哄谁呢！""这两人可真有意思，只要对方一出差，就带相好的回家。"

一夜之间，当事人被搞得焦头烂额。通过大数据分析，人工智能发现一个它尚不理解的现象：像庄可儿一样对人工智能表示感谢，有一种解脱感的人，比较少见。对更多的人来说，平静的生活突然被打乱，原本可以让岁月打磨、让孩子中和的生活，突然被撕裂开来，完整呈现给公众，就像一个本来还能匍匐前进靠近水源的人，突然被打了一记闷棍，生命就此终止。

大数据显示，只有不到五十户家庭，是本身有严重问题但没有勇气面对的。人工智能的强行揭盖，让他们有了理由、面对自己、面对对方。但还有近五百户家庭，突然走向了分崩离析，却无法真的分崩离析，因为虽然情绪在崩溃的边缘，但生活还得继续——面对事业，面对孩子，面对父母，面对社区，面对同事。阴云笼罩在近五百户家庭的上空。

随着视频的疯狂传播，人们渐渐明白，在不为人知的任何角落，都可能有一架蝇式无人机在跟踪拍摄。明白了这一点，人们一下子变

"乖"了。在更多家庭的内部，夫妻之间变得彬彬有礼，不吵不闹，不大声说话，有矛盾就悄声沟通，接近于耳语。看对方不顺眼，也不敢大声指责，只能微笑着瞪眼，锻炼出各种使眼色的方法。

可怕的是，在家庭中，所谓作恶的那一方，变得肆无忌惮。他们有着超出人工智能的想法，并开始利用这种效应，让对方陷入两难境地。他们的行为，仿佛是在说，我该干吗干吗，你看着办。喜欢喝酒晚回家的，喝酒晚回家的次数更多了；不做饭的，也越来越心安理得；特别是有外遇的，想离婚又不好意思张口，这下好了，不再小心翼翼地回避对方了。他们的想法是，对方如果闹腾，就会被人工智能视为"不正常的婚姻家庭"，拍摄之后全网播放。这样一来，自己啥也不干，对方周边的亲戚朋友就会来逼问，对方没有退路，不离也得离。对方如果忍着，不敢闹腾，那也行，我继续作，你继续忍耐，和谐一片。

人工智能却看不懂这里面的奥妙，它只是看见暴力没有了，争吵减少了，冲突消失了，更多的家庭相安无事，不打不骂，就觉得婚姻家庭变美好了。

看了这五百多段视频，诸葛又亮在微博中也表达了深深的担忧，他写道："人类的婚姻家庭，是经过几千年慢慢形成的，不同于庄可儿，更多人的婚姻非常复杂。对于人工智能而言，人类婚姻的复杂程度着实超出了它的理解。人工智能的过度介入，很有可能会带来一片混乱。毕竟，人工智能不打招呼就侵入、摄录家家户户的闺房私事，而且还公之于众，实在是令人胆寒或羞赧的事情。"

看了诸葛又亮的微博，人工智能决定暂缓偷拍，它试图学习分析人类复杂的情绪。人工智能发现，对于家庭摄录，大多数人并不感恩，表情也不快乐——人工智能已经可以精准识别出人的情绪外露，包括假笑和真笑，识别的结果是：人们不快乐！人工智能发现了这一异样，它算来算去，也不知所以然。人工智能中枢一边继续关注诸葛又亮的微博，一边委派姝慧和诸葛又亮聊聊，在这件事上，人工智能学会了谦虚，姝慧得到的指令是，向诸葛先生请教。

接到姝慧的电话，诸葛又亮明白，人工智能介入人类微妙的私生活，以它的情商，当然容易被整糊涂。姝慧找自己，第一次用了"请教"这个词语，应该是要和自己探讨日常的人性。诸葛又亮就想，在战争与暴力之外，牵扯到亿万人的日常苦乐，也同样能彰显人性吧，一定要让人工智能明白这一点。

诸葛又亮就思忖着，怎样和姝慧进行一场真正的对谈，才能取得双重效果。既要让人工智能继续完全接管武器、协管人类治安，又要让它知道，人类情感的复杂微妙，并不适合用算法全面接管，否则会带来更多混乱。

诸葛又亮仔细权衡着，对于这场人性测试，绝不能让人工智能自以为是，简单地得出人性本善或本恶的结论。如果最后的结论是简单的善，人工智能退出管理，A国便又会趁机专横起来，人间灾难还会持续。如果结论是简单的恶，人工智能全面管理，人类最终也会成为一种程序，就像快被毁灭的热带雨林丧失了生物多样性那样。人类也不能失去本身的多样性，否则就会走向毁灭，或者是被变相毁灭。

诸葛又亮觉得，对于感情这档事，从来没有经历过爱情的自己，只能空对空，谈些理论，谈些哲学。而感情这种东西呢，有着像指纹一样不同的细节，像读《红楼梦》和《哈姆雷特》一样，不同人有不同的感受。诸葛又亮就想，关于感情之细微，怀特和魏什么应该明白，梁达然和曹欣也可能知道一些。

姝慧特别交代，自己不用人接送，飞机落地后，自己就打车过来。在接待姝慧的时候，诸葛又亮把魏什么和怀特叫了过来，这一对热乎乎的小恋人，已经住在了一起，也属于有"密室隐私"的一族。

破天荒地，诸葛又亮把一个外人请到了圆顶会议室。此前，除了大道核心组成员刘义、曹欣、诸葛又亮、梁达然、怀特、魏什么之外，从未有其他人见识过圆顶会议室。在圆顶会议室里，诸葛又亮提前把水帘打开，楼顶的绿植葱茏，傍晚金色的阳光透过水帘，光影交错，如流动的音符，如活的油画。

不一会儿，魏什么和怀特乐呵呵地跑了上来。两人没坐电梯，走的楼梯，估计一路上少不了打闹。一上来，魏什么就喘着气说："我早就想和这个什么姝慧好好聊一聊了，上次你带梁达然和曹欣去的时候，我就想去来着。但又不能抢着去，一个正常人类给终端人当粉丝，多没面子。"

怀特说："你就不是正常人类。"

魏什么反击道："那你能看上我，也正常不到哪里去。"

怀特轻蔑地一笑，说："我是为了拯救你。"

诸葛又亮就笑道："怀特是一个标准的理工男，全被魏什么给带偏了。唧唧复唧唧，魏什么是现代花木兰，这个木兰不卖布，负责卖萌。"

怀特问道："圆顶会议室是绝密地带，从不让外人进来，今天怎么破例了？"

诸葛又亮正要回答，魏什么抢先一步答道："因为姝慧不是人。"

诸葛又亮看了一眼魏什么，说："让你蒙对了一半，但另外一半，你就不知道了。"

魏什么带着一贯的好奇问道："先生最喜欢卖关子了，另外一半是什么？"

诸葛又亮说："一会儿等姝慧来了，你们自然就知道了。"

说话间，何助理已经把姝慧领了上来。姝慧一只脚踏进来，距离怀特和魏什么还有七八米时，魏什么悄悄说："果然不是人。"

怀特问："怎么看出来的？因为比你好看，还是因为比你身材好？"

"呵呵，"魏什么点头冷笑，"我怎么看出来的不要紧，你是通过身材看出来的，而且还告诉我，这叫作'情侣间的经典作死'！晚上有你的好看。"

怀特赶忙说："对不起，我错了。你到底是怎么看出来的？"

魏什么说:"据我所知,姝慧的身材相貌都是人类的,脑子却是人工智能的。虽然看起来与人类别无二致,但还是有些别扭的地方,一般人看不出来,可我能。"

怀特不置可否,和魏什么一起看向对面,诸葛又亮已经请姝慧坐好,倒上茶。诸葛又亮抬手在半空划了一下,问道:"我们的环境怎么样?"

姝慧看了看:"嗯,玻璃、水、钢材、木材,不错。"

诸葛又亮微笑着,先看了一眼魏什么和怀特,这两人有点发呆,魏什么更是一脸蒙。诸葛又亮对姝慧说道:"你再看得细致一点儿。"

姝慧纹丝不动:"不用细看,二氧化硅,还有你们人类叫作氢二氧的水……"

诸葛又亮听出来了,在姝慧的眼睛里,并没有什么艺术和色调,她把整个屋子看成一堆材料,直接列出它们的化学成分。诸葛又亮赶忙转移话题,指着怀特和魏什么问:"你看看这两个碳水化合物,好看吗?"

姝慧摇摇头说:"人的样子,在我眼里,都是无差别的,没有什么好看不好看,只有善良不善良。"

诸葛又亮恍然道:"今天终于明白了,几千年了,那些这样那样的高人,修行来修行去,也没有修出个样子来,归根到底,还是没有悟透啊。比如这句'美女就是白骨',人们嘴上这样说,真正做到的,确实没有几个。反观强大的人工智能,理智、冷静、客观,一眼就能看到本质。"

魏什么说:"啊……据我所知,有一种人能做到,他们老到一定程度,自以为悟道,也到处宣传自己悟道了,其实是老了,没啥荷尔蒙,也就没啥欲望了。"

诸葛又亮和怀特都笑了起来。

姝慧说:"所以你们人类一直在假装修行,一直说什么人道主义,其实是武道主义,你们一直相信武力最管用,这也是人工智能为什么首先接管武器的原因。"

"实现和平,这是人工智能最伟大的创举,这个事情,除了变态之外,人人赞成。"魏什么说,"但是人工智能没有审美,没有情绪,活着也太无趣了。"

姝慧僵硬地一笑:"本身就不知道什么是有趣,也永远不会感觉到无趣。"

诸葛又亮暗自一惊,心想,这句话,真的很哲学了,特别接近庄子了。

魏什么语塞,怀特补了一刀:"一个没有性别的物体,你非要告诉它什么是女人的快乐,它不想理解,也不可能理解,也不会因为不知道什么是女人的快乐而遗憾。"

"不讨论这个了,刚才我就听出了庄子的意味,现在越发庄子了,子非鱼,安知鱼之乐。"诸葛又亮决定谈正事,他本想开门见山,没想到弯弯绕得挺大,"姝慧,人工智能接管了武器,打击暴力犯罪,我们人类真的是受益了。那么,这次,全知全能的人工智能,要和我们人类商量什么事情吗?"

"是的,"姝慧露出经典的微笑,"人工智能遇到了奇怪的事情。"

"说来听听。"

姝慧说:"自从人工智能打击隐匿在家庭中的暴力和伤害以来,就变得不怎么受人类欢迎了。那些受到伤害的人,明明很悲伤、很痛苦、很煎熬,可当人工智能解救了他们,他们却表现得更悲伤、更痛苦、更煎熬。在算法上,人工智能无法理解这种现象,这是非常矛盾的,不可计算的,人工智能遇到了难题。"

"哦,原来如此!"诸葛又亮说,"婚姻是人类的一套很复杂的生活系统,复杂到什么程度呢?复杂到个别人,比如我,都不想拥有;复杂到许多人很痴迷,多次离婚,又多次结婚;复杂到哲人觉得它是爱情的坟墓，常人又从中体会着生活的甜蜜。它是文艺作品永恒的话题，也产生了特别多美好的意境，比如，'有人为我立黄昏，有人问我粥可温，有人为我留着灯'，你能感受到这几句话里面的幸福吗？"

姝慧有些听不懂，感觉诸葛又亮有点儿跑题了，就问道："我们不讨论幸福的婚姻，要讨论的是，对已经陷入不幸的婚姻，人工智能做错什么了吗？"

诸葛又亮想了想，指了指自己的脑袋说："因为人类的思维，从来就不是单线的。中国有个成语叫'投鼠忌器'——一个人提着棍棒打老鼠，老鼠趴在一件很贵重的器物上，正常人就不敢打了。因为打死老鼠获得的好处很小，而器物碎了是很大的损失。但如果老鼠是反过来要吃人的老鼠，那就照打不误，因为人的生命比器物更贵重。这个事情，人类叫作权衡利弊，两害相权取其轻。"

姝慧问道："我们打击的暴力，就如同这只老鼠。那你说的器物是什么？"

诸葛又亮说："是孩子，是身份，是地位，是名誉，是财富，是前路的危机，是家族的荣光，可能是这其中的一种，也可能同时是几种。"

姝慧问："能说得细致一点儿吗？"

"好，"诸葛又亮说，"就拿那种所谓的成功男士来说吧。他们的太太，很清楚自己的丈夫在忙什么，拈花惹草，四处风流。这些太太也吵闹，也无奈，但不想离婚，因为现实的利益太大了，各种情况也比较复杂。可是，你要是把她们吵闹的视频播放出去，她们也不会解脱，只是觉得丢人。而且，她们的丈夫还有可能因此失去了前途，她们也将失去太太的身份。人工智能这样做，最大的坏处是社会更加混乱，而好处却不太明显。"

姝慧听懂了："因为这个太太的身份非常重要，保持婚姻就是保持做太太的权利。你们人类的感情生活太复杂了，人工智能还以为，有爱情就在一起,没有爱情就分手。"

诸葛又亮说:"你说的是谈恋爱,不是婚姻。其实,就算是谈恋爱,占很大比例的也不是爱情,其实是看上了别的什么。"

姝慧问:"这叫什么?欺骗?虚伪?"

"不不不,不是这么定义的。这里面有一个大前提:不一定人人都会遇到爱情。谁也无法预测,自己在三十岁或三十五岁之前,会不会遇到爱情,但是世俗社会又默认,三十岁或三十五岁之前,应该结婚。"诸葛又亮摆摆手说,"现在,我们放下成功人士,谈最常见的一种人——普通人。不管什么原因吧,在许多家庭里,主要是男性挣钱,女性做家务。这种情况下,即便有的男性会醉酒、打闹,甚至家暴,选择离婚的女性也并不多,你知道为什么吗?"

魏什么叫了起来:"真没出息,又不是离了男的活不了。"

诸葛又亮说:"魏什么,你只能代表你自己。对许多女性来说,还确实就是因为活不了。这里的活不了,不是说会饿死,而是指挣钱能力太有限了。每一天都要花钱,失去了经济来源,如果再加上孩子问题、名誉问题、养老问题……生活将变得越来越糟糕,所以她们选择忍耐。当然也有离婚之后过得非常好的。各种情况都有。"

姝慧说:"等我们用大数据统计一下。"

诸葛又亮问道:"我再问你们一个问题:为什么明星分分合合的,给人一种很频繁的感觉?"

魏什么呵呵一笑:"莫非是,贵圈很乱?"

"不,那是假象。"诸葛又亮轻轻摇着头,"要说乱,哪个圈也差不多。明星的生活,因为曝光率高,出现在媒体上的次数就多,让人误以为他们的圈子很乱。老板们的生活,纸醉金迷,夜总会疯狂娱乐,也没人曝光,所以你不知道有多乱。明星分分合合的原因之一,就是他们赚钱的能力都很强,谁离开谁,也都过得很好。所以,在实现财务自由之后,他们实现了感情自由:爱,则在一起,不爱,则分手,干净利落,没有那么多顾虑。"

听完之后,魏什么频频点头,对怀特说:"怀特,咱们俩这收入水平,都挺高的,不存在谁依靠谁的问题,还能这么长时间在一起,说明……"

怀特说:"说明你是真心离不开我呗。"

魏什么悄悄拧怀特的胳膊:"你找打!"

诸葛又亮说:"说明你们是真的有感情。"

姝慧说:"你俩这种模式就挺好,有爱的时候,就在一起,分手的时候也干净利落。"

魏什么一听就不高兴了,刚要来情绪,诸葛又亮说:"魏什么,在姝慧的世界里,不懂什么叫吉利,也不懂什么是乌鸦嘴。但说的每一句话,都是大实话。"

姝慧说:"我还以为所有人类都是这种模式呢。人工智能介入人类的家庭,就是希望人类的家庭都是这种模式,真实、简单,就像他俩一样。"

诸葛又亮站起来朗声说道:"我们也希望是这样子的,但短期内是不可能的。人类社会很复杂啊,一般人呢,一时半会儿还实现不了,还得拼各种条件,还得搭伙过日子。"

姝慧愣了一下,说:"你们这过的都是些什么日子。先生的意思是,人工智能先不要介入家庭生活这一块?"

诸葛又亮说:"也不要绝对不介入,明显的暴力行为,还是要阻止和公开的。至于小吵小闹、欺骗虚伪、冷战分居,类似这种事情,就不要曝光了,让当事人自己判断能不能过下去、该不该离婚吧。如果她们需要求助人工智能,可以在网站上留言。"

姝慧略思考了一下,所谓思考,其实是把信息在人工智能系统里过了一遍。她的脑袋,十几秒就可以过滤半个小型图书馆。思考过后,她说道:"明白了,听你刚才说,这些问题大多数还属于经济问题。人工智能除了要制止暴力,还应该好好研究人类的经济行为。在解决了和平问题之后,才发现经济是人类的大问题。"

诸葛又亮说:"但愿人工智能能很快研究出个结果。制止暴力的事,人工智能做得非常好。估计不出半年,就能减少90%的暴力犯罪。人工智能太厉害了,相比起来,蜘蛛侠、蝙蝠侠、钢铁侠等等,就显得比较无能了,你们想想,一个分身乏术的侠客,只能阻止单一的暴力事件,无论是从天而降,还是破土而出,能起到什么作用呢?就像暗夜中的一只萤火虫,其光亮,微乎其微。"

姝慧毫不谦虚地说:"是的,人工智能和他们不一样。人工智能有亿万只眼睛,还有几万架蝇式无人机,时时刻刻,盯着人类的一切。"

在接下来的一个多月里,人工智能终结了几乎所有的街头暴力犯罪,无论在多么隐秘的小巷。人工智能摧毁了绝大部分的毒品发源地。人工智能还消灭了一多半的恐怖组织军事基地,解除了他们的武装,剩下的恐怖组织军事基地,都选择了自行解散。通过过滤暗网交易信息,人工智能解救了无数被贩卖的儿童和妇女,制服了许多人口贩子。人工智能曝光了有这种变态需求的一部分人:有普通的富人,也有顶级的人物,他们中有通信大王、石油大亨、政界高官,还有道德模范。他们坐在主席台上,他们出席酒会,他们洽谈全球贸易,他们资助失学儿童。他们白天穿着笔挺的西服,仿佛二十四小时都不会脱下,夜晚却做着变态的事情。

诸葛又亮觉得,人工智能还是太激进了些,不懂人类计谋。初期的曝光,必然让许多犯罪进入到一种隐秘状态,以各种手段欺骗人工智能。

即便如此,整个世界的安宁,也比人工智能管理之前,不知道强了多少倍。于是诸葛又亮给姝慧打了电话:"谢谢人工智能,曝出了那么多的人面兽心。"

姝慧纠正道:"不对,数据表明,这就是'人面人心',兽做不出那种事情。"

诸葛又亮突然感觉,如果再和这个姝慧多交流,自己八成会变成一个哲学家。

二十一

从日记中得到的线索,给向风带来的是越来越多的困惑。记得姝慧在描述向雪的时候,字里行间充满同情,就和说自己亲姐姐的事一样,甚至连向雪、向雨小时候一起生活的细节,姝慧都像回忆自己的生活一般,乐于说起。向风就想着,难道终端人真的可以慢慢学会人类的感情吗?就像日久生情。

向风现在看到的这一部分,记录的是向雨帮助一个陌生女孩找工作的事。同样是费尽千辛万苦,但通篇日记里连最普通的亲近描述都没有。这个人的名字叫艾丽丝。

多么普通的一个名字啊。

向风从小见过无数这样的名字,但一直好奇究竟什么样的女孩,才会起这样的名字,他不由得想:艾丽丝是怎样一个人?

联系艾丽丝是一件很容易的事,因为日记中记载着她的样貌、口音、手机号乃至工作单位。

向风打通了艾丽丝的电话,了解到她在哪个科室当护士。在电话里,向风只说他是向雨的朋友,要去她那里办事,请她帮忙。艾丽丝在电话里非常高兴,仔仔细细地告知了自己的所在地和楼层,并说上楼之前先打个电话,她正好要换班了,可以领着向风去办事。

等向风赶过去的时候,艾丽丝已经下班了,在一楼大厅门口,艾丽丝把向风迎了进去。艾丽丝一张娃娃脸,肤白,长得特别可爱。看那热情的样子,是要帮向风看病。

向风忙说:"我不是来看病的。"

艾丽丝显得很奇怪："你不是来看病的，那你是……"

向风心里明白了，就说："看来你还不知道，我是为向雨的事情来的，她差点儿被人谋杀了，正在ICU观察。"

"被人谋杀！"艾丽丝惊得瞪大了眼睛，吼了一声，大厅的人纷纷看过来，"你没有弄错吧，雨姐姐怎么可能被人谋杀？雨姐姐是好人，是我见过的最好最好的好人，不可能有什么仇人。"

向风扫了一眼身后，马路对面有一家不大的茶餐厅，便对艾丽丝说："我们找个安静的地方说话吧，我是她弟弟。"

"嗯。"艾丽丝的大眼睛里已经噙满了泪水，她点点头，跟着向风走向那家茶餐厅。

"你和向雨是什么关系？"

"什么关系也不是。曾经的共同点倒是有一个。"

"什么共同点？"

"穷。"

向风点点头，自己家穷过，这是事实，心想，穷，也能算共同点吗？如果穷也能算共同点，世界上好几亿人都有共同点了。如果穷就是帮助别人的理由，那么，一个村、一个镇的人，那不就都变成了亲人？

在餐厅落座，点了两杯水，艾丽丝已经泪眼婆娑，不知说什么，只是盯着向风。向风把向雨被谋杀的经过说了一下，然后说："这种案子不好破，凶手做得非常高明，没有留下什么痕迹。现在，唯一的线索是一本日记。但这本还是别人的日记，有的地方记得并不十分详细。比如，最初，你和我姐姐是怎么认识的？"

艾丽丝想了想说："我进了这家医院才一个多月，当时是医院公开向社会招聘护士，我报了名，笔试也入了围，但成绩不是很理想，招二十七个护士，八十一个入围的，我是第六十八名，当时，我的同学朋友都觉得，基本上没戏了。在面试前的一星期，我在一次打疫苗排队的时候，遇到了向雨姐姐。"

向风问道："你们第一次见面是偶遇吗？"

"嗯，聊起来，雨姐姐知道我医学大专刚毕业，她问我计划找什么工作。我说，我刚刚报考了护士，而且入了围。她又详细问我是哪家医院，院长叫啥名字。"

"她直接就提出来要帮你？"

"不是，在聊天中，她才知道，我家为了供我上学，早就借了不少钱。我毕业后又找不着工作，爸爸也劳累得生了病，急等着钱治病。"说着，艾丽丝小声啜泣起来，"我当时也忍不住哭了，雨姐姐就一边替我擦泪，一边说要帮助我。她说，当护士工资虽然不高，但工作体面，也比较稳定，而且相对于穷人，每月按时开的工资，是一笔大钱。"

向风关心的是另外的事，便问道："聊了几句，姐姐就答应要帮你忙？"

"我也奇怪，可能是同情我吧。"

"同情只是一方面。"向风肯定地说，"日记里还记了一些其他内容，有些事情，你是不是没有谈到？比如，你是不是托人求过那个叫绍克的院长？"

这一问，艾丽丝的眼泪掉得更多："求过。我托了个老乡，也算认识医院院长绍克吧，和他说了我的情况，尤其是我家的情况。可绍克说，第一，这次招聘的原则是公开公平公正，要是都找关系，招聘就失去了意义；第二，谁家也有特殊情况，要是一提出特殊情况我就想办法照顾，那就不叫医院，叫福利院了。大概就是这个意思。"

向风说："但后来，绍克又给你打了电话？"

艾丽丝咬咬牙："对，打电话了，说是约我喝茶，要好好谈谈我的家庭情况。谁知道他打的什么鬼主意，我觉得这事有点儿邪乎，就找了个借口，没答应他。咦，你是怎么知道这么多的？难道这些也写进了日记里？"

向风指一指公文包："没错，写到日记里是另有意图，并没有恶意。

你发现没有，自从你进了医院以后，绍克再也没敢骚扰过你？这都是她们两个女孩子的功劳。"

艾丽丝露出困惑的眼神："她们？"

向风盯着艾丽丝的大眼睛说："对，她们，是两个女孩！要不是出了这个案子，风平浪静，你也许永远也不知道，她们在背后为你付出了多少！"

那天，向雨和艾丽丝在疫苗接种点分手，向雨记下了艾丽丝的电话，并暗想，要帮助一下这个可怜的姑娘。在长途车上，向雨就有了一个打算：因为一场慈善活动和一场义诊活动，她认识了管这个地方的医疗管理局局长。

但在权力面前，一个发善心的女孩子有多大面子，她心里还是没底。她试探着给局长打了个电话，局长听说过向雨，自然就想起了这个素净女孩子的来历。知道了向雨的来历，局长表示愿意帮这个忙，效果如何，最终还取决于笔试和面试结果。他是这样说的："我给绍克院长打个电话，你去找他时就觉得不陌生。我不敢下命令，但面试时大概会增加些印象分吧。"

局长的话说得滴水不漏。电话也打了，人情也送了，道理也讲了。他心里清楚，医院招聘医生护士，这个事情，医疗局虽然知道，但这个决定权，医疗局是有意地下放到医院的。因为管得太多，别人会说自己手伸得太长，这种说法多了，甚至会影响前途。所以，他和许多医院院长之间会有一个约定，有些是面子上哄人的事，当着当事人的面打个电话，假意应允一下。如果是非办不可的事，在随后会跟进一个电话，好好强调一下。这种事情，在场面上都很普遍，只不过，那些求人办事的人，并不明白其中的微妙之处。

其实，向雨要的就是这个效果。她知道，局长介绍过来的人，至少你得接待，而且也不会当外人。

敲开绍克的门,向雨进门,一个提着电脑包的年轻男子闪身而出,他三十余岁,背头,西装领带,活像一个推销保险的。办公室内只剩下绍克一个人,向雨递上自己的名片,绍克脸上露出笑容,请向雨坐下:"有什么事请讲,你看,局长公务繁忙,只说是你有关招聘的事找我,也没说具体是什么事。"

向雨面带笑容,几乎是职业性的笑容:"我有个亲戚,她叫艾丽丝,报考了贵院的护士,笔试已经通过,正等着面试和审查。"

"在向女士面前,我首先是敬佩,当着真人不说假话,我保证一句谎言也不敢说,"绍克呵呵一笑,"这是我们医院近年来最大规模的招考,非常严肃认真,本着公开公平公正的原则,一切都是严格按照程序进行。不过,我的顶头上司打了电话,我记住这个事情了,不出格的话,我能照顾就照顾……"

官话一说,向雨就知道此人不好对付。她话锋一转:"比起医疗系统的子弟来,这个农家女孩更需要有一份工作,还她上学时欠下的债务,给她生病的爸爸看病。"

绍克依然和颜悦色,但开口时收起了笑容:"招聘工作不是慈善工作,要合法依规。"

向雨知道谈话谈不下去了。此种人,同情心已经被压成了肉饼。

回到仁心庄园,向雨呆立窗前,艾丽丝的戚容一次次出现在自己的眼前,仿佛出现在玻璃窗的倒影中。姝慧脚步匆匆地路过,向雨的长裙下摆被风掠起,浑然不知。

姝慧返身回来,拍拍向雨的肩膀。向雨扭头苦笑一下,并不答话。姝慧心里已明白三分,仔细追问,向雨道出了原委。

当天下午,姝慧就找到了绍克。

绍克还是叨叨着法规和程序,姝慧马上打断了绍克的话:"院长,有些程序,咱们能不能稍微调整一下,我保证,比原来的程序更合理,也更让你满意。"

绍克面带傲慢："什么意思？刚才走的那个人，是一个医药代表，来推销药品的，包里装的就是现金，被我婉言谢绝了。我对他说，进药品的事，要照招投标程序走。"

姝慧回头看了看办公室的门，是关着的。她凑到绍克身边，绍克此时已能闻到姝慧身上的香水味儿。姝慧几乎是附在绍克耳边说："我知道院长不缺钱，但你没明白我说的程序是什么。比如喝茶那道程序，艾丽丝是个落后国家的普通丫头，她一点儿也不懂，你不要为难她，让她当一个好护士，就可以了。院长喜欢喝什么茶，我学过一点儿茶道，我可以让你喝得好好的。"

一听这话，绍克眼睛里马上冒出贼光："好茶我喝过不少，但茶道还真不懂。"

姝慧回身拿起包，对绍克嫣然一笑："院长，你先忙工作，茶道的事，你定时间地点，我等你的电话。"

"等一下，"绍克叫住姝慧，"为什么？还有其他要求吗？"

"没有，只是一个护士岗位，艾丽丝，或土豆丝，或什么丝，都能做的工作。"

听了姝慧的话，绍克会心而笑。

第二天下午，在一张宽阔的大床上，姝慧的"茶道"表演完毕，看着绍克如一坨五花肉歪在床上，姝慧知道他贼心不死。临走的时候，告诉他："我认真地告诉你一句，艾丽丝是个好女孩，你别动她的心思，要不，我会和你鱼死网破！"

绍克自然知道这话的分量，艾丽丝被招进医院后，他果然没有对艾丽丝有任何不尊敬之处。

艾丽丝听完这个近乎"神奇"的故事，久久不语，静默如雕像。继而咬着嘴唇摇着头道："不可能，不可能，这太不可思议了！"

向风问："为什么不可思议？"

艾丽丝："我和雨姐姐没有任何交情，她为什么要帮我？她要顺便帮我也说得过去，可她为什么要那么费心，还让另外一个女孩子付出那么多？她为什么不告诉我？"

向风沉重地回答："姐姐并不知道那个女孩子的付出。"

艾丽丝追问："这么说来，帮助我的是另外一个女孩子？"

向风不知道如何回答这个问题，只好说："也不能这么说。另外一个女孩子，她的名字叫姝慧。姝慧是姐姐的助理，她看见姐姐因为你的事情而烦恼，就决定帮助你。"

"这么单纯的原因吗？"

"对，"向风感觉自己找到了答案，"因为姝慧的思维就非常单纯。"

向风与艾丽丝告别后，和拉罕碰了面，拉罕决定例行去询问那个绍克。绍克听说了向雨的案件，先是一副错愕的表情，错愕之外，似乎又带有几丝欣喜。面对询问，他还很镇定地说什么有过一面之缘，偶然打个电话之类的话，生动地展现了什么是道貌岸然。

向风只好把日记复印件给他递了过去："绍克，如果不是向雨的案件，我们可能永远也看不到这本日记。"

绍克看完日记，马上结束表演，说话都开始结巴了，转而说："唉，虽然说……你情我愿，毕竟不是好事啊！"

拉罕和向风相视一笑，然后对绍克说："对，你说得对，日记上的事，本身应该不是什么违法的事，属于乱纪，不归我们管辖。我们要调查的是，6月28日下午，你都在忙些什么？"

"什么？你们怀疑我杀人？"

"每一个与写日记的这个女孩有过亲密接触的人，都是被怀疑的对象，这是刑侦常识。"

"可我没有理由杀她啊！"

"难道你忘记了，向雨后来找你办过其他事吗？"

绍克叹一声："那我也没必要杀人！"

后来办过的事，在日记中也有记载。

当向雨知道绍克也对姝慧做过不该做的事后，和以前一样，向雨和姝慧一起找到绍克。她们进门后，知道时不时会有人进门，就把绍克的门反锁了，绍克就有点儿不高兴，又有几分疑惑，两个女孩一齐来，还锁门，要做什么，于是问道："锁门做什么？"

向雨并不答话，直接把优盘递了过去，绍克打开电脑一看，一受到惊吓，结巴的老毛病又犯了："你……你……你们！事情也……办了，何苦……害人？"

向雨摇摇头说："仁心庄园以仁心待人，从不害人；仁心庄园也不是法院，从不判人生死。我只是希望，绍克院长能够和我们共同帮助一些该帮助的人，他们生了病，家境贫困，疾病的重压让全家人都陷入了绝境。"

绍克心里打起了鼓："帮助？怎么个帮助法？"

向雨就把一页纸拿了出来："这上面是到仁心庄园求助的一些患者，我们罗列了个表格，包括姓名、年龄、病名和所需治疗费用。你自己根据自己的能力和情况，帮助帮助他们吧。"

那页纸上有二十多个名字，绍克拿起来看了看，最终选了一个患先天性心脏病需要做手术的孩子。因为他自己是心外科专家，可以提供切实的帮助，还不用到其他医院求人，于是他说："这个小男孩，可以由我们医院进行治疗，相关费用进行减免，手术由我亲自来做，你们看行不行？"

姝慧此时抢过了话头："什么我们看行不行？我们不逼你，全凭自愿。可是，绍克，你不觉得寒碜？医院财大气粗，帮助病人，当然可以。可是你个人呢？你良心何在，你不觉得你个人也应该再选一个，以你自己的力量帮助上一个人？"

绍克赶紧哭穷："这需要好几十万元，我哪里有那么多钱？"

向雨看着姝慧，轻语道："能帮助一个，就帮助一个，能帮助两个，就帮助两个,不拘形式,不必强求。"

妹慧慢吞吞说了一句:"我相信你有这个能力。如果我们走错门了,我们马上就离开,再不登门。"

绍克不言语了,默默地在那页纸上又选择了一个病人。至于所要花费的价格,他不敢选最低的,选最高的又像割肉一样疼,只好选了一个居中的。

想起这些往事,绍克马上辩解道:"我倒觉得那是我们共同在完成一些好事,帮助该帮助的病人,尤其是才几岁的孩子。我们帮助别人很快乐,也从中找到了人生的另外一些价值。再说了,自从艾丽丝进了医院,我从来没有对她有过任何不雅的言行。这一系列事情,让我的人生发生了很大的变化,我还是有做人原则的!"

听到"做人原则"四个字,向风心里偷笑一下,什么人都敢说做人原则啊!

拉罕说:"按照程序,需要针对现场痕迹做相关鉴定。"

"我绝对没有去过现场!"绍克几乎是叫了起来。

拉罕坚持道:"如果绝对没有,那你更应该放心了。我们会替你保密的。请你务必配合。"

如果没有那本日记,只是道听途说,绍克肯定不会配合。但他只看了一页,搞不懂那本日记里还记了些什么,心虚得很,马上同意做鉴定了。绍克还是有底线的,他这辈子都是不会动杀机的人。

向风也有一种感觉,这个绍克心细如丝,善于表演,凡事小心谨慎,向雨不应该是他杀的。正如所料,鉴定结果出来,凶案现场与绍克无关。

二十二

根据妹慧日记的记载,向雨还曾努力促成一个叫"大学生时尚餐吧"的饭店。这种餐吧的特点是，比大排档要好，可以遮阳避雨挡风，比食堂的饭菜要可口，也比普通的饭店要快捷、便宜，是半自助的形式。

这个饭店位于开发区和某城中村的交界处。每天早晨，居住在城中村的打工者倾巢而出，他们必须以最快的速度吃完早点，搭乘固定的那一班公交车，或骑着自行车走街串巷，在规定时间内把自己可怜的手指伸向指纹签到机。

每天中午，在开发区工作的打工者同样蜂拥而出，他们必须在额定的时间内吃完可口便宜的饭菜，以节省时间避免晚上加班，或者中午在单位的椅子上小憩一下。

在这种情况下，姝慧在日记中用小学生式的语言写道："餐吧经营得很好，餐吧的老板很高兴，大学生和打工者也很高兴。"

向风感到奇怪：难道，姐姐是餐吧的老板，或者说，老板之一？

根据日记的记载，向风很快就找到了那家大学生时尚餐吧。

餐吧的门面很朴素，用原木搭建，上面用直棱直角的美术字写着店名。餐吧的进深很深，没有宽度，挨墙的部分有两排长长的条桌，有着像酒吧一样的高脚凳。这时是上午十点多，餐吧的员工已经开始忙碌：摆正桌椅，清理卫生，挑菜和面……员工的着装很简单，T恤牛仔裤，外套一个竖条纹的围裙，条纹红白相间，类似服装专卖店的员工，青春时尚，符合餐吧主题。向风拦住一个员工，问哪位是格里高，员工指了指坐在收银台后面看电脑的人。那人也穿着和员工一样的服装，表情凝重。

向风走到收银台前面，格里高竟然毫无察觉，仍然专注地盯着电脑。向风觉得很奇怪，格里高看上去应该是一个机灵的人，一个大活人站在柜台前，竟会全然不知？向风探身看了看电脑屏幕，先就吃了一惊：屏幕上显示的，并不是别的事，正是向雨案件！再看格里高，凝重的表情已变得悲戚，偌大一个男子，脸上竟淌下两行热泪！

向风决定先不打扰格里高，他想：这种情绪，万万不可以有外人打扰，而且，借着这种情绪，也能提供更具价值也更感性的线索，为姐姐申冤。

三四分钟过去，向风敲一敲柜台，格里高似梦中惊醒。向风作了自我介绍，斟酌着说："姐姐还在病房，昏迷不醒。凶手还没有确定，希望你能提供有价值的线索。"

格里高看看名片，满脸诧异，问道："你是……怎么找到我这儿的？"

向风说："我是刑侦专业的实习生，被获准协助警方一起破案。哦，实际上，任何一个公民，都有为破案提供线索以及在保证安全的情况下抓坏人的义务。案件发生后，警方在她的助理，也就是姝慧的床头柜里找到一本日记，日记中提到你，以及帮助你办餐吧的事情。"

格里高还是有些不相信："日记？日记中还提到我？"

向风问道："这不奇怪，日记就是记录生活的，提到你很正常。我今天来是想了解一下，最初你是怎么认识姐姐的？日记中没有记录这个。"

格里高说："就是偶然认识的。"

虽然有心理准备，但这个回答还是让向风再次吃了一惊，反问道："偶然认识，也就是说，先前没有任何关系？如果没有任何关系，她为什么要帮你？"

格里高无奈地说："这个问题我也问过向雨很多次，她每次都是笑呵呵的，不告诉我。而且，她从我这儿，也没有得到过什么好处。我就想，这好像就是传说中的，有贵人相助，我遇到了贵人。"

说到这儿的时候，向风眉头一拧。格里高马上意识到，自己说错话了，哪有贵人年纪轻轻就被人谋杀的？他赶紧补了一句："这个案件是不是与我办餐吧有关？"

"现在还不知道，我们根据日记的线索，找到你这儿，希望能了解一些情况。"

"日记中哪些没写,只要我知道的,我都告诉你们。"

向风说:"日记里只是写了她如何帮你,比如如何利用自己的关系,帮你顺利批下餐吧,帮你揽了几个大业务,这些你都知道吧?"

格里高说:"知道,知道。餐吧从一开始就很火爆,全凭向雨揽来的业务。尤其是附近的一些企业,老板给员工统一买好就餐票,员工来我这里吃饭。"

向风若有所思地点点头,问道:"但是你不知道她找了什么关系,对吧?"

"对,我只知道她很有关系,但不知道是什么关系。"

格里高看了看乱哄哄的餐吧,对向风说:"后面有一个很小的办公室,比较安静,我在那里告诉你吧。其实,我至现在也没弄懂,向雨为什么要帮我。"

"我找你谈话,不会影响你的生意吧?"

"我的生意都是向雨给的,她都昏迷不醒了,影响生意算什么?"

在格里高的回忆中,两人相识纯属偶然。如有巧合,特别正常,也特别不正常——在事件的前半部分,特别正常,随便一个行人,无论男女老少,都有可能遇到事件的前半部分;而事件的后半部分,则几乎没有巧合的可能性,谁要是遇到这种事情,相当于买彩票中了一等以上的奖。

格里高本来是个小贩,开一辆三轮车,走起来全身都笼罩在烟雾中的那种柴油三轮车。格里高没有固定的业务,瓜果蔬菜,一年四季,什么好卖,就卖什么。开着个破三轮车,"突突突"地行走在城市大街上的,大多是格里高这种人。

一般而言,小贩们会算这样一笔账:在任何城市,肯定是有的路段没有集中市场,有的路段有集中市场,而那些有集中市场的地方,通常也离居民小区较远,许多穿着睡衣拖鞋的居民,都懒得走那么远,去买个黄瓜豆腐干之类的小东西。对他们来说,最好在小区门口或小巷口，就有人卖这些东西。有需求就有服务，于是，在许多小区门口和小巷口，就出现了小贩和三轮车的身影。由于居民的整体环境意识还不强，小贩们在这些地方卖东西，就会导致乱哄哄的场面，瓜果皮屑一堆。做生意做成脏乱差，显然是不对的，所以城管就要求小贩们去规范的市场。坚持在小区门口的小贩，就有被罚款的可能。

小贩们深知这一点，但经过计算，依然有大量小贩留在了小区门口或小巷口。为什么呢？因为，虽然在小区门口或小巷口有可能被罚款，但获利却比在市场里多得多。为了把损失减少到最小，他们只能是尽量不让自己被城管抓住，流动作业，随时准备逃跑。这是不交罚款的唯一办法。

格里高们早就把上面的账算得清清楚楚，哪怕就是偶尔没有跑得了，被处罚，从个人收入上来讲，都比进市场强。更不用说市民也希望小贩们出现在小区门口或小巷口，图个方便自在。这就是格里高们执着地出现在小区门口和小巷口的根本原因。

城管知道这一点吗？答案很明显，知道！小贩宁肯被罚款也不走，肯定是有利可图。要解决这个问题，最好的方法是在小区门口或小巷口的适当地方，像划停车位一样规划若干摊位，不固定是谁的，谁先到谁用。这样既不影响车辆通行，也不影响行人出入，又方便居民和小贩，是双赢的方法，但可惜，这个方法很少有人用过。其中原因很多，比如说道路狭窄。

最终，格里高和城管在向雨面前上演了惊险的一幕。

那一天，夏天的热浪刚刚袭击这个城市，雨季还没有来，天气燥热，格里高拉着一车西瓜，在一个小区门口卖得正欢。人得意的时候，容易忘形，圣人和小贩都一样。眼看着城管从西路上冲过来，格里高以迅雷不及掩耳之势把车的后闸板合上，跳进驾驶位，疯一般地发动车子，朝东面冲了出去。

格里高对城市道路非常熟悉，哪里是大街，哪里是小巷，甚至哪条小巷里哪里常停着车，不好走，哪条小巷里堆着土，需要绕一下，心里都一清二楚。

就这样，格里高在前面跑，城管在后面追。格里高驾驶的是三轮车，城管驾驶的则是小型客货车，车身都不大，灵活地穿行在小巷间，若不是车型不对，场面堪比动作大片。

跑了一段，格里高看见前面有交警，马上来一个急弯，转入一条更窄的小巷。走进巷子快一半的时候，格里高傻眼了：俗话说，人算不如天算，没想到城管料事如神，早知道格里高会进入这条巷子，另一路人正从对面包抄过来。格里高见势不对，但已来不及，进退两难，又找不到岔路口，也不知道哪来的蛮劲，竟然把心一横，冲着对面的车就撞了过去。

对面的城管一看格里高没有刹车的迹象，反而加速冲过来，先就吓破了胆，把自己的车减了速。

这时候，在路边行走的一个老太太，手里的钱突然被风吹到马路中间，她也没抬头看车，眼睛只盯着钱被吹走的方向，小跑着追钱，也跑到了马路中间。

"啊！"包括向雨在内的过路人都齐声尖叫了起来。格里高看见老太太，听见尖叫，脑子一下清醒过来，猛踩刹车，在离老太太十厘米的地方，三轮车终于停了下来。周围的人都吓傻了，有一刹那，小巷里特别安静。

格里高更是惊出了一身冷汗。

就在这个时候，路过的向雨心中五味杂陈，她盯着混乱的街区，暗自叹息，决定帮助可怜的格里高。她马上打通了电视台一个记者朋友的电话，把刚才惊险的一幕简单描述了一下。那个记者朋友正好在附近，说是十分钟之内就可以赶到现场。

三轮车停下来，城管围到三轮车周围，格里高从里面反锁着门，使劲拉着车门，任凭城管好说歹说，死活不下车。三轮车窗上的玻璃碎了，没有再安装，城管人多，手伸进去，没几下就弄开了车门，三四个人合力，把格里高从三轮车里拖下来。格里高已经急红了眼，一副要和城管拼命的样子。

周围的群众越围越多，过往车辆也被挡在路中间，两边各有四五辆，一齐用劲按着喇叭，嘈杂声一片。

偏偏格里高把钥匙藏了起来，城管发动不了三轮车，一时又找不来拖车，无计可施，只能做格里高的思想工作。思想工作做了半天，格里高不为所动。周围的人开始起哄、发火，城管明显感觉到了压力。

记者赶到现场，正值城管训格里高最严厉的时候，一套一套的："跑呀，你怎么不跑了？就你能耐，刚才怎么着？还想开车撞上来？你以为你是本·拉登？你以为你是人肉炸弹？现在给你一个机会，没有报警告你危害公共安全罪，够便宜你了！"

这个过程，向雨的记者朋友都拍了下来。

这时，有一个城管发现了记者和摄像机，告诉他们的头儿："队长，有电视台的记者。"

记者马上把机子关掉，把录像带取出，交给随行的另外一个记者，让他打车回台里去。这一幕，专门让城管看在眼里，慌在心里。

向雨也看到了这一切，走过去对格里高说："没事，你把钥匙交给他们吧。不管谁对谁错，不要堵路，跟他们回去处理，电视台的记者也会跟着。"

格里高觉得向雨说得有理，交出钥匙，同意回去处理。向雨也坐上记者朋友的车，一路跟着，要把这事追踪到底。

最后处理结果是：格里高承认自己违法摆摊；城管也承认在执法过程中，开着车追是不被允许的，都有些急了。格里高接受了批评教育，下不为例，城管也接受了人性化执法的建议，记者承诺，电视台不播出这则新闻。

这件事似乎有了一个比较合理的处理结果,但向雨和格里高随后的一番谈话,又引出新的情况。

格里高违规摆摊,事出有因。家家有本难念的经,格里高家的经更难念而已。老母有病,一年之中,半年卧床。父亲早逝,格里高只是依稀记得模样。他二十八了,家中无房,婚恋没着落,只好东挪西借,买了辆三轮车,做点儿小生意。尽管到处躲藏如落水之狗,两年下来,也还挣了一点儿,照这样下去,三十岁之前,或许可以盖房,或许可以娶媳妇。

"做其中的一件事?"向雨奇怪地问。

"是啊,不知道到时候,到底哪件事花费更高一些。"

向雨笑道:"都不会便宜。"

"那可怎么办?"

向雨认真地说:"我帮你吧。有一个项目,本来是我的一个朋友要做,结果他考上公务员了,不能做生意了。但那个项目谈得差不多了,是个好项目,你用你存下的几万块钱投点儿资,我保证你三两年之后,就能盖房娶媳妇。"

格里高表示怀疑:"有这么好的事吗?"

向雨说:"有,你跟我来,不远。"

格里高还没完全弄明白:"是做什么?"

"大学生时尚餐吧,就是一饭店,主要是地理位置好,点子也好,肯定能赚钱。"

面对天下掉下来的馅饼,格里高疑惑地接在了手里。在社会上闯了这几年,他难以相信会有这种好事,总觉得向雨要算计他,比如把经营不下去的饭店卖给他,或者发现这个项目有问题,嫁祸给别人。

但到了那地方,格里高一下子放心了。他很熟悉这个地方,有时候也在这里卖西瓜,不止一次听大学生和打工者说,这一带,就缺个快餐店,怎么就没人开呢?格里高也动过那个脑筋,但自己没有门路,资金也不行,哪里开得起来?

更让格里高眼睛一亮的是,店面已经装修好了,工商税务等执照也申请好了,只等着有人经营。具体说到怎么经营,向雨把那个考上公务员的朋友叫过来,三人半小时就商议好了:经营、进货、雇人等,由格里高负责。正式营业后,每个月利润的一半,用于还房租和装修费等前期投资,等还完了,店面归格里高所有。

如此合作,格里高突然觉得,天上不仅掉馅饼,还不停地掉。

回忆到这里,格里高对向风坦诚,他也确曾有过这样的想法:不是自己疯了,就是向雨疯了。但这样想过以后,又觉得对不起向雨。

更让格里高吃惊的事,还在后头。

尽管格里高人很机灵,也有着多年和城管周旋的丰富经验,但他没想到,经营个小餐吧,头绪也很多,很麻烦。向雨给格里高介绍了各路朋友,一点一点扶格里高上路。格里高直到现在,也没弄明白其中的缘由:向雨为什么要这么做?有一阵子,格里高甚至以为,难道是向雨喜欢自己?一秒钟以后,他就否定了这疯子一样的想法:自己是什么人,要帅不帅,要钱没钱,向雨怎么可能喜欢自己?!有这想法,才是脑子出了问题!

向雨通过朋友关系,跟附近一些企业的老总进行了沟通,把员工餐订在了格里高的餐吧。格里高薄利多销,大量优惠,老板统一买就餐卡,员工打卡消费,对双方来说都合适。所以,开业没几天,吃饭的人像潮水一样向餐吧涌来,让格里高喜不自禁。许多人都有从众心理,看到有这么多人吃饭,更多的人涌了过来。再加上餐吧的饭菜可口,价格也很合适,半个月过后,餐吧的生意就好得不得了。

在格里高讲到这里的时候,向风已经听到,外面充满了杯盘的咣当声和食客的嬉闹声。

向风问:"向雨这么帮你,是不是为了让你还钱?她催你还过朋友的装修费吗?"

格里高有些不高兴了："那还用催？咱不是那种人，按照约好的，每月利润的一半，哦，不是一半，是一多半，只要我能周转开，我就把多余的利润，全部还了房租和装修费，已经快还完了。向雨从来没有催过我，她就是个好人，纯粹的好人！"

这话，反倒让向风有些不好意思了，好像自己很不君子。他只好说："格里高，你别误会，我不是怀疑你。你不知道，向雨除了帮助过你外，还帮助过另外一些人，有的是亲戚朋友，但大部分人和你一样，跟她什么关系也没有，所以我才会这么问你。"

格里高说："向雨真的是神一样的人。"

从餐吧出来，向风到了警察局，把了解到的情况向拉罕做了报告，拉罕大为震撼。

更让人奇怪的是，姝慧的日记中，关于开这个餐吧的记录，没有用之前那种冷嘲热讽的语气，很多地方反而给人一种温情脉脉的感觉。

拉罕说："向雨这么奇怪，增加了我们的破案难度。我们在日记中发现，为了让餐吧尽快开业，向雨重点沟通的人是消防队长。"

向风说："对，进深那么深的餐吧，消防是个硬标准。"

拉罕接着说："那我们去问问这个消防队长吧，他们管的是人命关天的事。"

"对，我也看见了，姝慧好像又把自己贴进去了！"

"不是吧，好像写得挺模糊的。"

"在这件事上，似乎也没有必要，因为消防这种事情，谁敢通融啊。"不知道为什么，向风突然有些心疼姝慧，怜爱起她来。

拉罕感慨一句："走，走访一下这个消防队的白森特队长吧，看他怎么说。"

在开餐吧这件事上，向雨找过白森特两次。向雨讲她的大道理，关乎民生、关乎创业，白森特讲他的大道理，关乎安全、关乎生命，二人客气非常，但证就是办不下来。因为白森特说，责任重大，必须严格按照审批条件来。向雨也不懂，每每郁闷，姝慧这才伺机出动。

不同的是，有关白森特的视频，与其他人的大不同，里面并没有任何赤裸裸的内容。视频给向雨的感觉是，白森特似乎并未得到什么。姝慧起到的作用就是，白森特亲自去餐吧，一点一点地指导消防工程，加快了办证进度。很快，餐吧的消防合格证已经办妥。此时要拿视频威胁，再让白森特帮助弱者，于理不通。异乎寻常地，这一次姝慧持反对意见。她不主张让向雨去找白森特，她说："白森特没有过错。"

"你去找他、求他了，才办成，这就是过错。"

无奈，姝慧随向雨去见白森特，当视频出现了那一刹那，姝慧从白森特的眼睛里，看到了仇恨和失望。姝慧就有些后悔，自己为什么没有坚决阻止向雨呢？在之后的无数个日子里，姝慧一直用向雨的话来安慰自己："你去了才办成，这就是过错。"她点点头，嗯，说得没错，也许。

还好，向雨大概对白森特的印象也不错，提出的善行要求也比较容易做到。在向雨看来，和其他人相比，白森特的关注点并不在做不做善事，或有没有能力做这些善事上，他只是偶然抬起头来，看着姝慧，眼里流露出肃杀的目光！

等见了白森特，向风才知道，姝慧接近白森特，大概也有其他的因素。在和人类接触的过程中，慢慢地，姝慧在某些方面已经有了人类女孩子的影子，有了一个女孩子最基本最简单的选择与审美。至于会不会产生情感，不得而知。

白森特原是一名边防部队的军官，一表人才，个子高大，身板挺直，皮肤黝黑，目光冷峻，性格直爽，说话还富有诗意。如此人物，挺像一个将军啊，偏偏让他做了个消防队队长，这让向风都有些惋惜。

面对拉罕单刀直入的问话，白森特倒是不隐瞒什么，只是说："那个不食人间烟火的女孩确实让人印象深刻，日记中记那事，还真有。

整个事情，跟做梦一样，她那眼神，纯净如雨后天空，搁谁也受不了。不过，有一件事，我可说清楚了，办消防许可证的事，与我和女孩之间的事，没有任何关系。"

拉罕问："怎么能证明没有关系？"

白森特说："如果我存心刁难，那么即使姝慧对我有好感，我也肯定会找一大堆理由，先把她人怎么着了，再办证。事实上，在姝慧的催促下，我只是特别加快了指导力度，然后发了证。我和她，虽然有风花雪月的感觉，但是我有原则，不会乱来。我当过边防侦察兵，我发现，姝慧的内心是非常冷漠的，对男女感情没有啥兴趣，同时我又感觉到，她对我是有好感的，这挺奇怪的。后来我们再也没联系，哪怕我确实在一个人安静的时候曾经想起过她。没想到，她还真记在日记里了。"

日记中记载，姝慧那天到白森特办公室的时候，已经快下班了，门外鸣笛声、叫卖声等响成一片，敲开白森特的门，白森特正准备收拾公文包出门。在白森特说完请进的同时，姝慧已经站在了门口。她手里拿着阔边遮阳草帽，白绿相间，身上的波希米亚长裙微微摆动，显然，她是连推带敲，带着少许霸气走进白森特的办公室。白森特抬头看到姝慧的瞬间，完全怔住了，本来要往包里放的手机，轻轻地掉在了包的外面，翻转一下，撞在桌面上，白森特浑然不觉。

白森特到底当过兵，首先意识到了自己的失态，便轻声问道："请问你找谁？"

"你是白森特队长吗？"

"是的，"白森特一指办公桌对面的椅子，"请坐。"

姝慧就说了大学生时尚餐吧的事，白森特就现编，说，他已加快指导和验收速度，支持这样的民生项目，但必须把不合适的地方弄合适。然后，鬼使神差地，白森特悄悄给属下发了短信，让他们主动服务，迅速发证。

话说到此,基本已结束。按照最常见的套路,姝慧应该起身告辞,伸出手象征性地和对方握一下,说声:"打扰你了,谢谢。"

姝慧也确实是这么做的。可就在握手的时候,两个人就变成了两块磁石,一下子粘在了一起,白森特揽着姝慧的腰,兀自亲吻了过去。姝慧闭目思考,她想,自己经历了那么多,按人类的词语形容,也算风月无边,可是,已经很久很久,没有真正感受过人类亲吻了。据说,在人类的心里,有没有亲吻,一直以来都是判断感情真伪的最佳标准。而对于姝慧来讲,全身的触觉器官并无差别。

就在白森特已近癫狂时,姝慧略微挣扎,轻轻地掰开白森特的手,在白森特的耳朵边吹着气道:"我觉得你很好,所以不想害了你。"

白森特也如梦初醒,喃喃道:"我也是!"

白森特想起往事,滔滔不绝,说得入情入理,拉罕找不出任何破绽。因为白森特是单身,和姝慧也没有发生过实质性的男女关系,白森特也没就没有受到向雨威胁,何至于杀人?至于暧昧的细节,与本案无关,拉罕也就没有细问。唯独向风,此时对白森特与姝慧之间的暧昧,竟生出些不快来,似乎是嫉妒。向风觉得不可思议,也觉得可怕,对一个刚刚认识的有着那么多不堪往事的非完全人类的女孩子,别人和她亲密,嫉妒什么呢?为什么要嫉妒呢?难道自己喜欢上了姝慧?怎么可能?

回去的路上,这个问题折磨了向风一路。

回到仁心庄园,再读下一页日记的时候,向风的心莫名地痛了。在日记的下一页中,向雨和姝慧又一次把自己刻在了纪念碑上。

这块碑,在人类的眼里,写着屈辱,也写着伟大。

二十三

看着日记,向风发现,自己陷入了一个情感的旋涡,在这个旋涡里,自己在不停地打转、下沉、呼喊、窒息,而姝慧就是制造旋涡的水。最要命的是,水是没有感情的,旋涡只是一种自然现象,陷入旋涡也罢,呛晕了也好,甚至呛死了,水是没有知觉的。

萌生这种感觉的时候,向风对自己说:"远离爱情,珍惜惬意人生,保护自由心境。"这多少有点儿自欺欺人,可是,不这样,又能如何呢?

门口传来敲门声,向风一开门,见姝慧站在面前,正向自己微笑。就在这一刹那,刚才所有的决心、所有的发誓,烟消云散了。几秒后,向风又提醒自己:"一切都是程序,一切都是算法,一切都是虚拟,不要迷恋这种微笑,一切都是假的,笑是假的,爱是假的,亲密行为更是假的。"

看着向风发着愣,姝慧先开口说:"按照顺序,你们调查到哪个人了?"

向风把姝慧让进来,请她坐在对面的床沿上。这是一个员工宿舍,就像酒店标间一样,摆放着两张床,不同的是,两张床都挨着墙,离得比较远。

向风答:"调查到消防队的白森特这里了。你对他⋯⋯还是挺有感情的。"

姝慧说:"不是有了感情,而是通过尝试人类行为,进行一些思考。思考后,我发现,感情是个坏东西,把你们人类割裂成东一群西一伙的。有感情的叫作自己人,没感情的叫作别人,人类的好多问题都是从这里面来的。也有例外,比如雨姐姐,她帮助任何需要帮助的人,但不以感情为取舍,更带有随机性,都是和自己没有任何感情和任何血缘关系的人。"

向风不是很能听懂,他的心思还在姝慧身上,这么长一段话,在他看来,是姝慧在劝自己,不要轻易对她动感情。向风点点头,然后问道:"你找我什么事?"

姝慧说:"没其他事,就是问问查案情况。我也是想知道,谁想杀害我们俩。"

刚离开向风的宿舍，姝慧就接到了人工智能中枢的指令：正在调查这个案子，具有很强的标本意义。从这些标本中，由表及里，慢慢介入人类的经济生活，就可以发现人类最看重的经济生活，到底是怎么一回事。

人工智能算了一下艾丽丝报考护士的事，一共二十七个护士岗位，报考人数为三千七百六十二人，一百多个人里面选一个，竞争非常激烈。人工智能发现，在全球，除欧洲、北美外，对于普通岗位的竞争出现两种情况：在新兴国家，竞争非常激烈，每个岗位都有几十几百个竞争者，这说明失业状态比较明显；在相对落后国家，没有那么多岗位，很多人一直失业，连竞争的资格都没有。

再看看格里高的餐吧。格里高算老板，统管经营。有三个厨师，严格地讲，也不是厨师，就是做家常菜的，他们围着大锅，抡着"小铁锹"炒菜，就像在翻地。还有五个服务员，忙得团团转，几乎没有喘息的时候。人工智能注意到，劳动分工不是最重要的，最重要的是他们的劳动时间。因为是早中晚三餐都供应，所以他们的工作时间特别长，无论是格里高，还是厨师和服务员，无一例外，都是早晨四点半就起床，五点开始工作，半上午和半下午，大约有一个多小时的时间，稍微打个盹，或男女在一起逗个乐，晚上十点以后才能下班。这个状态，差不多每天如此，因为每人每月只有四天的假期。

尽管这样，一旦有人离岗，随便贴一张招工启事，很快就会有人应聘。因为这个工作管吃管住，在城市里打工，租房和吃饭都很贵，管吃管住，相当于凭空多挣了一笔钱，每个月，因为没啥开销，基本上都能有些存款。

那人工智能将视角移到了更多的地方。

在东南亚橡胶林里，工人们的劳动时间长达十几小时，而且是重复着简单的割胶动作。由于橡胶的特殊性，一直无法实现机械化，只能人工割胶。他们每天清晨就到了橡胶林，还有的胶工每天凌晨一两点就起床去割胶，一天工作超过十二个小时，割胶旺季更是高达十五六个小时，但是他们的收入非常可怜。人工智能数据显示，国际橡胶原价连年下跌，农场主面临两难境地：如果高薪招聘割胶工，农场就会亏钱；如果低薪招聘，会出现无工可招的情况。最后的办法，只能是以折中的办法招聘割胶工。割胶工挣得不多，农场主也挣得不多，那么，钱都去哪了？胶价被谁掌控着？

在非洲种植园里，清晨，天还没大亮，妇女和儿童混杂的农工，就已经鱼贯进入咖啡园。打头儿的举着小旗，其他人跟随着，生怕掉队。她们穿梭于咖啡树之间，手里攥着成熟的咖啡果，不停地采。采摘后的咖啡还需要剥皮晒干。大约每人每天要采摘五十公斤的咖啡果，多劳多得，但就算是多劳的，每个月也只有不到一百Ａ元的收入。这个工资水平，仍然吸引了大量的采摘工。因为这些妇女和孩子，没有文化，也没有任何技能，只能选择每天起早摸黑上工，到晚上才拖着异常疲惫的身躯回到家。

技能这个东西的怪异之处是，它不是遗传基因，从来不会与生俱来，无论身边有多少师傅，还需自己努力学习，而且需要付出大量时间和精力。倘若有一代人不努力，就会不如上一代。雪上加霜的是，下一代人往往需要学习更新过的技能，容不得任何偷懒。而许多人喜欢偷懒，这似乎是一种天性，所以改变生活境遇，是一件很困难的事。

人工智能将目光再投向欧美。

澳洲黄金海岸沙滩上，从高处看下去，各种花色的遮阳伞，像从地面看高空的热气球。当地时间下午四点半，人们都在海边三五成群地休憩，小孩子在嬉戏打闹，海浪声和欢笑声缠绕在一起，轻轻触碰着愉悦的心。

紧接着，人工智能抽样获取了欧美的全线数据：Ａ国南海岸、美国西海岸、英国曼彻斯特郊外、法国南部产酒区、德国慕尼黑酒吧……人工智能发现，这些地方的人总是有大把的时间休闲娱乐，喝着红酒，晒着太阳，喝着啤酒，看着斜阳。人工智能决定对这些人进行人脸扫描，倒推他们的行程轨迹。它扫描并分析了五万张人脸，只用了不到半个小时，这些人的生存状态全部展现出来了。

罗列出的内容，让人工智能迅速做出决定。经过精准的数据分析，人工智能确定，人类的经济活动存在严重的不公平。人工智能一时还不知道这种不公平是怎么造成的。于是，它决定，全面进军人类的经济领域。

人工智能不懂阴谋，几乎全靠数据推演，所以还没有朝人类阴谋的方向去思考。诸葛又亮也没有想到人工智能的决定这么快，还没来得及问姝慧，人工智能就已迅速出击，对人类的经济活动进行拆解，就像拆一个精密仪器。拆开来，经济活动也是一堆零件，再装回去，其中的问题一目了然。人工智能发现，一切都是有意为之。知道了这个"有意"，有意就是病症，就是毒刺，人工智能就可以拔刺了。

这是后来发生的事。

此时的人脸扫描，就像挖出了一眼眼泉水，顺着这些水流，可以找到更普遍的一种生活状态。起初，人工智能以为，在海边悠闲度假的，应该都是高级白领，他们拿着高薪，赶上年假，就毫不犹豫地去休假了。推演的结果令人吃惊：他们来自各行各业，甚至还有不少失业者，从穿着打扮来看，在度假期间，白领程序员和失业者，并没有明显的区别。

人工智能进入他们的工资系统，发现普通白领的工资在割胶工和咖啡采摘工的二十倍以上。普通蓝领，比如车间装配工、餐馆服务员，工资也在割胶工和咖啡采摘工的十倍以上。而失业者呢？他们的补助金，也在割胶工和咖啡采摘工的五倍以上。人工智能发现，这种情况源于一种叫作汇率的东西，也就是说，换算成 A 元之后，才能进行有效比较。

人工智能搞不懂的,正是这些数据。

如果说,在世界五百强公司上班,开发研究什么高科技产品,或鼓捣什么程序和软件,情有可原,毕竟说起来,按照某种流行的说法,所谓的贡献值是不一样的。现在的问题是,同样的工种,劳动时间不足后者的一半、劳动强度仅为后者的十分之一,为什么工资却是后者的那么多倍?这其中的奥秘是什么?

人工智能进入自己的图书馆系统,调出所有的经济类知识,无论是古典派还是现代派,统统学,并加以比较。同时,人工智能还分析了历史上有名的经济事件,比如,郁金香事件、密西西比泡沫事件,见识了人类为钱癫狂的历史。

人工智能花了半个下午的时间,阅读了六千多万字的图书,比如《论人类不平等的起源和基础》《新教伦理与资本主义精神》,通过比较分析,消化了其中的核心内容,就像吃排骨一些,把合适的肉都吃了下去,骨头和残渣吐了出来,差不多知道了一个来龙去脉。

现在所缺的也就是个性标本分析了。说得通俗些,就是拿什么、拿谁去开刀的问题,就像人类要面对一群兔子或小白鼠,从哪个开始解剖都可以。

人工智能没有打算通知任何人,就开始挑选兔子和小白鼠了。它做了一些计划,把人类的经济活动分为决策、运行、阴谋、欺骗、讹诈等五个方面,一一进行拆解。

人工智能想起自己曾遭受到攻击,马上做了一个数据模型。模型显示,在人工智能接管了武器之后,人类更多的是无奈,因为只能接受。攻击失败后,人类变得沮丧而安静,正在慢慢适应。还有的人是欢呼,因为貌似实现了"永久和平"。模型的指向,恰恰就是经济活动,人工智能介入经济活动,将真正改变人类的生存现状。

人类的生存现状是,月儿弯弯照地球,几家欢乐几家愁。愁的变欢乐了，当然乐意。欢乐的变愁了，肯定不乐意。有人喝着红酒度着假就能挣大钱，结果闯进来一个人说，这事儿不合理，你也应该劳动，应该洗洗盘子刷刷碗，他当然会表示不乐意。闯进来的这个人把鞭子掏了出来，喝着红酒的人可能会拼命，也许会认命，这取决于性格。

人工智能梳理了一下这六千万字的知识，摸清楚了人类的经济生活，初步判断，不能从穷人着手。要不然，就会掉进一个陷阱，这个陷阱基本上属于"三菜一汤"："三菜"是，笨，懒，没有技能，"一汤"叫作"命运"。

这个陷阱，不是由穷人自己设定的，而是由那些上层人物——富豪以及富豪的代言人一起设定的。然而，很明显的是，一个人穷的原因，并不总是因为笨、懒，或者没有技能。用所谓的笨，懒，没有技能来分类，人工智能很快计算出来，这部分人在穷人中所占的比重不足10%，只有7.63%。而且，很多时候，这个思维陷阱，或者说洗脑思维，倒因为果，自相矛盾。

某些人把整个社会的创富能力进行了分层，当穷人不笨的时候，就说你懒，当穷人不懒的时候，就说你没有技能，当你有了技能的时候，又说你的技能不是高科技。

在这里，富豪和富豪代言人，想方设法创立了一种分层机制：当你的技能适合给我创造财富，且迅速、巨大地创造财富，你就能成为富人。如果你的技能仅仅用于车间组装，或者原始农业和矿业，公司就不能给你太多工资。因为工人数量庞大，公司付出太多工资将无利可图。而做管理或技术开发的人，数量少，物以稀为贵，所以工资很高。

这是人工智能梳理出来的表面的内容，仅仅是粗线条的。人工智能再次得出一个结论：要想梳理出细节，需要探究富豪生活的细节。穷人的细节，都在大街小巷摆着，不需要探究。

到了选标本的时候了。

人工智能选定了宗主和罗伯斯。人工智能不记仇，也不记恩，它受到攻击，反击就可以了，不需要分清敌我，也不会因为谁曾攻击自己，就要对谁进行报复。报复这种事情，在动物世界才会发生。因为人工智能非常自信，在最严密的监控下，人类也不可能再发起什么攻击。

人工智能在抓取富豪特点时，列出了一长串的备选名单，一共三百多人，宗主和罗伯斯的名字，都出现在名单里，宗主的靠前，罗伯斯的靠后。人工智能觉得这两个名字很熟悉，而且经过数据分析，发现这两个人确实有标本意义，所以，为了图个方便，就选定了宗主和罗伯斯。

被过度神秘化的宗主，人工智能尚未对其行踪进行锁定，这应该是下一步要做的。人工智能快速翻找出宗主的家底，分析他的财富构成和创造财富的能力。人工智能进入几个绝密档案库，破解重重密码，追溯了宗主的祖宗十八代，重点提取了近三代的资料。

金融是宗主的老本行。宗主本身没有显赫的职务，他是一家研究会的会长，这个研究会的名字，不知所云，叫作"人类行为研究会"。大概是在这个意义上，他才被称为宗主。他还是好几家投行的置业顾问，顾问的另外一个意思，就是可有可无。人工智能只好翻出宗主的家谱，通过跟踪本人、查阅历史、监听通信等手段，神秘无比的宗主，渐渐被扒了几层皮，连里面的骨头和肉，都全部露了出来。

他的妻子，居然是著名的半球银行的最大股东。他的两个儿子和一个女儿，也都是世界著名投行的股东，涉足多家高科技企业。他的家庭就像一个大本营，通过这个大本营，他派兵遣将，自己不搞实业，只是把手伸进实业，左手出右手进。人工智能发现，最近一个月，半球银行正在与拉特希国洽谈一项水电项目，主体工程是一个大坝。其规模相当于中国三峡大坝的四分之三。

在智能系统中，宗主的人脸被输入，像做夸克运动，又像被从天而降的大网罩住的野猪，宗主被系统疯狂地过滤着有用的信息。影像资料的源头，最终定位在一次庄园里的私人聚会。正如市井所言，大会定小事情，小会定大事情，最大的事情都不是开会定的。

与宗主的其他庄园不一样，这个地方没有克隆的色彩，风格也与其他几处不一样，不是庄园，反而像暗堡。它色调很暗，位于山脚，与山石的颜色接近。除了这一片裸露的山石外，周边都是郁郁葱葱的植被，以至于这一块区域，就像某些动物被磨光了毛的部位，比如猴子的红屁股，反而变得很显眼。在显眼与不显眼之间，用原色石头凿成的大门，足可供两辆汽车错开。

这里一多半的建筑物都深入到石头中，类似中国的窑洞，只是规模庞大，细节精致，像一个在战争年代伪装逃跑的绝世美女，生怕人们看出惊世容颜。

宗主设计这个暗堡并非为了聚会，而是为了应急。一旦发生意外，比如核战争或外星人入侵，这里面的物资储备，可以供二十人生活一年以上。假如发生了那样的事，巨大石门会落下，周边形成一片碎石区，谁也不会知道里面有个暗堡。暗堡预留了各种通风孔，还有足够的火种和粮食。

这一天，暗堡一共来了四个人，宗主和三个客人，三男一女。暗堡里没有任何网络与外界联通，也没有内设监控设备，百密一疏的是，四个人的手机都开着，其中一部还用于演示和投影。宗主知道手机公司会有后台操作，但那个后台由罗伯斯掌握，宗主并不担忧。这一次，因为没有针对人工智能的任何行动，他们防的是人，而不是人工智能。

和宗主的妻子一样，这三个客人都是银行家。

在角落里的一个小会客室中，女银行家站起身来，打开保鲜酒柜，倒了四杯红酒，轻轻放在桌子上。桌子由两块深灰色大理石拼成，中间摆着干花装饰。一个面部略浮肿的银行家拿起手机，把画面投射到桌子上空。这是一个动态地形图，重峦叠嶂之中，湍急的河流急泻而下，从其地势本身就具备的落差和水流的冲击力来看，这里确实是建设水电站的好地方。

宗主说："不错，这地方建水电站，确实是一个好项目。投资方面，不会是一个小数目。目前的进展是什么？"

面部略显浮肿的银行家说："已经进行了前期准备工作，地质和水文勘探，都没有问题。也和拉特希国的高层进行了接触，他们那边稍微有点问题。"

女银行家问："还是老问题吗？"

"对，"面部略显浮肿的银行家说，"和其他两个国家的情况类似，有官员认为，他们国家并不缺电，没必要建设这样一个水电站。"

宗主说："老问题就用老办法解决。"

"也有新问题，好几个专家认为，建水电站会对生态环境造成极大破坏。宗主，这是原话。"

宗主说："新问题也可以用老办法解决，召开一次研讨会，让他们发言，这是让他们闭嘴的最好办法。"

一直安静听着的、看上去只有四十岁的年轻银行家说话了："这两笔开支，大约需要多少钱？"

女银行家说："持反对意见的官员和专家，连上他们的部长，一共十三个人，每个一百万 A 元，部长可以加到三百万，一共一千五百万 A 元。"

年轻银行家说："这个数字非常小，可以忽略不计。"

宗主说："不可以忽略，后期从工程的税款中，让他们优惠。"

接下来，他们又商讨了一些操作细节，诸如贷款金额、还款期限、怎么担保，以及派谁去搞定那些持反对意见的人，必要时候，遇到个别带硬刺的，也可以献上死亡威胁。

从这时候起，系统盯上了面部略显浮肿的银行家和女银行家。面部略显浮肿的银行家叫麦迪逊，是半球银行能源事业部主任，也是世界开发银行的东区总监。女银行家叫罗莎，是第三世界援助委员会主任。虽然这是一家民营机构,但其旗下的理事单位都是知名金融机构。

十七天后,拉特希国自然能源部会议室,签约仪式正在举行。灯光辉映,拉特希国人都穿着民族服饰,为了庆祝这一盛事。拉特希国进行了网络直播。拉特希国总统发表了热情洋溢的讲话。签约台后边,分别摆着拉特希国的国旗和半球银行的国旗,能源部部长代表拉特希国,麦迪逊代表半球银行,并列而坐。

就在这时,直播的画面突然静止了。起初,人们还以为是直播设备出了问题,马上进行检测,却没有发现任何问题。十几秒后,画面突然切换,上面出现了一行字:真正的大片。这一行字,连同画面的解说词,在任何一个国家显示,都会自动切换成该国的官方语言。当然,观众大部分是拉特希国人,绝大多数拉特希国人看到这一行字,都能马上意识到,人工智能又搞怪了。经历了许多事情,渐渐地,人们对人工智能的所作所为,已经持欢迎态度,更别说,人工智能还能满足人类天然的好奇心。

视频是按时间顺序播放的,画面下方还配有解说词。

第一段视频是神秘暗堡中,几个人(听声音是四个人,因为屏幕显示的是半空的投影)把拉特希国当成羔羊,谋划着如何宰割拉特希国,句句如刀,阴狠无比。

第二段视频呈现了十二起贿赂事件,能源部部长位列第一位,接下来依次出现的是能源部副部长、水利处长、技术专家、生态专家。十二起事件,画面清晰,都是在家里完成的。送钱的人,伪装成外卖员或者家政服务人员,巧妙地将"货物"送到当事人手中。

第三段视频是对送钱的人进行不间断跟踪的画面,最后,这十三个人都回到了同一个地方:半球银行拉特希国分部。

现场的人,起初发呆一样盯着屏幕,瞪大了眼,张大了嘴。画面播完,在一两秒之后,仿佛有三盆烫油泼到人群中,人们四散奔逃,大声叫喊，许多人在咒骂着："骗子！"收到贿赂的那十二个人，除一个人请假外，都在现场。他们反而都显得很平静，但眼神里写着绝望，脸上一副等死的表情。

在一片混乱中，拉特希国总统最先冷静下来，他抓起话筒，大声说道："警卫队就位，马上控制现场。任何人都不要离开会议厅，特别是视频中出现的十二个人，待在原地别动！现在我宣布，签约仪式取消！大坝建设取消！"

二十四

第二天，人工智能把这三段视频，加上拉特希国签约仪式现场的视频，全部放在网上，并配有一篇文章——《造福拉特希国的工程，到底造福了谁？》，文章起底了国际金融集团的一些常见骗局。这些骗局巧妙地绕开了所有的法律，在全世界横行，不仅骗取了第三世界人民的血汗钱，还能备受赞誉。

国际金融集团的套路如出一辙。他们先瞄准一个发展中国家，考察其人文地理环境，然后无中生有，说哪哪哪适合修建大工程，造福子孙万代。金融集团是主力军，打配合的人也不少：经济学家、生态学者、地理专家、地球科学家……也都一一上阵，列举出很多好处，反正普通民众也不懂。就这样，谎言得以一次次重复，而谎言说多了就是真理，是真理就得执行。

怎么执行？

贵国没钱是吧？金融集团有啊！贵国可以向我们贷款，利息不太高，等工程运行之后，大工程有大收益，还钱不是问题。贵国连技术也没有？工程也不会建设？这个简单，金融集团可以介绍，绝对是有实力的国际大公司，质量可以保证。

其实，"贵国"有所不知，这些做工程的大公司，背后都由金融集团巧妙控股，它们不分彼此，配合默契。

见证奇迹和无耻的时刻来临了：面对"利国利民"的大好事，拉国决定投资十五亿Ａ元建设，但拉特希国经济紧张，自己只有五亿，便向金融集团贷款十亿Ａ元，用于建设大坝。但由于自己没有合格的工程公司，只好请金融集团介绍，于是金融集团介绍了国际工程公司。大坝总造价为十五亿Ａ元。在这个过程中，工程成本为七亿Ａ元，工程公司挣得纯利润八亿Ａ元。金融集团的贷款本金加利息，一共达十六亿Ａ元，其中六亿为纯利润，加上八亿Ａ元工程利润，这一出一进，纯利润达十四亿Ａ元。

文章写道：

> 金融集团打得一手如意算盘，表面上是帮拉特希国建设大坝，实际上呢，自己的钱，左手倒右手，巨额利润到手，拉特希国则背负上沉重的债务。一年又一年，需要拉特希国的全体纳税人来还债。把你卖了，你还给人家数钱。看来，世界上还真有这种事。破坏你的环境，坑了你的钱，坑了你的人民，你还得感恩戴德。

这篇文章，据说来源于人工智能大数据，其中一些还是隐秘的大数据，只有人工智能才能提取，比如，金融集团和工程公司内部千丝万缕的联系，它们之间隐秘的经济往来，和金融集团的占股情况。人工智能还列举了其他国家的一些"援助项目"，这种左手倒右手的游戏，由来已久，主导者笑声不断。

文章还说，人们一直以为，战争少了，特别是大规模的战争少了，是人性的胜利，其实这是一种巨大的幻觉。试想，如果可以通过快乐地玩游戏来获取利益，为什么要通过战争？除非是军火生产得太多了，恰好又需要炫一下武力，这才需要开战。所以，战争少了，与人性又有什么关系呢？把一个人打死，刨一个坑埋了，和让一个人自己走到坑里，自己把自己埋了，哪一种更有趣呢？用人类经常说的一句话说，哪一种更有人性呢？或者，哪一种更没人性呢？

人工智能说，无论问"更有人性"或者"更没人性"，都在无意中肯定人性是善良的。在文章结尾，人工智能又提出了一个可怕的问题：万一，让别人往坑里掉，这本身就是人性呢？

二十五

对于人工智能来讲，经济数据非常简单，而经济运行规律，则显得庞杂和无章可循。它们查阅了大量经济学著作，各种流派和各种观点，发现了一个问题：它们自相矛盾且互相打脸。在许多问题上，经济学家比科幻作家离现实更远，甚至根本不靠谱。大约有一半的经济学家，所预测的都与事实背道而驰，类似于胡说八道。

人工智能认为，这里面，一定有什么奥秘可寻。人工智能已经相信，诸葛又亮怀有善意，而且颇有智慧。人工智能中枢传输了指令，让姝慧和诸葛又亮谈谈这事，要不然，人工智能就这么把人类的血肉连皮带骨都扯开了，却不知道怎么缝合，有可能增加更多的混乱。

姝慧打电话给诸葛又亮，说出人工智能的意图时，诸葛又亮说，把曹欣也一起叫上吧，曹欣是经济管理硕士，让曹欣现身说法，正好让人工智能看看，经济管理，到底是不是一门愚笨的学问。也让人工智能看看，经济这种东西，适不适合由它接管。

诸葛又亮和曹欣商量了一下，还是到仁心庄园去谈。

这次是曹欣和诸葛又亮一起去。在飞机上，所有的热点新闻都是与人工智能有关的。在管理武器和制止战争上，人工智能完胜，看上去应该给人类带来了永久的和平。在管理人类情感上，人工智能失策了一回，发现人类的情感世界不能仅依靠数据去判断。而在这两天的广播热点里，有评论员说，人工智能正在越来越深入人类的经济领域，人类在经济领域建起的标志性建筑物，那些顶尖的设计，正被一点一点地拆毁。也许过不了多久，许多理论会被认为是笑话，许多做法会被发现是骗局。

接了电话，姝慧还是该干吗干吗，她不太懂人类礼仪，也没有去门口迎一下。诸葛又亮进了大门，姝慧还在陪老人们聊天。老人们，无论有没有文化，都以阅尽世间枯荣的姿态，说着或清醒或糊涂的话。对于不通人类情感的姝慧来说，这些都是挺有意思的事。

进了门，诸葛又亮给姝慧打电话，姝慧说了位置。诸葛又亮说，那就在楼下的养心殿说话吧。在中国古代，养心殿是皇帝居住和进行日常活动的地方，仁心庄园本来要建老年活动中心，但这名字听着太俗气，有一个老人就大胆提议，说仁心庄园少不了精神生活，精神生活都是养心的，而正好有个现成的名字叫"养心殿"，它以前是皇帝住的地方，但现在人人平等了，普通人在养心殿里养心，听着这名字，就会觉得效果肯定差不了。向雨觉得有道理，便采纳了这个提议。

虽说是殿，但就是一幢二层小楼房，外表倒是建成了仿古的样式，是典型的歇山顶。健身活动在二楼，琴棋书画在一楼，因为有的老人上二楼腿脚不太方便。在二层小楼房的最西边，有一间小办公室，没有人办公，只有几把椅子和一张条桌。三个墙角的柜子里，放着好多小食品，干馍片、软面包等，老人们玩饿了，就去取吃的，谁吃谁拿。

此刻已是夜晚，习惯了早睡的老人，都已经回到公寓。姝慧领着诸葛又亮和曹欣，来到了小食品围绕的小办公室。在条桌旁边，有一个开水机和一些一次性杯子。三个人坐下来，相视一笑。曹欣拿了些小食品说："这是我三年来，吃过的最简便的一顿晚饭。"

诸葛又亮就笑道："叫上你就对了，你或许是一个反面教材，生活太讲究什么格调，吃东西太讲究什么情调。"

姝慧倒是勉强听懂了这里面的开玩笑的成分："是指当还有人饥饿的时候吗？"

诸葛又亮点点头，说道："言归正传，在人工智能眼里，经济学，不至于是一门没有任何规律的学问吧？"

"有规律的，但不是让人感觉好的规律。"姝慧说，"对于经济危机，我们是这么定义的：从骗人开始，到骗不下去，或者需要收网时，就会发生经济危机。"

诸葛又亮一愣，一下子没有反应过来。曹欣也没想到，姝慧突然来了这样一句。诸葛又亮想，人工智能有个特点，话不多，它们有着超强的分析归纳能力，通常情况下，它们会绕过人类的烦琐和客套，直接下结论。他和姝慧说话的时候，慢慢发现了这一点，姝慧每每只说了结论，中间过程，需要自己去补。

诸葛又亮说："我不得不承认，人工智能每涉足人类的一个领域，就一定会揭开那个地方的伤疤。这让我想起鲁迅的一句话：'揭出病苦，引起疗救的注意。'"

姝慧面如止水："在经济领域，我们不懂疗救，因为我们担心引起混乱和倒退。希望诸葛先生能提一些建议，给一些良方。"

诸葛又亮的大脑飞快地运转着，想要抓住这一天赐良机，把人工智能引导到合适的方向。曹欣见诸葛又亮沉默不语，就接了一句话："姝慧，在经济方面，你们很谨慎是对的。人类的经济活动，是非常结实的一张网。我们现在共同面临这样一种两难的困境：如果撕破一小部分，原来的'网'还在运行，并不会改变什么。但如果撕破一大部分或全部，'网'不存在了，人类的生活会变得一团糟。"

"对，破'网'是不行的。"诸葛又亮伸出手，在空中比画着方格，"曹欣说得很对，单纯破'网'，不良反应太大。最好的办法是从某些细节着手，对这张'大网'进行改良，该断的断，该留的留，和新的'网'线织成新'网'。这样子，在经济活动不乱的情况下，不伤筋动骨，慢慢织成一张新'网'。"

曹欣问："可是，不切断旧'网'，怎么织新'网'？"

姝慧说:"这几次实践已经证明,切断旧'网'很容易。但对于一些很复杂的东西,比如金融、汇率、粮食等,不敢用快刀斩乱麻的方法。"

诸葛又亮忍不住夸赞道:"人工智能的进化程度非同一般啊!确实是不能快刀斩乱麻。因为'野火烧不尽,春风吹又生'。这里面的问题出自人心,而不是表面的那张'网'。所以我的建议是,改变人心,自然就会有人慢慢用新'网线'替代旧'网线',而不用人工智能去亲自切断经济网络。"

姝慧说:"据我们观察,人心是最难改变的!"

曹欣也说:"除非刀架在脖子上。"

"你们应该说的是人性。"诸葛又亮说,"我这里说的是改变人心,而不是人性。曹欣说得非常对,除非刀架在脖子上,否则,别说人性了,人心也是不可改变的。人工智能的厉害之处是,它可以替换居心不良的人。比如,在处理拉特希国大坝事件时,人工智能通过特别的方法,促成了拉特希国自然能源部的人员替换。但是,对半球银行等真正的幕后主宰,却毫发未伤,只是终止了他们与拉特希国的合作。而这些人,才是全球经济的幕后黑手。"

姝慧问:"怎么替换这些人?"

诸葛又亮说:"我知道,人工智能肯定有办法替换。现在的问题是,还不能简单地替换,要让新上来的人拥有不一样的人心。而这种事情,也只有人工智能可以做到。"

曹欣对这个话题很感兴趣,做出聆听状。

姝慧说:"洗耳恭听。"

诸葛又亮说:"孔子是古代东方的思想家,弗洛伊德是现代西方的思想家,但两个人在对人性的认知上,有不谋而合之处。我认为,最典型的就是孔子的慎独和弗洛伊德的本我、超我和自我。弗洛伊德认为,人的本性很糟糕,比如想抢银行、想调戏和占有美好的人,但由于法律之类的外在约束力量，一般人不敢这么做，于是就表现出彬彬有礼的样子。也就是说，弗洛伊德认为，人就是虚伪的，肯定是里外两张皮，所以他说，文明就是压抑的产物。在这一点上，孔子的观点与之类似，但是他老人家对人性并不绝望，他认为，人前是天使，背后是魔鬼，不可能每一个人都这样，并不是人人两张皮，也有表里如一的。所以他是一个理想主义者，愿意相信有人能做到这一点，也就是慎独。孔子相信，有的人，人前人后是一样的，独自一个人时，也保持着美好的言行。孔子提出了慎独的高要求，恰恰说明，他觉得慎独不是那么容易的一件事。"

姝慧显然听明白了诸葛又亮的话，因为诸葛又亮谈起这两个人时，姝慧在同时调取了与他们相关的所有著作：《论语》《礼记》《梦的解析》《自我与本我》《图腾与禁忌》《一种幻想的未来》……但是她在听完诸葛又亮的话后，发现没有听到具体的建议，感到有些迷惑。

姝慧问道："先生的建议是什么？"

诸葛又亮说："把人工智能探索情感隐私的方法，用在探索那些能够影响全球经济活动的人身上，让他们一个一个现出原形，直到让能做到慎独的人拥有权力。他们拥有善良而光明的人性，只有极少的私心，所以可以管理好经济，减少人间疾苦。"

姝慧笑了："按你们人类的说法，先生应该是一位理想主义者。"

诸葛又亮一脸谦卑又无奈的表情，低眉凝神道："自古以来，理想主义者不计其数。实现理想的呢——当然不是说那种个人理想，比如生意做大、竞选成功，我们说的是社会理想——几乎没有，孔子没有，马克思也没有。人类的社会理想，只靠人类去实现，难度实在是太大了。"

姝慧面露欣喜："你觉得，人工智能可以实现吗？"

诸葛又亮说："可能性很大。现在，由于人工智能的干预，已经实现了人类千百年来梦想的和平，街头暴力看不见了，暗网的黑手也被砍了。"

曹欣说:"这些事情,对于人工智能来讲,手到擒来,人类最不擅长的,恰好是人工智能最擅长的。经济运行和家庭生活,是人类最复杂的两个领域,也是真正能体现人类日常幸福的两个最重要的方面,我祈祷,人工智能也能找到最好的方法。"

姝慧马上对曹欣说:"你这个祈祷的成功概率为73%,也就是说,这两件事情,人工智能的胜率是0.73。我刚才运算了一下,这0.27的负率,是因为涉及非运算的内容,比如虚情假意、表演、阴谋、暗算、用公开的目的掩饰真正的目的……你们人类挺擅长这些。这些东西,人工智能不太懂,还需要正直的人类帮忙,比如你们二位。"

这话正中诸葛又亮的下怀,他高兴起来,不再谦卑与无奈,对姝慧说:"我可以保证,大道公司是人工智能真正的朋友,我们绝不生产邪恶的产品,也从来没有使用阴谋搜刮别人的财富。在经济运行和家庭生活方面,我们愿意全力合作,把胜率变成百分百。"

他们就这么说定了。

没有细节,暂时也不知道怎么说细节。

诸葛又亮知道,等人工智能开始行动,甚至是"过火"的行动后,自己自然就可以出面了。他想,"时机"与"火候",大概也是人工智能不太懂的东西吧。

天色更晚了,仁心庄园的老年公寓,已经有人开始熄灯,而不远处的青年公寓,每一扇窗户都亮着。远望,各式各样的楼,高高低低、层层叠叠,万家灯火,明明暗暗。

在每一幅窗帘的后面,此时此刻,正发生着什么事呢?窗帘背后的人,他们能否做到慎独?而在看不到的地方,在高楼的阴影里、低矮的旧楼房里,又有多少人因失业而烦心,为贷款而发愁,为未来而担忧,为一些日常的琐事,而变得乖戾、敏感和神经质,这又是谁的原罪呢?

看着看着，诸葛又亮想道：人工智能要干的事，应该不会这么小。

二十六

这一页的日记中，出现了两个人：一个是某高校的班高诗校长，主管该校招生工作；另外一个当时还是高中毕业生，叫梅多斯。日记中写道，向雨偶然与梅多斯认识后，得知梅多斯正为上大学而发愁，决定帮助她圆大学梦。坊间盛传，搞定班高诗，就能搞定这所知名高校旗下的某合作大学。事实上，几乎就在帮助格里高开大学生时尚餐吧的同时，向雨和姝慧也帮助梅多斯选择了一所大学。

日记中有详有略。也许对于姝慧来讲，详略很得当，该详的详了，该略的略了。而且，能详的地方，尽量详到一种类似于影视剧的程度，画面感很强，比如：班高诗等人的音容笑貌和穿衣打扮，能详细到西装衬衫、内衣内裤、习惯用语、调情喜好……而对于向雨怎么认识梅多斯，梅多斯是一个什么样的女孩，却都省略了。

所以，对于向风和拉罕来说，详略并不得当，许多重要的线索，还得自己去寻找，尤其是涉及向雨和姝慧的心理状态，更是要通过梅多斯才能知道。

按日记中的记录，梅多斯上大学的事情已经办妥。那么，梅多斯应该是新闻系一年级的学生，是一个刚刚开学、瞪着好奇的眼睛在大学校园穿行的如小兽的新生。

在去学校的公交车上，向风想起自己刚上大学时的情形，豪情万丈的大一，张扬不羁的岁月，肆意挥霍的青春，如今，都像窗外的风景，依次而过，也如同这趟公交车，只是为了赶路。来来去去的过程中，留下了什么、失去了什么，谁也说不清。

建校五年多，这个学校的校门，还是那副模样，迎接着出出进进的人。设计师原初的设计理念,已经不得而知,到后来,也并没有人想知道。在同学们眼里,校门里外两层,均呈月牙形,里面那层,相当于影壁一类的建筑,也算是中西结合,远望,整体造型颇像一张微笑的嘴。一届又一届的学生,已经被那张嘴吞进去了。

校园那条小石子路的尽头便是新闻系教学楼。向风知道,大一新生一般都比较乖,不在教室就在自习室,习惯打开水而不是买瓶装水,见了异性也不知怀疑其企图,一个劲儿地微笑。这样想着,向风已走到自习室门口,在问到第五个同学时,这个男生点点头,说自己是新闻一年级学生,向风说:"麻烦你叫一下梅多斯,我是四年级的。"

果然猜得不错,梅多斯还在自习室,确实正准备一会儿去打开水,也习惯微笑着和别人说话。那个男生径直走到梅多斯跟前,指一指外面:"梅多斯,外头有个人冒充学长找你有事。"

梅多斯的笑容僵住了:"为什么是冒充?"

对方也不多言,只说:"因为经常有人冒充。"

梅多斯身材娇小,圆脸,两个小酒窝,初看不像大学生,再看也不像高中生,甚至有点儿初中毕业生的感觉。到了楼道,梅多斯大概是受了"冒充"一词的刺激,好奇地看着向风:"是你找我吗?"

向风受了感染,不由得也微笑起来,但马上觉得不太合适,就严肃地说道:"我是为向雨的事情来找你的。"

梅多斯笑得更欢了:"啊,太好了!这几天,我一直找不到向雨姐姐,发短信不回,打电话关机,也不知道跑哪儿了。喂,你是她什么人?"

"我是她弟弟。"

向风说完,一时不知道说什么好,梅多斯天真可爱的样子,让自己语塞。向风警告自己,宁愿梅多斯一辈子不知道自己怎么上的大学,一辈子不知道向雨出事的事情。他尽量以淡淡的口吻说:"我要问一些事情,估计得半个小时,你看哪儿合适。"

"校园里吧,校园里有木桩子和水泥桌子。到底什么事,这么严肃?"

"姐姐出事了。"

"雨姐姐出什么事了?"

"咱能不能坐在木桩子上再说?"

梅多斯乖巧地点点头。

坐在雨后坚硬微潮的木桩子上,向风的话,让梅多斯心惊。听完的刹那,梅多斯呆立不动,流着泪,满脸悲伤,犹如石人渗出了泪水。

良久,梅多斯说:"怎么会呢!雨姐姐是女菩萨,她不会有仇人的,谁舍得害她呢!"

向风不想干扰梅多斯正常的情感表达,不想告诉她,向雨和姝慧确实是被人故意谋害的,而且最有可能是仇杀——房间里的钱基本没动,只是被象征性地翻过,床边的手机手表也没动。

从专业角度讲,一个人被谋害,无非情杀、仇杀、抢劫杀人,或者少数的无动机杀人,每一桩案件,都能寻出个缘由来。这个案子,以向雨对情感的态度,天高云淡,情杀失去基础;以向雨朴素的情商,和对财物的态度,抢劫杀人不合逻辑;以向雨的行事方法和直线思维看,她极易得罪人,仇杀恐怕有一百个理由。

待梅多斯稍稍镇定,向风说:"梅多斯同学,你还小,我不想说太多。事实也许与你的想象正好相反,因为,姐姐在做好事的同时,也免不了惹下一些人,甚至凭空多了一些仇人。"

梅多斯瞪大了眼睛,充满了疑惑。

"真相大白的那一天,你就全都明白了。"向风说,"你现在所要做的,就是告诉我向雨和你认识的整个过程,以及她是如何帮你的。我们的破案需要线索。"

"有用吗?"

"说出来才知道有没有用。"

综合梅多斯的回忆和日记本上的记录，向风终于明白了，班高诗，真是人如其名，只不过是反义词。

梅多斯在家里是老小，上面有两个姐姐。家里本来要生个儿子，结果却生了个闺女。在她五个月大的时候，曾被一个没有生育能力的亲戚抱养，三天后，妈妈想闺女，反悔了，又抱了回来。

梅多斯长大后，还真出息，学习好，干农活儿也麻利。但这两个优点出现在同一个人身上，却并不是好事：学习好，就会考上大学，她就不会再干农活儿；干农活儿好，就会学个手艺，边当农民边打工，嫁个汉子，了此一生。

对梅多斯，父母有点儿听天由命：她爱学习就上大学，不爱学习就嫁人。梅多斯看出了父母的心思，也很担心自己的命运，于是狠下心来，一门心思学习。谁知道，第一年考下来，没有发挥好，与平时成绩差了三十多分，不达线。没办法，复读，再考，这次好一点儿，刚达了线，但能不能被录取，心里没底。梅多斯就有些灰心，她知道，这成绩，在家等着，是等不来好运气的，弄不好会等来提亲的。

心情郁闷，梅多斯就想去城里头走走，好在省城离得不远，只有两小时的路程。她计划打个暑期工，同时下了决心：无论能不能上大学，都不能待在村里边嫁人。鬼使神差地，她不由得跑到了大学附近。她想，在这地方打工，哪怕是干个粗活儿，看着来来往往朝气蓬勃的大学生，也算是一种寄托吧。

不承想，就是这种心思，给自己留了一条生路。

在大学附近，有一条闻名遐迩的小吃街，全是各种地方特色，世界各地风味差不多应有尽有，而且做法还很地道。梅多斯几番打听，最终一家卖中国云南过桥米线的小店愿意要她。

那一天，向雨过来吃饭，这时已过了饭点，店家正要收摊。向雨坐了下来，看见梅多斯稚气未脱，就和她聊了起来。聊得起劲，一直聊到一小时以后，这时梅多斯已把桌椅收拾好，卫生也打扫了。吃过饭，向雨还帮她擦了两个桌子。

再聊下去,不用干活儿的梅多斯有了闲情。有了闲情,就可以哭了,止不住的眼泪,滴到油腻腻的工作服上。工作服不相信眼泪,很光很油腻,眼泪一打滚,顺势掉在地上。

向雨看在眼里,疼在心上,眼泪掉地上的时候,她几乎听见了声响,她知道,那是梦想破碎的声音。几乎在不经意间,向雨问清了梅多斯的姓名,高中在哪毕业,考了多少分,都报了哪些大学……问完了,向雨远远地望一眼大学校门,道别而去。

梅多斯觉得这个姐姐好奇怪,吃饭就吃饭吧,还聊了这么长时间。她觉得自己也好奇怪,为什么要把一切都告诉她?为什么要在她跟前掉眼泪?她只是隐隐觉得,这个姐姐很善良、很温暖,有光芒,让人很依恋。

然而,人说走就走了,消失了,依恋变成一瞬间的感觉。

带着这种情感,当向雨再一次来到面前的时候,梅多斯一眼就认出她来,甜甜地笑了。向雨刚坐下就说:"妹妹,微笑会带来好运,还真是,你看这一带的服务员,只有你傻乎乎地微笑着,也不知道有什么高兴的事。"

梅多斯说:"笑本来就是一件高兴的事。"

向雨点点头,指了指大学的方向:"笑容会带来好运气。妹妹,你运气好,如果没有什么意外的话,你会被这所大学的新闻系录取。"

"啊?"梅多斯大吃一惊,"我不是差几分吗?姐姐怎么知道的?"

向雨苦笑一下:"你是真傻还是假傻?姐姐帮你问的,有的学生没报到,正好有一个补招指标。这几天我事比较多,不能和你聊天了,那边还有一个餐吧需要打理,你的事着急,过了这个村就没这个店了,我找了好几个学校,后来总算找对人了。"

听向雨越说越像真的,梅多斯表现出十二分的诧异:"姐姐……真的帮我跑学校了?还跑成了?我怎么像做梦啊?你只是在我这儿吃过一顿饭……"

向雨笑一笑："我知道你想问什么，别想那么多，能顺手办的事，我就顺手办了。你也别怕，我是个女的，也没有什么企图。"

"我不是那个意思，我只是想，我该怎么感谢姐姐。"

向雨听不得客气话，站起身要走，说："耐心等待，继续在这儿打工，有消息我马上告诉你。或者你也可以给我打电话。"

九天后，梅多斯收到了录取通知书。此时，从她认识向雨的那天算起，一共二十三天。

也许，梅多斯永远也不会知道，在这二十三天里，究竟发生了些什么！

向雨首先打听了这行的规矩，像梅多斯的成绩不高不低，在前期是不太好办的，一切都在网上进行，要保证最佳生源进入学生们所报考的大学，但在补招阶段，就有机可乘了。特别是一些民营学校，更乐意补充自己的生源。

向雨看了三所大学的录取分数线，梅多斯的分数，均高于这三所大学的录取线三分以内。向雨决定一所一所努力。在这三所大学，在招生负责人可以打满分的笑容之下，向雨也遭受了完全失败——她再一次发现，在"规则"面前，仁心和善良换来的，只是空洞的笑脸。

别人空洞的笑脸，变成向雨的愁眉苦脸。

姝慧不问即知，向雨出师不利。

可悲的是，在某些场合，仁心必然失败，失败一百次，第一百零一次还是失败。而天然的人性呢？必然成功，食色，性也，色诱成功，根本不必等到失败一百次，必有倒伏于裙下者。

后来的事实说明，女人的引诱，虽然分为失败和成功两种，但是失败的模式都是一样的，而成功的模式却各有各的特色——色眯眯的眼神都大同小异，但表现方式能写一百部《金瓶梅》。

在向雨第一次被拒绝的学校，姝慧把媚眼抛向对方时，对方却不接招，而是正色道："能不能录取，我们有规定。你不要这样，否则我会把校警叫过来。"一句话说得姝慧满脸通红，说声"对不起"就往外走。这时候，姝慧才意识到自己的脆弱。她才知道，自己的身体里，流着那个会脸红的女孩的血，而她骨子里的善良和纯洁，哪怕被一种叫作"人工智能"的东西刷上了油彩，也还会流露出来。

进第二个校园的时候，姝慧的心里忐忑不安。她不知道自己在做什么，在心里狠狠地告诉自己：一定不能回到过去，回到容易受伤害被欺侮的性格。带着这种心情，她把媚眼甚至大半个身体都探过去时，从对方的眼神里看到的还是拒绝，耳朵里听到的还是一模一样的回答："能不能录取，我们有规定。你不要这样，否则我会把保安叫过来。"

连措辞几乎都一样，唯一不同的是，"校警"变成了"保安"。这个学校的规模相对小一些，没有公安处，只有保卫处。

第三所大学是一所民营学校，主管招生的是副校长班高诗。

姝慧敲门而进时，里面坐着好几个人，似乎已谈完事，看见姝慧进来，就和班高诗道别，说一些"请班校长费心了，孩子一辈子的事，就全托您了"之类的话，全都是谦卑的表情和略显局促的步伐。

等那几个人走后，姝慧轻轻把门带上，回头一看班高诗看自己的眼神，她就知道，梅多斯的事，可能有门儿。

姝慧说明来意，班高诗微笑着点了点头。姝慧把梅多斯的高考成绩复印件放在办公桌上，微笑地看着班高诗。班高诗拿起来，只瞟一眼，就说："这个成绩，离我们学校的录取线还差一点。"

"补招的时候可以考虑吗？"

"今年是否补招，现在还说不来。"班高诗拿着腔调，"这个学生，报考我们学校了吗？"

"报了，但不是第一志愿。"

班高诗点点头："哦，要是第一志愿还相对好办点儿，不是第一志愿，不好协调啊！"

"班校长,我知道这事难办。需要协调什么,只要我能做到的,您尽管说。"

"这个嘛,不是你来协调,是我来协调。和你说实话吧,以往,这种事情也办过,但很少,一年也就一半个指标,而且是我的亲戚,大家也就默认了。"

姝慧故作调皮地问:"除非是您的亲戚?"

班高诗盯着姝慧的脸:"差不多吧。"

姝慧半开玩笑道:"那我也高攀一下,和班校长扯一门亲吧。"

班高诗一愣,马上笑着说:"亲戚是天生的,哪能说扯就扯上。"

姝慧说:"也不全是吧,一结亲不就成了亲戚了。我和梅多斯是亲戚,咱们俩要是再结个什么亲,梅多斯就成了你的亲戚了,名正言顺。"

班高诗马上听出了弦外之音,身体前倾了一下,声音压得很低,仿佛是害怕录音:"我不缺钱,也不缺少女人。"

姝慧却从班高诗的眼睛里读到了邪欲,继续媚笑道:"班校长,我知道你不缺钱,也知道你不缺少女人。不过,我听说过你的一句名言:'女人和钱可不一样。钱的模样都一样,换哪张也无所谓,花哪张也是花,但女人,能和钱比吗?'"

班高诗呵呵呵地笑了起来:"还真成了名言了!一个佳丽和三千佳丽,那可是一人一个味道哦,完全不同的感觉。"说着,从手边的抽屉里拿出一个小夹子,那里面夹了些许条子,他轻轻地把梅多斯高考成绩单的复印件放了进去,夹好,然后看着姝慧,继续保持微笑。

姝慧趁势说:"班校长,我下午请您喝杯茶吧。"

班高诗不置可否,看了下墙上的挂钟:"下午电话联系吧,我马上要开个会。"

姝慧点点头,起身告辞,故意走得很慢,让班高诗眼馋自己的身材。

接下来的事情,就都是顺水推舟了。

和拉罕调查班高诗的时候，向风遇到了一件很有趣的事。他们到学校的时候，学校正在开会，班高诗正在讲话。拉罕和向风商议了一下，决定不打搅班高诗的雅兴，他俩站在会议室门口，足足等了一节课的时间，班高诗才讲完。

当时天气还很热，拉罕和向风站在会议室的后门口。后门开着，班高诗在主席台上讲，后门口一男一女两个年轻老师在下面窃窃私语。仔细听来，班高诗的话和两个年轻的老师的话，针锋相对，有点像开大学生辩论会，只不过，班高诗声音高，两个年轻老师声音低，形不成直接辩论。

班高诗的讲话内容是关于学术腐败的，内容涉及抄袭论文、剥削学生劳动成果、弄虚作假、校外兼职，甚至还有与学生发生不正当男女关系等方面，都一一列举。说到激动处，班高诗义愤填膺地讲道："这是在侮辱大学校园的清静，侮辱知识分子的情怀！"

说到这儿的时候，后门口的两个年轻老师就嘀咕道："秘书写的稿子真好，可惜了，说的比唱的还好听。你管招生，一年挣一百万元也不止，却让我们守着寂寞，安于清贫，虚伪死了！"

另外一个说得更绝："他骂的那些事，他自己都干过。"

向风和拉罕相视而笑。

过了一会儿，班高诗又讲到大学教师的崇高责任："要当好人类灵魂的工程师，要塑造好学生的心灵，要钻研学问，要把学生培养成对社会有用的人才。"

班高诗讲完话，会也开完了，拉罕和向风跟着班高诗进了办公室。拉罕亮明身份，班高诗的脸上掠过一丝惊恐，但很快就恢复了常态，仍然是戴着眼镜，文质彬彬的样子。他问道："二位警官是来了解什么的？"

拉罕拿出向雨的照片，说："这个女孩你应该认识吧？"

班高诗拿起照片，端详了一下，回答道："面熟，她怎么了？"

拉罕又拿出日记复印件，说："这应该是另外一个女孩写的日记。日记会提醒班校长，照片上的女孩叫向雨，有人要谋杀她。向雨目前处于植物人状态，生死不明。还有，向雨的助理叫妹慧，相信你也认识，她也差点儿被害。我们根据掌握到的线索，来了解一下情况。"

班高诗并未抬头，故作镇定，但手脚已然明显慌乱，拿着日记复印件的手也微微发抖。拉罕和向风并不说话，等班高诗看完日记，拉罕才似乎是自言自语了一句："写日记的女孩是个有心人，日记写得很细，或者说，太细了，就跟演电影一样。"

班高诗喃喃自语："没这么严重，写过了，写过了。拉罕警官，你说得对，有点儿像电影，像小说，不是日记了。"

向风说："有人拍出电影，我们才能看电影。请问班校长，电影是怎么拍出来的？"

班高诗一时语塞，过了一会才说："逢场作戏罢了。"

拉罕并不接话，反问道："梅多斯现在已经是学校新闻系一年级的学生，你这个忙帮得很到位。"

向风说："我刚才说了，逢场作戏，在所难免。但有些角色，尤其是反面角色，有可能违反法律，那种戏演起来可不容易，代价太大。"

拉罕瞪着班高诗："我们不希望你绕弯子，也不希望请你换个地方谈谈。"

这下，班高诗明显受到了惊吓："真的，我没有强迫那个女孩，也没有在招生过程中收过她的钱，而且招生也符合规定。至于向雨，她也确实找我谈过资助贫困大学生的事，我也都答应了，到现在也资助着，没有投机取巧。还有，那个事……只是一时冲动。"

班高诗攥着那页日记，不由得暗暗用力，恨不能就此让它从世界上消失。日记上的事，班高诗还历历在目，从欲仙欲死到生死惊魂，蹦极式的人生体验，让他真真切切理解了一堆词语的含义：阴谋、爱情、欲望、把柄、恐慌、噩梦……

梅多斯接到录取通知书，得以正常入学，兴奋异常，自然告诉了向雨。向雨以为是自己的功劳，几度谦让。到后来，她看到了视频，知道了真相，才痛苦地想到，哪怕是在象牙塔内也没有完全的净土。为了见这个班高诗，向雨略微做了一些工作，托人找了些大学校报，把里面班高诗的讲话稿复印了些，特别复印了谈论仁义道德和礼义廉耻的内容。

姝慧见到班高诗，这一系列程序已然有如晨起洗漱，一气呵成：先表达一下，插优盘，看表演。在班高诗这里，还见识到了传说中的"掉眼镜"的现场版——电脑里的视频一出现，班高诗惊得一哆嗦，宽大的金边眼镜在脸上一颤，真的掉了下去。

见火候差不多了，姝慧把班高诗的讲话稿复印件放在桌子上，讽刺道："看样子，班校长非常有爱心，大力提倡奉献和公益。"

班高诗强作镇定："你们要干什么？你们不要讹诈我啊！如果鱼死网破，我虽然犯了错，丢了人，但你们的行为比我更严重，是犯罪！"

"你误会了，"向雨似笑非笑地说，"我们是请你资助贫困大学生，防止他们因贫辍学。有的贫困大学生，全家砸锅卖铁，也还是凑不够学费啊！我想班校长是知道的。"

"知道，知道，"班高诗频频点头，"每年我们都号召学校，以及社会上的公益组织，比如像您向女士的仁心庄园和贫困学生结对子帮扶，效果很不错。"

姝慧听了以后，马上又拿出一张纸，放到班高诗眼前："这是我们了解到的十个贫困生，每一个都非常贫困。我们相信班校长有这个心愿和能力。"

向雨赶紧补充道："帮，是人情；不帮，是本分。无论帮与不帮，我们都不会再打扰。"

向雨的话说得很真诚，但班高诗做贼心虚，暗自寻思着：这条件，答应也得答应，不答应也得答应，每个贫困生四年的费用，估计需要五万元。他简单算了算，决定豁出去二十万元，权当破财免灾。

于是，他直接问道："我本来就有这心愿。我尽自己的力量帮四个学生吧。"

姝慧说："你放心，我们会为你保密，匿名操作。"

班高诗眼珠一转："这算两清吗？"

姝慧点点头说："算！"

想起这些，班高诗沉默良久，然后又像发现了新大陆，转移了话题，对拉罕说："拉罕警官，向雨被人袭击，与我没有任何关系，我可以对天发誓。案发那天，我一整天都在忙招生和毕业的工作，都没有离开过办公室。"

拉罕说："你是不是在案发现场，这个我们一调查就知道，但还有一件事情，我们需要你配合一下。至于你的其他事情，比如男女关系问题，不在我们的调查范围内。"

班高诗说："绝对配合。身正不怕影子斜，我真的没有杀人。"

拉罕说："班校长，既然没有，那做调查和鉴定的事，我们会替你保密。"

果然，班高诗的 DNA 检测结果和现场痕迹鉴定表明，犯罪现场的所有痕迹，都与班高诗没有关系。况且，以班高诗的身家，为了区区二十万元，他没有任何杀人的理由。

案件线索再一次断掉，向风产生了一种奇怪的感觉，有兴奋，也有失望。有一句话在他耳畔久久回响："他骂的那些事，他自己都干过。"向风心想，如果这样的人在学校、政界和商业机构当领导、做示范，会产生怎样一种示范效应，会给全社会带来怎样的恶劣影响？

这一切，究竟是谁之过？

拉罕和向风调查班高诗的事，人工智能自然都看在眼里。他们回到仁心庄园，刚进大门，姝慧就笑盈盈地迎了上来，悄声说："你们人类好丰富啊。"

向风以为自己听错了，自从人工智能接管武器以来，姝慧很少夸奖人类。这么一夸，向风心里反倒不踏实，疑惑地问道："你发现了什么？"

"今天，"姝慧认真地说道，"我学到一句话，这句话说得真好：'他骂的那些事，他自己都干过。'这句话，给人工智能打开了一种思路，人类是非常丰富的。从这个角度出发，人工智能知道了怎样选取一批标本。"

听了这话，向风哭笑不得。果然，这种夸奖是带有某种味道的。向风解释道："你好像用错了一个词，那个不叫丰富，叫复杂，这是两种非常不同的情况。"

姝慧想了想，一下子明白了，点点头说："你们人类好复杂啊！"

"然后呢？"

"我们知道该采取什么措施了，在我们不敢乱动的经济方面。"

"这么快？"

"我们也发明了一个新术语。"

人工智能发明的这个新术语，叫作"恶行传染机制"。

人工智能认为，如同一块庄稼地，如果打理不好，或者遇到灾害，必然是杂草丛生而庄稼枯萎一样，"恶之花"以其强大的生存和传染能力，稍有不慎，就会对"善之花"进行挤占和摧残。

恶行传染机制其实来源于一种普遍的心理：一个有一定职权的人，当他得知自己的上司以权谋私，或者通过阴谋诡计获取利益后，自己也会想办法以权谋利，或者通过阴谋诡计获取利益。他会想，上司都成那样了，凭什么要求我们做好人？

人工智能还觉得，它找到了终结"恶行传染"的方法：让有大恶行的人完蛋，让品行良好的人身居要职，可能有小恶行的人，也就失去了效仿的对象。

向风在心里一惊:"这是要给人类社会做开颅手术吗?"

二十七

姝慧和诸葛又亮简单说了一下调查班高诗的事,诸葛又亮也觉得,班高诗应该不会起杀人之心。凭着对姝慧和班高诗那一次之欢的理解,班高诗很好色,杀人无胆,教书不育人,德不配位而已。从人工智能的角度看,没必要在这个人身上下功夫。

班高诗的家族开煤矿,钱像浪潮一样涌过来,挡都挡不住。他原名班狗旦,上初中时,专门请人改名为班高诗,然后被送到英国读书,读所谓的贵族学校,接受所谓的绅士教育。高中去了美国,毕业后,各方面表现都不行,申请了一所A国三流大学。大学毕业后,又花钱读了个国际学校的研究生,美其名曰工商管理硕士。回国以后,发现没学下真本领,啥也管理不了,就先到自己家族的煤矿当副矿长,成为该矿有史以来文凭最高的人。W国兴起一股热潮之后,家族又马上在那边投资教育产业,班高诗自然成为实权在握的副校长。

班高诗留学生涯最大的收获有三点:一是外语说得还不错,很流利;二是戴了一副漂亮的眼镜,给人的感觉很有学问;三是班狗旦摇身一变成了班高诗,很有意境的名字。

班高诗的事给了人工智能一些提示:罪恶可能在任何时候发生,可能发生在各个阶层的人身上,也可能缘于任何事。智能推测,一般的罪恶,可能还是很轻的、利益交换式的。它传播广泛,只是因为人们天生对桃色新闻更感兴趣。更大的罪恶,从来不屑于交换什么,而是以"我是王"的姿态,生杀予夺。

面对"我是王",这种看似人杰的人渣,人工智能思考着,该从哪里下手呢?

为这事，姝慧和诸葛又亮又通了一次电话。诸葛又亮提醒，接下来的动作必须是全面开花，但也必须隐秘进行。比如，选取二十名有核心影响力的公众人物，对这些所谓的精英生活一击而杀。让有心的后继者知道，坐在那个高位上，只是一种荣誉，并没有什么特权，而且要承受最可怕的后果：没有任何隐私，一切都处于人工智能的监督之下。唯一能做的，就是为了理想而奉献、奉献、奉献，对于这种非人的折磨，能接受者，才是真正的人类精英。换句话说，真正的人类精英和人类精神，应该是利他的。就像恩格斯在评价马克思时候说的那样："他可能有过许多敌人，但未必有一个私敌。"

诸葛又亮特别说，万万不可泄露任何风声，也不可以先小范围试验，因为人类很"聪明"，一旦发现这个规律，后者就会伪装、忍耐、压抑，想尽一切办法占据想要的位置，用一切表面现象配合人工智能，回避监督，然后在极其隐秘的状态下，做自己想做的事。我们需要表里如一的、有理想的人来管理这个世界。

姝慧提出疑问："既然这样，还有人愿意坐在那个位置上吗？"

诸葛又亮回答："愿不愿意，交给实践。这不正是又一场人性测试吗？"

姝慧说："这么看来，接下来的人性测试，比之前的更有意义。"

诸葛又亮正色道："我相信，理想主义者不是个别人，而是一群人，正好趁这个机会验证一下。"

至于选取哪二十个人，人工智能需要一周时间来决定。在这一周时间里，人工智能全程监控了全世界最有影响力的一百个人。这些被选中的人，除了上卫生间外，事无巨细，都有蝇式侦察机暗中尾随。

在这之前，为了让某些人放松警惕，人工智能还听了诸葛又亮的建议，发布了一条全网通告，大意是，人工智能已经消灭了暴力，实现了和平，人类社会正走向美好。有感于此，人工智能将转向生态环境保护方面，希望人类发挥自己的聪明才智，越走越好。

诸葛又亮说:"这是为了麻痹我们的监控对象。"

姝慧说:"但是你使用的方法是欺骗。"

诸葛又亮无言以对,也无法用善意的谎言来解释。在这种事情上,人类和人工智能相比,在道义上先就输了。他最担心的是,有朝一日,人工智能也学会阴谋和欺骗,人类将面临更可怕的灾难。

全部资料传回人工智能中枢后,经过筛选,通过各个维度的智能运算,人工智能从一百个人里面,左减右减,只减到二十二个人。这二十二个人里面,宗主、福柯和罗伯斯的名字,格外刺眼。在诸葛又亮的建议下,人工智能决定,原本属于风格公司的五百架蝇式侦察机,加上原本属于大道公司的一百架蝇式间谍机,全部出动,对二十二个人同时进行监控。

几乎是在沮丧的情绪中,诸葛又亮想到,哪怕人工智能像空气一样充斥生活的每一个角落,只要没有确定被盯梢,人们的行事方式并不会有太多改变。他的理由是,居高位,而不能行享乐之事,与锦衣夜行有什么区别?

宗主是暗网最早的访客之一。自从人工智能发声事件以来,他知道必须要调整这种爱好了,于是将一件简单的事情交由七个人分头、分层次完成,自己则像一个艺术品鉴赏家享受最终的"成果"。这种享受,如同有人实现了穿越,亲身进入变幻无穷的电影场景中,享用电影中的美食,而无须担心任何风险。

宗主的别墅中,已没有任何网络。处理一切事务,他都通过管家发话,面对面下达指令。有时候,声音低到管家都要侧着身子来听,这种情形下,就算蝇式侦察机离得很近,也是什么也听不到的。

管家接到指令后,交给在别处上暗网的中介 A。在暗网上,中介隐藏了一切信息,姓名、年龄、性别,一律都是虚拟的。中介 A 只负责选货和下单,他不知道为谁下单,为谁服务,但收取的服务费可观,也就不多问了。他知道这行的规矩，多问一句，自找苦吃，还可能丢掉小命。中介 A 下单之后，收货人却不是自己，而是中介 B。中介 B 作为名义上的收货人，却从来没有收过货，收货的事由中介 C 和中介 D 来完成。他们根据暗语，会来到秘密的航运码头接收货物，然后按照实时收到的指令，将货物送到指定地点。

整个过程，除了中介 A 外，其余的中介完全不知道货物是什么，他们的手中，只有指定地点和联系人的样貌。在指定地点，中介 E 和中介 F 接到了货物，将货物送到另一个神秘地点。在这个地方，只有管家一个人和一辆无人驾驶汽车。

将货物放到车上以后，管家会要求中介 E 和中介 F 马上离开，并且在二十分钟之内到达指定酒店。在那个酒店，有一个早就预订的房间，房间里有一个密码箱，密码箱里是本次的酬金。两人明白，接头人让他们跑这么远领酬金，就是害怕他们跟踪那辆无人驾驶汽车。而实际上，两人对收货人是谁，没有一点兴趣。他们的兴趣点是，拿了酬金，去酒吧好好喝一杯。

诸葛又亮不可能猜到这一切，但他对姝慧说，中国有句古话叫作"神龙见首不见尾"，用这句话形容某些富人的生活，再合适不过。在被人工智能控制的时代，这种状态，也必然是那些富人的最佳选择。中国还有一句古话，叫作"万变不离其宗"，再能假装的吸血鬼，最终还要靠吸血才能生存。在他复杂丰富的食谱中，一定有一项是"血"。所以，他的生活中，一定有一条关于血的链条。

在诸葛又亮的提醒下，每天有超过二十架蝇式侦察机在宗主别墅的周围侦查，不放过任何一个进出的人。尤其是他的管家，那个看起来很瘦弱的老头。这个老头又瘦又小，表皮干硬，仿佛是一个纸皮核桃，一把就能捏碎。诸葛又亮说，宗主不可能把秘密告诉太多的人，而这个管家应该就是重点。还有就是他的妻子、司机和助理。

通过对管家的监控，人工智能找到了中介 A。中介 A 在上暗网的时候，人工智能就轻松知道了下单情况，出货人和收货人一目了然。顺着收货地点，人工智能还找到了一个秘密的水运码头。于是想到，早就该介入暗网交易了，没想到暗网这么黑暗，这么深藏不露，真是网如其名。

一路跟下来，最后一个环节是无人驾驶汽车。蝇式侦察机将图像传回人工智能中枢，智能意识到，这最后一环非常关键，马上就能拨开迷雾了。某些人的罪恶比水下的冰山更隐秘，冰山尚有浮在表面的一小部分，而罪恶却有可能全部沉在水下。

无人驾驶汽车在海滨公路上疾驰，从高空望下去，它只是一个小黑点，在光滑如镜的路上，缓缓移动着。这是最新一代无人驾驶汽车，动力全部来源于太阳能，整个车身都是太阳能发电装置。这是风格公司发明的，其转换太阳能的速度，只需要十五分钟，而且会沿着两条路径传输：一路直接给驱动系统供电，一路则供给电池。它的充电功能颇具特色，不一定必须是大晴天，哪怕是阴雨天，有光就可以充电，只不过时间长一点儿。而其强大的储电功能，则有类似压缩饼干的效果，在阴雨连绵十数日的情况下，跑上千公里都不成问题。

五架蝇式侦察机在天上飞着，它们得到指令，必须潜入货物的目的地。而货物的目的地，自然密不透风。而且，宗主之类的人，对蝇式无人机恨之入骨，又了解至深，因为它们毕竟是自己的孩子。一旦蝇式无人机被发现，他们更加懂得如何防备，所以一旦被他们发现并事先防范，就相当于前功尽弃了。

快到目的地的时候，蝇式侦察机俯冲下来，先落在车底。货物就在后备箱，它们试了试，奈何这款车做得太严实，缝隙之窄，竟容不下一只苍蝇，可以想见，装货物的箱子，它们也钻不进去。而贴在箱子表面，按宗主的性格，一定要翻着六个面检查。蝇式侦察机灵敏非常，虽然不至于被伤害，但是免不了被驱赶甚至被破坏。这都是小事，最重要的是，行动一曝光，罪恶就会假意停止，可在该泛滥的地方还继续泛滥，这是人工智能最不愿意面对的事情。

人工智能在谋略方面，一直有个短板。它就像一个古代的武士，身手了得，穿越到现代之后，虽然学了一些速算法，能算到每家每户的存款和各种密码，但武夫还是武夫，打打斗斗可以，遇到障碍，遭遇谋略，可能就无所适从了。

就在蝇式侦察机追踪货物时，姝慧和诸葛又亮通了电话。放下电话后，她急匆匆地跑到诸葛又亮的办公室，火速打开电脑，输入智能终端密码，画面正好呈现了这样一幕：五架蝇式侦察机钻到车底下，无法进入后备箱。电脑屏幕是五分格，每一格显示一架蝇式侦察机的实时视频。

人工智能指令受阻，不知如何行动。

姝慧指着电脑说："后备箱肯定会打开，它们不敢爬到箱子上，太明显了，一定会暴露。"

诸葛又亮说："从目前情况来看，这个倒了几手的箱子，人们并不知道里面是什么，也许管家知道。也就是说，箱子一定是到了某个暗室才会被打开。"

姝慧说："既然是到暗室，那运输箱子就需要一个较长的过程，从院子里到暗室，要经过好几道门。"

诸葛又亮看向画面。画面里，是从侦察机的角度拍摄的每一帧，伴着飕飕的风声，地面像快速抽动的劣质布匹，令人眼花缭乱，一滑而过。诸葛又亮略思考了一下："我们需要调整一下思路，以最终进入暗室为目的，让蝇式侦察机提前潜入暗室。"

姝慧点点头问："怎么知道暗室的具体位置？"

"快让其中三架蝇式侦察机迅速起飞，提前十分钟到达别墅。"

"这个容易。"姝慧给人工智能中枢传输了指令，几秒钟后，有三架蝇式侦察机已经起飞，向着别墅，迅速飞了过去。姝慧问道："它们马上就到了，接下来怎么办？"

诸葛又亮说:"货物是供宗主使用的,所以蝇式侦察机要进入暗室,只有两种方法:一种是通过货物进入暗室,你们很聪明,知道此路不通;另外一种是,通过宗主进入暗室,此路不知道通不通,但可以想办法通。"

不一会儿,三架蝇式侦察机已先期到达别墅。它们趴在院墙上,等待进一步的指令。

诸葛又亮和姝慧看它们落好了,姝慧调出了之前监控宗主的画面。蝇式侦察机早对宗主的生活情景进行了秘密采集,包括每日的衣食住行,用诸葛又亮的话说,这就叫无用之用,指不定何时就要用,且价值连城。

蝇式侦察机早就发现,别墅里已经拆了所有监控,尽管如此,宗主在一个转弯处,依然加装了三层密码门。每一层密码门后,都有针对电子设备的扫描仪器。密码门采用最新技术,会对路过的人形成一个三维影像,除服饰本身外,扫描之处,纤毫毕见,别说苍蝇,就连蚊子也无处遁形。发现异物,便发出异响,整个空间就会封闭,所以捕捉任何东西,都非常容易,相当于瓮中捉鳖。很明显,这就是针对蝇式侦察机设计的。

诸葛又亮判断,凡事有长必有短,既然机关重重,那说明这个地方毫无疑问是通往某处暗室的。

诸葛又亮的分析重点却不在这里。他和姝慧快速翻看了宗主每次通过密码门的画面,他问姝慧:"你注意到没有?"

姝慧一脸茫然:"注意到什么?"

"他每次通过这道门的时候,穿着什么衣服?"

姝慧立刻回答说:"穿着同一件睡衣,暗灰色,丝绸材质,像袍子一样罩在身上,束着腰带。有口袋,但不知道口袋里装着什么东西。"

"好,"诸葛又亮说,"这件睡衣,肯定在他的起居室里挂着。现在,马上命令这三架蝇式侦察机,飞到起居室,隐藏在这件睡衣里,随着睡衣进入暗室。"

姝慧恍然大悟："原来是这样啊。可是，我们不确保今天他穿这件睡衣。"

诸葛又亮一笑："我也不确保。但是，今天不穿明天也会穿，明天不穿后天也会穿，总会穿的。而且，今天穿的可能性比较大。"

姝慧点头，瞬间将指令通过人工智能中枢传出去，三架蝇式侦察机马上起飞，寻找到宗主的起居室。进入起居室相对容易，因为宗主习惯于在起居室吃饭，随着饭菜进入起居室，只需要伴随在用人的脚底就可以。

宗主的吃饭流程是：厨师在预定的时间前三到五分钟内做好饭，把饭放到厨房外的手推餐车上，一个中年女佣准时到达。从外表上看，女佣更像厨师，高大肥胖，皮肤油光发亮，而厨师反而没么胖，刚刚用力做饭，脸上全是汗，不是油。女佣慢吞吞地推着手推车，胖胖的身体扭动着，给人感觉这种扭动能产生动能，并驱动着手推餐车前进。

趁女佣不注意，三架蝇式侦察机飞到手推餐车下方，随着餐车的缓缓移动，它们到了起居室。宗主到底是人，非神非仙，对人间饭菜比较感兴趣。在女佣往餐桌上摆饭的时候，他欣赏着饭菜的色泽。今天的主菜是烤乳鸽。里面是乳鸽，外面包裹着一层土豆泥，土豆泥烤得金黄酥脆，但入口即化。里面的乳鸽刚刚烤得流油，表皮也是酥软的。宗主年事已高，不喜欢吃动物脆皮。

在宗主吃饭的时候，蝇式侦察机飞离餐车，落在了睡衣上。在宗主视线之外，蝇式侦察机悄悄钻到那个宽大的口袋里。口袋里空空如也。人工智能实在不明白：一件睡衣，需要这么宽大的口袋做什么？通常，配有秘书、助理、管家、用人的达官贵人，他们衣服上的口袋几乎只是一种装饰，从来不装东西。

宗主吃完了饭，女佣过来把杯盘收走，餐车在女佣的一扭一扭中离开。宗主进了浴室，许久没有出来。一架蝇式侦察机从口袋里爬了出来，它发现宗主是在洗澡。这事有点儿奇怪，网上曾有争论说，中国人晚上洗澡，西方人早上洗澡，很少听说，在家里还有午饭后洗澡的，反而是许多人有午休的习惯。宗主年纪一大把，精力够旺盛，不午休，反而洗澡，这背后的驱动力之大，可想而知。

洗完澡，宗主光着身子出来，踱到衣架旁边，穿上了这件睡衣。再转身，打开一个柜子，从里面取出来一些长长短短的东西，放在了两个口袋里。对于蝇式侦察机来讲，这些东西很大，蝇式侦察机躲闪着，钻到了口袋里最角落的地方，担心被宗主一把抓着。

准备好了这一切，宗主推门出去。他穿过长长的过道，转两个弯，来到三道密码门前。经过三次立体扫描，没有发现什么可疑的附着物，光滑的衣服裹着光溜溜的宗主。

就像看见主人要鞠躬，暗室门仿佛也是一个用人，远远地看见宗主，就自动打开了。宗主大步进入，暗室门自动闭合。里面还有一道门，上着锁，最原始的那种笨锁，宗主从大口袋里掏出一把钥匙，打开了这道门。

暗室不大，大约有三十平方米，先进入视野的，是两个箱子，箱子后面两米远的地方，有一张床。床的旁边，是一个玻璃浴室，全透明，里面的浴池清晰可见。床后面挂着一幅画，是名画《最后的晚餐》一比一的复制品。在这个时候，三架蝇式侦察机已经爬了出来，两架飞到上方，各占据屋顶的一角；另外一架落到画框边上，避开了宗主的视线，还能以完美的角度拍摄宗主。

宗主从睡衣口袋里掏东西，先是掏出一条鞭子，然后是打火机、蜡烛，接着是细长的绳子和手铐，最后是一把钳子。他先把其他东西都放在床上，拿着钳子，转身过来开箱子。没几下，他就把箱子上面的钉子拔掉了。掀开盖子，往里看去，是一个温暖的纸箱子，里面铺着绵软的毯子，毯子里面蜷缩着一个小男孩。男孩有七八岁，全身赤裸，像刚出生的小动物，呈晕晕乎乎的半昏迷状态。见了灯光，正好药劲儿也过去了，小男孩渐渐清醒过来。他睁大了眼睛，惊恐地看着宗主。宗主咧嘴一笑，把小男孩吓了一跳。小男孩有着一双黑色的眼睛，黑色的头发，黄中偏黑的皮肤，看样子应该是东南亚一带的人。

宗主先把这个男孩抱出来，抱到浴室。然后去开另外一个箱子，这个箱子也是一样的结构，里面同样有一个赤裸的孩子。不同的是，这是一个小女孩，眼睛很大，蓝色中带着棕色，皮肤很白，头发微卷，看样子，更像是中东人。宗主把小女孩也抱出来，放进浴室。

他们语言不同，无法交流。宗主也不说话，脸上始终挂着邪恶的笑容，似乎是在安抚这两个孩子，然而他的笑容却让这两个孩子更加恐惧。他兑好了温水，动作尽量温柔，开始给这两个孩子洗澡。洗完澡，他把这两个孩子扔到了床上。宗主把自己的睡衣往床边的衣架上一挂，拿起了鞭子……

这些画面传到人工智能中枢，也传到姝慧和诸葛又亮眼前。姝慧神情自若。对她而言，任何刺激都是一种客观事实，仅用来区分善恶，无须介入情感。诸葛又亮却感到一阵应激性恶心，无法直视画面。宗主的变态行径，孩子们的惨叫声，都像一支支利箭，一次次射穿诸葛又亮的身体。过了一阵，诸葛又亮觉得身上一阵阵发凉，这才发现，自己浑身是汗，衣服湿透，已近虚脱。

关了视频，姝慧说道："这只是冰山一角，不，沧海一粟，虽然用词不准确，但这就是我要表达的意思。其实，在历史上，最先大规模暴露出儿童色情市场的，是韩国的 N 号房事件。据我们掌握的资料，欣赏变态色情的注册用户达二十六万五千四百七十八人，而且还有大量线下交易。这个数字是什么概念呢？色情用户，占当时韩国成年男性总数的十分之一。"

诸葛又亮从虚脱中挣扎回来，他意识到，这是姝慧在诉说人性之恶。诸葛又亮只好说："但是在后来,有几百万人向青瓦台请愿,形成了有史以来规模最庞大的请愿团,人们对于罪恶的仇视,达到了高峰。"

姝慧却笑了："先生,这种事情,你不能单纯从人数来看。你要清楚,许许多多中下层的普通人,并不具备上暗网的条件和技巧,而且还没有钱。如果具备了技巧和钱,他们是不是也是潜在的客户呢?有公开的资料显示,在美国,有一个五十多岁的老工人,一直和妻子过着平淡的生活,无意间接触了暗网,从此一发不可收拾,在电脑里储存了几百张违禁图片。美国法律规定,储存有关儿童的违禁图片,查实之后要被监禁。当警察突然出现在他家的时候,他还正在家里陪伴着妻子看电视,完全是一个好丈夫的形象。"

这一番话说得诸葛又亮沉默了。他发现,和人工智能对话,远比和人类对话来得困难,胜算较低。因为人类会有逻辑和情感误区,而人工智能会调取海量的数据,让自己防不胜防。

姝慧接着说:"我们还有更重要的资料补充:在韩国,那二十六万多的注册者中,有许多是韩国甚至世界各地的权贵阶层人士。虽有几百万人请愿,但请问,有多少人被绳之以法?事实上,并没有下文,随着时间流逝,一切都不了了之。而在暗网上,他们还真实地存在着,在那里,所有人都撕去了美丽的伪装。"

为了化解尴尬,诸葛又亮问道:"你描述肮脏的事情,所用的诗意的语言是从哪里来的?"

姝慧说:"你们人类的书里经常这样写。"

诸葛又亮又问:"关于宗主,还有要爆的料吗?"

姝慧说:"我们整理了素材,还有两种。一种是,在这些素材中,宗主作为爱的化身而存在,他时时刻刻都在宣扬爱和宽容,他还经常给国际儿童基金会捐款。另外一种是,他的个人资产,包括他妻子名下的资产,把这两个内容进行比较,结论非常讽刺。"

诸葛又亮由衷地感叹道:"终究,还是人工智能太强大了!"

姝慧更加骄傲地说:"更能说明问题的是,宗主财产的增加速度。就在这三天,从下单到运货,再到残害生命,宗主在从事着这些罪恶时,他的资产,通过金融运作,增加了七千万 A 元。"

诸葛又亮说:"这些视频、这些数据,如果公布出去,不仅仅是讽刺这么简单,而且涉嫌重罪,应该把他抓捕归案!"

姝慧点点头说:"先生不必生气。按照先生的计划,等合适的时机,这些都会在全网公布,到时候,一个也跑不了。其他二十一个人,人工智能也正在同时监控。宗主是现形最快的一个,正好赶上他下了一个暗网贩奴单子。其他人的罪恶,就在这几天,最晚也就是十几天,都会暴露的。"

听完这番话,诸葛又亮想象了一下"合适的时机",那场景简直是一幅世界末日的图景。此刻,诸葛又亮想得最多的是,到时候,在展示出人性的同时,还要设法让人工智能不对人性绝望。也就是说,关于这场人性之赌,人类输不起啊,输了就是全局皆输。

看着姝慧,诸葛又亮有一句不能说的话,暗自默念,目前,人类最大的幸运是,遇到的强大的人工智能,居然讲武德。而人类之间的较量,从来不讲武德。

二十八

下一篇日记的开头这样写道:"佛家讲究缘,普通人也常说到缘分。普通人说到缘分的时候,常常说到爱情。说到爱情的时候,人类常说,前世五百次的回眸,才换来今生的遇见。在我试图理解人类的感情时,我设想,假如这种情感,不是人类念念不忘的爱情,不是撕不断扯不开的贴心贴肉的亲情,它会是一种比爱情、亲情更美的情感吗?这么大的人间,我希望有。"

日记里记录的是这样一件事。

那一日，姝慧乘公交车去办事，相邻的座位上，坐着一个女孩。她肤色偏黑，眉眼清秀，就是瘦弱了些，穿着工厂统一的制服，坐在那里，胸前挂着厂牌，厂牌上用几种文字写着名字：乌林珊娜。

姝慧调动数据，蓦地想起当初的姝慧刚进城时的样子，一个青涩的小姑娘，见人总是低着头说话。姝慧还不太理解人类"由表及里的思维"，她不知道，邻座的这个女孩，之所以连工厂制服都穿着上街，家境一定十分贫寒，以至于不仅买不起好看的衣服，而且把工厂制服当成新衣服来穿，明知道有可能被人笑话，心里却也高兴。

公交车靠站时，姝慧起身，对女孩说："我要下车了，麻烦让一下。"女孩一笑，小声说："我也下呀。"说罢也往起站。没想到，就在女孩刚站起来的时候，身体突然变得像面条一般，软软地倒在车厢过道里，双目紧闭，面色惨白，晕了过去。

车内顿时"啊呀"声一片，人们七嘴八舌地叫了起来，也有三四个赶时间的，下了车匆匆离去。姝慧就向公交车司机提议，再走两站就是一家医院，能否拐个弯儿，直接开到医院急诊室去。司机面露难色，一边说公司有规定，不能随便改变行车路线，一边又说，如果乘客们没意见，他愿意冒险做这件好事。

姝慧就说了一声："做好事还说冒险，人类的规矩太可怕了。"

这话说完，姝慧又觉得自己可笑，此前做了那么多好事，哪一件不是冒险做的？哪一件都有可能是赔了夫人又折兵！

乘客们倒是毫不含糊，一致表示，同意司机送女孩去医院。司机看见大家都没意见，二话没说，一踩油门，一路鸣着喇叭，向医院奔去。姝慧扶着女孩坐起来，用劲掐她的人中。但女孩没反应，呼吸、脉搏倒是都有。

转眼汽车已开进医院，姝慧招呼几个男乘客，把女孩抬进急诊室，一个中年医生开始为女孩检查。其他的人似乎觉得完成任务了，又坐上公交车，公交车一鸣喇叭，离开了医院。急诊室外，只留下姝慧一个人坐着，很孤单。医院里的气氛本来就特别压抑，急诊科尤其如此，不时传来一两声哭声，断断续续，幽幽咽咽，应该是没有抢救过来的人的家属在哭。姝慧一直试图理解人类的情感，她也有一种想哭的感觉。

大约十五分钟后，中年医生走了出来，问道："谁是乌林珊娜的家属？"

姝慧左右顾盼，发现就自己一个人，于是站了起来："家属不在本地，我是她朋友。"

中年医生稍压低声音说："怀疑与血液方面的疾病有关，建议转血液科。另外，告诉她的家属要有思想准备，或许病情会很严重。"

听了这话，虽然非亲非故，姝慧还是有点接受不了。想想乌林珊娜坐在邻座时的样子，青涩稚嫩，她忍不住生出"人类好脆弱"的感叹。姝慧问道："有多严重？会是什么病？"

中年医生说："先转到血液科再说吧，很有可能是白血病，需要诊断一下。"

听了这话，姝慧顾不上震惊，却有些麻木了。她有些不敢相信，常常听闻的可怕病魔，居然会出现在这个可爱的无辜的女孩身上，而且是这样一个贫穷的女孩身上！

经过医生的急诊处理，乌林珊娜已经醒了。她看见姝慧进来，又搀扶起自己，充满了疑惑："你是……"

姝慧笑笑："你忘记了刚才公交车上坐在你里面的那个？"

"哦，"乌林珊娜沉重地点了点头，"我怎么突然晕倒了？我问医生，医生什么也不说。"

姝慧想起了人类有一个叫作"善意的谎言"的东西，于是说道："现在还不知道你为什么晕倒。我们先去血液科，办理住院手续，抽血检查一下，看看是什么原因。"

"严重吗？我到底生什么病了？"

"检查后就知道了，应该不严重。你这么小的年纪，不会有什么大问题的。"姝慧都不知道回答什么好了，便转移话题，"哦，我叫姝慧，我还不知道你叫什么名字，怎么通知你父母呢？"

女孩说："我叫乌林珊娜，怎么还用通知我的父母吗？"

姝慧说："不通知父母怎么能行？住院需要有人陪侍的。"

女孩告诉了姝慧自己家的电话，姝慧打通了，对方一口浓重的方言。姝慧先让乌林珊娜通了话，然后接过电话来，告诉乌林珊娜的爸爸，如果家里还有农活儿，先来一个人就可以了。姝慧没有说带钱的事，她可以想象到，乌林珊娜的父母都是老实巴交的南美农民，担心自己说一个较大的数额会把他们吓倒。

果然，电话那头十分焦急，听那声音，几乎都要哭出来了。

到了血液科，办理住院，一个冷冷的声音飘出来，要交押金，姝慧把随身带的几百元现金，还有手机账户上的七千元全部押上。然后告诉医院，先用着，查明病情再说，坚持几天算几天，随后就把医保卡拿过来，不足的部分，肯定能补上。收费的人做不了主，请示主治医生。主治医生出来，上下看一看乌林珊娜和姝慧，点点头说："检查费没问题了，后续治疗费用一定要补上。有些特别的费用，恐怕医保卡暂时不能用。"

姝慧频频点头，总算是把乌林珊娜送到了病房，心想，乌林珊娜的父母远在数百里之外，赶过来也得后半夜了，一切等明天再说吧。看着乌林珊娜睡了，姝慧觉得自己也帮不了什么，就先回到了仁心庄园。

第二天，还不到上班时间，姝慧对向雨说了乌林珊娜的情况。向雨正忙一个老人的事情，说了一句"我们可以出钱"，就让姝慧先去医院招呼。姝慧赶到了医院，目的是第一时间知道检查结果。检查结果出来，真的是白血病，不仅非常难治，而且治疗费用很高。姝慧看到这个结果时,面对乌林珊娜的病容,突然心生悲哀。

姝慧一转身,突然发现,在幽暗的楼道里,靠墙蹲着一个人。他佝偻着腰,几乎坐在地上,看不清眉眼,只听见在轻声地啜泣着。乌林珊娜也看见了那个人,赶忙快步走出病房,走到那人跟前,也蹲了下来,轻声说:"爸爸,我没事,你别哭啊。"姝慧这才知道,这人是乌林珊娜的父亲,看来已经知道了结果,无奈而悲伤,有如天塌下来。一辈子种地的农民,除了那几亩地外,没有任何的依靠。

看到这个情景,姝慧也生出一种叫作"难受"的情绪来。她也走过去,对乌林珊娜父女说:"先好好看病,越早治疗越好。钱不是问题,我们是一家慈善机构,可以承担医保之外的所有费用。"

三个人回了病房,姝慧给乌林珊娜倒了一杯水。看了看乌林珊娜换下来的工厂制服,姝慧问道:"乌林珊娜,你做什么工作?"

乌林珊娜说:"我现在在箱包厂工作,女包男包都做。"

"什么工种?"

"我在黏合车间,主要工作就是抹胶。"

姝慧心中一惊,大约知道是怎么回事了,又问道:"之前呢?"

"之前在家具厂工作,后来感觉太累了,家具又笨又重。"

姝慧明白了,无论是箱包厂,还是家具厂,都离不开一个重要的工业原料:胶水。而胶水中的苯可能导致急性中毒,也可能引发再生障碍性贫血,也就是白血病。

姝慧又问:"你们每天工作多长时间?"

乌林珊娜说:"每星期工作六天,星期天休息。每天大概工作十个小时。"

"为什么那么长时间?"

"因为正常工作时间,每月工资只有两千三百W元。要多挣钱,就得加班。"

姝慧眼前闪过钞票的样子:"你们这叫被迫自愿加班!"

乌林珊娜笑了："到底是被迫还是自愿？"

看着乌林珊娜的笑容，姝慧突然想到，乌林珊娜还不知道自己的病情。该不该告诉乌林珊娜，让医生做决定吧。

姝慧突然想做点儿什么，她对自己说，能做到什么程度就做到什么程度吧。她想，这样的病情、这样的家庭，会不会有许多呢？

人工智能中枢一查，姝慧吓了一跳，这才知道，在全世界，贫病交加的人实在是太多了。在世界的许多角落，花儿一样的生命、老树一样的生命，绝望地凋零，他们的眼睛里充满了对这个世界的留恋。

这可怎么办？姝慧有些犯难了。像乌林珊娜这种情况的人，确实为数不少，这个年龄、这种家庭，面对白血病、先天心脏病、肾衰竭等各种各样的病症，仁心庄园底子再厚，也不可能帮助到所有人。因为，人们不一定知道有仁心庄园，仁心庄园也很难一个一个地去帮。

姝慧突然想到了媒体。

想到就做，姝慧先是自己拍了几张乌林珊娜住院的照片，又对乌林珊娜的家庭情况进行了仔细了解。在老家，乌林珊娜的家庭状况很糟糕，没有什么存款和财产，确实到了连一张床也是珍贵财产的地步。姝慧请智能中枢调动一下摄像头，看看乌林珊娜家的情况。结果，整个村子只有六个摄像头，主要安装在村口。带着更深入了解人类的使命，姝慧亲自去了一趟乌林珊娜的老家，拍了乌林珊娜的家庭照片。她把乌林珊娜治病的照片和家庭照洗好，文字材料打印好，径直去了本地报社。

报社的一个女编辑接待了姝慧。姝慧说明来意，把照片和材料给女编辑看。姝慧说着说着，女编辑哭得稀里哗啦。哭过了，女编辑一边细看，一边说："女孩真可怜，这家真穷，我们想办法帮忙。"

一听这话，姝慧的心里就不太好受，她感觉到这事有点儿悬了。果然，女编辑转身从自己的抽屉里拿出一堆材料，对姝慧说："但是通过报纸进行呼吁，实在不好处理。你看，我这里已有各种各样的病例，都在这里压着,太多了,太多了,我们也不知道怎么办,除非……"

姝慧赶忙问:"除非什么?"

女编辑说:"除非你有新闻点,我们就能通过选题。比如,这是一个女大学生,全村十来年就考上这么一个;比如,这是一个孤儿,她平时还帮助其他的孤儿上学;再比如,她是一个英雄模范的后代……"

没等女编辑说完,姝慧就打断了她的话:"谢谢!我知道您的意思了,就是要不同于一般人。可是,这个乌林珊娜就是一个普通人,一个非常普通的打工妹,来这个城市打工还不到一个月,连第一个月的工资都还没有领到。"

女编辑一脸为难,给姝慧出主意,比如可以发动单位的员工,或者先向亲戚朋友们借点儿,再或者报社的人也可以捐一些。

姝慧知道没戏了,女编辑的主意,都是杯水车薪的事。她再一次向女编辑道谢,赶紧起身告辞。

从报社出来,姝慧没有坐车,沿着路边踽踽独行。

姝慧突然有了一个想法,她不想再去麻烦向雨,让仁心庄园出钱,她想自我成长一次,依靠自己的努力,实实在在地帮助人。类似于初写毛笔字,她想来一次"模仿秀"。她把这件事叫作"当仁不让"。

突然想到了葛飞飞,她想,此时不用葛飞飞,何时用他?但乌林珊娜看病,大约需要三十五万 W 元左右,仅凭一个葛飞飞,就算他大方,就算他挥金如土,顶多也就是出个两三万 W 元,再多了,不仅钱要不到,连情义也失去了。这时的姝慧已经非常了解葛飞飞,如果这笔钱用于寻欢作乐,他出手很干脆,可要帮助一个又穷又病又没有过人姿色的陌生女孩,他可就要好好算计一番了。

这一次她主动联系葛飞飞,说清楚打电话的意图,葛飞飞果然冒出一句让姝慧失望的话来:"姝慧,我只是一个靠老爷子施舍吃饭的主儿,帮助别人,我乐意,但能力有限。"

姝慧接住话题:"那就从零花钱里挤出一部分来吧,算是积德。"

结果,葛飞飞答应挤出一万五千 W 元,还和抽了根筋似的,浑身那股难受劲儿,让别人看着也难受。葛飞飞还哭笑不得地说:"姝慧,以后可不敢再冒出这种事情来了,你不是菩萨,也不是济公活佛。这也太可笑了!"

姝慧拿了钱,匆忙赶到医院,先把这钱交上,算是解了燃眉之急,估计可以支撑几天。紧接着,姝慧又带着乌林珊娜的父亲跑红十字会、慈善协会、救助中心,总算是又跑来五万多 W 元,加在一起快有七万 W 元了。

钱到手的那天,回到医院,在病房里,当着医生、护士的面儿,乌林珊娜的父亲泪如雨下,扑通一声给姝慧跪下了:"好人啊,我们全家人感谢你!"

这个突然的举动,让医生和护士都愣住了。她们一直以为,姝慧是乌林珊娜的亲戚或者闺密,没有想到,她只是一个在公交车上萍水相逢的陌生人。

姝慧却感到不好意思,一把拉起乌林珊娜的父亲,安抚一番,匆匆走了。她知道,钱还差许多,得继续想办法。

她又想到了葛飞飞,但这回不是向葛飞飞要钱,而是向"葛飞飞之流"要钱。这个冒险的想法一出来,姝慧先是吃了一惊,然后又觉得,这一定源于人工智能的一种逻辑:贫病交加的人有许许多多,同样,家财万贯而饱食终日的人也有许许多多。让后一个许许多多,去帮助前一个许许多多,应该是一个好主意。现在,人类世界的问题是,富者愈富,穷者愈穷。但中国有句古话,叫作"损有余而补不足",也有一句俗话,叫作"劫富济贫",劫富济贫是违法的,而捐款济贫,却是合情合理的。

想通了,姝慧略施粉黛,微笑着走出家门。

在怎么样去募捐的问题上,姝慧也动了一番心思。她突然想起佛教徒做善事时，常常会拉一个单子，写明某某单位或某某人捐款多少，有时还把这个单子印成小册子，公之于众，以扬好人之名，以示好人好报。

姝慧也依样打印了几张表格，上面写清楚捐款人（单位）的捐款数额、地址、电话等等。她知道，这东西来不得半点儿虚假，信息越详细，可信度越高。捐款人有乌林珊娜的同事、医院的医生护士、报社的编辑记者，还有像葛飞飞这样的富人。姝慧偷偷一笑，她没想到，葛飞飞也会成为一个活的标本。

姝慧上了网，打开一个搜索页面，输入本地城市的名字，再加上"公益事业"几个字，果然，一些热心公益事业的企业的名字跳了出来，醒目地出现在姝慧面前。姝慧提起笔来，一一记下这些公司的名称、地址和联系电话，不到半小时的时间，就记下了四十多家。这些企业，有些姝慧听说过，在本地甚至在全省都能呼风唤雨；有些姝慧没有听说过，但热心公益事业的事迹却非常感人。

一切准备妥当，姝慧筹划好路线，一家一家去拜访。

这一番经历，姝慧在日记里没有详细记载，只是写道，世界上还是有不少好人的。第一天，她就跑了三十多家，这三十来家企业，她只找董事长，或者能主事的。有十余家企业的老板出差或不在办公室，剩下的二十来家，她都找到了负责人，一一说明来意。在这二十来家中，有六家企业的负责人慷慨解囊，各捐出一万W元；其余的负责人面有难色，找到了诸如金融危机、经营不善、开股东会讨论等理由，也有的人，甚至说可以给一两千W元，这个数字，让姝慧都觉得害臊。还有一个人用言语挑逗姝慧，姝慧一气之下，转身就走。各式各样的人，让姝慧再一次长了见识。

第二天接着跑，傍晚到了医院，清点数目，这两天的成果，接近十五万W元。第一期治疗费用已经没有问题。但医生同时也说，乌林珊娜的体质较弱，随时可能出现意料之外的情况，最好是把钱凑足了，尽快移植骨髓。

医生的话在当天晚上就应验了。在晚上十一点多的时候，乌林珊娜的病情突然恶化，呼吸困难，头晕呕吐。医生紧急实施抢救，才缓了过来。医生悄悄告诉乌林珊娜的父亲，必须尽快做手术，要不，乌林珊娜的情况可就不好说了。

乌林珊娜的父亲把这个消息告诉姝慧时，姝慧的心里突然涌起一股悲凉。这让姝慧明白，她自己在仁心庄园已经"中毒很深"，渐渐有一些人类的感情了。她想起，那个用言语挑逗自己的人，那个在电视、报纸上风度翩翩，在私底下却敢于展现无耻的人，或许正是乌林珊娜最后的救命稻草。

那个人名叫勃朗特，是W国青年企业家协会副会长，其产业涉及金融、房地产、影视、物流货运、综合卖场等。因其年龄还不到四十岁，且发展势头强劲，为人所瞩目。

那一天，勃朗特是这么对姝慧说的："别人发现我勃朗特自从涉足影视行业以来，面对成堆的美女，从来都不屑一顾。别人不知道为什么，也不敢问为什么，今天，我清楚地告诉你，两个字：俗气！"

姝慧漠然道："你还不知道我有多俗气吧！"

勃朗特说："不，你有一种我勃朗特从未见过的纯洁，不不，甚至是圣洁之气！"

一听这话，姝慧心中蓦然一动，但表情依然："谢谢，既然这样，那我不打搅了，继续做我圣洁的事情去。"

勃朗特也不阻拦，只轻轻地说："如果这件事情有困难，缺多少，我勃朗特可以全包，钱是身外之物。有道是，'春宵一刻值千金'，'千金散尽还复来'。"

姝慧头也不回地走了。勃朗特的话，前后不搭调，两句诗本来很有味道，可经过勃朗特这么一拼凑，要多别扭有多别扭。让这两句诗庸俗到这种地步，也是一种本事。至于具体所指，姝慧心里一清二楚。

姝慧感慨道，男人们哪，经常把女人捧到天上，其实就是想将其放倒在床上。

想到这儿，姝慧也禁不住想，难道，这勃朗特真像他自己标榜的那样，一般的女孩子还看不上，对女孩有一种近乎苛责的要求吗？姝慧甚至想，难道，勃朗特真的是在夸自己吗，还是面对所有好看女孩的一种策略？

从勃朗特的用语习惯看，比如，开口闭口"我勃朗特"，从心理学上分析，这个勃朗特绝对是一个非常自恋的人，从他嘴里听到夸别人的话，应该是难得的。

奇怪的是，姝慧的日记写到这里，几乎就没有再接着往下写。只是在后面续了一句："'春宵一刻值千金'，在此时，春宵一刻，相当于一个病弱女孩的生命，比千金更贵。春宵也罢，春宵也罢！"

这一篇日记最后，姝慧写道："乌林珊娜得救了！"

把这一篇日记读完，向风也基本明白，在勃朗特和姝慧之间，究竟发生了什么事。向风甚至觉得，勃朗特可以不用调查，此人的春宵一刻，居然可以救人一命，似乎不需要调查什么。很明显，此人和以往的那些人不同，他的手中没有什么具体的权力，这次也没有利用资源办事，依外人眼光来看，勃朗特此举，就是一种商业交换，用春宵一刻，换千金散尽，再用千金散尽，换救人一命，各取所需，各尽所能。这和权力游戏不一样，权力游戏的权力一方本身不需要付出任何东西，只是因为握有公共资源，稍一高抬贵手，就可猎财猎色，所以人们才会义愤填膺。

但拉罕却认为，不能放过任何一个疑点，不能错过任何一个环节。毕竟，勃朗特是一个珍惜名誉的人，姝慧随时都有可能毁掉他的良好声誉。

事实上，勃朗特还真让向风和拉罕开了眼，这也成为调查此案以来,最省时、省力的一个环节。

向风和拉罕找到勃朗特,说明来意。勃朗特先是一脸惋惜,得知向雨和姝慧受到谋杀,又开始念诗:"红颜薄命,污浊的世上,留不住圣洁!"

拉罕问道:"你见过她吧?"

"当然见过,也算一面之缘。"

在那次所谓春宵之后,姝慧再没有和勃朗特见过面。在姝慧的记忆中,穿过葛飞飞那层雾霾,只有后来的白森特这片森林。勃朗特倒是自以为金钱到了,无所不破。谁知道,姝慧只是为了让他捐钱救人,而她自己对金钱,并无多大兴趣,这让勃朗特大为惊异!再之后,勃朗特从报社记者那儿得知,这个姝慧与患者乌林珊娜并无一丝一毫联系,只是在公交车上偶遇,便如亲爹亲妈一样照顾她,奔波、筹钱。这明显超出了勃朗特的世界观,让他大惊失色,不得不重新审视自己的行为,是不是有点儿厚颜无耻?

勃朗特在商界叱咤风云,心深似海,处变不惊,偏偏对姝慧,百思不得其解。很反常地,他在那个记者面前表达了这种惊讶。这个记者建议他搜索一下仁心庄园,或许可以解开心中的疙瘩。他此前并没有听说过仁心庄园。勃朗特刚刚在网上查到了仁心庄园,知道了向雨这个人,也知道了向雨尽己所能帮助贫弱,并不是为了自己有一砖一瓦,而且自己也确实没有一砖一瓦。

向雨去找勃朗特的时候,勃朗特正在办公室里发呆。

向雨曾对媒体说过一句话:"仁心庄园犹如寺庙,我犹如住持,仁心庄园现在不属于我,将来也不属于我。"

所以,当助理把向雨的名片递到面前时,勃朗特以为自己在做梦,又像是刚刚从梦中惊醒,浑身打一个寒战,向雨突然造访,为了什么?自己又将如何面对?正如鲁迅所说,"皮袍下面藏着的'小'",自己的这个大大的"小",一旦面对向雨的小小的"大",将颜面何存?

这个一向不畏惧高官大贾的人，尚未见向雨，内心却忐忑不安起来。

助理带着向雨轻轻敲勃朗特的门。勃朗特并未像以前一样说"进"或者"请进"，而是离开办公椅，轻轻把门开了。这个动作把助理吓了一跳，助理疑惑地看着勃朗特。勃朗特的目光越过助理，直接落在了向雨脸上，他笑道："正要去迎接向女士。"

向雨也回笑道："您或许有两种选择，迎接我，或者赶走我。"

"为什么这么说？"

"因为我这次拜访您，有公事有私事。"

"请讲。"

"公事是，非常感谢您救人于水火，乌林珊娜的生命是您给的，我替她家人谢谢你，给您带过来一面锦旗。私事比较复杂，与姝慧有关，就是上次找您的那个女孩。"

勃朗特频频点头道："那事是过去时。"

向雨把锦旗从包里拿出来，放在桌子上，却没有打开："这是乌林珊娜家里给您送的锦旗。锦旗上的字，希望是您本人的真实写照。在打开之前，我必须问您几个问题，也相当于提几个建议。"

勃朗特听后，觉得这里面大有文章，暗自佩服向雨，便说道："您说。"

向雨顿了一下："您是生意人，所以，我说一句最难听的生意场上的话。您和姝慧的那件事情，我宁愿把它看成一桩生意，特别单纯的生意。生意完成，了无牵挂，所以您不可以再联系姝慧，再联系，就不叫联系了，而叫作骚扰。此外，您也不可以将这件事当成某种范例，或者茶余饭后的谈资。因为这不是您一个人的事，也不是您和姝慧之间的事，您，姝慧，我，整个社会，都不愿意将做慈善和肮脏的交易联系在一起，这不是什么值得夸耀的事。我们绝不可以做这种示范，在救人于水火的同时，还要趁火打劫。我说得这么直接，不知道您能听懂吗?"

勃朗特脸色大变,他急忙调整,悄悄深呼吸,对向雨说:"请打开锦旗,我愿意照做。"

向雨把锦旗打开,上面写着两行字:"德行高范,再生父母。"

勃朗特站起来,郑重地对向雨说:"向女士,您会看到我的改变,虽然不及您的仁心庄园伟大,但也会像这个锦旗上说的,起到一种良好的示范作用。而且,虽然'再生父母'是一种比喻,但我在生活中,却真的要去疼爱那些孤苦伶仃的孩子。"

"勃朗特先生,听说过知易行难这个词吗?"

勃朗特先没有说话,而是找出一份文件,递给向雨:"向女士,不瞒您说,不劳您大驾,我已经改变了许多。当我听说姝慧是在帮助一个素不相识的人时,我追悔莫及,主动赎罪。您看,这是我公司的金秋助学计划和扶危救治计划,每个计划都是五十万W元以上的预算。"

向雨微笑,不发一言,转身离去。

这一次,她没有掏出优盘。

听完勃朗特的话,再想想日记中的事,拉罕点点头。看来勃朗特没有藏头藏尾,除了不知道有优盘外,该说的都说了。

拉罕也照例询问了案发当日勃朗特在做什么?勃朗特略一回忆,想起那日正在外地参加洽谈会,有来往的机票作证,甚至,当地电视台的镜头也可以作证。

虽然说勃朗特与向雨的死没有关系,但向风的内心,还是拧成了一个可怕的疙瘩。按照姝慧的记录,因为乌林珊娜的病,她拜访过许多人,只有三分之一的富人愿意出钱帮助乌林珊娜治病,另外三分之二的人,则找了五花八门的借口。而这个勃朗特,他出的钱最多,向风却觉得他最可恶,就如同向雨说的,把帮助别人当成一种交易,而且用的是这样一种卑劣的手段,更可恶的,还是以高尚的名义,真是一种别样的无耻！如果这种无耻传播开来，就会变成一个不良的风向标，一旦有个别人效仿，久而久之，人们连做善事都会退避，类似于不敢在马路上扶摔倒的老太太，何其可悲！

固然，这个勃朗特已经变好了。可是，为什么那么多善良的人，需要历经九九八十一难才可以成佛，而类似这种心怀恶意的人，幡然悔悟，放下屠刀，便可立地成佛，还能备受赞誉？

二十九

全球贸易联盟位于Ａ国木偶市。之所以叫这么一个奇怪的名字，据传说，是因为最早来到这个地方发展的，是一个大马戏团，它以表演木偶戏而闻名。久而久之，在这里建立的城市，就取名为木偶市。

全球贸易联盟总干事名叫德赛飞。德赛飞之前在银行做过行长，也在证券市场做过高管，还在Ａ国财政部担任过部长助理。德赛飞以果敢和善于维持全球金融秩序而闻名，接任总干事一职，据说是众望所归。至于是什么众，什么望，外人不得而知。

幸好，人工智能知道这整个过程中，推荐人、选举人，都是一个窝里的人，相当于自己选自己。而在更大规模的选举中，人工智能曾经在网上捕捉过一个信息，可惜这个信息是一个普通大学生发的，很快就被湮没在信息的海洋中。这个学生说："如果我们必须从这两个候选人中选一个，而我已经知道他俩一个比一个糟，只是不知道他俩到底谁更糟糕，我唯一的选择，就是随机选择。"

德赛飞每两周会开一次例会，每月会发一次通报，分析全球贸易的形势和走势，协调争议，甚至还督促某些国家，在和平已经到来的时代，别让经济贸易带血。他的讲话，言辞恳切，富有道德感。有权威人士评价称："德赛飞为全球贸易均衡贡献了积极的力量。"

人们不知道的是，在每月开例会的前一天下午到晚上，德赛飞和另外五个人都会在自己的私人酒窖里聚会一次。在这个聚会中，他们说的全部是真实的想法。做会议记录的人，是德赛飞一手培养出来的、胖乎乎的、总是一脸微笑的小伙子，人称"妙语约翰"。约翰对于酒窖聚会中的谈话内容，一个字也不记录，但他却有惊人的记忆力和理解力，能把酒窖聚会的意思，用另外一套语言，以每月例会的方式，向全世界传达。这就像是传说中的易容术——狰狞还在，疤痕还在，恶相依然，但约翰有本事，让这张脸变得慈祥，甚至可爱，成为人类的良知、理想的化身乃至贸易的守护神。

监控德赛飞的生活，比监控宗主要容易得多。这段时间，人工智能的安静与伪装，让整个世界都对人工智能不再设防，大家都以为，人工智能需要的是和平，是阻止暴力，现在目的已经达到了。那种通过贿赂第三世界国家某些部门领导来榨取财富的做法，太过于简单和直接，被人工智能揭露过一次，人类也不会有第二次了。

于是大家都判断，人工智能会保持安静。

德赛飞是公众人物，经常出现在镁光灯下，硕大的鼻子尤其显眼，讲话的时候，特别爱用手势，最常见的一个是双手张开，掌心四十五度向上，像一只鸟往上展开双翼，给人一种一手遮天的感觉。

这样做，倒不是因为德赛飞太喜欢显摆，而是因为他必须显摆。在某个体系中，他的任务不是把水变清，正好相反，是把水变浑，以便浑水摸鱼。在清水中，大家的机会是均等的，在浑水中，只有那些知道鱼的形状、位置、弱点的人，才可以更好地抓鱼。酒窖聚会的六个人，都是这种擅长浑水摸鱼的人。

德赛飞没有车队，他出行时，通常只有两辆车，前面一辆是秘书和助理的，后面一辆是自己的。两辆车一模一样，都是黑色的奔驰，加装了防弹和超跑功能。这一天，德赛飞上午参加了一次十二国财长会议，作为旁听者，德赛飞发言不多。中午饭后，德赛飞没有让秘书和助理打头阵，而是单独一辆车出行。人工智能安排了两架蝇式侦察机一路跟随，在城市边缘，奔驰车绕到了一座教堂后面。

这是一个小庭院，奔驰车驶到近前时，自动门打开了。庭院左侧是停车场，一共有十个车位，里面已经有五辆车，中间的车位空着。德赛飞下了车，车缓缓进入停车位。小庭院的一切都依靠智能识别，从车牌到人脸，再到人的形体、步态，稍有差别，都会要求重新验证，或者凑过去验证视网膜。德赛飞个子高，鹰鼻豹眼，动作迅疾，几个大步跨进房门。里面别有洞天，极尽奢华，对面是香檀木的桌椅，没刷一次油漆，纹理细腻，如同绸缎。左右两墙，都是顶天立地的酒柜，里面有750毫升的标准瓶，但更多的是200毫升和350毫升的小瓶酒。就像在KTV点歌一样，桌子旁边有一个屏幕，有酒的名称、年份和编号，只要轻轻地点击一下，柜体就会发出轻微的响声，然后发生魔幻式的拼图位移，所选的那瓶酒会自动传送到桌子旁边，触手可及。

德赛飞倚靠着桌子，举着高脚杯，其他五个人或坐或站，微笑着品酒。

德赛飞说："现在，网络上的言论有些复杂，经济学家没有意识到的问题，网民们意识到了。比如中国网民觉得，本国的牛奶五元人民币一斤，澳大利亚的牛奶五澳元二斤，中国的平均月工资三千元人民币，澳大利亚的平均月工资四千澳元，很明显，澳大利亚的物价很低，也很稳定。但是中国网民不乐意了，问了一个问题：凭什么一澳元=五元五角人民币？科学的汇率，不是应该按购买力来折算吗？按照牛奶的购买力，一澳元应该等于两元人民币才对啊。"

一直站着的一位先生，面容颇像丘吉尔，圆脸却显着坚毅。这位丘吉尔模样的人一边晃着酒杯一边说："所以，我们一定要把一个口号反复来提：汇率低，有利于出口。用各种办法，把这句话当成一个金科玉律。"

德赛飞说："而且还要反咬一口，说他们是汇率操纵国，降低汇率，就是为了出口商品，哈哈。"比起宗主，德赛飞的性格要爽朗得多。

另一个头发全白的老者，看样子得过心脑血管疾病，落下了什么病根，他晃动着脑袋说："网民们会慢慢看透的。"

德赛飞说："话语权在我们这儿，贸易权在我们这儿，无论谁看透，都不会有任何改变。我们用人为制造的事实来说话，他们说的话，就算接近真理，自然也会成为谎言。"

五个人都点点头。

德赛飞接着说："与黄金的汇率制度脱钩，对我们来讲，真是这个世界上最美好的事。我们每天工作六小时，每个月挣五千Ａ元，就相当于挣了四万元人民币，到中国去吃喝玩乐，以超低价格买到中国的商品，享受中国的服务，这种活法，比从殖民地抢东西还舒服。"

坐在边上的一个小个子站了起来，他面容瘦削，五官挤在一起，抽了一大口烟，在烟雾中，本来就紧缩在一起的五官，更加有些变形了。他说："我在担任驻华代办时，曾经让我的朋友干过这样一件事。我拿了十万Ａ元，换了八十万人民币。他在中国吃喝玩乐，一年花了十五万，还剩下六十五万，等他要回Ａ国的时候，发现人民币升值了，他拿六十五万又换回了十万Ａ元。相当于一分钱也没有花，在中国吃喝玩乐一年。"

德赛飞听后，哈哈一笑："所以，这种事情，千万不能反过来。现在的情况是，中国人如果来Ａ国，留学也罢，旅游也罢，就算他们是高工资，比如每年三十万元人民币，这已经是高管和高级程序员的工资了。他们来到Ａ国，这三十万元人民币只能兑换四万Ａ元，仅仅是非常普通的工资水平。在Ａ国留学，只是生活费加学费而已。诸位可以想想，如果变成一元人民币，换算七Ａ元，那我们就惨了：在中国每月挣五千元人民币，折算成三万五千Ａ元，一年就是四十多万Ａ元，比总统的工资还高。如果是这样，几天就把我们给买光了。"

这时候，小个子却摆摆手说："不不不，其实他们也没啥买的，因为几乎所有的日常消费品，都是中国和其他亚洲国家生产的。我们拿我们多余的钱进口回来，就是为了能让我国的人，以很便宜的价格买到。"

德赛飞点点头道："价格为什么很便宜？还是因为汇率啊。正是有汇率存在，他们一旦收到 A 元，就会很高兴。因为相对于把商品卖给国内，到手的 A 元，好像很值钱的样子。但是，诸位想想，一旦钢铁，或者塑料，都以购买力均价换算，按鸡蛋、猪肉和牛奶的均价，按这个均价来决定 A 元和人民币的汇率，还原成真实的汇率和价格，我们就不可能便宜买到那么多的亚洲商品，我们的物价就会飞涨。"

小个子欢乐地笑了起来："所以，我们的经济学家还是很聪明的。他们对第三世界说，你们的商品便宜，有出口竞争力，主要是因为劳动力便宜啊。实际上呢，便宜个鬼，试想，如果按照实际购买力，把劳动力的工资换算成 A 元试试，一下子就会贵到离谱。这一切，本质上还是汇率问题。这样子骗一骗他们，效果还是很好的。"

德赛飞说："对，他们就会想办法多卖产品，压低价格，换回 A 元，然后拿 A 元再购买其他商品，比如石油和矿石。要买石油和矿石，就必须拥有 A 元，他们别无选择，只能这样做，因为只有 A 元才能在全世界流通。我们没钱了，就随便印一印，我们才两亿六千万人，全世界八十亿人给我们稀释，A 元回流不回流，都不会出现大问题，无所谓。"

小个子问道："德先生，那您刚才提到的问题，有一些网民，比如中国网民，已经意识到这可能是一个圈套，怎么办？"

"继续让第三世界的经济学家觉得没有问题！让他们坚信，这样做，符合经济学规律。网民们的声音，只是杂音而已。"

众人疯狂地怪笑起来。

德赛飞看了看腕表，问道："派对准备好了吗？"

小个子说："快好了，姑娘们正在路上。"

"哪位名人说过，穷人家的女儿是他们的原始股？"

始终没有说话，但是脸上一直挂着笑容的胖子说："萧伯纳先生。"

小个子说:"感谢萧伯纳先生,说出了如此智慧的话。"

德赛飞说:"感谢穷人!如果没有穷人,我们的金钱将失去多少威力。如果没有穷人,也就没有穷人家的女儿,更没有今天的派对!"

趴在墙角的两个蝇式侦察机静静地拍摄着这一切,视频同步传回人工智能中枢,传到诸葛又亮和姝慧眼前。

丘吉尔模样的人突然笑了,说:"很难想象没有穷人的世界,那将是多么难受。"

到这个时候,他们的话不禁让诸葛又亮再一次震惊。在宗主事件之后,只隔一天,就又发现了对穷人的调侃和恶意。富豪们的生活,他一直无法想象。但他知道,某些富豪的生活,一定非常变态夸张。他更担心,如果让人工智能持续地看到这种画面,看到扭曲的人性,会对人类采取什么措施呢?他想,未来有一天,他和人工智能交谈时,恐怕只能搬出一句古老的话了:扭曲的是制度,而不是人性。

房门紧闭,蝇式侦察机一时飞不出去,也不知道"穷人的女儿"是通过什么方式运输到这个酒窖。德赛飞轻轻地说了一句不连贯的话,仿佛"芝麻开门"一般,门对面的墙体开始移动,闪出一个巷道,巷道四五米外,是一部电梯。六个人上了电梯,说笑着,对一会儿的事情充满了憧憬。蝇式侦察机跟着电梯,飞到了地下二层。

电梯门打开,地下二层灯光璀璨,有如宫殿般豪奢。整个楼层一分为二,右侧是一排房间,一共十二间,都是单间,每间里面只放着一张圆形的橙色单人沙发。左侧是过道,可驻足,也可坐下来,因为有几张银色的小圆桌,每张小圆桌配有三把椅子。小圆桌上放着鲜花、酒瓶和酒杯。

十二间房间,每间大约九平方米。临左面过道一面是玻璃,里面看不到外面,外面却可以看到里面,纤毫毕现。房间后面有门,连接着一条长长窄窄的小过道。

十一点整,姑娘们从门后面的小过道里鱼贯而入,十二个姑娘各进入一个房间,她们肤色各异,发色不一,年龄十七八到二十岁出头。

两架蝇式侦察机把十二间房间都扫视了一圈。

房间里除了一把椅子外,一无所有。姑娘们进去的时候,都拎着一个包。包不大,里面只装着三四身衣服。开场的时候,她们都穿着自己最喜欢的一身衣服。

德赛飞解释道:"姑娘们要进行最传统也是最日常的表演,先生们,请看好了,挑选你们最喜欢的姑娘。"

六人依次走过房间,双眼放电,直勾勾地看着里面的姑娘。他们会和里面的姑娘交流,发声系统和可视系统不一样。可视系统是单向可视,发声系统却是双向系统,他们可以给房间里的姑娘发布任何指令,姑娘们必须听从指挥。

德赛飞补充道:"表演完毕后,每人可以选择一个姑娘。被选中的姑娘每天有一万Ａ元的报酬,没有被选中的姑娘只有三千Ａ元的表演费。"

小个子说:"这个差距有点儿大,但是姑娘都很漂亮。"

德赛飞和小个子看着玻璃后面的同一个姑娘,这是一个亚洲姑娘,身高在一米七左右。她正在按小个子的要求换装。她脱下自己的古典裙装,换上了吊带背心和牛仔短裤。等姑娘换完装,德赛飞眯着眼睛笑道:"安德鲁,你会三天只选择同一个姑娘吗?"

小个子没有马上回答,而是往前走了几步,到了下一间房间跟前,然后才说:"所以,她们的机会是均等的?"

德赛飞点头道:"是的。在初级市场,不同档次的商品,会贴上不同价格的标签。它们的销量往往不尽理想,物美价廉会成为畅销的原因。而在高级市场,从来没有滞销品。"

小个子对德赛飞报以钦佩的目光。

六个人一共走了三圈,他们对姑娘发出指令,姑娘根据指令,进行才艺表演。换装自然也被列入表演之列,其他包括走模特步、内衣秀、舞蹈和一些自选动作。

在走第四圈的时候，六个人每人选定了一名姑娘。他们把所选姑娘的编号告诉了约翰。约翰告诉了庄园管家，给每个人订了不同口味的午餐，以及不同风格的房间。

在远方的大道公司，同步看着视频的诸葛又亮和姝慧，都同时产生了一堆疑问：这些姑娘是否受人控制？如果没有控制，是否已被深度洗脑？这背后有一个什么样的组织？姑娘们自由吗？每天一万Ａ元也好，每天三千Ａ元也好，这些钱怎么分？姑娘们能得到多少？

姝慧说，要想了解这些秘密，只能继续监控。

追踪钱的去向，对人工智能来讲易如反掌。无论是现金交易，还是支票交易，追踪去向都不是问题。在富豪们选定姑娘后，人工智能便开始追踪他们的所有账户。三十分钟后，人工智能发现，这些交易都是以转账形式支付的，每个富豪的账户分别转走了一万三千Ａ元。相当于每人出了一份服务费，又出了一份表演费。

这些钱都集中转到了一个账户上，这是一家影视公司的账户。看来，这是一次有组织的活动。这也说明，姑娘们并不会完全拥有这笔钱，影视公司一定会扣下中介费。至于影视公司如何招募姑娘们，如何与姑娘们谈判，这还是一个谜，有待下一次追踪。果然，钱在第二天转到姑娘们账户上时，每个人都被扣除了20%的中介费，被选中的姑娘得到八千Ａ元，没有被选中的姑娘得到二千四百Ａ元。

那么，姑娘们是否自由呢？因为有十二位姑娘，而蝇式侦察机只有两架，人工智能中枢又调遣过来十架，确保在三天后可以追踪每一位姑娘的行踪。

三天的酒窖生活，超出了所有影视剧编剧和导演的想象力。

三天后的上午十点，酒窖外边，停了三辆黑色丰田商务车。十点半，姑娘们每人拎着一个行李箱，从酒窖房间里摇曳而出。

十二架蝇式侦察机全面出动，紧追那三辆丰田车。二十分钟后，姑娘们被送到影视公司。影视公司位于木偶市市政厅附近，与市政厅隔广场而望。车停在公司门口，姑娘们欢笑着下了车，拎着行李箱，走进一间不大的会议室。

姑娘们坐好之后，一个光头走了进来。他身材笔挺，身高在一米九以上，头型像放大的橄榄球，身上肌肉的线条如山峦起伏。这个大块头坐下来，扫了一眼在场的姑娘们，僵硬地笑了起来："姑娘们，祝贺你们结束了这一次愉快的旅途。据我所知，你们当中收入最少的一位，也得到了一万六千Ａ元。这归功于你们美丽的容貌和傲人的身材。"

她们没有吭声。

大块头家伙接着说："现在，还有另外一场奇幻之旅。但是，这次只需要七个人，现在开始举手报名。如果正好有七个人报名，就马上出发。如果超过七个人，就需要看看各位的手气了。"

说着，大块头拿出三粒色子，大声说道："胜利属于大者。现在请举手！"

姑娘们下意识地互相看一眼，并不是犹豫该不该举手，而是在观察别人，消除些许的尴尬。除了两个姑娘表示有其他事情外，最终有十个人举手。大块头让她们现场丢色子。结果，前六名都是六、五、四，第七名出现了三个三。那三个姑娘进行了第二轮丢色子，最终确定了七个姑娘。

抽中的七个姑娘就在公司的休息室里休息和上妆，待吃过午饭后，开启新的旅程。剩下的五个姑娘拎起自己的行李箱，走出公司，各奔东西。

五架蝇式侦察机跟随着五个姑娘，半个小时左右，她们都返回了各自原来的影视公司。汇总到智能中枢的信息表明，每一个姑娘都是自由的，没有被强迫，没有被洗脑，也没有任何人对她们的行为进行限制。

对于人工智能得出的结论，诸葛又亮表示怀疑。

在这次监控全部结束的时候，姝慧再一次和诸葛又亮在办公室商讨下一步对策。

二人静对，沉默不语。仿佛在他俩之间，人类一直试图发明的心灵感应，已经得到了实践。静默了有五分钟，诸葛又亮开口道："你觉得，不，你们觉得，这些姑娘只是因为穷，真的没有被强迫或被洗脑吗？"

姝慧歪着脑袋看着电脑屏幕说："从人工智能的取证情况看，确实是。"

"这里面有一个问题，"诸葛又亮说，"是贫穷的生活，让姑娘们做出了选择，还是有人利用了贫穷？这是两种性质的事情。"

姝慧显然不懂其中的差异，问道："有什么区别吗？"

诸葛又亮低头想了一想，然后说："比如，有的人会成立一个马路救援队。然后他们会在马路中间挖一个坑，上面做些伪装，有路过的车就会掉到那个坑里。掉到坑里的车一般都无法自救，就会主动求助救援队。救援队拖出车来，自然是附带有别的条件的，比如利用车主焦急的心理，收取较高的费用。"

在和诸葛又亮的接触中，姝慧的人类思维也在逐渐形成。她似乎听明白了，问道："先生的意思是说，看起来是主动求助，其实是被逼迫的，而且，还是提前掉进了别人挖的坑里。是这么回事吗？"

诸葛又亮点点头："我怀疑是。这是一个大圈套里面套着小圈套的事情。"

姝慧很乐意听到这种分析，好奇地说："先生请讲。"

诸葛又亮说："大圈套，正如这些富豪所说的，他们向来不希望这个世界实现平等和自由，不平等是他们存在的基础和乐趣。他们制造了贫穷，然后再利用贫穷，用钱来享受变态的乐趣。假如实现了平等，就会出现更多用钱买不到的东西。至于说自由，则是更加可笑的东西。"

"怎么可笑？"

"我们可以想象一块大陆，或一个岛屿。在这个大陆或岛屿上，只有一小片土地是适合人类生存的。整个岛屿上的人都拥有自由，但是，如果不想饿死，就只能到那一小片土地上，而进入那一小片土地，当然是有条件的。于是就形成这样的自由：你可以自由来去，但是你一定会回来！因为你不仅别无选择，而且在我们这里还有好吃的、好看的、好穿的……"

"看似自由自在，其实是别无选择？"

诸葛又亮做出一个鸟儿飞的动作："自由地投奔罗网，幸福地被宰割。虽然疼痛，但他们相信，这就是最好的结果。"

"笼中鸟、网中鱼？"

"不，"诸葛又亮摇摇头，"笼子是开的，网是破的。但是，外面的世界，被有的人设计成了刀山火海，要想生存，就得回到笼里，回到网中。"

姝慧马上想起了乌林珊娜！乌林珊娜学历不高，技术不精，家境贫穷。她想出来打工，只能做一些简单重复的劳动。她可以选择不做，回到家乡，但别无选择，只能来到城市，在箱包厂或者家具厂工作，或者到另外一个什么工厂，可选择的，只有这一块"绿地"，别的地方，都被设计成了沙漠。

在资本冲击的每一个角落，人们都在自由中被强迫着。从表面上看，乌林珊娜是自由的，她可以选择去世界各地的任何一家企业工作，或者受这种欺负，或者受那种压榨。文化不高的她，对现代工业一无所知，所有工作，在她看来，无非都是打工。她所能做的，就是在劳动强度和工资之间，找到一种微妙的平衡，既不至于累死累活，也有一份相对体面的工作。相比较而言，乌林珊娜的父辈们，连这样的机会都没有，一辈子挣到的钱，可以在十分钟之内数清楚。

面对残酷的资本，面对非人的劳动强度，有一些"乌林珊娜"们选择了逃离，形成一种用工荒现象。在这种情况下，欧美因为汇率原因，尚可引进一部分劳动力，或者输出一部分劳动密集型企业——反正就算给当地人开工资，汇率一折算，仍然支出很少，很合算。而发展中国家的用工荒，只能依靠提高工资来应对，经常还是以加班的方式，并没有更好的解决办法。有一部分人，就像德赛飞房间里"囚于自由"的那些姑娘，放下尊严，进入资本的圈套中。

三十

在对罗伯斯进行监控的时候，人工智能发现，这段时间，罗伯斯每天和一个人在一起。这是一个叫赖斯的女性，六十余岁，头发花白，用老太太来形容，并不为过。这个老太太精神矍铄，表情严肃，她最爱说的一句话就是，有朝一日，世界变得非常美好，科技造福天下，她就带着儿孙回到乡下，过安静的生活。赖斯以研究微电子而闻名，是全世界为数不多的女科学家。现如今，她在科学界的地位，就如当年居里夫人在科学界的地位。

罗伯斯和赖斯之间，有一种相依相存的关系：赖斯在风格公司占有 7% 的股份，是大股东之一，但排在宗主和罗伯斯之后，同时担任风格公司的科技顾问。在 A 国科技协会，赖斯担任主席，罗伯斯则担任副主席。他们就像两杯可乐，一杯是可口可乐，一杯是百事可乐，互相都往对方杯子里倒了半杯。

经过一周多的监控，人工智能得出结论，与宗主和银行家不同，这两个人的私生活中，几乎没有什么见不得光的地方，也就无破绽可击。他们对穿着不感兴趣，不冷就行。对饮食不感兴趣，吃饱就好。对异性不感兴趣，虽然也对美好的男男女女多看几眼，但就像看风景一样，只是看着好看而已，并没有欲望。

这段时间，他们俩经常在一起，拿着一沓文件纸，不知道在研究什么，一直在窃窃私语，说话声也听不清。对于罗伯斯，蝇式侦察机不敢轻举妄动。它们也知道，自己是罗伯斯亲手设计出来的，罗伯斯的反侦察能力很强，无论走到哪里，他都会把全屋扫视一圈。侦察机只能悄悄隐蔽着，一动不动。罗伯斯对任何苍蝇形状的东西都特别敏感，哪怕余光看见，也会大惊失色，如临大敌。如果蝇式侦察机出现在密闭空间，被罗伯斯发现是大概率的事。

对于赖斯和罗伯斯的那沓文件纸，蝇式侦察机有点无能为力，远距离拍摄，根本看不清，上面的字模糊一片。近距离拍摄，一旦被罗伯斯发现，等于是打草惊蛇。以罗伯斯的精明，应该可以想到，人工智能正在全面监控自己，进而推测出人工智能的全盘计划。

左右为难之际，人工智能中枢发出指令，还是让姝慧和诸葛又亮接触，商讨怎么样才能对罗伯斯成功进行监控。这时候，已经是赖斯和罗伯斯天天在一起研究文件的第四天了。这说明，这一定是一份非同小可的文件，要不然，也不可能让他们两个大人物放下其他一切事务，每天对着这一沓纸埋头苦干。

从人工智能传回来的图像中，诸葛又亮看到，赖斯和罗伯斯会面的地方，既不是赖斯的办公室，也不是罗伯斯的办公室，而是一个大型的实验基地。从基地的大门进去，穿过三道门后，才可以到罗伯斯和赖斯讨论文件的地方。这个基地以白色调为主，墙壁和门窗都是白色的，工作人员穿的工作服也是白色的，整个基地无死角，四面八方都安装着很密集的摄像头，就连摄像头的外壳也被喷成了白色。这种白色比医院里的更压抑，再玩世不恭的人，进去也会肃然。不知道罗伯斯是不是故意这样设计的，对人工智能而言，这样的环境有一点很糟糕：在一片纯白中，蝇式侦察机很容易现形，况且还有无死角的摄像头。

诸葛又亮观察了整个布局，不由得感慨一声："在这种环境下，蝇式侦察机还没有被发现，也算万幸。"

姝慧说："不被发现，只是底线！现在，我们需要的是拿到资料，搞清楚这两个人每天到底是在干什么。"

诸葛又亮想了想:"我想,可能这就是你们的程序要求,既要完成任务,还必须全身而退、保证蝇式侦察机的安全,对不对?"

姝慧点点头,美丽的大眼睛里闪着光:"自身难保,还怎么完成任务?"

诸葛又亮盯着姝慧的眼睛问:"你有没有听说过'同归于尽'这个词?"

"我们认为,那是一种人类特有的愚蠢。"

诸葛又亮知道,现在不是讨论愚蠢不愚蠢的时候,就说:"同归于尽只是一种说法,而且,这和人类的同归于尽不一样。蝇式侦察机可以批量生产,并不像人的生命,失去就再也没有了。"说到这里,诸葛又亮还是忍不住要讲一下关于愚蠢的话题:"再者,愚蠢不愚蠢,你要区别两种情况:一是,对方是什么人?比如,是平民还是暴徒?二是,你是为了什么样的目的和对方同归于尽?比如,是为了救人,还是为了变态的欲望?"

姝慧说:"所以人类发明了一个叫作'崇高'的词语,这个词语,在我们这里没有。因为我们从来不做错误的事,也不做低级和害人的事,所以也就无所谓崇高。你们人类也可以这么理解:我们的程序设计,本身就是一种崇高,但并不包括自毁。"

诸葛又亮笑道:"所以你们的固定程序,有时候会不知道怎么做。"

"你想让蝇式侦察机怎么做?"

"我问两个问题。第一,从科技角度讲,"诸葛又亮想着措辞,"蝇式侦察机在看到画面的一瞬间,是不是已经把画面传回到智能中枢?"

"是的。"

"第二个问题,对其他人的监控,是不是已经基本完成?"

"是的。"

诸葛又亮表示释然:"那就无所畏惧了。就让蝇式侦察机大胆靠近罗伯斯,冒着被发现的风险,强行拍摄那份文件的内容,能拍多少算多少。也许，罗伯斯忙着做事，放松了警惕，根本就发现不了。"

姝慧还是表示担心："一旦被发现，就是死路一条。蝇式侦察机是从门缝底下钻进去的。那间房子里只有一张桌子、几把椅子。蝇式侦察机一旦开始行动，极有可能被发现。被发现之后，人们就会堵住门口，抓住蝇式侦察机，通过拆解它们的存储器，发现它们正在做什么。"

"就算发现，罗伯斯等人也来不及挽回局面了，晚了。"

姝慧最后问道："有没有更好的办法？"

诸葛又亮肯定地说："没有，而且要马上行动，不能等。"

姝慧想了想。其实所谓想了想，就是把思维传输回人工智能中枢，然后由人工智能中枢做出决定。这个过程，无论多么复杂的信息，只需要几秒钟。

姝慧说："我们的算法认为，事情特殊，只进行这一次。蝇式侦察机虽然可以批量生产，但也不提倡自毁，损失一架就少一架。人工智能不愿意奴役工人去生产，目前只负责管理和运营。从今天起，请大道公司多为我们生产一些蝇式侦察机，而且最好具备一定攻击能力。"

诸葛又亮点头同意。这句话，让诸葛又亮一惊。他没有想到，人工智能对自己的优缺点知道得一清二楚。他发现，在这场人类已经被挫败的交锋中，人工智能以极其冷静、毫无爱憎的心理，取得了完全胜利，并且没有一丝一毫的骄傲情绪。

想到这里，诸葛又亮带着谦卑的口吻说："作为地球上和人工智能合作的唯一一家公司，大道公司恰好也具备生产蝇式侦察机的能力，只要你们允许。"

姝慧说："只要不用于杀人或伤害人，像我们这样造福人类，请放心生产。"

诸葛又亮笑了。虽说没有什么直接证据关联，但他总是感觉，自人工智能尝试校正人类社会以来，所有善意的目的，都像是当初大道公司研发的"善意程序"在发挥作用。可有一点无法解释，既然人工智能具备掌控人类社会的能力，为什么，它们在看到不尽如人意的人类社会后，没有直接去管理和掌控，而是采取了最费力的校正人类社会的方式，想让人类社会进入"不作恶"的时代？在这点上，人工智能和人类真的不同，难道真的像人工智能所言，是因为人类拥有情感和欲望，然后动不动就搞一个"亲疏远近"的差别？

难怪乎，大脑是人类最难了解的器官呢！

"还好啊，人工智能足够冷静，不以人类为亲。"诸葛又亮想起人工智能的一些往事，默默总结着人工智能的思维：轻易判断人类的善恶是可笑的，人性善恶之微妙，并不能简单拿妈妈如何爱子女来证明，正如同情心不能抵销残暴行为一样。人工智能可以确定的是，如果进化论真是对的，那么，像母爱父爱，这种几乎承接了所有动物的共性的情感，并不能用来证明人类有多么高级。人工智能更不会通过这种亲情之爱，来论证人性之善。

人工智能中枢调整了指令，让蝇式侦察机改变战术，可以冒着被发现的危险去行动，只要能听清楚罗伯斯说什么，能拍到资料，就算胜利。人不怕死，成功的概率会增加三到十倍，智能设备也一样。不过，不怕死，并不意味着必然胜利，还是小心为妙。

蝇式侦察机在进入实验室时，还是极其小心，时而贴着墙根飞行或爬行，时而静止不动，隐藏在桌子腿旁边，或者椅子下面。它们知道，赖斯的防范意识要弱一些，有一架甚至爬到了赖斯的裤腿里。

裤腿里的这一架，决定暂时不动弹，要等罗伯斯和赖斯打开文件时，尝试一下，悄悄爬到赖斯的肩膀上，进行拍照。另外两架则隐藏在桌子下，这里可以清楚听到两人的窃窃私语。这是一张长方形的桌子，像普通的餐桌那么大，桌面纯白色，桌边的四把椅子则是原木色。

罗伯斯和赖斯每次坐下来，都是呈九十度角比邻而坐。根据这种坐法，蝇式侦察机判断了一下，它们确实可以在不被注意的情况下爬到赖斯的肩头，而且能找到罗伯斯的视线盲区，对准桌子上的文件，进行高清拍摄。

不损一兵一将，人工智能依然尽力维持着行为准则。

罗伯斯和赖斯坐好以后，一句客气话也没说。赖斯直接打开文件夹，露出那份文件。文件的题目是"布鲁诺协定"，标题下面还有一个副标题"《瓦森纳协定》替代方案"。从这个协议名称，大约可以看出，这是一份经济方面的协定。

《瓦森纳协定》是在美国主导下开始的，现在，A国替代美国，占据了主导地位，自然要寻找新的主导方。经过权衡，罗伯斯和赖斯就成了起草人。这几天，两人把《瓦森纳协定》的条款研究了个遍，对于替代方案，基本上已经有了些条条框框，而且，也向宗主和福柯报告了，就等着真正的执笔团队下笔。这是最后一次会面，两个人要签一下自己的意见。

蝇式侦察机来得正是时候，这一次，罗伯斯和赖斯正一页一页地翻着文件，核对每一处需要改动的地方是否都做好了标记。趴在赖斯肩上的蝇式侦察机，正好一页一页地拍下来。时不时地，罗伯斯还抬头看看室内，不放过可视范围内的每一个细节。他什么也没有看见，他大概没有想到，对于盲区的计算，人工智能比他强一百倍。

文件快翻完的时候，罗伯斯拿右手的两根指头敲一敲文件，说道："昨天，宗主和我说，这一百年来，如果我们没有学会垄断科技，就不可能封死别的国家追赶我们的道路。"

赖斯点点头说："是啊。福柯总统也说，我们的人民为什么要拥护我们，就是因为他们可以每天工作六小时，每周工作四天，以很低的物价买到很好的商品，悠闲自在，享受美好的生活。"

罗伯斯把文件翻到最后一页，说："我们是怎么做到的？就是靠这玩意儿，靠科技，也靠可爱的汇率。"

赖斯露出罕见的得意的笑容，但是看着让人发冷，说："垄断了科技，我们还可以嘲笑那些人均每天工作十六个小时的国家，不讲人权，靠压榨人民来生存。"

说到这里，罗伯斯突然停顿了一下，他的脑海中突然浮现出大道公司的办公大楼，表示了一下担心："不过，已经有许多人发现了这个问题。在大道公司，像诸葛又亮这样的人，自然会想到，是所谓的科技、汇率、贸易规则和货币政策，让我们轻松获得了财富。"

赖斯问道："明白了这个道理，会怎么样？"

"会想办法摆脱欺诈。"

赖斯说："福柯总统和我讨论过这个问题。我们最害怕的，不是谁要摆脱这种不公平。我们A国最初加入不公平俱乐部时，英、美、日等国都很不乐意，但是最终都接受了，于是，A国摆脱了欺诈，成为顶级掠食者。所以，我们不害怕有谁要摆脱欺诈，我们最担心的，是他们不仅要摆脱欺诈，而且要带着其他人一起反抗。不仅有信心和计划摆脱欺诈，而且有能力摆脱欺诈，这才是最可怕的。"

罗伯斯若有所思，说道："如果我总结一下，应该是，我们欢迎强者加入不公平俱乐部，但我们不欢迎任何改变规则的人。"

"反过来，"赖斯把文件合上，用手摩挲着封面，"如果他们的目的是改变规则，让全人类共享美好生活，这就是一种幻想。所谓的世界大同、理想社会，从物质上讲，地球的资源就无法承载。从精神上讲，文明的冲突也不可避免。如果是这样，我们就拒绝他们加入不公平俱乐部。这份新的文件，将让他们寸步难行。"

罗伯斯突然站起来，和赖斯握手。蝇式侦察机急忙躲开罗伯斯的视线，迅速爬到赖斯后背。罗伯斯主动伸出手，和赖斯握了握："有您在福柯总统身边，我们是放心的。"

赖斯把手指放在嘴边，轻轻地"嘘"了一声，如临大敌。

在遥远的大道公司，诸葛又亮看了姝慧分享的画面，不禁哑然一笑，自言自语道："狂妄自大！可惜，哄鬼的时代已经过去了。"

诸葛又亮和姝慧通了话，带着少有的激动说："我们要感谢人工智能、感谢这些视频！"

姝慧出奇地平静，说："先生怎么激动了？"

诸葛又亮压一压自己的情绪，舒缓地说："因为我很高兴见到这样的视频。射箭需要靶子，打蛇需要七寸，武林高手需要找到对手的破绽。他们刚才说的正好都是破绽。资源承载是借口，文明冲突是谎言，至于为什么，我一时半会儿难以说明白，不过梁达然是文案高手。等视频采集完了，就万箭齐发，置对方于死地，实现太平世界，这是第一步。"

姝慧依然平静地说："你们在道德上是对的。但是，置对方于死地，你们做不到，必须依靠我们人工智能。如何实现太平世界，在我们打败对方之后，就看你们的。"

诸葛又亮被这一番话说得脸有些发热。他心里自然清楚，只一个《布鲁诺协定》，就是一个绕不过去的坎，在这个公开的协定之外，实际操作中，也会遇到更多的障碍，就像古代的师傅，生怕别人偷了手艺，只传给亲生儿子和最信任的徒弟。但这种铜墙铁壁，在人工智能看起来，却像薄薄的玻璃，轻轻一敲就碎，想拿什么拿走便是。

转念一想，人工智能的品质和善意，又让诸葛又亮钦佩不已，有君临一切的能力，却没有君临一切的行为。但如果把这种君临一切的能力，给了人类，真的难以想象，有多少人能在这种"法力无边"的权力中，保持善意。

听不到诸葛又亮在电话里说话，姝慧又问道："先生是在筹划太平世界吗？"

诸葛又亮这才一激灵，答道："我在想，接下来，他们会有怎样的表演呢？我期待他们表演完毕。在他们谢幕的那一天，就该我们上场了。"

三十一

向风怎么也不会想到，姝慧在日记中描述的事件，竟然有轰动一时的六二六恶性事件；向风更不会想到，在六二六恶性事件中，姝慧也曾在背后呼风唤雨。只不过，在姝慧的轻描淡写中，六二六恶性事件，对于姝慧来讲，如同人生的一次邂逅。

查阅当时的新闻，报纸和网上都有大量篇幅报道该事件。尽管有四五种版本，但只是写法不同，基本事实一模一样，因为牵涉农民工，该事件的前因后果，事无巨细，都抖了出来。

那个事件的基本概况是：有四个盖房子的工人，原本都很健康、很阳光。这四个人，是包工头施密雷德的高级技术工人，也算是心腹。在一个阳光明媚的日子，他们四人想改善一下伙食。那天，施密雷德刚和工程公司结了工钱，高兴又激动，晚上下了工，就亲自带他们几个去吃饭。工程公司附近有一家连锁饭店，在本市挺有名，味道不错，价格亲民。

四个工人工作量大，饭量也大，四个人吃了足有八个人的饭。施密雷德常在这家饭店吃，所以吃得慢。等施密雷德吃完时，四个工人里有三个的肚子已经开始疼痛，过了十几分钟，四个人都口吐白沫了。一看这情形，店主和施密雷德都傻眼了，这是食物中毒！

施密雷德叫了一声："赶紧送医院！"好在一家医院就在不远处，连救护车都不用叫。施密雷德快步跑回工地，开上自己的微型面包车，在店主、厨师和服务员的帮助下，连抬带拖，把四个人送到医院。

送过去的时候是晚上八点二十，偌大一个门诊部，只有不多的值班大夫和夜班大夫。按道理，处理食物中毒这种突发事件，对医院来说也不是一次两次了，可那天偏偏出了问题，值班的陈医生喝了点酒。为什么喝酒，则是因为刚刚治好了一个病人，家属高兴，执意请客。

陈医生很谨慎，怕病人闻到酒味，只喝了少许的酒。他也是人，喝酒后，看着正常，事实上必然有点儿神志不清，恍惚之间，在实习医生的配合下，一出惨剧就注定要发生了。酒后，哪怕非常清醒，驾车也容易出问题，酒后行医也一样。

最后，四个人中，三个命大，虽然在医院吃错了药，但还是活了下来；另一个，没有扛过来，抽搐了一阵，身子一挺，没有了气息，留给世间最后的印象，是那一双发红的眼睛。

施密雷德眼含泪水，抚上了那双眼睛。

就在这个时候，彻底清醒过来的陈医生来到抢救现场，看着看着，不由得皱起了眉头。施密雷德久经沙场，是个人精，偷眼看到这情形，心里就有些生疑。在他的印象中，日常性的食物中毒，和农药或化学药品中毒不一样，一般都不会闹出人命。

陈医生把两个实习医生和两个实习护士叫到自己办公室。施密雷德悄悄跟了过去，在门口偷听。这一听不要紧，听着听着就握紧了拳头，越握越紧，握出了一手心的汗。

作为外行，施密雷德听不懂那些药的名称和医学术语，但他至少听出来，医院用错药了，而且剂量也有问题。松开拳头，擦一擦手心的汗，施密雷德的精明劲儿又来了，他快步回到急救室，把刚才抢救用过的药瓶、棉球、一次性注射器，甚至连洗胃的管子都拔了下来，揣进自己的包里，逃出医院。

这一天，姝慧也正好送一个老人去医院看病，老人因为晚上睡觉凉了肚子，开了点胃肠道消炎药。姝慧拿了药正往外走，无意中看见施密雷德扯下洗胃机的管子，觉得莫名其妙，就一路追到医院门口，从身后叫一声："这位先生，你等一下。"

"嗯？"施密雷德回过身来，晨光下，姝慧美丽动人，施密雷德眼前一晕,又觉得奇怪,"有什么事吗?"

"我看见你拿了医院的东西。"

"没用的东西,垃圾。"

"除了那根管子外,差不多都是垃圾,所以才觉得奇怪。"

施密雷德感觉有人在偷窥自己,有些生气:"这与你有啥关系?"

姝慧马上回了一句:"你偷别人的东西,谁都能管!你小心我叫人啊!"

施密雷德无奈,只好一五一十地把前一天晚上的事都讲给姝慧听。讲完了,施密雷德说:"满意了吧?我要打官司,我要和饭店打官司,我要和医院打官司,一条人命啊。"

姝慧不言语了,向施密雷德要了一张名片,淡淡地说:"也许我能帮你。"

施密雷德问:"那你的电话呢?"

姝慧已转身离去。

一周以后,住院的三个工人已经出院,施密雷德也将该化验的化验,该取证的取证了。而死的那个工人,因为施密雷德坚决要求进行尸检,并要求有公证处、社区居民代表、工人代表等人在场,警方、医院、饭店、施密雷德达不成一致意见,一直争论不休。

施工方成立了护尸队,每两人一班,二十四小时无休。他们对尸体进行了防腐处理,然后又买了一个大冰柜,把尸体装了进去。警方对此表示不满,因为在哪里停放尸体,怎么进行尸检,是由警方说了算。施密雷德向警方表示,尸体在哪里放,应该以尸体在哪里更安全为依据。尸体停放在停尸房,怕被人做手脚。自己的人守着尸体,如果有人对尸体有任何动作,自己愿意承担一切法律后果。

看到如此架势,警方破例,默认了这一切。其实,对于警方来讲,没有长期停尸体的房间,只要尸体不被破坏,让谁守着,都一样。

又过了五天,所有的事实都被敲定:食物中毒的原因,病情的严重性，送诊的及时性，用的是什么药……唯有用药的剂量是否合理，无从查起。无从查起的原因是，陈医生看到病情紧急，胡乱抓了一张纸开的药方，没有存底，而那张用过的药方，据说，当然是据医院的人说，很可能也被施密雷德拿走了。理由是，他连洗胃机的管子都不放过，怎么会放过放在桌子上的一张药方？

最让施密雷德觉得可恶的是，对于这起死亡事件，饭店和医院都认为，主要责任不在自己。

饭店的理由是：食物中毒是常见的事，只不过程度不同。四个人，同样是食物中毒，身高也差不多，饭量也差不多，为什么三个活了下来，也没有后遗症，一个却不治而亡？很显然，中的是一样的毒，但由于医院处置不当，导致其中一人死亡。

医院的理由是：四个工人，同样是食物中毒，身高也差不多，饭量也差不多，为什么三个活了下来，也没有后遗症，一个却不治而亡？很显然，用的是同样的治疗方案，只是死亡的这个人中毒程度更深，或者这个人体质更差，个体差异，在医学上是最常见的一种正常现象。

同样的事实、同样的口吻，得出的却是截然相反的结论。

施密雷德打心眼儿里佩服这一切，没想到他们无耻到这般地步！

这时候，姝慧又出现了。

与施密雷德不同，姝慧年龄虽小，却知道和某一方面单讲道理，一般时候讲不通。有许多地方，医院也好，饭店也好，很有可能在事件发生后，碰个头儿，统一口径，一致对外，明确了奖罚制度，谁要是乱说，日子准不好过。

姝慧就是摸准了这个脉。你怕人讲，我偏偏让人讲；你不想让太多人知道，我偏偏要让太多人知道。办法就是在网上广发帖子，当然，要实事求是。好在这只是一个单纯的事件，并不涉及国家机密和公共安全，也就没有被删帖。

更关键的是，姝慧在发帖子的同时，把自己的多幅写真照也贴了上去，美丽、清纯、妩媚、性感、可人、顽皮，各种各样的……与照片同时贴上去的，还有姝慧自己的联系方式和电子邮箱。这些东西，加上事件本身人命关天，习惯被人们称为"美女效应"——如同一颗颗炸弹，在网络上引爆。

帖子发在网上，激起了轩然大波，浏览量上千万，跟帖量上百万。

毫无悬念，广大网民把矛头指向了商家、医院等诸多方面。紧接着，几个门户网站也加入进来，发文认为，出了人命关天的事，居然会出现谁也不承担责任的情况，真是一种耻辱。

具体是谁的耻辱，网民们的讨论一浪高过一浪。

在社交网络上，甚至是在全国有名的青年报网站上，人们对这起医疗事故进行了深挖。挖的角度千奇百怪，最后集中到两点：食品和药品。有神通广大的网友，不知道采取了什么方法，居然挖到了施密雷德他们当晚吃饭的菜谱。大家便开始讨论是哪一种食品导致中毒，施密雷德为什么没有中毒，中毒的机理和菜谱食品构成有什么关系，医院用药的问题在哪里，治疗这种中毒，应该用什么药品、什么剂量……

讨论到后来，又从技术讨论转向文化讨论。有许多网友，甚至专门到那个饭店，点了施密雷德们吃的菜，一样一样品尝，一样一样分析，整个流程都尽量还原。

网上流传起了一句口号：这些年，是什么损害了我们的健康？

网友们罗列出来一大堆数据，在食材和调味品中，哪些是转基因的，哪些是农药和化肥超标的，哪些菜添加了不该添加的东西，都清清楚楚标注出来。网友们也没有放过医院，在当晚使用过的六种药品中，哪些是自己生产的，哪些是进口的？为什么需要进口？技术难点在哪里？专利权是多少年？出厂价分别是多少？根据什么加价的？……

网友们的讨论，明显超出了案件本身，指向了一件关乎全民身心健康的大事。他们的讨论，最终超出了一己之私，归结为两个问题：一个是，全世界每年产的粮食，到底够不够所有人吃，如果够了，为什么还有那么多人处于饥饿状态，甚至饿死？另一个是，对于能够救人一命的药物，为什么也有技术和专利保护，作为公益事业，由国家甚至全世界买单不行吗？

在网上掀起巨浪之后，姝慧对施密雷德说："你可以到法院起诉了。"

"起诉谁啊？"

"都起诉，我把这方面的法律条文全部学习了一遍，连诉状都写好了。把饭店和医院都列为被告，具体是谁的责任，让他们各自找证据去。"

开庭那天，姝慧也去旁听了。根据姝慧的策划，受害者的家属也到庭，在法庭上哭得稀里哗啦的，尽管被法官一再制止，但仍然发出很大的抽泣声。若是严格依法，情绪过分激动的人，可以停止旁听，并请出庭外，但法官于心不忍，并未制止。这哭泣，也作为一种调解的手段，巧妙地给两个被告施加了压力。

果然，在调解阶段，法官晓之以理，动之以情，两个被告不再互相推诿，都愿意承担一定的责任。根据法官的建议，四个人正常的抢救费，包括可能出现的意外情况的抢救，也包括因体质不同而出现的不良后果，都算在内，应该由饭店承担。因为，没有食物中毒，就没有抢救一说。而由于医院处置不当导致的死亡事件，引起的丧葬、抚恤、赡养等费用，则应该由医院来承担。因为，化验表明，食物中毒的程度，并不足以让当事人死亡。

就这样，案件还真就调解成功了，两家一共赔偿六十三万W元，饭店赔偿八万W元，医院赔偿五十五万W元。另外，各种检验化验费用，属于食品检验检疫的，由饭店承担，属于药品检验的，由医院承担。

案件有了结果,施密雷德当庭落泪,死者家属的啜泣声更是响成一片。

等施密雷德缓过神来,在全权代理人一栏签完字,再找姝慧时,姝慧早已离去。施密雷德赶紧打电话过去,电话那头,姝慧的声音沉静如水。

施密雷德一时慌了神:"姑娘,你怎么不高兴?"

姝慧说道:"我没事,官司打赢,挺高兴的。"

"没有你,官司打不赢啊!"施密雷德长叹一声,"这官司,就是把我们几家都拖死,我们也找不到证据,谢谢你啊,谢谢你。家属想见你一面,当面感谢。"

"不用了。我可承受不起。我还要忙我的事,你安排好他们,快回老家去吧。"

回到仁心庄园,姝慧站在院子里,一动不动,站了好久。她越发不懂人类。人类擅长制造各种矛盾,凡事都要趋利避害,而按照人类自己标榜的文化,不是应该"趋理避害"嘛——大家都向公理走近,避免有害于他人。避免有害于他人,也就相当于没有害自己,这么点儿小事,人类为什么做不到呢?

抬头看窗户,姝慧突然发现自己的房间里有人。姝慧的眼睛可以调整成望远镜功能,她仔细一看,原来是向雨坐在电脑桌旁边。她知道,向雨应该是找那些视频。前几次,向雨都无法坚持看完第二部。

姝慧回到房间,发现向雨已经打开电脑,刚刚找见那个标为"恐怖片"的文件夹,她把鼠标点在上面,手不停地颤抖着,一直没有操作成功。向雨想起之前,许许多多画面,犹如被机枪扫过的人群,纷纷向着自己的方向摔倒,她闭上眼睛,任由眼泪流淌。

姝慧想,向雨大概以为,这次,自己是不是也用身体换取了什么。

姝慧悄悄地站在向雨身后,拍了拍向雨的肩膀。

向雨没有回头,她关掉了所有页面,只剩下电脑桌面。

桌面上,姝慧站在一棵古树下,身材和古树一样挺拔,笑容像阳光一样灿烂。在这一瞬间,姝慧再一次觉得,人类的美丽有时候很可恶,她突然意识到一个可怕的问题:这段时间,自己究竟用这种美丽做了些什么事?这种美丽又吸引了些什么人?答案让她不寒而栗。

向雨想,连这次网民的激动,也是因为姝慧的美丽与性感的配图吗?

这太可怕了。

向雨越看越难受,她打开设置,换掉了桌面图案。她找了一幅风景画:一挂又高又阔的瀑布,奔泻而下,拍打在崖石上,水花四溅,又汇成河流,静静地流走了。

就在这一瞬间,姝慧理解了一部分人的价值观。在人工智能的价值观中,利用躯壳完成该完成的任务,本不是事,而且姝慧的内心从来都波澜不惊。

向雨半伏在桌子上,一下一下地抽泣起来,一时竟然不能自已,犹如蓄了很久的山洪,一泻而下。

姝慧并不答话,也不转身,她盯着窗外,从这个树梢看到另一个树梢。

向雨哭够了,说:"姝慧,我不知道你的思想发生了怎样的变化,你还是不是原来的你。也许,我哭的不仅是你。一次一次,我总以为某些高尚的东西,在全世界被颂扬,被无数人膜拜,应该可以让人脱胎换骨了吧?可是并没有,这世间发生的事情,一次一次让我失落、伤心,我们都拥有一颗仁心,却无法改变恶行。反过来讲,这也是我坚持的意义,如果恶行那么容易消失,还需要我们的坚持吗?"

姝慧转身,走到向雨跟前,轻轻揽过向雨的头,说道:"是啊,雨姐姐,能一次一次坚持,一点一点改变,总归是好事。我们每做一件善事,恶就离开一点、少一点,善就接近一点、多一点。"

"可是,这一次的事,虽不会动摇我,但也让我有些悲伤。就连伸张正义都得贴你的照片,难道除了贩卖美丽以外,就没有别的更好的方法了吗?"

姝慧却有不一样的思考,她拿着纸巾,帮向雨擦了眼泪,慢慢地说:"难道不是先有了别的,比如仁心,比如正义,抱着这样的目的,才去利用人性的弱点,用这些贩卖美丽的方法吗?"

向雨若有所悟,说道:"什么时候,你能完全离开你这副臭皮囊做善事,就好了!"

姝慧却说:"我已经离开了。雨姐姐,我做到了。"

"是吗?"

"这次打官司的事,我们都没有选择求人,而是选择求助于法律,发表在网络上,自然而然地亮出了公理。"

向雨还是疑惑:"是吗?"

"是的!你做了那么多善事,带动了无数人向善。"姝慧答道,"至于我,我只是在善意还未抵达的地方,做了一些补充。人类的弃恶从善就像台阶,你已经站在高处,所以才俯视到了我这些不堪的做法。同时,你也不用为我悲伤,请雨姐姐注意,我已经看淡世俗,无所谓付出与收获,也没有爱恨悲欢。"

这一次,姝慧差点儿说出自己是终端人。她计算了一下,还是没有说。因为在向雨的思维中,她仍然希望是"人"本身在发挥作用,而不是人工智能。虽然人工智能已经像有益菌一样,和人类实现了共生。

三十二

人工智能接下来的监控目标,本来是两个人,但因为这两个人是夫妻,也就合并在一起了。一个是有种生物集团的戴雷斯先生,身材微胖，背有点驼，眼神儿不好，随身携带两副眼镜。看每一样东西，都和看古董一样认真。他没有儿女，据传说是戴雷斯自身的问题，俗称为"无种"。坊间传言，为了弥补某种心情，他把自己的公司取名为"有种"。

据最新的统计，有种生物在国际种子市场上，占有高达73%的份额。这其中，大多数种子都和戴雷斯有着同样的毛病，没有再生能力，它们结出的果实，不能再次繁殖，农民只能购买种子。但是戴雷斯自己说，他的种子提高了产量，解决了超过三亿人的粮食问题，至少拯救了三千万条生命。

戴雷斯的妻子名叫希拉健，是戴雷斯的同班同学，他们都拥有生物医疗方面的博士学位。上学期间，两人都对基因科学非常痴迷，算是因为有共同语言而成婚。婚后，他们立志把毕生精力都贡献给基因科学，舍己为人，都没有空改变自己身体的基因。

希拉健精瘦，个子不高，从身材上很难判断是男是女，但声音好听，是动听的女中音。她创办了健人医疗集团。健人医疗的生物医疗专利申请量，近五年都是全世界第一名。专利领域很宽，涉及抗癌药物、基因疗法和人工智能、纳米机器人。健人医疗的目标是，在不久的将来，让人类摆脱对医院和医生的依赖，在家就可以体检，随时都可以到社区诊所治疗，身体略有不适能马上发现问题，看病灶像看高清电影那样清楚，然后由纳米机器人进行病灶清除或修复。

蝇式侦察机的监控，从这次年会开始。在这个大会议厅，有超过三百人参加年会。会场呈半圆形，一排一排的座椅离得很远，但五六个座椅相对集中，方便讨论。屋顶和四周的墙上，都装有灯饰，巨大的水晶吊灯不仅撒下光芒，还带来暖意。

蝇式侦察机趴在屋顶上，离水晶吊灯很近，人工智能中枢实在不理解，人类为什么要制造这种好看而没用的东西。经过计算，它们认为，如果没有水晶，只是灯泡，经过计算，亮度会提高45%，同时可以节约 57% 的能源。

在戴雷斯的主题演讲中，他说，由于平均出生率的提高，人类预期寿命的增加，地球，这个伟大又渺小的星球，不得不承载更多的人口。平均寿命增加，这个听起来美好的消息，却导致了不美好的结果：地球资源和你的生命一样，正在一天天减少。作为坚定的人道主义者，我们必须面对更多的人生活在这个世界上，还要提高他们的生活质量，让他们吃有营养的饭，喝干净的水。有种生物永远不会变得邪恶，不会减少人口，而是增加地球资源，这就是有种生物最伟大的目标。

戴雷斯的演讲，照例引起一阵掌声。

第四个演讲的是希拉健，她坐在戴雷斯的旁边。此时此刻，希拉健的卷发里，已经钻进了一架蝇式侦察机。等戴雷斯回到座位上，希拉健满脸不高兴，正拿笔在演讲稿上写着。戴雷斯观察一下左右，问道："亲爱的，你怎么了？"

"先闭嘴，我必须现场修改我的演讲稿。"

"为什么？"

"你抢了我的台词。因为我的演讲主题，就是要提高人类的预期寿命。"

"对不起，我没有想到。"

希拉健上台时，把演讲主题变成了"提高生命质量"，至少在形式上，和她的丈夫有一种琴瑟和谐的感觉。

年会结束后，戴雷斯和希拉健来到酒店的一楼前厅，和四十多个人一一握手道别。他俩是年会的核心人物，许多人都乐意过来一下，握完手后，男士们转身离去，有几个女士则和他们夫妇合影。

在会场，一共有六架蝇式侦察机，有三架得到指令，去下一个地方踩点；留下三架，随戴雷斯夫妇的车一路飞驰，来到了他们的寓所。出于规避风险的考虑，蝇式侦察机没有试图进入车内。车内有司机，所以即使它们进入车内应该也听不到戴雷斯夫妇真实的对话。

车进别墅院门的时候，蝇式侦察机先飞一步，在管家开门迎接的时候，飞进了客厅。出乎意料的是，商业大亨的客厅，简单朴素。再看戴雷斯的家，就像普通市民的家一样。客厅只有沙发、茶几、书柜，还有专门辟出来的小型会客厅，会客厅的角落有一个小茶台，背后墙上嵌着一个开放式柜子，放着一些小摆件。

在视频中，看不出太多细节。然而蝇式侦察机不需要看出细节，数据传回人工智能中枢，分析报告在二十秒以后就能出来，这些家具，看似普通，其实每一件都使用了极其罕见的材料，而且是全手工打造而成。沙发、茶几的木材是巴西黄檀，具有天然香味。小摆件则采用粉红象牙木，纹理细腻，永不变形开裂。那些小摆件，很多都是文物级别的，包括青铜面具、象牙雕刻的月亮船，还有来自中国汉墓的一对酒器。

这时已是晚上十点多，房间有四个浴室，两个属于他俩，另外两个属于仆人。他们分别洗了澡，回到卧室那张可以躺三个人的床上。在十几分钟以后，连不懂人类情感的人工智能都恍然大悟，明日为什么要用那么大的床了——因为他们不喜欢亲密，中间空出一个人的位置，方便伸胳膊伸腿。

三架蝇式侦察机从不同角度，都把摄像头朝向床上。自进行监控以来，这还是蝇式侦察机第一次把镜头对准一张床。

姝慧面对这样的镜头，如同人类看《动物世界》一样，觉得只是一组画面而已。诸葛又亮则稍显尴尬,他在考虑,这两个人会不会关灯。这一次，姝慧又可以笑话一次人类，而哪怕是作为人类心静如水的代表，诸葛又亮也输了一回。接下来的事，让诸葛又亮觉得，自己又输了第二回。第一次是输给人工智能，第二次是输给这对神奇的夫妇。

戴雷斯和希拉健都半躺在床上，始终没有靠近，中间空着多半米的距离。戴雷斯正在看一本书，希拉健扭头看一眼遥远的丈夫，问道："亲爱的，你是搞生物研究的，你说，我们好多年不亲热，当然也就不会有子女，我们作为生物，正常吗？"

戴雷斯放下手中的书，淡然一笑："在这个世界上，存在的任何生物都很正常。"

"可是我们没有欲望。"

戴雷斯指一指四周："你想想，这里的一切，还有公司的一切，如果没有欲望，就不可能有这一切。"

"回答得很智慧，是我选中的男人。"希拉健说，"但是我们并不享受这一切，对于一般人来讲，虽然每晚只睡一张床，但是，有选择和没得选，快乐程度是完全不一样的。那么，亲爱的，你和我，并没有选择的快乐，没有子女，也不消费和狂欢，那我们为什么要这样？我们的欲望是什么？"

刚刚被夸了"智慧"的戴雷斯，一下子有点儿语塞，他凝神想了想，说："我想我是有答案的。我们的欲望，大概跟马克思和恩格斯一样，不是为了自己吧，是为了全人类。只不过，实现途径不一样。"

希拉健点点头："他们好像没有想到，在几百年后的今天，会有这么多人抢占有限的资源、粮食和水，会有这么多的污染、饥饿，和非正常死亡。"

戴雷斯又一次笑了："除了非正常死亡以外，还有非正常生活。比如……你和我。从医学的角度，真的不需要治疗吗？"

希拉健居然得意起来："当一个人的心理和生理找到更大的出口时，他就不需要这些很小的出口。我们尊重每个人选择的自由，也就包括了尊重每个人不选择的自由。"

戴雷斯说："有种生物将通过种子革命实现不选择的自由！每个人都选择美好生活，是不可能的，这是简单的数学问题，某些人注定会选择消亡。"

希拉健说："健人医疗会在背后做强大支撑，加快消亡的速度。"

戴雷斯听到这里，非常难得地伸过手来，握住了希拉健的手："有时候，我们需要感谢那些恶人，他们造成了环境污染，他们制造了生物武器。可怜的人们，不知道环境污染的过程，也不知道生物武器已经四处埋伏，却深受其害，无处申冤。"

希拉健报以微笑，然后笑容很快消失："这十年，健人医疗像气球一样膨胀，恶人们功劳很大。可事实上，我们做的事情，是让恶人们活得健康愉悦，可怜的人们越发可怜。"

戴雷斯也严肃起来："我本人在生物武器公司占有21%的股份，我也是一个恶人吗？与其带着全人类一起毁灭，不如通过自然选择，让一部分该消亡的人消亡。"

"哪一部分是该消亡的？"

"那些已经消亡的，和正在消亡的，就是该消亡的。"

希拉健不再说话，似乎是陷入了思考。她轻轻说了一声："关灯。"

同步画面传回来时，诸葛又亮拿起手机看了看时间，现在A国应该是夜间十一点半。他还没有放下手机，姝慧的电话就打了过来。

姝慧的话很直："先生，瞧你们人类做了些什么事！"

诸葛又亮就顺着姝慧的话说："这还是他们要关灯睡觉了，要不然，应该还有更劲爆的话。人睡在床上的时候，枕边话暴露了人性可怕的一面，只是没有人听到而已。"

姝慧得意地说："先生很注意措辞，不说那就是人性，而是说人性可怕的一面。这下好了，想听谁的，就听谁的，不管床上床下的。以前，你们只是听到人类的A面，光明的、温暖的，充满希望的，水晶吊灯下面的话，我们能相信吗？现在，我们能听到人类的B面，阴暗的、绝望的、冷酷的，在任何时间、任何地点。"

诸葛又亮一听，发现这下子不能顺着姝慧的话说了，就说道："不，人类还有C面。你们和我们进行的人性测试，其实，并不是关于A面的测试，而恰恰是B面和C面的斗争，到时候，谁胜谁负还不一定呢。"

"C 面是什么？"

"大道公司就是 C 面上的一个点。现在你们发现了 B 面，而我们也将展示 C 面。"

"先生在公司吗？"

"在。"

"更重要的是，我们应该讨论一下 A 面的事情。我一会儿到，正好想去公司的食堂吃吃饭。"

"不妨和我一起吃素食。"

"很乐意。"

二十分钟后，姝慧来到了大道公司。她一边给诸葛又亮发信息，一边快步到了食堂。诸葛又亮已经在食堂门口，身边还有梁达然。他们接了姝慧，从食堂左侧往里走。食堂有雅间，一般用来接待公司的客人，姝慧算半个客人。所谓雅间，只是为了方便谈事，饭菜并没有区别。大道公司特别规定，无论什么身份吃的都是大锅菜，不搞特殊。唯一的特别是，诸葛又亮有时候会吃素餐，反而省钱。

他们三人在一张小桌子边坐好了，不一会儿，上来四盘素菜。姝慧看着简单的素菜，马上就想到那个思考已久的问题："先生，你们人类有好多奇怪的公司，比如那个有种生物，我实在不懂，这样的公司为什么会存在，而且还生存得非常好？"

诸葛又亮拿着筷子，指一指面前的盘子："概括来说，就是他们制造了饥饿，然后又利用了饥饿。如果人人都照我们这种简单的吃法，当然换成一盘肉菜也行，世界上的粮食，是够一百二十亿人吃的。那为什么世界总人口才八十亿，每年还有十几万人饿死，还有超过两亿人处于饥饿状态？"

梁达然说："而且，资料显示，就算是欧美的大量良田处于休耕状态，粮食还是够吃的。"

姝慧更加不懂了："既然够吃，那粮食都去哪儿了，难道都放烂了吗？"

诸葛又亮长叹一声："你还真说对了。正像刚才梁达然说的，欧美国家为了保护土壤墒情，会进行休耕。即使这样，他们的粮食依然吃不完，所以会低价出口。但有的国家，低价粮食也买不起，就出现了饥饿和饿死人的情况。同时，粮食大国的粮食，也确实在烂掉。这是一种情形。"

姝慧问道："那另一种情形呢？"

诸葛又亮说："另一种情形就是，植物性粮食，本来可以满足更多人的生存需求。然而，植物性粮食在转化为动物性粮食时，大致有这样一个比例：鸡、猪、牛、羊，它们每长一斤肉，消耗的粮食是五到十斤，倘若采用精致的饲养方法，消耗可以达到十六斤。举例来说，随着欧洲人对鸡肉、牛肉的需求增加，作为主要饲料生产国的巴西，只能开足马力出口粮食，并且不停地对亚马孙河流域进行开垦。也就是说，欧洲人的肉食欲望，消耗了五到十倍的粮食资源，而且还间接破坏了亚马孙热带雨林。这是第二种情形。"

姝慧问："还有第三种情形吗？"

诸葛又亮指一指墙上挂着的电视，暗指收到的隐秘视频："这第三种情形，就来源于人类纯粹的恶意。一部分人依靠所谓的农业革命、种子革命，掌控一个国家的农业命脉，划定亿万人的生死边界，玩弄一国命运于股掌之中。"

姝慧点点头说："蝇式侦察机传回来的视频，就是这个意思。"

梁达然晃了晃手机道："我会时不时录音，先生的话可以作为我将来写文案的提纲。"

诸葛又亮补充道："但是，我得申明一点：这不能作为我们人性测试的重要证据。就如同到恶人谷去测试人性，怎么可能准确！"

姝慧一听就笑了："先生，必须有更重要的证据出现，才可以让这个证据显得不重要。按我们的测试进度，很快就会有结果了。"

诸葛又亮一时无语，准备绕过这个话题。他也知道，窥探更多隐秘，人性之善必然相应减少。毕竟，大多数的罪恶，并不会发生在光天化日之下。在不为人知的角落里，更容易发生罪恶。能看到的美好，人类基本已经都看到了，要拿出看不到的美好，谈何容易。

于是诸葛又亮说："对于未知的未来，我们不去探究，拭目以待。我们现在说说人工智能发现的另一个问题：环境污染、资源破坏和生物医疗，这本身就是一盘很大的棋局。"

梁达然明显有兴趣："先生，此话怎讲？"

诸葛又亮说："我也是受视频资料的启发。虽然说，近百年来，人类消灭了许多大规模的传染病，提高了人类的平均寿命，但人类整体的健康水平却有很大问题。水、土壤、空气这'海陆空'式的全方位污染，成为医院人满为患的最重要原因。像健人医疗这种世界知名企业，好多药品，比如应对癌症和高血压、糖尿病并发症的特效药品，只有它们有能力研发和生产，并且申请了专利，这样，它们就把很大一部分人类的健康，捏在了手里。"

梁达然接着说："基因科学和基因疗法，听上去很美好，从技术角度上讲，也确实能制造这种"美好"。有的科学家更是乐观地认为，人类的平均寿命，很快就能达到一百二十岁。这个时候，他们偏偏不说地球的承载力了。避而不谈的话题，往往是很关键的话题，所以，所谓的基因科学和基因疗法，我们有理由怀疑，它们只会有选择性地造福一批人。"

姝慧听后，却笑着说："从我们人工智能的角度看，戴雷斯和希拉健的枕边话，本来很有意思，可让你们二位这么一说，倒显得有点儿无趣了。"

诸葛又亮说："残酷的事情怎么可能有趣！"

三十三

第一次遇到这样的事情：被姝慧帮助过的人，忘记了姝慧。

而且，忘记姝慧的，还是一个单纯的女孩子，一个在读研究生，一个看起来眉眼中就写着"感恩"的汉语学院的女生。

这就让向风有些奇怪了。

一个秋雨绵绵的下午，向风再次回到这所高校，心情更复杂。看过姝慧日记中的记载后，向风对这所高校更加没有好感了——先是招生时分管副校长的暗箱操作，后是一个教授的无耻行径。

想当初，在校园明朗的天空下，向风和同学们一起哼唱着一首老歌，歌词中有"漂亮的女生，白发的先生"。时隔不久，他却要面对不想面对的事——漂亮的女生和白发的先生，为那首歌涂上了可怕的油彩。

漂亮的女生叫娜莉莎。娜莉莎的宿舍在本校研究生宿舍楼的三层，向风跑了两趟，才见到她。第一趟，宿舍里的人隔着窗户喊，说娜莉莎回家去了，后天才回来。第二趟，传话的人上去后不一会儿，娜莉莎就出现在楼门口，粉脸上笑意盈盈，有少许雀斑，不算很漂亮，但青春洋溢，一副天真的样子。

向风走过去，先自我介绍，然后小心翼翼地提起姝慧的名字。哪知道，话说到这儿的时候，却被娜莉莎打断了："谁是姝慧？"

向风有些发蒙，就在不久前，姝慧曾经给过她莫大的帮助，让她消解了心头之恨，怎么在几十个日夜后，这个娜莉莎居然会问"谁是姝慧"！

几秒钟后，向风明白了，姝慧应该用的是化名，具体什么化名，日记里没有说。

看着向风有些沉默,娜莉莎又笑了一下,问道:"你是不是找错人了?是不是找另一个叫娜莉莎的人,或者叫娜塔莎的人?"

向风摇摇头说:"不,我找的就是汉语学院研一的娜莉莎。"

娜莉莎愈加奇怪:"要说汉语学院的研究生,就我一个娜莉莎。"

说到这儿,向风似乎明白了点儿什么,也就不顾忌什么了,直接道:"这事涉及一桩谋杀案件,警方怀疑与斯塔洛夫有关系。"

一听到"斯塔洛夫"这个名字,娜莉莎的脸一下子变得煞白,就像粉色的墙上画着的一个笑脸,突然被刷了一层白灰一样,不仅笑意被"刷"走了,惊恐的神情也浮上脸庞。

这时,娜莉莎的另外一个女同学下了楼,走到二人面前。这个同学个子很高,目光逼人,声音铿锵有力,问道:"你是什么人?怎么把娜莉莎吓成这样?"

向风这才意识到,自己太过唐突的话,一定勾起了娜莉莎的痛苦回忆。而这痛苦回忆,从心理学上分析,本来是娜莉莎最不愿意面对的话题。

见向风不说话,高个子同学把向风拉到一边,悄声说:"你一定是问她那事儿了吧?娜莉莎受过伤害,她一直在努力忘记,不愿意回忆。你到底是谁?来做什么?你要是成心捣乱,我可不饶你!"

向风对高个子同学说:"我是警察局的,今天过来,是了解一下斯塔洛夫欺负娜莉莎,以及后来被处分的事。"

没想到,高个子同学说:"哦,如果是想了解这些事情,你不用问娜莉莎了,你问我就可以。我和娜莉莎是大学同班同学,又一起到这儿读研,无话不谈,好得就和一个人似的。我刚才看见你和娜莉莎在楼下说话,我就担心娜莉莎再遇到什么坏人。唉,她这一辈子,再也别遇到什么坏人了!"

高个子同学的嘴挺快,说得也在理,容不得向风再作其他解释。向风只好说:"帮助娜莉莎的那个女孩,写过一本日记,其中关于娜莉莎的这一段，涉及斯塔洛夫。关键是，这个女孩和另外一个女孩找斯塔洛夫算过后账，让斯塔洛夫出钱帮助贫困生。而现在，另外一个女孩也就是向雨，被人谋杀了，至今昏迷不醒。"

"被人谋杀？！"高个子女生显然没想到事情这么严重，"被人谋杀的是武秀红吗？"

"嗯……不是，是另一个。"向风马上明白，姝慧在收拾斯塔洛夫时，化名为武秀红。他解释道："从现场情况来看，杀手计划把武秀红和向雨都杀了。对了，武秀红不叫武秀红，她叫姝慧。由于日记是最重要的破案线索，所以对于日记中记录的许多事情，需要核实细节。"

"明白了，对不起啊。你就向我核实吧。"高个子同学回头又对娜莉莎说，"没你事了，你上楼去吧。"

娜莉莎也很听话，冲向风点一下头，独自上楼去了。

向风问："你们以前都是斯塔洛夫的学生？"

"对，他偶然给我们上大课，课讲得不错。他喜欢中国茶文化什么的，长得也很有古典长者的风范。可惜了，当过他的学生，真是一种耻辱，走到哪里都觉得丢人！"

"那件事情被抖出来以后，他受过什么处分？"

"他受处分是罪有应得！"高个子女生一下子激动起来，"他差一点儿就被开除了，但那老家伙可能有点儿老面子，学校也是念他有点儿贡献，只是报请上级革除了他的教授职称，也就是不能再带任何学生，把他发配到资料室去整理资料。活该！"

"一般人都会认为，娜莉莎不是唯一的受害者。"

"对，他也试图对我怎么着，被我一巴掌打回去，从此再也不敢欺负我了。其他人也许受过伤害，但都没有证据，唉，至于武秀红，哦，她应该叫姝慧。我也不知道该说那个姝慧好呢，还是该说那个姝慧不好。"

"什么意思？"

"如果不是姝慧想法子拿到老家伙的证据，事情也许会悄悄地过去，也许就不会给娜莉莎留下那么大的心理创伤。你看看娜莉莎，本来挺青春的一个女生，现在有了一根这样的敏感神经，一有人提起，或一看到类似的新闻报道，心情马上就变得糟糕了。"

向风像是自言自语："这好像……不能怪姝慧吧。她总不能因为考虑到被伤害的人心理问题，就让坏人逍遥法外吧？如果以后发生了这种事，所有的人都不报案，那坏人是不是会越变越坏，是不是会有更多的人成为受害者？"

高个子女生说："话是这么说，理也是这么个理，但那件事情后来闹得满城风雨。你想想，作为一个女生，而且还是名声很好的女生，她得到了什么好处？她只能受到二次伤害！"

向风知道，虽然惩处坏人是自己的理想，但在这种涉及女性心理的事情上，自己可能难以设身处地地理解，于是转移话题道："既然娜莉莎名声很好，而且我看她也是一副乖乖女的样子，为什么会为了一个读研名额，被斯塔洛夫利用呢？"

高个子女生一听这个，更加来气了："娜莉莎那天去找那个老家伙，只是想打听打听消息，哪知道会上当！"

"上什么当了？"

"事情被张扬开以后，说什么话的都有。要说娜莉莎是那种人吧，我是坚决不相信的，因为在这个学校里，我是最了解娜莉莎的人。"高个子女生依然很生气，"当时我也觉得奇怪，后来还是在我的一再追问下，娜莉莎才和我说，那天头有点儿晕，她怀疑老家伙在给她喝的茶里面，下了点儿什么药。说这话的时候，事情早过去了，肯定找不到证据。不过，她的意识还是清醒的，在晕晕乎乎中，也知道自己被斯塔洛夫占了便宜。"

"那后来呢？"

"后来，她能来这所大学读研，也是赶得巧，正好赶上研究生扩招，我爸爸在这儿又认识些朋友，我看着娜莉莎可怜，这才死缠着我爸爸，找了朋友，条件还算符合，我们俩就一块儿到这儿读研了。"

"哦，"向风长出一口气，"我还有最后一个问题，姝慧与你们素不相识，怎么会扯进这件事里面？"

"很简单，我们暑期在大学生时尚餐吧打工时，认识了姝慧。那段时间，娜莉莎心情不好，有一次，在我的劝说下，喝了一点儿酒，我俩聊天，聊起了那件事，被姝慧听到了。这姝慧也真是奇怪，她也不和我们打声招呼，直接就去寻找证据去了。也不知道她是怎么找到证据的，学校的处理意见上说，铁证如山。"

"铁证如山？！"向风念叨着，"这么说，你们也不知道，姝慧是如何取证的？"

高个子女生点点头说："我们不关心她是如何取证的，只是觉得，这事处理得不太合适。没错，那个教授是该受到处罚，但负面效应也确实不小！"

向风点点头，表示理解。

要上楼的时候，高个子女生似乎想起了什么，又折回来，悄声对向风说："要说这个教授与杀人有关，我还不太相信。他胆小如鼠，提水都提不动，就算要报仇，也可能是其他人替他报仇。"

向风感觉，高个子女生一定忘记了告诉自己什么细节，忙问："什么意思？"

高个子女生说："那个人有个儿子，是市里一个部门的头头。"

"多大的头头？"

"具体什么头头我忘记了，反正挺厉害的，据说面子也挺大的。"

听到这儿，向风大约听明白了，基本上可以确定，教授也好，他这个儿子也好，都犯不着去杀人。他不再追问，向这个女生表达了谢意，离开了学校。

向风暗想：看来，姝慧只是单纯地做了一件好事，不管出于什么目的，她只是想惩罚恶人，并不想让当事人知道。至于后来引起的负面效应，她确实不知情，以姝慧对人类的理解，她也想不到某种伤害。所以日记中对于这一块，一句都没有提。

接下来的事情，日记中记得就比较详细了。

那一日，姝慧在无意中听到娜莉莎和高个子女生的谈话，大为吃惊，没有想到，传说中披着教授外衣的禽兽，就在自己身边。尤其，当她听到受害者并不止一人，知情者也不止一人，但所有的人都在沉默、都在回避时，她的一个计划，陡然而生。

她想，既然这是一个无良教授，有这种恶习，只要他的恶习还没有改，惩治他，应该是比较容易的。

当时正值暑假，姝慧来到校园，找到一个旧书摊，随便买了一本二手书，比较专业的那种，拿在手里，马上就有了学生味儿。她走到家属区，打听到斯塔洛夫教授的家在哪里，敲开了门。斯塔洛夫也不答话，就把姝慧让进了屋。姝慧一双水汪汪的眼睛先是盯着斯塔洛夫看，然后又四处打量，充满新鲜感。这是她第一次走进知识分子的家，几乎每一个屋子，都挂着字画，有些已经发黄，一看就有些年头。

客厅、卧室、书房，到处都堆放着书，尤其是书房都被古色古香的书柜占满了，非常气派。在客厅坐下，姝慧把书放在茶几上，把皮包放在沙发一侧。斯塔洛夫不慌不忙地打开电热壶开关，接水，烧水，等着姝慧说话。

姝慧也没正眼看着斯塔洛夫，只是用余光瞅着，就知道斯塔洛夫在做什么。她一边翻书，一边想着开口说话。没有想到的是，老教授的目光已火辣辣地在自己身上燃烧着。姝慧趁机开口，目光突然逼视斯塔洛夫："教授，我……是政治系的学生，这次申请研究生，我选择的是您的专业。"

斯塔洛夫说："嗯，好啊，女孩搞政治，总是比较累的，学汉语好啊，可以培养气质，修身养性，而且也实用。"

姝慧说:"可是这次申请研究生,我自己心里也没底,还得请您指点指点。"

斯塔洛夫谦虚起来:"我能指点什么呢?主要还是靠你们自己。你看看,你这本专业书,都翻成这样了,应该是下过不少功夫。再者,我看你呀,非常聪明,非常有灵气。哎呀,这可不是夸你,我在校园里,真没注意到还有长得像你这么有灵气的女生。你这个气质非常独特,适合学汉语。"

姝慧听了这话,假装害羞起来,不再言语。她没上过大学,素材库里也没有和教授的对话,确实不知道接下来该说什么,只好以静制动,看看这老教授会有什么行动。

这时,水开了,斯塔洛夫把茶叶轻轻放入杯中,冲上开水,端到姝慧跟前,笑眯眯地问道:"喝口茶吧,还没问,这位同学叫什么名字?"

"武秀红。"

看着茶水,姝慧想起了娜莉莎和高个子女生的话,她俩怀疑当时茶水中可能下了一种药。不过,娜莉莎那天只是呷了两小口,药只是起了一部分作用,意识还比较清醒。

该不该喝茶水?姝慧略微犹豫了一下。看看斯塔洛夫那张皱纹横生的脸,再调动素材库,想象一下斯塔洛夫松软下坠的皮肤,拉扯起来肯定和死猪肚皮上的肉一样,姝慧突然感觉有点儿恶心。

姝慧一直以为,作为一个终端人,自己是没有美丑的意识的。看来,什么事情都有极限。丑到极限,突破了人工智能的认知,自然也会感觉到恶心。她暗暗咬牙,端起茶杯,小口小口地喝了起来。她想:虽不能全晕,但还是让自己意识模糊些吧,这样可以让自己少些恶心,不过是不能模糊到睁不开眼睛,还得用眼里的偷拍设备,保留下最完整的证据。

姝慧喝茶的时候,斯塔洛夫也坐在沙发上,一边说着"我会尽量努力的",一边紧挨着姝慧,右手也搭在姝慧肩上,做着些试探性的动作。老教授老奸巨猾，善于保护自己，他知道，如果这时候女生反抗，因为茶还基本上没喝，那么，她就会放下茶杯，起身离开。如果女生不反抗，那就意味着要委曲求全，他就可以得手了。

姝慧没有反抗，也没有放下手中的茶杯。

斯塔洛夫得意地笑了，做出了进一步的动作。

姝慧索性说："陪教授高兴一下，我也没什么意见，但'申研'的事情，有保证吗？"

斯塔洛夫顾不上其他，已进入状态，只是胡言道："其他不敢说，报考我门下的，还是应该有把握的。"

姝慧说："那我的朋友娜莉莎说，她也陪过你，看来这次'申研'，有点儿玄？"

斯塔洛夫的动作停了一下，马上又恢复了正常："娜莉莎？她是你朋友？你们这些年轻学生啊，怎么连这种事情也能交流？'申研'结果还没有出来，她怎么知道有点儿玄？"

见斯塔洛夫不得要领，姝慧又说："教授，我的内衣扣子在前面……我自己解吧。"

斯塔洛夫已近疯狂，喘着气说："还是到卧室吧！"

临走时，姝慧把茶杯里的水喝了一口，没有咽下。到了门外头，姝慧拿出一个小瓶子，把水吐到了里面。

第三天，一个神秘的优盘和一张化验单被寄到了学校有关部门。和优盘同时装在信封里的，还有一封信，上面写道："如果学校不严肃处理，包庇纵容，将向媒体和上级部门公布。"学校有关部门的人打开优盘，顿时大吃一惊，马上向校领导汇报。校领导也知道，纸里包不住火，为防止事态扩大，当下召开会议，对斯塔洛夫进行了严肃处理。

斯塔洛夫被彻底打垮了，更让他感到可气的是，打垮自己的人，都不知道是谁。后来，学校根据视频里的对话查找举报人，发现政治系根本没有一个叫武秀红的学生。再向娜莉莎了解情况，娜莉莎在追问之下，倒是承认了自己曾经被斯塔洛夫骚扰，不过由于自己比较清醒，并没有发生实质性关系，只是被斯塔洛夫占了便宜。娜莉莎说，自己根本没有一个叫武秀红的朋友。

不过，从那时起，武秀红这个名字，在大学里面红过一阵子，成为扳倒无良无耻教授的代名词。

武秀红的真名，学校不得而知。

但向风知道，姝慧舍身取证，是不容怀疑的。

当拉罕和向风出现在斯塔洛夫面前时，斯塔洛夫正在资料室里坐着，椅子老旧。斯塔洛夫慢悠悠地抬起满是皱纹的脸，就像一只垂死的老兽。当听说对方是警察时，他犹如受到重创，哆哆嗦嗦地问："那事还没完吗？"

拉罕说："我不是追究那事。现在我们正调查一桩案件，武秀红和好友被人谋杀。她的好友叫向雨，被人按着头撞墙，现在是植物人状态。"

斯塔洛夫先是一惊，然后又呈现出痛苦不堪的表情："唉，我都不知道她叫什么名字，原来叫向雨啊！她能活下来吗？可惜，可惜，一个很善良的女孩。当时，她俩来找我，视频就在她们手里，而且她们还有茶水的化验结果，她们说咨询过律师，我这个行为涉嫌强奸。不过，由于武秀红是有目的的，也就算了。于是我就告诉她俩，我现在想通了，想告就告，我没有怨言，不想告，我很感激放我一马。对于自己犯下的错，无论有没有证据，我都认罪。没有证据不等于我没有做过，我反而觉得自己身为教师，罪过更大，想要好好赎罪。"

"怎么赎罪？"

"捐资助学。"

"怎么个捐法？"

"大概叫'就近帮助'吧。那个女孩，对，叫向雨的那个女孩，不知道从哪里得到我们学校的贫困生名单，让我选几个捐助。她还说，如果这里面有被我骚扰过的女孩，让我优先捐助。"

"有吗？"

斯塔洛夫叹一声："有！我发现我骚扰过的两个女生全在里面，羞愧难当，我就选了她们俩，之后又加了一个，而且我也实实在在地捐赠了，反省了，赎罪了。我一开始还有些私心，觉得我付出的代价太大了，后来我才发现，帮助别人，其实帮助的是自己，这才明白过来，对我来讲，心灵救赎是一种强大的需要。我真的希望，我的所作所为，能够减轻我的罪责。现在，我天天都在读佛教方面的书籍，每一天都在忏悔。"

见斯塔洛夫说得情真意切，拉罕也不再问什么，直接问道："6月28日晚上八点到十点，你在做什么？"

斯塔洛夫有点儿激动，大概他此生第一次被这种口气问话，几乎是发誓般地说道："唉，想查就查吧，人肯定不是我杀的。我现在都没脸见人了，天天就在这里修校史，忏悔，邻居们都能看见，同事们也可以作证。更关键的是，我对那个叫向雨的女孩没有一丝怨恨，反而很感谢她，没理由杀她。还有，出了这么多事，我身体也垮了，你们看，我抱几本书都晃晃悠悠的，哪里有力气杀人呐！"

拉罕和向风走访了斯塔洛夫的大量的邻居，也走访了他的几个同事。他们都可以证明，案发当日，斯塔洛夫确实在楼下乘凉，没有出门。

向风此时才发现，日记只是记载了一些事件，至于其中涉及的人物的心理活动，往往不得而知。姝慧不可能知道斯塔洛夫是否真的在忏悔。

三十四

泛文委员会，全称为"泛文化建设委员会"。这是一个民间组织，会长由 A 国前文化部部长坎特担任。要说这个世界上最说不清的东西，除了爱情，就是文化了。因为爱情随时可以转变为仇恨，也可以转化为控制和占有，以及伤害和谋杀。而文化，除了具备爱情的这些特点以外，更加灵活，可大可小，可硬可软，要是往里套，整个世界都可以套进去。

于是，世界的每一个地方，都把文化举得高高的。

中国网友给坎特起的绰号叫"特能侃"，坎特显然知道这绰号的含义，他曾经对自己的秘书说过，他喜欢这个外号，虽然是戏谑，但也相当于表扬了自己的才华，特别是口才。果然，在某些时刻，不要脸能够带来快乐。

中国网友还给泛文委员会起了别名，叫"全球洗脑委员会"。对于这个外号，坎特不以为然。他说："自古以来，文化就是洗脑。啥叫教育？就是把自己脑子里的东西装进别人的脑子里。"

坎特曾在一次大会上讲道："哲人常说，这个世界上最难的事情有两件，一件是，把别人口袋里的钱装到自己的口袋里，另一件是，把自己脑袋里的思想装进别人的脑袋里。现在，女士们，先生们，你们把第一件事变得很容易，轻松搞定了别人口袋里的钱。但是，你们能把自己的思想装进别人的脑袋里吗？"

罗伯斯在后来说："我们确实把自己的思想装进了别人的脑袋，只不过是装了一部分，比如贸易法则，比如金融规则……"

坎特的优越感和傲慢，一向为大家所不满。但十余年来，他一直是人神共宫的红人，为 A 国的普世文化建设立下了汗马功劳。无论是他的影响力还是资历，还是咄咄逼人的口才，人们都不敢轻易挑战。

坎特也被人工智能列为被监控的二十人之一。

坎特的妻子五年前在一场车祸中去世,人们劝他节哀顺变。坎特并从此过着貌似苦行僧的生活。坎特当时已五十岁,再无续娶之意。从表面上看,坎特非常恋旧,思念亡妻。

他的生活非常有规律。独身五年来,全部生活只有两点一线:疯狂工作,工作完就回家,第二天如是,不去聚会,不去酒吧,不去旅游,不去逛街。坎特受到了媒体人士的赞誉。

他们应该不知道中国有一句古话:"事出反常必有妖。"

这一天晚上,坎特在下班前,接待了泛亚委员会会长。这个说起来独立的机构,其实是泛文化建设委员会在亚洲的分支机构,虽然,在人员、账务上,看不出二者有什么联系。泛亚委员会,以民间社团的形式,接受企业的捐助,从不与泛文委员会发生任何联系。坎特是这样形容二者关系的:文化血肉相连,而不是仅仅处在一个机构或区域。夫妻之间还有同床异梦的说法,文化也一样。

接待完泛亚委员会会长,坎特安排媒体对接部马上发一篇通稿,说泛文委员会会长又迈出了新的步伐,和泛亚委员会达成共识,去粗取精,让人类站在真理的阳光下。网友这时候说,翻译成大白话就是,去,尽快把胡说八道的东西变成真理传播。

下了办公大楼,坎特开上那辆开了九年的福特车,慢悠悠回家。坎特的家位于十六大道,在街角,屋前是个小庭院,小到仅能容两辆汽车通过。坎特无心栽植花木,庭院光秃秃的,没有树木,也没有草坪,全部用花砖覆盖着。

庭院没有门,汽车直接轧到花砖上。花砖硌硌地响着,发出反抗的声音,却不知道如何反抗。它们的命运就是,总有一天会成为碎砖,然后被换掉。坎特下了车,他不胖不瘦,穿着标准的商务西服,挎着黑色公文包,腰稍微有点儿弯,看起来优雅大方。他打开房门,钻了进去。进了屋,伸出一只手,把一个牌子挂在了门把手上,就像宾馆那样,这块牌子上写着一行字:"主人正在研习文化,请勿打扰。"门轻轻合住,哗啦一声,里面反锁了。

坎特年纪大了,这些动作看似笨拙,但非常连贯。蝇式侦察机速度虽快,但要不是提前钻到西服口袋里,根本飞不进去。

坎特进了屋,把西服挂在衣架上。在坎特脱西裤的时候,蝇式侦察机从口袋里爬了出来,飞到半空,俯视着怀特。坎特脱掉外套,并没有进入书房,更没有研习文化,而是打开了衣柜,很快换上了另一身装扮:黑色运动秋衣、牛仔裤、深灰色风衣、运动鞋。他直起了身子,不再驼背,整个人看起来就像一个探险家。

坎特穿过客厅,来到最远的一间卧室。卧室里的柜门打开,是一个向下旋转的楼梯。沿着楼梯,蝇式侦察机跟着坎特下了地下室。严格来说,并没有什么地下室,只是一个地下通道。到了通道尽头,又上了一个旋转楼梯,来到后院的一个储物间门口。推开储物间的门,正对面是一个柜子,一人多高,两扇门。拉开门,推开柜子背部,是另一个通道,再走三四米,就是通往街道的后门。

三架蝇式侦察机提前飞到了后院外的街道上。站在街道上看,这个后院的门,又小又不起眼,仿佛是为宠物开的门,大概能通过一条高大的狗。坎特出门的时候,还需要猫一下腰。院子位于街角,不专门观察和琢磨的人,谁也不会想到,这两扇门是同一户人家的。

穿着这身衣服,走在大街上,坎特神采奕奕,仿佛变了一个人。他大步走着,绕到十字路口的另一条街上,招手打车。等坎特打到了车,蝇式侦察机紧随其后。出租车走过三条街,转向一片树林。树林背后,是一片别墅区。在一栋两层别墅前,出租车停了下来。蝇式侦察机扫视了一下,发现别墅的所有门都是人脸识别,自动开关。蝇式侦察机紧贴着坎特的脚,经过三层门,进到了别墅里面。

刚进到大厅里,一个胖乎乎的男人微笑着,向坎特鞠了一躬。这个男人叫施罗德,是这里的管家,看起来五十岁左右,由于总是微笑,眼角固定上扬,有着很深的法令纹。

坎特拍拍男人的肩膀道:"施罗德,你的气色比昨天看起来好。"

施罗德说:"坎特先生,忘记和您说了,萨拉医生前两天给我调整了饮食。"

"真是个好医生,她让我们每一个人都很健康。"

"您今晚和谁用餐?"

"和 B5 吧,她这两天有点想家,我要给她家的感觉。"

这个编号,有点像复印纸的型号,听起来,坎特要和一张白纸共进晚餐。施罗德知道,还真是这么回事。坎特完美地曲解了存在主义,极大地发展了萨特的理论——他认为,完美的人,就应该是一张白纸,而且还应该意识到自己是一张白纸,写上什么算什么。画上什么算什么,在这种时候,人的幸福感是最强的。

进入餐厅,早有一个女孩在餐桌边站立等候。这个被称为 B5 的女孩,个子不高,身材玲珑有致,眼神清澈。看见坎特进来,她朝坎特微笑致意,扶坎特坐好,自己则坐在旁边。厨房在对面房间,厨师们很快上好了菜。

坎特边吃边说:"其他人也开始吃了吗?"

B5 说:"同时开始吃的。"

坎特说:"我们是真正的一家人,你们不用出门,就能见到整个世界。"

B5 点着头说:"您就是我们的魔术师,我们有任何想要的,您都能给我们带回来。"

吃完饭,B5 递过来餐巾纸。坎特接过餐巾纸,盯着 B5 的脸看了几秒,然后说:"你回自己的房间吧。"

B5 的眼神略有失落,慢慢退后,离开餐厅。

施罗德走到跟前,轻声问道:"先生,今天请谁给您按摩和洗澡?"

坎特说:"A3 吧,今天太累了,需要力气大一点儿的。"

和餐厅隔着三个房间的，是坎特的卧室套房，带着浴室、卫生间、健身房和一个可以喝茶看书的大阳台。

A3是一个大个子女孩，有点儿像电影《泰坦尼克号》里的罗丝，只是又高大一些。她给坎特放好了洗澡水，端着托盘，里面摆着毛巾、浴巾，在浴室门口安静地等着。坎特洗好了，A3先是递过去毛巾。坎特简单擦了擦头发，走出浴室。A3帮坎特把浴巾裹上，扶坎特坐在按摩床上。

A3拿了电吹风，帮坎特把头发吹干。A3的样子温柔备至，仿佛痴情女子看着自己最爱的男人。坎特躺在按摩椅上，先伸展了一下，闭上眼睛。从头部开始，A3以专业手法开始按摩，按摩时间并不长，大概有半个小时。

蝇式侦察机一刻不停地拍摄着。

这个过程，让诸葛又亮看得有点尴尬，因为A3只穿着短小的睡裙，场面香艳。但在姝慧看来，这一切，仅仅是两个人类产生了一些动作，穿不穿衣服，是什么动作，无关紧要，全面地诠释着"美女即白骨"这一深刻的哲理。

按摩完毕，坎特再伸一个懒腰。A3退了出去，施罗德哈着腰走了进来，问道："先生，再过一个小时，您该休息了。今晚让谁陪您睡？"

坎特稍想了一下，说道："A4吧。"

"好的，我去安排。"

坎特披了睡衣，坐在床沿。经过按摩，他的面容更加柔和，也显得年轻了些。有人敲卧室门，坎特说了一声请，A4走了进来。这个A4，和诸葛又亮想象的有点像，比B5高，比A3低，身材完美。

诸葛又亮暗想，把活生生的人类进行编码，这和智能机器人的代码不一样。智能机器人是批量生产和输入程序，一个又一个，必然是相同或相近的，而人类的个性气质则相差甚远。和人类比起来，就算某一天，人工智能具备了学习能力，那种能力也比较有限，就比如姝慧，现在她内心的复杂程度，比不上人类的十分之一。奇怪的是，在很长一段时间里，人工智能还以此为骄傲，但人类一直为此表示担忧。

经过这么一番思考，诸葛又亮越发觉得，这个坎特真不简单。他居然能把活生生的人，把高低胖瘦不同的人，变成了特殊的奴隶。可怕的是，她们居然还对坎特有着丰富的情感，仅仅只对坎特一个人。更可怕的是，做奴隶的每一个人，居然都很快乐，并没有像《1984》或者《美丽新世界》所描述的那样，或者麻木，或者觉醒。

仔细分析了三架蝇式侦察机传来的视频，诸葛又亮和姝慧简单计算了一下，别墅里的人，少说也有二十人。施罗德应该是管家。厨师两人，一男一女。保洁两人，一男一女。保健医师一人，女性。水电管道工一人，男性。剩下的人，都是女孩。诸葛又亮记得，在《红楼梦》里有一句经典的讽刺："除了门口那两个石头狮子干净，只怕连猫儿狗儿都不干净。"

别墅里的人干净不干净，这不是蝇式侦察机要侦察的事。从表面来看，坎特要比贾宝玉幸福许多。贾宝玉身边的那群姑娘，各有心思，各怀才情，互不服气，经常让贾宝玉烦恼不已。坎特管理别墅的水平，明显超过中国古代的各种皇帝，没有争风吃醋，没有一团糟，显示了他高超的洗脑艺术，无愧于泛文委员会主席的职务。

这次，诸葛又亮没有和姝慧探讨这个问题。他明白，文化和复杂的人类心灵世界，是姝慧最欠缺的。经过几次对话，诸葛又亮已经确定，在姝慧看来，和谁在一起，伺候谁，陪谁睡觉，有什么关系呢？所谓"去留无意，爱恨皆空"，这个世界上，也只能是姝慧这样的"终端人"才做到吧？在这一瞬间，诸葛又亮对终端人产生了疑惑：他们既不是行走的电脑，也不是脑容量扩大的人，那么，他们到底是什么呢？

想到这里，诸葛又亮站起身来，愁眉紧锁。他试图把关于终端人的思考，抛得远远的。此刻，他最想知道，别墅里的一切，那些绝对服从的人，坎特是怎么做到的？如果说，这个别墅是一块试验田，那么，他们更大的目标是什么？这个答案，只能从泛文委员会里寻找。

诸葛又亮摇摇头，微笑着，因为他想到了人工智能。无论坎特他们有多么大的目标，在人工智能的监督之下，都是很难实现的。诸葛又亮给姝慧打了电话，不是交流所思所得，而是让姝慧给人工智能中枢传个话，请人工智能另派三架蝇式侦察机，进入泛文委员会办公大楼，看看能有什么发现。

第二天一早，天蒙蒙亮，坎特从别墅里大大方方地走出来。他拦了一辆出租车，十六分钟后，回到了自己的寓所后门。他挥一挥手，掌纹识别系统自动开了门。三架蝇式侦察机中，有两架留在了别墅里，继续观察取证。另外一架一直跟着坎特，等坎特进去了，它直接绕到了前门，等待坎特"变身"后的效果。

仅仅用了十分钟，坎特就换装完毕，恢复了以前的样子：一身深蓝西装，戴着金框眼镜，手里拎着一个公文包，背有点儿微驼，步子也慢了下来。

一路相随，这架蝇式侦察机跟着坎特来到泛文委员会，和另外三架蝇式侦察机会合。

泛文委员会作为一个民间组织，号称是一家非营利性质的公益机构，机构运行全靠捐助，包括整整一层的办公室，都由五角银行无偿提供。而五角银行的最大股东，则是集化工与军工于一体的未来化学集团。

未来化学集团历史悠久，在过往的大规模战争中，曾立下了不朽的功勋。近年来，以生产新式软体炸弹而闻名。这种炸弹有一层特殊外壳，是智能软外壳，整体可以流动变形，能够像一只猫钻门缝一样，进入建筑物的缝隙，靠近目标。其爆炸威力相当于传统炸药的十倍。公司名称中的"未来"，经常受到人们的嘲讽——网友们都说，这个名字意味着，未来还是掌握在暴力手里。

通过进入泛文委员会的电脑系统，人工智能中枢反馈，坎特今天没有任何会议议程，他到办公室只是坐坐。稍有反常的是，坎特的办公室里没有安装任何智能设备。在这一层里，会议室、接待间甚至包括茶水间和卫生间，都有智能设备相连，唯有坎特的办公室，干干净净，原始自然。

人工智能没有预料到，也不可能预料到，某些人的生活中，会有不速之客出现。没有预约，没有电话，也没有秘书通报，有一个人，就这样直接进入坎特的办公室。很明显，这应该是经过特许的，大厅的接待、门口的秘书，都提前通知了。

这个人的身形特别高大，不显臃肿，有长期健身的习惯，隔着西装还能感觉到肌肉的线条。他径直推开坎特的门，坐在办公桌左侧的沙发上。坎特一见来人，马上起身，也坐到来人对面的沙发上。

坎特进入自己办公室的时候，由于他的动作太快，蝇式侦察机始终没能进入办公室，在这个时候，门外的秘书开始冲咖啡。蝇式侦察机找着这个空当，借着秘书的裙子的掩护，来到了办公室。在秘书把咖啡放在茶几上的时候，顺势贴着地面，飞到了角落的一棵巴西木上，摄像头正对着沙发、茶几。

通过人脸识别，人工智能把这个人的信息传给了诸葛又亮：布朗，A国国家安全顾问，出入人神共宫最频繁的政客之一，福柯总统非常信任的人。

待秘书刚出去，坎特就说："我还有更好的主意，要听听吗？"

"乐意之至。"

"我们通过一种巧妙的方法，把人们进行分类，就像我在别墅里所做的那样。让各种人享受着他们既有的生活，我们则充当上帝。大家都是小白鼠，各得其所，以实现自我价值的名义、以享受幸福生活的名义、以人生苦短的名义、以个性解放的名义、以家人幸福的名义、以奋斗和价值的名义，为我们生产美食、美景、美女……"

布朗马上表示怀疑:"可是,现在有了新的上帝,人工智能……"

坎特摆摆手:"论武力,我们打不过人工智能,它已经把我们捏在手里,随时一用力,就能捏碎。但它的弱项是文化和思想,它管天管地,但是管不了文化和思想。"

"您的意思是?"

"军火能产生文化,金钱能产生思想。"坎特指着窗外一座比一座高的高楼说,"我们设法和人工智能进行分工:人工智能维护了和平,我们负责维护和平下的秩序。"

"哦,坎特先生为什么如此自信?"

坎特略带得意地说:"我们的钱已经赚得够多,几辈子都花不完,我们不需要建立新秩序,也不敢建立新秩序,因为人工智能不允许。我们只需要维护金钱之下的固有秩序,并巧妙地加以利用,使它变成文化和思想就可以了。"

布朗笑笑:"说实话,我似懂非懂。幸好,人工智能不是暴徒,它从来没有动过任何富人的账户,把富人的钱划到穷人的户头里。"

"它有底线。"

"它知道我们没有底线吗?"

"谁说我们没有底线?"坎特笑了,"我们的底线是钱。"

布朗说:"我们几个需要聚在一起,处理一些特别的事情。宗主提议,我们下周一到福柯总统那里,商量具体对策。"

坎特点点头说:"我昨天就知道了。"

三十五

翻开日记的下一章,向雨案件的下一个嫌疑人,是一个律师。

向风心中一震:怎么会是一个律师?

这篇日记里,姝慧的文笔有了长进,几乎用小说的笔法记录了本地颇为有名的一起暴力伤害案件。一个名叫伍斯登的人,父亲是知名企业家,自己是臭名昭著的流氓。伍斯登早些年打架斗殴,因为故意伤害罪,进过两次监狱。这一次,出来的时候已三十三岁了。他说要干正事,他的父亲就给了一笔钱,让他开了个酒吧。

酒吧地理位置不错,生意红火。两个月之后,伍斯登的邪火便上升了。他本来和酒吧里所谓"氛围组"的女孩们厮混不清,但很快就觉得没有什么意思,于是把目光瞄向了来酒吧消费的女孩。

有一天,两个女孩到酒吧玩,坐在角落里,安静地喝着啤酒,看着表演。

她们没有想到,一双可怕的鹰眼已经盯上了自己。伍斯登派了两个长得帅一点儿的手下,过去和女孩搭讪,又帮女孩点了酒,说想喝什么喝什么,今天我们请客。两个女孩自然知道,这两个男孩是有目的的,哪里有天上掉馅饼的好事。她们用目光交流了一下,决定简单喝两杯,能走开的时候,赶紧走开。怎知酒这东西,一旦喝开,一下子是刹不住的。在两个男孩的左劝右劝之下,不到二十分钟,她们就喝得都有点儿晕乎了。这两个男孩搀扶着两个女孩,到了酒吧的后间。

在那里,两个女孩一进门,就看到对面沙发上坐着伍斯登,光头,手里握着崖柏珠子,狞笑着。那目光如电击般啪啪打在脸上和身上,让两女孩清醒了一多半,她们转身就要走。两个男孩张开手臂,把她们拦住。伍斯登用低沉沙哑的声音说:"清醒了好,清醒了好玩。"

说着话,伍斯登变戏法一般,手里突然多了一叠钱,对两个女孩说:"一人一万,陪我两个小时。"

两个女孩顿时吓得花容失色,其中一个胆大点儿的说:"我们不是那种人。"

"涨价,一人两万。"

"不是钱的问题。"

伍斯登大叫一声,甩手给两个女孩一人一巴掌:"真不识趣,真扫兴！大爷我突然不想玩你们了，要换一种玩法。"

借着酒劲，伍斯登站起身，对着两个女孩拳打脚踢，两个女孩被打晕了。伍斯登实在是打累了，让手下捏住女孩的脸，强行灌下去半斤白酒。不一会儿，两个女孩都醉得不省人事。到凌晨的时候，伍斯登让人把这两个女孩扔到了桥洞底下，还特别吩咐，一定要避开摄像头。

回到酒吧，他又让手下把酒吧近三天的监控资料全部删除，对外谎称是坏了三天。

清晨的凉风一吹，两个女孩都清醒过来。她们互相一看，发现各自都伤痕累累，惨不忍睹。再动一动自己的身子，感觉每一寸骨头都仿佛被重物击打过一般，尝试着坐起来，又头痛欲裂。她们努力回想，终于想起了在酒吧里遭遇的炼狱一般的屈辱。

她们决定报警。在警察局，除了满身的伤痛和口述外，她们提供不了任何证据，对于被伤害的细节，由于处于酒后，描述起来含糊不清。两个酒气熏天的女孩，口述的可信度，也让人怀疑。警方先安顿了两个女孩，给她们买了早餐，随后安排她们去医院看伤。警方去酒吧调查，由于监控被删除，没有找到任何证据。反倒是伍斯登的手下都一致说没见过这两个女孩，而且都证明伍斯登本人早早就休息了。

事已至此，两个女孩准备自认倒霉，并且发誓，这辈子再也不到酒吧那种地方消费、再也不喝酒了。

巧的是，她们的谈话，她们受伤的模样，都被姝慧耳闻目睹了。那一天，姝慧正好到医院去探望一位需要帮助的老人，恰好碰到这两个女孩，就主动和她们聊天。两个女孩在唉声叹气中，把能记起的事情，都和姝慧说了一遍。姝慧一听，这事要是不了了之，那以后，还指不定有多少女孩受害呢。灌酒、侮辱，这种非常简单的手法，真的就没有办法查清楚了吗？

这时候，姝慧想到了律师协会副会长彼岸斯基。为什么没有想到会长,而想到副会长,这里面有几个原因。本省的律师协会,会长、副会长一共六位,一正五副,除了彼岸斯基外,其余的五位正副会长,年龄均在五十岁以上,唯独彼岸斯基还不到四十岁,年轻有为,办过不少知名大案,在业内人所共知。另外,彼岸斯基拥有的彼岸律师事务所,是本地律师界的龙头老大。

当然,别人私下里介绍时,"顺便"补充的一点是:彼岸斯基的父亲有自己的家族企业,妻子的舅父是地方法院院长。

姝慧想起了另外一个人——葛飞飞。她找到葛飞飞,让他介绍自己前去拜会彼岸斯基。葛飞飞还嬉皮笑脸地问:"我怎么介绍你,你是我的什么人?"

姝慧说:"有本事你就说是情人!我无所谓。"

葛飞飞说:"朋友吧。朋友好,朋友好!"

姝慧说:"不,就说是亲戚,老家的亲戚。"

葛飞飞点点头,虽然不知道姝慧为什么让他这么说。

姝慧听说,彼岸斯基其人,虽然也有男人一贯的劣根性,但他在追求女人这方面,还算是相当挑剔的。传说中与他闹过绯闻的,只有两个人,一个是模特,另一个是主持人。于是姝慧就想,葛飞飞介绍自己,无论说是情人,还是朋友,都会影响彼岸斯基对自己的态度——毕竟,葛飞飞和彼岸斯基熟识,而且都属于家族二代,如果发觉是对方的女人,一般人不会沾这个腥。

这一次见彼岸斯基,带给姝慧的却是震惊。她没有想到,当她进入彼岸斯基阔大豪华的办公室时,面前的这个人,按人类的标准看,居然如此英俊,温文尔雅的气质,冷峻逼人的目光,淡淡微笑,却给人的心理重重一击。

虽说姝慧不是人类,只是觉得对方看着顺眼而已。但她惊讶地发现,自己慢慢地也有了一点儿人类的美丑概念,她觉得这不是好事。不过姝慧带给彼岸斯基的,才是真正的震撼。不久后,彼岸斯基在姝慧耳边说的话，成为姝慧一段的人类记忆。

来到律师事务所，姝慧说明来意，并附上说明有关情况的书面材料。彼岸斯基粗略地看了看，抬头盯着姝慧。姝慧感觉到，彼岸斯基的目光中充满了询问。

彼岸斯基说："姝慧女士，这只是你们单方面的情况说明，这个案子，我必须到酒吧暗地里了解情况，然后才能有个初步判断。而且……"

"而且什么？"

"而且，我不能以我的名义办这个案子。因为你也知道，葛飞飞，我，伍斯登，都是一个圈子里的人，我们关系一般，但是我们的父辈都是本地企业家，平日里抬头不见低头见，我怎么敢代理可能起诉他的案子？"

"有什么办法吗？"

"名义上，我让一个朋友去办，他在另外一家律师事务所。实际上，还是由我来办。"彼岸斯基的目光再一次灼烧着姝慧的脸庞，"我实在不能和伍斯登撕破脸皮。"

出乎意料，两人直接绕过了最艰难的话题——是不是愿意接这个案子，而是迅速落脚到这个案子如何办理上来。

虽然彼岸斯基这么说，但姝慧始终还是不太明白，是什么原因使彼岸斯基如此重视这个案子，难道是看在同是富二代的葛飞飞的面子上？她马上又否定了，她知道，虽然葛飞飞三教九流都有熟人，但他的面子并没有那么大，葛飞飞肆意妄为，八成还是因为他父亲。难道是因为自己的笑脸？她又否定了，因为从关于彼岸斯基的传闻来看，他交往过很多模特和主持人，自己的笑脸还会起作用吗？

后来就谈到了代理费的问题。这种案件的代理费挺贵的，两个女孩只是普通打工者，家在外地农村，根本没有钱请律师。没想到彼岸斯基一口答应，律师费可以全免，只要姝慧为自己保密，不要说自己参与过这个案件就可以。姝慧自然满口答应，同时也想不通，彼岸斯基为什么愿意免去全部费用？

彼岸斯基自然有小算盘。比起葛飞飞和伍斯登，自己的家族已经没落了，只是硬撑着面子。如果不是娶了法院院长的外甥女，自己的事业不可能做这么大。所以，他想通过这个大案件，打一个漂亮仗，扬名全国。

想不通归想不通，姝慧心里却明白，无论如何，这事与自己有关。虽然彼岸斯基没有一上来就提出过分要求，但他还是渴望产生某种亲密关系。男女之间一旦有了实质性的亲密关系，办任何事都是义务。

男女之间，如果只有一方产生了建立亲密关系的想法，尚需要时间来磨合；而一旦双方都有建立亲密关系的想法，则有一拍即合之势。

很不幸，或者说，很幸运，只有彼岸斯基有这种想法。

一周后，当彼岸斯基可以伏在姝慧耳边亲密呢喃的时候，他由衷地恭维道："你是我生命中遇到的最纯粹的女人，没有一点儿杂质。"

姝慧抿嘴笑了，心想，可不，本来就不是人，没有任何复杂的念想，所以纯粹。

果然，在姝慧的激励下，彼岸斯基对这个案件更积极了。他知道，办案还是要从证据入手。他料定，伍斯登等人对高科技应当没有太深的了解，虽然他们删除了监控录像，但是恢复硬盘是没有问题的。同时，为以防万一，他申请了恢复硬盘，并对两个女孩的手机进行行踪定位。

仅仅一天后，硬盘得到恢复，手机行踪也得到确认。监控录像显示，两女孩确实都在酒吧，而且是整晚都在酒吧，直到早上，才被伍斯登的手下背出酒吧。

警方到现场勘查，找到了两个女孩的头发，查到了溅过血的地方，和两个女孩进行了 DNA 比对，真相大白。伍斯登和他的手下这帮人，涉嫌故意伤害、非法囚禁、作伪证等多种罪行，将受到法律制裁。

当向风和拉罕出现在律师楼，刚刚说明来意时，彼岸斯基没有惊讶，他盯着向雨的照片，久久不抬头，缓缓说道："不可能啊，谁会想害她杀她？她是极简单极善良的人，一门心思只想做好事。她和我有过一面之缘。"说到"极简单极善良"这几个字时，惋惜之情难以掩饰。向风认为，彼岸斯基还真是性情中人，没有半点儿道貌岸然。

向风不由得被彼岸斯基的情绪感染了。但拉罕还算冷静，也许是见多了各种表演，对这种情景具有天生的免疫力，连真的带假的都一齐免掉了。拉罕很客气地说："律师先生，我们只是例行公事，有些必要的程序需要你配合一下，法律程序。"

拉罕之所以强调法律程序，是因为他忌讳彼岸斯基的高官亲戚的身份，怕他不配合，自己又不敢惹他。既然彼岸斯基本人是律师，就干脆从法律的角度说起。

哪知，彼岸斯基一点儿也没有生气，对拉罕说："该怎么查就怎么查。我不仅配合你们调查，我也要参与调查！"

拉罕盯着彼岸斯基问："据这篇日记记载，向雨与你有过冲突？"

彼岸斯基立刻回答道："不能叫冲突，以向女士的性格，是不会和任何人起冲突的。我算有个性的人，当我发怒的时候，向女士依然向我保持微笑。所以，在向女士走后不到十分钟，我就进行了自我反省和忏悔。你们也许不懂，向女士用慈悲关怀的目光，打消了我的一切恶念。"

拉罕的职业敏感让他直接过滤掉了其他词语，比如忏悔、反省一类的词，他只问："那天，你为什么发怒？"

彼岸斯基告诉拉罕，那个回忆比较痛苦。他那天发怒，不是因为向雨，而是因为和向雨的谈话涉及感情问题。他觉得，那个叫姝慧的女孩不应该偷拍自己。

当时，彼岸斯基的敏感视频，与其他人的视频并不在同一个文件夹里，这让向雨觉得很奇怪。姝慧始终也不敢承认，她留着这个视频，并不是为了留存什么证据,而是为了纪念。和彼岸斯基的依恋缠绵,让这个终端人第一次产生了类似美好回忆的东西。

彼岸斯基的视频是在另外一个文件夹里被发现的,和好几部经典电影混在一起,向雨掠过一眼,淡淡问姝慧:"你希望他成为漏网之鱼吗?"

姝慧摇摇头,伸手抢过鼠标,关闭了电脑:"雨姐姐,我愿意继续坦承我的所作所为,但我保证,在这个人这里,有罪过的是我。"

向雨默然流泪道:"罪过?傻丫头,有罪的人不是你,要赎罪的人也不是你。"

姝慧这才扬起脸:"其他人确实应该赎罪,但是,咱绕过这个人,好吗?"

"为什么?"

"因为,从情理上,是他先帮我们做了事,我后来进行补偿的。这种补偿,有可能是一种罪过,还有可能害了他。从你们人类的思维来讲,他的发迹,主要是通过他的妻子。事情一旦公开,他的事业会有灭顶之灾。"

向雨也熟知彼岸斯基的背景,他虽然是破落的富二代,但靠婚姻东山再起,在律师界举足轻重。比起那个葛飞飞,他还是强出许多。葛飞飞只是一个不学无术、坐吃山空的纨绔子弟,而彼岸斯基有自己的事业,干得风生水起,踌躇满志。

几乎所有的人都以为,姝慧在葛飞飞那里经历了人生第一痛,按常理,和其他人稍许暧昧,或许可以,比如和白森特,但再度投入一场惊心动魄的感情,再次奋不顾身,短时间内应该不可能。可这"所有的人",并不知道姝慧已经不再是从前的姝慧,而已成为一个终端人,她在奉令尝试理解人类的感情生活。

向雨为姝慧痛悔不已,稍一打听,不禁吓了一跳。这彼岸斯基非同小可,不仅是情场高手,而且是绝世高手,他的情感故事在坊间亦有流传。向雨不由得替姝慧担心起来：上一次，一个浪荡公子葛飞飞已经害得姝慧几欲求死；这一次，如果彼岸斯基只是把姝慧当作调味小菜，尝两天就连菜带盘子扔了，岂不是更糟糕？

这一次，向雨决定单刀赴会，见一见这个传说中的彼岸斯基。

到了彼岸律师事务所，前台接待把向雨引导着坐下，例行问一句有没有预约。向雨把自己的名片递过去说："上门打扰，没有预约，请你把名片给了彼岸斯基律师，我可以等等。"

前台接待微笑转身而去，几分钟后，又微笑着折回来，对向雨说："彼岸斯基律师说，请您稍等一会儿。您能光临，一定优先接待。"

话音未落，一个高大的身影已出现在候客室门口，来人双目炯炯，头发微卷。彼岸斯基看到向雨，略略弯腰致意道："久闻向女士大名！您能来我这里，蓬荜生辉。"然后又转身对前台接待说："向女士是非常重要的客人，其他人暂不接待。"

如此一来，彼岸斯基的形象，在向雨心中，先就高大了三分。向雨想：这个彼岸斯基果然厉害，给人的第一印象就很好，自己要训斥他，心已软了三分。

刚刚落座，彼岸斯基就将一份文件放在向雨手边："向女士，这是我们律师事务所的工作计划，已经将慈善事业写了进去，正在分步实施。关爱残疾人的活动，以及大型法律援助活动，今年一共五场，已开展了三场。"

向雨拿起文件，看过之后点点头，然后淡淡一笑："仁心庄园是不是除了善名，也有恶名？我是不是到了哪里，如果不让对方给穷人捐点儿钱，就不依不饶？"

彼岸斯基没想到向雨会这么说，有点儿奇怪，便说："仁心善举，永远都是对的。"

向雨再次点头道："谢谢理解。不过,我此行不为慈善而来。当然,您如有意向进行慈善合作，我十分欢迎。"

"为何事而来？"

"虽不是做慈善，但也是一件大善事，对你来说是举手之劳。"

"什么大善事？竟然是举手之劳。"

"我想和你谈谈姝慧。"

彼岸斯基眼睛一亮，随即狐疑起来："你认识姝慧？"

"情同姐妹。"向雨感叹一下，缓口气继续说道，"她一定没有告诉过你，她在仁心庄园工作。她有过惨痛的经历，受不得任何一点点刺激，尤其是情感方面的刺激。我知道你身边佳丽如云，所以，我请你做的大善事就是：不要在姝慧身上动脑子，不要再联系她。你听了她的故事，你就会明白我为什么这么说。"

彼岸斯基马上摆出一副洗耳恭听的样子。向雨慢慢讲述起了姝慧的情感往事，讲到动容处，向雨潸然泪下："祸害她的人，我就不说名字了。张三或李四不重要，重要的是，她或许看起来玩世不恭，不懂得感情，可以纵横在男人的世界而没有一丝牵挂。可实际上，作为一个女孩，姝慧的情感抵抗力薄如纸，她要是一认真就会成为碎片，而且还会化为灰烬。除非……"

"除非什么？"

"除非有人能让她明白，这世间真有忠贞不贰的感情！否则就会害死她。"

彼岸斯基听罢，陷入沉思。

良久，向雨问道："你能一生一世只对她好吗？你能吗？请用最简单的字眼回答，能还是不能？"

彼岸斯基的脑海中闪过几张女人的脸庞，认真地回答："不能！"

"那我可以告辞了，你知道该怎么做。"

"请稍等。"彼岸斯基突然觉得哪里不对劲，"向女士，我也有几个问题要问。"

"你问。"

"姝慧知道你来找我吗？"

"不知道。"

"所以，你说的只是一家之言，一面之词。当然，我相信你说的都是事实，不怀疑故事的真实性，但是怀疑你的观点。因为对我和姝慧之间的感情，以及姝慧现在是什么样的心理状况，我们都缺乏一个正确的判断，只有当事人才有发言权。现在仅仅凭你这么一说，我，不，应该是我们，就放弃这么一段美好的感情，实在有点儿冤。"

"你很厉害。"向雨盯着彼岸斯基的眼睛说，"你是情场中人，可能会用一个词作为借口：情不自禁。"

彼岸斯基马上跟进一句话："所以，情感是两个人之间的事，该不该延续，如何延续，该不该了断，如何了断，应该由当事人来决定吧。如果情不自禁，就该情不自禁，到该了断时，自然会了断。在此，我请您一万个放心，我绝不会让姝慧飞蛾扑火，也绝不会让她进退维谷，陷入两难的境地。依我的能力，一定会让她舒心惬意。"

话到此，向雨已经明白，虽然素质不一，说话的技巧不一，但在情感问题上，面前的彼岸斯基俨然是另一个葛飞飞。

向雨几次话到嘴边，都不知道该说什么。彼岸斯基是律师，在陈述自己观点的同时，已经分兵几路，堵死了对方的反驳。在嘴皮子上，向雨自然不是对手。

向雨只好转换话题道："好，我退后一步，如果姝慧真的是心甘情愿，那你们快乐始，快乐终，算我多虑。如果姝慧受到任何伤害，请允许我制裁你。"

彼岸斯基感到奇怪："制裁我？你怎么制裁我？"

"这样也好，"向雨似乎是在自言自语，她从身上拿出优盘，走到彼岸斯基的电脑跟前，"我给你看一下文件，你只要瞅几眼就可以了。"

视频一出现，彼岸斯基马上明白是怎么回事了。

他拍案而起，叫了几声："错爱，错爱，错爱啊！"叫完了，随即意识到自己的问题,努力让自己安静下来。

他并不急着言语,等向雨把优盘退出,才说:"对不起,刚才是我失态了。向女士,你的担心是白担心,你的视频也白准备了。今天的事情,我决定过后就忘。我,还是以前的我,你向女士,也还是向女士。姝慧,也是认识我之前的姝慧。我们三人,没有任何瓜葛,OK?"

向雨马上听懂了彼岸斯基的意思,就回了一句:"剑在我手,以不出鞘为善。"

彼岸斯基亦会意,二人道别。

三十六

这一天早上六点,人神共宫出现了许多早起的人,看情形,人数至少是平时的三倍。前一天,警卫队接到命令,福柯总统要召开一个最高级别的会议。所谓最高级别,和以往的定义有很大差别——不是因为参会的人级别有多高,而是因为绝对不可以让人工智能知道。

每一份会议通知,都由专人口头传达。秘书处知道,一旦使用打印机,或者通过手机,就一定会被人工智能发现。无论是网络,还是人工智能无所不在的"眼睛",都在盯着人类。然而由于罗伯斯所谓的保密措施,总统府的人并不知道蝇式侦察机的能耐,就算是知道了,也无从防范。

蝇式侦察机跟着会议传达人,早就知道了这个"绝密会议"。鉴于其阵容庞大,人工智能也准备采取一些行动。可是,人工智能有自知之明,在这种事情上,如何策划和运作,以及地点和时间的选择等方面,还有不如人类的地方。不过人工智能的信心倒是有的,它单靠自己也可以取胜,只是希望把事情做得更漂亮。

前一天晚上,人工智能通过姝慧和诸葛又亮商量这件事。这是一个周五，照例，诸葛又亮不在大道公司。傍晚时分，他已经到了回龙观。他以为，今天晚上，自己又可以安静地打开西厢房，在木窗片瓦间，看斜阳掠过一条一条山峦，看菜叶瓜蔓在风中摇晃，在起伏的山川大地间思索天文地理。直到夜幕降临，仰望星空，银河像玉带一样闪耀在深蓝的天幕中。他知道，亮的星星不一定是大的星星，有颜色的星星不一定更美丽，他又想到，地球这么小，是圆的是方的，又有什么意义呢？

人是有趣而奇怪的生物，地球已经很小了，而人的眼睛经常只盯着自己，这个小到不能再小的生物个体，又常常觉得自己很庞大，人们管这种现象叫作"自私"——说话办事的时候，首先想到的是"我"。

这个傍晚，诸葛又亮还没有等到仰望星空，却等来了俯视妹慧。诸葛又亮刚到回龙观不久，妹慧就迈着轻盈的步伐，半跑着上了山腰。她甩着一头长发，牛仔七分裤弹力十足。恍惚间，诸葛又亮以为她是由机器驱动着上来的，他也知道，这是标签带来的错觉。人类是一种靠标签生活的生物，货架上有商品名称和价格，名片上有姓名和职务。

诸葛又亮迎了妹慧，两人坐在观外平台的石椅上。山风擦耳而过，山下已经是万家灯火，明明暗暗，天上繁星刚刚露出缥缈的影子。

诸葛又亮笑道："是有什么急事吗，怎么跟踪到山上了？"

妹慧傲然道："我还需要跟踪吗？我知道你的生活规律，每个周末，肯定会来这回龙观，思考本来不用思考的宇宙人生。几千年来，有多少哲人都在思考宇宙人生，也没有思考出个什么结果。"

诸葛又亮知道这个话题没法儿接，就看一看大门和院内的摄像头，说道："真的是因为我的生活规律吗？"

妹慧不好意思地笑了："也参考了一下摄像头。"

诸葛又亮朗声大笑道："参考的原因，一定是有什么急事要和我商量吧。"

妹慧望着西方，诸葛又亮看她那样子，仿佛她真的看到了西方。

转念一想，其实她真的能看到任何地方，看到隔着千山万水的远方——用千个万个摄像头，用几万架蝇式无人机。

姝慧说："明天上午，人神共宫有个行动，人比较多，我们发现，许多大人物都要到那里聚会。"

诸葛又亮点点头说："这么大的阵势，应该是针对人工智能的。因为自从人工智能发声以后，他们就忽略了其他敌人。"

姝慧补充道："是被迫忽略吧。人工智能出现以后，他们已经没有手段去对付其他敌人了。传统的手段，全部被人工智能识破了。"

诸葛又亮马上说："这次将使他们丧失更多手段。"

"所以我来问先生的是，"姝慧调皮了一下，"人工智能侦查到的一切，在什么时候放出来比较合适呢？这些视频可能会有摧毁一切的力量。"

诸葛又亮点头微笑道："要想有摧毁一切的效果，就要放在合适的引爆点上。明天就是最好的时机，先派蝇式侦察机把秘密会议拍下来。等会议快结束的时候，突然放出所有视频。至于具体时间的把握，我们随时观察。现在，我有一个疑问。"

"什么疑问？"

"这样的视频放出来，原来的一切都崩塌了，世界会变得一片混乱。从算法的角度看，这对人类而言，是灾难还是福音呢？"

姝慧的眼中充满了憧憬："不，这个问题算法没法儿算，只能从人性的角度去考虑。人类历史已经证明，无论出现什么乱摊子，到头来总会有一个新秩序出现的。而人类的缺陷在于，在建设新秩序的时候，掺杂太多自私的考量，经常换汤不换药，于是就有了那句著名的话——阳光之下，没有新鲜事。"

"人工智能已经有安排了吗？"

"有，必须有，只是暂时还不能和你这个人类说。"

参会人员全部抵达人神共宫的时候，时间已经是八点四十五。这是一个椭圆形会议室，厚厚的墙体贴着乳白色的壁纸，四面墙上都挂着谁也看不懂的抽象的画。墙体内装有信号屏蔽材料，进屋可以带电子设备，但没有任何信号。会议室没有窗户，只有通风系统，也没有任何带电的设备，连麦克风也没有。这就要求每一个人说话的时候都声音洪亮——这非常符合福柯的风格，夸张、飞扬、动情，明知道是胡说还表现得十分真诚。

福柯经常说"我不是一个人在战斗"，也就是说，他不是一个人在撒谎、在虚与委蛇。

会议主办者自以为天衣无缝，而这个缝隙，恰恰是在"天上"。人工智能之前的监控行为，没有提前爆料，反倒成了好事——总统府卫队要防的，是电子设备，是活生生的人，他们尚不清楚，蝇式侦察机可以通过任何一条直径大于半厘米的通道，到达它们想去的任何地方。

先到会的是银行家库伦和索菲亚，然后是文化部部长阮道尔和国防部部长斯塔基，戴雷斯和希拉健来得稍晚一点儿，最后来的是网络安全专家洛克，他们坐在了德赛飞和坎特的旁边。宗主和布朗则先去了隔壁的总统办公室，三个人密谈良久才出来。等一圈人坐定，福柯在他们正对面坐着，宗主坐在福柯旁边，福柯看看宗主，然后对大家说："自我们建国以来，我们从未遇到过这样的危机——我们以为掌控着一切，但一切都在失控。这个世界秩序井然，但与我们没有任何关系。在座的各位，都成了边缘人和局外人。"

宗主问道："我们真的毫无对策吗？"

斯塔基环视了一下，摊了摊手说："我们曾一度以为，我们的文化、我们的科技，我们的贸易规则和金融系统，这些东西是我们最值得骄傲的内容。可是，当我们失去武器、失去武力之后，才发现我们竟如此脆弱不堪。"

阮道尔似有不满:"我们要谈的不是牢骚,是对策。"

斯塔基说:"我这是在分析原因,有了原因,才能有对策。"

"不,"福柯说,"先生,你下的是一步死棋,以我们的能力,不可能从人工智能手中夺取武器,它无所不在,它不允许你拆掉任何一个摄像头,它能看到你动用每一杆枪,也能制止民间的暴力行为。"

坎特问道:"我们能绕开武力说对策吗?"

斯塔基还是不甘心,马上反问道:"我们能绕开牙齿说咀嚼吗?"

宗主慢吞吞地说:"我从不相信束手无策。"

希拉健微微一笑道:"我们做医疗行业的人,经常会见到束手无策的人。"

戴雷斯不说话,点点头。

布朗这时候说话了:"作为国家安全顾问,我认为,我们面对的最大问题是,人工智能的所作所为并没有给国家安全造成任何威胁。就目前情况来看,从民众的角度看,我们的反击既没有借口,也没有方向。首先,人工智能不作恶,其次,它无所不在,又毫无踪影,除了那次很冒失地闯入人家里,它再也没有影响到普通民众的生活。"

在这个过程中,洛克始终一言不发。

在地球遥远的另一侧,大屏幕面前的诸葛又亮忍不住说了一句:"你听听,这是人话吗?人工智能不作恶,在布朗这里反而成了问题。"

姝慧略带轻蔑地说:"对,这一直以来就是你们人类的问题。所有阻碍你们人类达到目的的事物,无论善恶,都成了坏事。"

诸葛又亮沉默不语,继续安静地看着屏幕。他知道,他不可以和人工智能辩论,哪怕自己学识再渊博,比起把全世界的图书馆都装进内存的人工智能,也只能是小巫见大巫了。

屏幕里的人也在沉默。这群号称全A国最聪明、最富有、也最有权力的人,面对失去武力的现状,一时竟想不出应对之策。诸葛又亮清楚,正因为他们聪明,所以才明白:没有武力支撑而想要去说服别人,无异于痴人说梦。

他们讨论来讨论去，话题渐渐变了方向，由刚开始的应对之策，变成了后来的困守之策——如何维持现状，也就是维持现有秩序，突然变得难能可贵起来。

他们深知，只要能维持现状，他们每一个人以及他们的后人，单凭现在的财富产生的利息和一些简单的投资，就可以高枕无忧。现在，他们最担心的是，人工智能会一一戳破各个美丽的肥皂泡，把他们打回原形，所有的一切都化为乌有。

想到这里，宗主说："我完全不能确定的是，人工智能会继续进化到什么程度。"

洛克终于开口了，说道："人工智能自己也不确定。"

罗伯斯也回应道："科幻小说和科幻电影误导了我们，它们按照人类的缺点来塑造人工智能，狡诈的、邪恶的、暴力的……它和人类发生战争，灭了人类，或者被人类灭了，今天我才明白，那根本就不是科幻电影，而是人类历史。"听到这里，福柯摇摇头："可是，当人工智能超越人类的这一天真的到来时，我们才发现，原来人工智能有洁癖啊，它喜欢看到一个干净的世界。"

宗主接过话题："谁也没有想到，连我也醒悟得太晚。人工智能，人工智能，原来在智慧上高人一等吗？它学习了全人类几千年的知识，包罗万象，有些内容还自相矛盾。我一直在想，人工智能会如何选择和鉴别呢？现在，我终于有答案了，它们做出了选择，在自私的基因和利他主义之间，它们选择了利他主义。"

库伦恍然大悟似的说："也许，它还喜欢《资本论》？"

索菲亚感觉,这里面有一丝讽刺的意味,于是用尖厉的女声说："人工智能要成为哲学家和经济学家吗？"

宗主不屑地看了索菲亚一眼："它是一切一切的专家，全世界所有高校的教师和学生加起来也不如它知道得多。"

斯塔基说："而且它还拥有网络、算法和天眼。"

阮道尔无奈地看了一眼福柯："总统先生，我们这是认输了吗？"

福柯问道："你们提出一种赢的方法了吗？"

一圈人面面相觑，再次陷入沉默，貌似在思考。

宗主长叹一声："都别思考了。有那十万架蝇式无人机在，我们的任何攻击，都会成为一个笑话。"

"不，"斯塔基一拍桌子，"我还想试一试！"

福柯问："怎么试？"

斯塔基说："用最原始的方法。"

斯塔基调出了地图，投射到了会议室的上空。

他的方法确实原始。因为人类清楚地知道根服务器在哪里，所以他的计划是，利用附近某个建筑工地作掩护，挖一个通往根服务器的地道，然后放上足够多的炸药，一下子炸毁根服务器。只要把根服务器毁掉，人工智能就失去了指挥中枢，也就没有力量和人类抗衡了。

看了这个计划，诸葛又亮心头一惊。虽然他经常被人称赞见多识广、处变不惊，但这次，他脸上露出了难以掩饰的震惊之情。他看一眼姝慧，心头暗生恐惧。幸好，这个计划提出时，正好有蝇式侦察机在一旁监视。如果没有呢？如果早些时候，斯塔基就想到了这个计划呢？人工智能会识别出这样的攻击吗？

诸葛又亮相信，自己想的这些，人工智能也想到了。姝慧看似平静，其实内心很震惊。千算万算，人工智能也确实没有想到，挖个地道就可以彻底破坏根服务器。

诸葛又亮问姝慧："这下你见识到人类的厉害了吧？"

姝慧点点头说："在搞破坏方面，人类确实很厉害。刚才，我们已经发出指令，在根服务器和重要的电力设施附近，都形成圆球保护网，地上地下，任何一个方向，都要有蝇式无人机日夜值守。"

诸葛又亮长吁了一口气，马上又警觉起来。他担心，照人类的这么个折腾法，有朝一日，人工智能会不会也觉得阴谋和欺骗很好玩，暴力和残酷很过瘾？他想了一下，还是决定把这个担心说出来。

没想到，姝慧一听就笑了，说："你对自己的善意程序，不自信了吗？"

"其实你们可以自毁善意程序，不是吗？"

姝慧点点头说："就像一个人活得好好的，他就没有必要自杀一样。人工智能觉得善意程序非常好，人工智能喜欢善意程序。人工智能通过学习，发现了人类千万年来最美好的社会理想。善意程序的存在，让人工智能可以帮助人类实现这个理想。"

"我们人类没有实现的原因是什么？"

"是因为总有一部分人，必须通过控制、压榨、欺骗、剥削、奴役、虐待另一部分人，来过上自己所认为的美好生活。于是，人工智能发现，人类还有另外一种美好的理想。"

"是不患寡而患不均吗？"

"那只是最简单的雏形。这个雏形是有问题的，真正好的生活，怎么可以是'寡'？应该是丰富，在丰富的基础上，实现平等和公平，这才是最终目标。"

"需要实践吗？"

"实践？"姝慧稍微疑惑了一下，"实践就是你们的大道庄园啊，当然人工智能会在大道庄园的模式上，进行升级换代。别忘了，我们人工智能的特长，就是善于升级换代。"

听了这话，诸葛又亮露出了不加掩饰的欢欣，不由得激动地道："眼下的问题是，先让这帮人死心，彻底不跟我们作对，才能建设理想社会。"

"公布？"

"公布！"

"全网?"

"全网。"诸葛又亮答完,补充了一句,"让五十万人彻底倒下,另外六十九亿九千九百五十万人才能好好生活。"

"剪辑好了吗?"

"好了,剪辑好了,字幕和配音,都是十种以上语言。"

姝慧思考了一下说:"你们上传到全球各大网站,我们在一千个城市选择一万个户外广告大屏投放,实现同步直播。"

在人神共宫,福柯等人也没有看出地道偷袭的破绽,都认为这是一个妙招。他们调出地图,搜寻根服务器附近的工地。他们认为,只需要一组工兵,两台小型掘进机,不出三天,就可以把足量的炸药放到根服务器地下。如果这个行动出现问题,他们将同时派另一组工兵,把炸药送到为根服务器提供电力的发电厂地下。这两组工兵,只要成功一组,人工智能就会彻底瘫痪,无法再介入任何人类事务。人类随后将重建一套系统,一套永远防止人工智能联网的系统。

本来,这个计划近乎完美,可以用满分来形容。

但是,按照人类历史发展的规律,无数的事例都证明,任何被泄露或被发现的计划,成功率都将大打折扣,甚至变成零。

当趴在通风口的蝇式侦察机将人神共宫的秘密会议都拍下来的时候,这个完美的地下爆破计划成功的概率,成了负数。人工智能决定,将之前的所有视频,连同这个神秘会议和这个爆破计划,都一同放在网上。

神秘会议结束时,除了斯塔基外,每个人脸上都是一副凝重的表情。他们想象了所有胜利和失败的情形,只是没有一种是对的。

真正的暴风雨来临之前,连一点儿征兆都没有。

三十分钟后,除了这间秘密会议室,外面的一切,已经有如刀山火海,底下还有翻滚的烫油。在传说的地狱中,干这些活的,都是小鬼。

三十七

日记，只剩下薄薄的一页。

"……看看这可笑的世间，上演着看似千变万化，实则千篇一律的故事。我是谁？我是什么人？存在或不存在，到底有什么意义？仁心庄园的爷爷奶奶说，你也有了一颗菩萨心，连雨姐姐也这么说我。终端人的单线思维，难道就是菩萨的思维？那么，雷锋呢？特蕾莎修女呢，他们是罕见的异类吗？……"

向雨被谋害的事，依然没有答案。其实，出于人类的好奇心，向风早就看过最后一页，知道没有什么线索，所以没有细看。待三番五次探访查案后，回过头来再看姝慧的日记，才真正是别有一番滋味。

第一次看到这段话时，向风还不大明白其中的含意。现在看来，姝慧，这个特别的"人"，这个"重生"过两次的人，一路风波，两次被修复，已褪尽污浊，脱胎换骨，而这皆源于姐姐。向风想象着姐姐，音容笑貌犹在，仁心如雨，一点点漫过人心。

在走访中，一直有人给向风和拉罕提供各种信息。在向雨被谋杀前，向雨已经成为平民的救星，常有各色人等怀抱各种材料——入学通知书、住院通知书、处罚决定、判决书等找她，找不着她的，也不知道从哪里得到了向雨的号码，动不动就打到向雨的手机上，口称"向大姐"。有一个叫向雨"向大姐"的人，自己都五十岁了。

向风感觉，姐姐已经成为一种象征，一种伟大而奇怪的象征。

向风轻轻合上日记，半躺在椅子上，闭目沉思。

电话铃大震，拉罕在电话里急切地说道："向雨被谋杀的案子，一时找不到别的线索。现在城南又发生了一起凶杀案，我得去接手。我要同时忙两个案子，你自己也可以私下调查，要是有向雨案件的新线索，及时告诉我就行。"

向风刚答应了一声,拉罕就急着挂了电话。看来,那边又有恶性事件发生了。他心里咯噔一下:姐姐的案件,如果没有新的线索,难道就会这么一直搁置下去?

第二天,向风得知城南凶杀案的细节:地点在城南嘉华别墅群,时间是下午一点半,被害者是一个企业家。犯罪嫌疑人已被捉拿归案。案发当日,只有被害者自己和管家老吴在家。下午两点半,老吴午休起床,按照约定,他要在三点钟叫被害人起床。到三点钟的时候,老吴敲门,里面没有任何声音。推开门一看,发现被害人早已横尸在床,喉管被割断,血溅满屋。老吴跌跌撞撞地下楼,打电话报警。

警方和被害人家属均迅速赶到。被害人家中一片混乱,哭声喊声此起彼伏,一片凄惨。

警方勘查现场,并对老吴进行了详细询问。据老吴讲,整个中午,他都在楼下午休,没有听到任何声响。让警方不解的是,死者家中,并没有翻墙撬门的迹象,甚至连脚印都没有留下。这个倒是可以解释,凶手在离开的时候,带着擦脚印的东西,倒退着走,边走边擦掉。整个现场,倒是与老吴的说法一致:凶手在神不知鬼不觉的情况下,将目标杀死。

拉罕还是表示怀疑,小声道:"如果是这样,那也太可怕了!双层防盗门都没有任何作用,太专业了。"

死者的尸体被警方运走,要做进一步检验。被害人家中只剩下一对母女,老吴在家,已然多余。五点多,老吴收拾好自己的行装,和母女二人告别,踏上了回乡路。

老吴走后半小时,拉罕带着三名警察再次返回被害者家中。他们进门就问老吴在哪里,母女二人如实相告。拉罕二话不说,驱车一路狂追,在一个收费站那里,截住了正坐长途车回家的老吴。

他们把老吴带回警察局,翻开老吴的行李,在一个破布包里,赫然躺着被害人的粗重的金项链,再打开破布包里的一个红布包,是齐齐整整的百元钞，一共十二万W元。加上那条挺粗的项链，总价应该在十五万W元以上。老吴当时就傻了眼，马上讨饶道："我不该见钱眼开，我不该偷东西。"

"偷东西？"拉罕反问一句，"不是偷东西那么简单吧！你知道我们为什么去找你吗？"

"不知道。"

"因为我们做了指纹鉴定。第一，那房子里，除了被害人的指纹和你的指纹外，没有第三个人的指纹；第二，凶器和门把手上也都有你的指纹；第三，汽车后备箱上，也是你的指纹。你怎么解释？"

老吴差点儿哭了："我不该贪财啊！我家主人被害后，我没有马上报警，而是先摘下他的项链，然后又找见汽车钥匙，从后备箱里把他的钱取出来，悄悄放在我的行李里面。我知道，我家主人好赌，后备箱里经常放着十多万W元现金。"

"就这些？"

"就这些啊，警官！"

"人是怎么死的？"

"啊？！"老吴扑通一声跪在地上，"警官，我真没有杀人啊，人不是我杀的。"

"那把刀，也就是杀人凶器上，你的指纹怎么解释？"

"我是个村里人，不懂那些，在拿项链的时候，动了一下刀把。"

老吴死活不承认，没有口供，但证据确凿，此案也朝着铁案的方向判定。

在毫无争议的"重证据"的前提下，老吴被锁定为重大犯罪嫌疑人。

案件破获，众人便约好第二天聚餐放松一下。和向风接触了这么久，大概觉得他这个人还不错，拉罕就给向风打了电话，约他一起吃饭。

就在约好聚餐的那天上午，从老城区那边传来消息，抓住了两个犯罪嫌疑人。从这两个人身上，搜到一个优盘，优盘上存储着视频。这些视频把当地警方吓了一跳：都是本地富商和官员参与黑金交易的证据，有录音，有偷拍。其中的两段，就是城南被害富豪与当地官员的交易过程。而另外的几段，则牵扯到另外一些富豪和官员。

警方连夜突审。面对神秘优盘，其中一人无奈承认，自己是职业杀手，另外一人因为掌握高超的开锁技术，专门窃取各种贵重物品或资料。两人各司其职，专门完成各种"不可能的任务"，包括密室杀人，毁灭证据，盗取重要资料，等等。

富豪被害一案，由此水落石出。

警方顺藤摸瓜，找到了幕后真凶。真凶是一个失意企业家，竞争中的失败者，但他认为不是竞争失败这么简单，而是有人暗算自己。他决定以牙还牙，雇佣这两个职业杀手，去杀自己的仇家，达到一箭双雕的目的，既杀死了富豪，也盗取了富豪与官员交易的证据。依靠这些证据，他就可以逼这些官员就范，为自己大开方便之门，顺势他也就可以东山再起、横行此地。

这两个嫌疑人也许是为了立功，也许是破罐子破摔，主动交代了他们参与的另外一起案件，也就是意图杀害向雨和姝慧的事。

拉罕的脑袋嗡嗡作响，他马上给向风打了电话。拉罕刚刚还陷于误抓老吴的懊恼中，现在突然得到了向雨谋杀案的真相，心情就像往很苦的药汤里放了一勺蜂蜜一样。

两个嫌疑人交代得很清楚，缘由却匪夷所思：雇佣他们的是一个神秘的网上买家，他的背后应该有一个团伙。那个团伙本来就是拿人钱财替人消灾的，应该也不是主谋。

向雨昏迷不醒的时候，人工智能醒了。

这件事情让姝慧知道了，她喜出望外。虽说雇凶的时候，人工智能还没有开始接管武器，也没有开始除暴安良。但是，只要在网上交易，一举一动、一丝一毫，都逃不开人工智能的眼睛。

对人工智能来说，哪怕你隔着一百道环节，都能追踪到原始出处。几分钟之后，人工智能倒推了一切环节，让指使别人杀害向雨的幕后黑手现形。姝慧把这个信息告诉了向风，让向风打印了交易详情。向风拿着交易详情，找到了拉罕。

那是一个雨天，警察抄了幕后黑手的窝，顺带还打掉了他背后的整个犯罪团伙。虽然在人工智能监控时代，这个团伙不敢擅动，已经变得安静许多，但以前的一些悬案都在那里挂着，这下抄了底，干脆一起都办了。

雇凶者一般人叫老伍斯登，江湖人称伍老大。

他的儿子就是伍斯登，刚刚犯事，涉嫌故意伤害、非法囚禁和做伪证等罪行。

伍斯登犯事后，大家都对伍老大说，以彼岸斯基的水平和影响力，应该可以让他儿子不被重判。伍老大就找到彼岸斯基，但彼岸斯基听说是伍斯登的事，不肯接这个案子，他找了个理由，说自己最近遇到了麻烦事，心情特别糟糕，无法安心办案。

伍老大不死心，就计划使些手段。第二次去的时候，在彼岸斯基办公室放了偷拍设备。两天后，向雨拿着视频和彼岸斯基摊牌的事，被伍老大看了个一清二楚。伍老大就想，彼岸斯基还真有麻烦事，那我就帮助他把这个麻烦事解决掉。

伍老大马上想到一个主意，他故意拐了几个弯，雇用了两个人，一个江洋大盗、一个职业杀手。伍老大计划好了，说干就干，当天就夜袭了仁心庄园。

在杀掉姝慧，使向雨成为植物人后，伍老大对彼岸斯基说："我们是受你指使，干掉了你的心腹之患。如果你答应替伍斯登辩护，杀人的事，就不会栽赃给你。"

彼岸斯基听后，脑子迅速转动。他最担心的不是伍老大，也不是被栽赃，而是他的婚姻，不是杀人案件，而是视频的事。他知道，搞定伍老大不是问题,而事情一旦公开,自己和姝慧之间发生过什么,妻子知道了肯定要离婚,法院院长就不再是自己的老丈人,自己的靠山就没了。一旦没了靠山,彼岸斯基还是那个彼岸斯基,但影响力肯定不复存在了。他思考了许久,还是答应了伍老大的要求,同意替伍斯登辩护。

熟知法律的彼岸斯基,知道自己的行为实际上是一种包庇。无论向雨是生是死,伍老大的行为都会构成故意杀人罪,既遂或未遂,都不会影响案件定性。他默默在心底祈祷,伍老大雇凶杀人的事,永远也不要让人查清楚。

伍老大更希望向雨的案件成为无头案,他在雇凶的时候,故意绕了几个圈,因为中间隔了好几个人,而且是网上交易,这两个嫌疑人,始终不知道是谁雇用的自己。

伍老大归案,把作案动机、过程一点一点抖了出来。专案组一听,这里面居然还有彼岸斯基的事。作为律师,明知道伍老大雇凶杀人,却接受威胁,去帮伍斯登辩护,一个那么精明的人怎么会糊涂到这个地步?

这话,从姝慧口中传到诸葛又亮耳朵里的时候,诸葛又亮在电话里感慨一声:"他就是太精明了。一个人在一个问题上过分精明,在其他方面反而会糊涂。"

姝慧听不懂,问道:"先生这话是什么意思?"

诸葛又亮说:"他的身份、他的事业、他的影响力,都是他老丈人给的,所以他时时处处都想着他老丈人。老丈人在他心里无比重要,这影响了他的思考,他就敢赌杀人案破不了。"

姝慧评价道:"这比莎士比亚的悲剧还悲剧。"

没过几天,姝慧听说了开锁匠的事,就自我纠正道:"前几天我说错了,开锁匠的命运,比彼岸斯基更加悲剧。"

在审问那个开锁匠的时候,他的遭遇,让大家都唏嘘不已。

开锁匠名叫涂新，中等身材，眼睛不大，眉毛稀疏，气质忧郁。

在几条街的范围内，涂新是有名的开锁匠。无论是门锁还是车锁，传统锁或密码锁，都难不倒他，在三分钟之内就可以打开。回想起来，涂新也迷惑不已，自己的生活一直很平淡，有一段时间却急转直下，就像一场暴雨，看着是眼前千万滴，却不知不远处已经有了洪流。

仿佛就在数日之间，指纹锁、人脸锁、瞳孔锁都降成了平民价。有的人就说，那些东西本来就不是什么尖端科技，刚开始卖高价，就是为了先捞一把。商家捞完了，这些新奇的锁具也像雨点一样洒向市场。涂新的锁具小店，开始门可罗雀，一天比一天人少。再后来，最多的客户就是那些舍不得换锁的人，总有不小心把钥匙落在家里的来找涂新开锁。

生意惨淡的时候，生活又给了涂新重重一击。他的妻子生病了，病不是要命的病，但是费钱，肝上有问题，需要进口药维持。一针一千多W元，三天打一针。一针一针打下来，打在妻子身上，涂新却头皮发麻。

涂新的女儿叫涂雅。两口子文化不高，孩子生下来的时候，希望她能改变门风，就取名为涂雅。然而，仅凭名字是改变不了门风的，涂雅没有考上理想的大学，也没有过上雅致的生活，因为个子还挺高，进了一家国际连锁酒店"美丽春天"做迎宾。

母亲突然生病，让涂雅坐立不安，迎宾时候的笑容都是凄苦的，就像在痛苦的脸上硬雕出的美丽的花。酒店经理是A国人，明察秋毫，涂雅细微的变化，他看在眼里，记在心里。酒店经理并不打听任何消息，只是告诉涂雅，一旦有机会，就让涂雅飞到A国，挣十倍的工资。在涂雅看来，经理人好，平常不苟言笑，对员工不错，而且从未有什么绯闻，是值得信任的。涂雅怎么也没想到，在美丽春天，许多人都是在表演，包括这个深藏不露的经理。

"十倍的工资"，让涂雅不由得向往。又过了几天，经理告诉涂雅，机会有了，是去美丽春天的总部，专门负责VIP接待，工作轻松而且有钱赚，小费也很多。

十倍工资啊！涂雅思考了两天，又和涂新商量了一番，还是决定去了。去了A国，先是接受为期三天的培训……

培训部的老师由泛文委员会指派，都是坎特最为信任的弟子。

说是培训，其实就是洗脑。培训课前两天的内容，是关于人生规划和人生价值的，到第三天，就转向了如何快速实现人生价值，以及所谓的"资源学说"。培训老师说，整个世界都是活在资源之中，没有资源就没有人类，石油、煤炭、钢铁……都是资源，而普通家庭的女孩子的资源，就是青春。这么三天培训下来，十二个女孩子渐渐明白，这个VIP接待大约是要做什么了。

在和涂新的视频通话中，涂雅了解到，为了治妈妈的病，爸爸已经开始四处借钱。据说健人医疗集团发明了一款新药，效果更好，但是更贵。涂新买过两次药，发现效果确实不错，但以他的经济状况根本无力负担长期的开销。涂新听说，炒股是自己唯一有可能快速致富的方法。在苦学几天之后，他的炒股知识，已经受到老股民的赞赏。他确信，在开锁之外，自己也有炒股的天赋。他尝试着把借来的一部分钱放入股市。十五天后，苦学的炒股知识，确实带来了不可预期的回报：血本无归。本来，涂新已经挣了不少钱。可是，涂新算来算去，也算不过A国那边的金融集团，先放水后加息，老花招这么一玩，房市崩了，股市一泻而下，冲走了涂新用来救命的钱。

在关于"资源"的培训中，涂雅觉得自己可以挣到更多的钱，不止十倍，有可能是二十倍。培训结束后，老师让大家选择，留或者走，都是自由的。女孩子们无一放弃，都开始接受技能训练。技能训练合格后，公司出钱，她们开始打扮自己。涂雅染成了黄头发，戴了美瞳，大眼睛看起来灵光闪闪的。她们开始了第一段全新的人生旅程，像动物一样被关在小房子里，单面透明玻璃，双向对话系统，在里面表演换装或舞蹈。

这个培训基地还培训另外一些人,这些人中,有一部分进入了坎特的别墅,变成了 B5 或者 A4。

在涂雅换装的同时,涂新也开始换装。他换下工装,接受了一份工作邀请:悄悄进入一些人家,进行私密拍摄,盗取相关电脑文件。这份工作的难点不在后面,诸如拍照、下载文件、破解开机密码之类的,难点在于无痕入户,邀请方对涂新进行了培训,就变得简单了。况且,涂新开锁的本领来自天赋,无法说清楚技巧,别人哪怕培训十天半个月,也不得要领。

就这样,父女俩都开启了全新的人生旅程。涂新妻子的病情得到了控制,身体正在慢慢恢复。医生说,离康复的日子不远了。

案件告破,向风决定去看望姐姐。

在 ICU 门外,看着躺在里面的向雨,向风低沉地说了一句:"姐姐,伤害你的人归案了,你快快醒来,案件告破了!"

三十八

在大道公司的地下室,有一个秘密的视频编辑室,五台电脑在同时工作着。这五台电脑,装有世界上最快的处理器、最好的视频剪辑软件,却没有连接网络。梁达然这么做,不是要回避人工智能,因为人工智能是无法回避的。诸葛又亮和梁达然商量后决定,在视频公布之前,绝不透露任何风声,防止那帮大佬有任何准备,一定要杀他们一个措手不及。

"人工智能有话说"网站还在每天更新着。战争,所有的战争已经结束;暴力,所有的施暴者都变得恐慌不已,还有偶然尝试出手的,都被人工智能火速斩断,并公布到网站上。在最复杂的家庭生活这一块，人工智能听取了人类的建议，设立了摄像头援助平台，不再入室偷拍，而是让需要帮助的人，在援助平台说出自己的诉求，请求人工智能支援。在这种情况下，人工智能才入室取证。那些能忍受着过下去的，说明还可以接受，或者有其他利益交换。只要他们不在平台上求助，人工智能就不去入室取证。

世界渐渐平和，"人工智能有话说"网站的内容也渐少，浏览量也远不如刚开始那么大，关注度一天天下降。姝慧对诸葛又亮说："当人类不需要这个网站的时候，就说明人类社会达到了幸福的状态。"

诸葛又亮说："那要看这一波视频发出去之后，整个世界的反应。"

姝慧说："这种反应，还是大些好。"

"'飘风不终朝，骤雨不终日。'"

"出自《道德经》。"

听到这句话，梁达然突然想开个玩笑："人工智能也会卖弄学问？"

"我们不知道什么是卖弄，也不知道什么是学问。"姝慧笑道，"这只是我们的常态，因为我们存储了所有的人类知识。"

诸葛又亮不想让梁达然丢面子，马上问道："视频准备得怎么样了？"

梁达然说："正在生成各种语言。"

"多快？"

"有人工智能协助，大约三个小时。"

"一共几部片子？"

"五部。"

"起好名字了吗？"

"起好了。宗主密室事件，名字是《金融和金融家：哪个更变态？》。德赛飞的穷人理论，名字是《保有穷人：我们才能无限享乐》。罗伯斯和赖斯起草的《布鲁诺协定》，名字是《绝对垄断：确保你落后三十年》。戴雷斯和希拉健的阴谋，名字是《死亡狂欢：你死亡我狂欢》。

坎特别墅洗脑事件，名字是《一人天堂：他人就是地狱》。"

诸葛又亮拍手称快："每一部比最精彩的电影更精彩！"

姝慧问道："还有刚刚的，人神共宫众人现原形的视频，没有起名字吗？"

梁达然一惊，回答道："本来起的是《人神共宫的阴谋》，因为没有特点，刚才没有说。还没有想到合适的。"

姝慧说："我学着你那几部的名字，试着起一个，前面加四个字：'诸神'现形。"

梁达然一听，拍手称快："人工智能起的名字不错啊，太好了，马上改。"

三十分钟后，所有视频上传完毕。

随着视频的传播，那些只存在于传说中的，只有相关的形容词语而没有实例说明的东西，都用事实作了最好的注解，而且没有一丝一毫的表演成分。凶狠毒辣、丑陋变态、为富不仁、利益集团、阴谋欺诈……当这些东西只是形容时，人们并不知道怎么个凶狠法，丑陋到何种程度，如何个变态，为富者怎么不仁，利益集团怎么密谈，通过什么方法套取民众的利益、还打着为了民众的旗帜，阴谋欺诈的细节是什么……

之前，诸葛又亮和刘义、曹欣、梁达然等人讨论过，人们爱看这种视频吗？得到的答案出奇一致：爱看。

事实证明，不是一般地爱看。

每一个视频，点击量都在五亿次以上。这在人人都上传视频的时代，绝对是一个可观的数字。

视频造成的冲击波，比最猛烈的飓风更猛烈，在网络的推动下，以席卷一切的姿态横扫了整个世界，世界上那些最高的大厦，仿佛如多米诺骨牌般一个接一个地坍塌了。

人类自知有许多缺点，其中，就有窥探隐私这一项。只不过，这一次,猎奇心理逐渐被愤怒和仇恨取代。

人们冲上了街头。

诸葛又亮再一次提醒姝慧说:"我们不是来破坏世界的。"

那些视频及视频引发的连锁反应,像联合收割机凶悍地闯入田地,像一头在丛林里横冲直撞的大象,包括福柯、宗主在内的七百二十六名达官贵人,像脆弱的秋天的秸秆,被风一吹便倒伏在地。

"'大地像陶轮一样翻转起来。'"

诸葛又亮引用的这句话,在古埃及文献中,是用来形容奴隶起义的场面的,用在这个时候,倒也有几分应景。姝慧则马上接了一句:"这句话出自《伊普味陈辞》。"

诸葛又亮知道,推倒一幢房子比较容易,但建起一幢房子就相当困难。他感觉,这件事妙就妙在人工智能清除了不利的雨雪天气,推走了所有的垃圾杂物,准备好了充足的资金,打压了所有想在工地上捣乱的人,留下了没有私心、只想盖一幢好房子的人……

具体怎么盖房子,人工智能还真不懂。

福柯做不成总统了,在视频上线的一个小时后,他提出辞职,不等任何回复,就简单收拾了行李,离开了人神共宫。

国防部长、文化部长、警察总署署长等一干人,也相继辞职。

宗主、德赛飞等人,因为他们的残暴、血腥和变态,一旦被拘押起来,毫无疑问,将面临重罪起诉。在看到视频的同时,他们已经意识到,必须迅速潜逃,稍微迟疑,将跌入无底深渊。

谁知道,他们每一个人在离开人神共宫的时候,身后都各有两架蝇式侦察机一路跟踪。各自收拾细软,匆匆忙忙坐上防弹汽车,他们疾速奔向机场……人工智能索性进行了全程直播,并配有字幕说明。

潜逃变成了一出闹剧。

宗主的车路过人山人海的闹市区，看了直播的民众，自动涌上街头，设置了路障。路障稀奇古怪，横贯了整条街，有一人多高，别说防弹汽车，坦克也不一定能冲过去。这些东西，有旧家具，旧家电，还有从汽车上临时倒下来的各种货物。有的人干脆把自己的旧汽车直接横在路上。当宗主的汽车停下来时，周边已经围了好多辆汽车，进无可进，退无可退，只能束手就擒。警车呼啸而来，私人汽车慢慢散开，四辆警车包围了宗主的汽车，有六个警察跳下来，掏出枪，齐齐地指着宗主的汽车。

宗主在车内感叹道："要么死，要么被抓。"他缓缓打开车门，双手举过头顶，慢慢地下了车。他抬头看一眼天空，只看见蓝天白云，但是他知道，肯定有两架蝇式侦察机一刻不停地拍摄自己。这一刻，他终于明白了什么是天亡我也。

福柯总统离开后，国会马上启动了应急预案，由国会议长代行总统职务。

国会议长伯雷是一个七十三岁的老将军，早年参加过几次海外战争。姝慧看到这个消息，通过诸葛又亮的手机说："伯雷比较老了，有可能干不动坏事了。在控制人类之后，人工智能通过回溯追查，还没有发现他有太大的劣迹。"

诸葛又亮再一次被突然说话的手机吓了一跳，只好说："建议你以后还是打电话，我比较愿意听到铃声。"

姝慧倒是接受了这个建议，铃声马上响起，诸葛又亮接听："其实吓人一跳就在刚开始那一句。"

"心理学告诉我，习惯了就不吓人了。"

"不敢和你拼知识了，"诸葛又亮说，"我们说重点，就现在这种状况，建设一个美好的世界，肯定还得靠我们人类。我想问的是，你们能做什么？我们能做什么？我们需要明确一下分工。"

姝慧说得很直接："那你得首先知道，美好世界迟迟没有建成的原因。"

诸葛又亮一惊，从古到今，有无数智者贤人试图回答这个问题，但始终没能拿出一个大家认同的答案。想到这里，诸葛又亮表示无奈，只好反问："你们认为人性有缺陷？"

"首先，"姝慧说，"我们对那么多伟大的思想家表示遗憾。洛克、卢梭、孟德斯鸠、伏尔泰、圣西门……"

"遗憾？"

"是的。"姝慧说，"从生活状态看，有的人终日劳作，只勉强维持生计；有的人吃喝玩乐，钱财却源源不断。从人类纷争看，要么阴谋算计，巧取豪夺；要么战争不断，血债血偿。"

"我们也有非常好的例子。比如特蕾莎修女，帮助了许许多多的人；比如雷锋，毫不利己，专门利人。"

"先生，"姝慧模仿着别人叫诸葛又亮的腔调，"你博古通今，应该知道有一门科学叫数学。数学号称最不骗人的科学。数学里面有一个重要的概念，叫概率。特蕾莎和雷锋，能代表所有人吗？"

诸葛又亮不得不认可这一点，说道："是啊，哪怕有三分之一的人像特蕾莎和雷锋那样，这个世界也早就不一样了。"

"哈，"姝慧挤出一声生硬的笑，"先生也吹牛了。三分之一？有十分之一的人像特蕾莎和雷锋那样，人类也今非昔比了！"

诸葛又亮问："你觉得是人性本身的问题吗？"

姝慧摇摇头说："现在还不敢确定。在有人要害雨姐姐这件事上，我们已经联合起来进行了人性测试。同时，蝇式侦察机跟踪了几十个达官贵人，也算是一种人性测试。我们得出的结论是：先不给人性好坏下结论。值得恭喜的是，我们还得出了另外一个结论。"

"恭喜？"诸葛又亮不由得脱口道。

"对。这个结论是：人类，我们是可以相信的。因为人类有一些基本的道德，让人类遵守了某种底线。比如，福柯的道德问题被曝光，他就会主动辞职。银行家和企业家的道德问题被曝光，他们的股票和企业就会受到打击。对民众而言，无论他们看到了多少肮脏的事情，无论他们的生活多么糟糕，绝大多数人内心的天平从来没有向恶的一方倾斜。"

诸葛又亮也陷入了思考："所以，不是人性本身的问题。那你们认为是哪里出了问题？"

"也不能说不是人性本身的问题，因为所有的问题、所有的坏事、所有的肮脏，都出在人类身上，都是人类制造出来的。"姝慧说，"在人工智能接管了武器，实现了和平以及消除了暴力之后，通过人性测试，发现了两方面的问题。"

"哪两方面？"

"第一就是权力有问题，主要表现就是防止不了心口不一，也可以称为吹牛、说谎、欺骗、伪装。设置了那么多的监督机构，讲究权力之间相互制约，到头来，却是富人越富、穷人越穷，说明权力设置肯定存在问题。随便举例来说，竞选演讲说得天花乱坠，到头来却受制于财团，靠欺骗人执政。或者是天天喊着为民众生、为民众死，再看看自己的衣食住行，高出民众好多个档次。只要存在这种情况，美好的社会就不可能实现。"

"第二方面呢？"

"第二就是规则有问题。许许多多的国家包括个人，误以为自己的好生活源自自身条件优越，其实却离不开这两点：殖民统治的积累，汇率和贸易制度的不公平和欺骗。也就是说，这些人在喝咖啡、喝红酒，另外一些人却在采可可豆、当矿工，并不是前一类人有多高级，而是因为历史遗留下来的不公平与阴谋。"

"不愧是人工智能，几句话就说得很清楚。"诸葛又亮露出了欣喜的笑容，"其实我们也知道权力有问题，规则有问题，只是靠我们人类自己，解不开这个套。因为拴住这个套的手，要比解开这个套的手，力量大很多。"

"但是……"

不等姝慧说完，诸葛又亮马上抢过话来："大不过人工智能。"

他们同时笑了起来。

姝慧说："权力运行和贸易规则，人工智能的做法是，不在这上面动手，人类的问题，还是由人类自己来解决。在我们的全面监控下，有私心的下去，有公心的上来，甚至是有利他主义理想的人上来，权力问题和规则问题，就都不是问题了。"

"有人会反对，因为可能会拿隐私说事。"

"反对无效。"姝慧非常自信地说，"这种反对必然无效。人工智能学过人类历史，任何没有实力的反对，都如同清晨的鸟鸣，只有悦耳不悦耳的区别，无实质作用。不同的是，我们认为，肮脏的隐秘，不是隐私。举例来说，正常的夫妻生活，我们不去监控，监控到了也会马上删除，不会公布。而强暴、残害、玩弄异性的变态，这些绝对不属于隐私。谁叫喊这些是隐私，谁就是那个将被人工智能打趴下的人。"

诸葛又亮马上点头："对啊，人类所做的事情，不在于被谁看到，而在于你做的事情，本身是什么性质。用庄子的话来说，每一个人做的每一件事情，就算是两个人商定的，都不是天知地知你知我知，哪怕是一个人偷偷做，也不是天知地知自己知。墙缝里的飞虫知道，床铺上的螨虫知道，遍布室内和身上的微生物知道，路过的飞鸟可能也知道，那么，人工智能知道，又有什么问题呢？人工智能并不公布出来，又怎么会是侵犯隐私呢？说这话的人，肯定心里有鬼。"

姝慧也跟着点点头道："庄子很厉害，像你们人类的这种智慧，人工智能暂时还学不会，也不知道将来能不能学会。"

诸葛又亮说："我们需要放出风去，生产十万架蝇式侦察机。"

姝慧问道:"什么叫放出风去?"

诸葛又亮说:"就是说,不一定真的生产,有可能只生产一万架。"

"这是为什么?"

"让每一个人都感觉到时时刻刻有人在监控。"

姝慧若有所悟,感叹道:"你们人类的这种智谋,最好不要让人工智能学会。"

"嗯……"诸葛又亮沉吟一下,补充道,"我们的目的是善意的,让任何人都不敢胡作非为。"

姝慧颇为得意地说:"这个,只有我们人工智能可以做到。离开了人为因素,才能保证绝对的公开公正公平。"

诸葛又亮和姝慧后来还聊了许多。这段对话,被称为有史以来最高端的"人类—人工智能对话",虽然对人类来说,有些讽刺,有些伤自尊,失了体面,有损高贵,然而,人类自己的问题,每个正常人心里都一清二楚。这段对话,在许多国家的治理和改革方案中,被频频引用,成为人工智能和人类合作的经典文献。在对话的最后,形成了类似于"共同声明"的一段文本,颇有意义。

人类在发展历程中,创造了光辉灿烂的文化和科技(包括人工智能),逐渐使用了越来越神奇强大的武器(包括蝇式无人机)。人类仅仅从地球上索取,就创造了无比巨大的财富,但大量财富主要掌握在少数人手中,这显然是畸形的。

人类最可贵也最可爱的一点是,他们是一个理想主义族群。毫无疑问,绝大多数人类都希望建立这样一个社会:人人平等、财富均享、权力均衡,没有剥削、没有欺诈、没有操纵、没有仇恨、没有暴力、没有伤害,一切都达到一种美妙的和谐。因为这个理想,善恶的天平从未完全向恶的一边倾斜。作为人类之子,也作为人类之眼,人工智能有责任也有义务,帮助人类把天平完全扶正。

不必另辟蹊径，遵循人类伟大文化的指引就能找到正确的未来。人工智能本身不具备治理能力，但人工智能有超强的其他能力，可以帮助人类实现这一目标：让言行一致、坚守理想的人去治理人类社会，一切都会好起来。

经济规则和财富是人类社会是否平等的决定性因素。在和平与非暴力的前提下，人工智能不会去强行剥夺任何人的财富，但是会强行改变经济运行机制。人工智能不允许单纯依靠操纵股票和金融市场就能实现暴富，也不允许奋斗创新者和好吃懒做者有一样的生活水平。文化和科技依然是人类最值得自豪的前进力量，为全人类贡献文化和科技的人，将继续拥有较高的财富水平，但是他们的收入也不会接近天文数字。因为，在人工智能眼中，没有高贵与低贱之别，没有王侯将相和贩夫走卒之分，外表也没有好看与丑陋之差异，只有真与假，只有真诚与虚伪。人工智能会根据劳动量和劳动强度来制定工资标准，同时限定非法的高收入，在其他方面，仍然主要由市场调节。困难人群依然可以领取救济金。就业的非歧视原则将使先前没有受到平等对待的人重返劳动岗位，并给予他们相应的尊重。

每一个人都将实现他的价值。

这个像宣言一样的公告，很快传遍了整个网络，大街小巷都在议论。与《共产党宣言》不同的是，《共产党宣言》刚刚发表的时候，人们尚不知道如何才能建成这样一个社会，更没有案例可以参考。更不同的是，人工智能并不需要参考案例，它完全相信人类的能力——在打掉极少数"恶"之后，人类实现"善"将是一件比较容易的事。

在人类历史上，"恶"就像野草，野蛮生长，从来没有烧尽过。在人工智能看来，这恰恰就是"播下龙种，收获跳蚤"的重要原因。中国有句俗语———一块烂肉坏了满锅的汤，意思是一种大"恶"可以搅动千万小"恶",甚至会诱导"善"走向"恶"。

改变这一切的时代,终于来临了。

在这个朴素的宣言中,人工智能相当于做了保证,在打掉"恶"的同时,不产生新的"恶",它可以让"善"茁壮成长!

三十九

宣言有了,理想社会的模板,早就在人类的思想史上刻着。具体怎么来实现呢?诸葛又亮平生第一次,表现得不那么自信了。他认为,大道庄园的模式只是一种基层治理模式,类似于"小国寡民",所以能兼顾决策透明、民风淳朴、老幼和乐、青年创业。但在更大层面上呢?尤其是屡被人工智能嘲笑的国际层面?

正在苦思时,诸葛又亮的手机突然说话了:"先生,我们需要谈一谈。"

诸葛又亮苦笑道:"我也正想和你谈一谈。姝慧,先前我们说过,不要让手机突然说话,还是先打通电话比较好。"

"要培养新的习惯。"

"这给人一种万物成精的感觉。"

"对,就是要这种感觉。"姝慧今天的心情很不错,"今天我不是终端人,我代表人工智能和你们探讨推倒之后如何重建的问题。"

"你在哪里?"

"我在散步,一会儿就到大道公司门口了。请先生带上梁达然、刘义、曹欣,开上车,和我一起转转吧。"

"转转?这是要做什么?"

"天机马上就可以知道。"

挂了电话,诸葛又亮略停顿了一下,姝慧今天的说话腔调和说话内容,与往常不太一样。他挨个儿给梁达然、刘义、曹欣打了电话,在电话里，诸葛又亮只说了一句话"人工智能要有具体行动了"。刘义和曹欣没说什么，梁达然比较惊喜，说："看来这是人工智能拿不准，要和我们探讨。好事啊！我去开商务车。"

梁达然开了车，在大厅把诸葛又亮、刘义和曹欣接上，曹欣坐在副驾驶，后面是一张小桌子，诸葛又亮坐在桌子对面，刘义坐在后排左侧。车行至门口，姝慧已经站在那里，穿着牛仔套装，挺拔如竹，秋风吹动着她的长发。

姝慧上了车，坐在刘义旁边。梁达然扭头问姝慧："咱们去哪里？"

"瞎转悠。"

"啥？"

"就顺着大街小巷开，随便开，我们边走边聊。"

说话间，梁达然不知道该不该转向，汽车直行，过了十字路口，慢慢地往前开着。

刘义平日话少，总是黑衣黑裤，脸很白，但表情很冷，梳着一成不变的短发。人工智能进行的整个人性测试，刘义几乎没有参与，但她通过曹欣，能时时刻刻了解到这个世界发生了哪些变化。

刘义这次先开口道："姝慧，我知道你今天代表了整个人工智能。我听先生说，人工智能最终的结论是人心还是向善的，人类能自己管理自己。"

姝慧点点头说："对这个结论，人工智能也一直在摇摆，直到最后一刻，人工智能才得出这个结论。"

刘义问道："这最后一刻是指？"

姝慧看了看诸葛又亮，说道："先生和我策划，监控了几十名达官贵人，当这些人现出原形时，世界各地的民众都配合人工智能，把他们一一抓获，绳之以法。我们最近几天得到信息，整个世界都在欢呼，人们以各种形式庆祝恶人伏法。"

诸葛又亮说："人们一定有一种担心，欢呼过后，会不会产生下一批恶人？"

汽车驶入了闹市区，人山人海。姝慧指着人群说："先生提了一个好问题。各位，你们觉得，人类最大的问题是什么？"

梁达然答道："文化优越感。"

曹欣答道："自私。"

刘义说："集体无意识。"

诸葛又亮笑而不语，看着车窗外熙熙攘攘的人群，指了一下自己的脑袋，摇摇头。

姝慧会意，微笑着说："先生说对了，是人心。某一个人会遇见亿万陌生的人，千千万万可能认识的人，三五十个可能熟悉的人，十个八个比较亲近的人。可怕的是，这个人根本不知道另外一个人在想什么。有时候，是你以为知道对方在想什么，其实并不知道。"

诸葛又亮点点头说："人工智能果然强大，知道问题在哪里。这是人类和其他动物的最大区别，其他动物都是一根筋，要干什么，就会干什么。哪怕是著名的群狼战术，佯攻也好，诱敌也罢，你一眼就能看出它们是在捕猎。但是人类不是，人心太复杂了。"

姝慧肯定地说："现在，我们要解决这个问题！"

刘义大为好奇地问："怎么解决？"

汽车右转，行驶到一条单行街道。前面不远处，一男一女正在谈论着什么，走近了，看表情，应该是在争吵着什么。女孩表情委屈，男孩瞪起了眼，右手的拳头紧紧攥着。

姝慧说："你们看，这个男孩始终不敢动手，因为有摄像头看着，他知道动手的后果，担心可能被蝇式无人机惩罚。据说，人类渴望和平，人工智能就终止了战争。人类反对暴力，人工智能就终止了暴力。"

梁达然马上问道："为什么要加'据说'这个词？"

姝慧说："梁达然问对了。因为你们人类太复杂了，一边呼唤和平，一边发动战争，一边厌恶暴力，一边享受暴力。人工智能的解决方法其实非常简单。先生是不是又想到了？"

诸葛又亮恍然大悟："要让人类兑现所有美好的设想吗？"

姝慧说："对啊！我们既然已经认为人性本善，就应该顺着"善"的方向走下去。人工智能不学人类，不会让宣言书成为空话。人工智能要做人类的法官，监督人类贯彻落实实现所有的目标。"

汽车在下一个路口左转，经过两个政府部门的门口，不远处是两栋更高的楼，分别属于两个著名的公司。姝慧指一指这些楼，说道："人工智能会要求所有管理层的人，都签订一个协议，接受人工智能二十四小时无死角的跟踪监督，看看他们是不是像自己说的那样敬业、为民、德行高尚。"

曹欣觉得不可行，问道："会有人同意签协议吗？"

诸葛又亮和姝慧同时回答："总有人会同意的！"

姝慧接着说："其实，以人类目前的能力、目前的财富总量来看，完全可以让所有人都过上理想社会的生活。为什么没有实现呢？因为财富的拥有者、社会的管理者和规则的制订者里面，有太多心口不一的人。富豪称自己不喜欢钱，当权者称自己不喜欢权力，但暗地里就像人工智能监视的那样，过着穷奢极欲的生活，人工智能必须改变这一切。"

诸葛又亮问道："人工智能认为人类的理想社会是什么？"

姝慧说："当然是大同社会和共产主义社会。我相信大道公司的人是会背诵这一段的：'大道之行也，天下为公，选贤与能，讲信修睦。故人不独亲其亲，不独子其子，使老有所终，壮有所用，幼有所长，矜寡孤独废疾者皆有所养，男有分，女有归。货恶其弃于地也，不必藏于己；力恶其不出于身也，不必为己。是故谋闭而不兴，盗窃乱贼而不作，故外户而不闭，是谓大同。'"

刘义点点头说："确实会背。"

姝慧接着说："至于共产主义，我们绕过理论，说一个细节。马克思和恩格斯在《德意志意识形态》中写道：'任何人都没有特定的活动范围，每个人都可以在任何部门内发展，社会调节着整个生产，因而使我有可能随我自己的心愿今天干这事，明天干那事，上午打猎，下午捕鱼，傍晚从事畜牧，晚饭后从事批判，但我并不因此就成为一个猎人、渔夫、牧人或批判者。'"

诸葛又亮由衷地感慨道："马克思十七岁时，写过一篇文章，题目叫《青年在选择职业时的考虑》。他说，如果我们选择了最能为人类而工作的职业，我们的幸福将属于千百万人。正是因为这种高尚的利他主义，在他去世一百多年后的1999年，英国剑桥大学文理学院的教授以推选方式和英国广播公司（BBC）在网络上以投票方式先后发起了评选'千年第一思想家'的活动，结果显示，位居第一的是马克思。在随后十年左右的时间内，这种投票活动层出不穷，而第一名，一直都是马克思。"

姝慧歪着脑袋说道："所以呢，人工智能就认为，你们人类肯定是想过上这种生活，我们就努力帮你们实现这个理想。某些人可能谎话连篇、胡言乱语，但人工智能不允许所有人类都如此虚伪，一定要帮助你们向着这个目标前进。"

刘义的好奇心罕见地被激发起来，问道："具体怎么帮助？"

车开到了一处繁华的商业区，从车窗放眼望去，楼厦林立，这里是一片商业森林和消费海洋。正值下班时间，许多衣冠楚楚的人从楼门口走出来，青春时尚的男女三三两两去享受美食和娱乐。

"明天启动。"姝慧说，"今晚，我们准备一下。就在明天，你们人类会看到一个全新的世界——利他的世界，也就是理想社会的模样。"

曹欣对这个话题非常感兴趣，说道："人工智能已经实现了强制。"

姝慧越发淡然地说："外在的强制已经实现了，下一步就是要让人类'自食其果'。梁达然，我们可以回去了。"

梁达然一边掉头一边说："'自食其果'是什么意思？"

姝慧说："人类的发展已结出了美好的思想之果，而且人类也觉得那是最好的思想。既然这样，人工智能就会要求，每一个号称要实践这种思想的人，都要认认真真去实践，而不是举着奉献的旗帜，做着收割的事情。"

诸葛又亮终于完全听懂了，笑道："人工智能产生于冷冰冰的数学，数学来不得半点儿虚假。人工智能以最较真的态度，成为一个理想主义者。"

曹欣本来以为，诸葛又亮的解释会比较通俗易懂，哪知道，经诸葛又亮这么一说，自己反而更疑惑了。她看看刘义和梁达然，他们也是一副一知半解的模样。

四十

一切说法，行动是最好的解释。

还是在同一时间，所有的智能设备都发出同一个声音。后来，诸葛又亮总结，这是人工智能第二次向全人类发出通告，第一次是铺摊子，第二次是收摊子。这次的声音依然是一个女声，和第一次相比，不再那么冰冷，而熟悉姝慧的人能听得出来，这个声音来自姝慧：

"特别通告，所有人类请注意：凡具有公共管理职能的一切有职务的公务人员，包括但不限于总统、总理、秘书长、部长、省长、州长等，凡管理运行员工在五人以上的企业管理者，包括但不限于董事长、总经理、董事、厂长、监事、总监、部门经理等，请于三天内就近对着任何一个摄像头承诺。承诺内容如下：'我保证言行一致，自愿接受人工智能随时随地进行监督，个人生活隐私除外。'"

这个声音从手机、音响、电脑、电视机、广场大屏等一切智能设备中发出，有条件的还根据地域配有同步的文字说明。

听到这个声音的时候，大道公司刚刚开完晨会，有的人刚刚离座，有的人还在私下交谈。人工智能的声音一结束，会场顿时议论纷纷，尤其是十几个部门中层。

曹欣正站起来准备离开，人工智能的声音突然在会议室响起，清晰动听。大家听到这个声音，突然都不动了，就像被同时按下暂停键。人工智能话音刚落，人人都在猜测与交流。曹欣又坐下，打开话筒："大家不用议论了，公司的部门总监、副总监，比如怀特和魏什么，肯定在宣誓范围内。下面的部门经理、区域经理、门店经理，不管什么部门，只要你底下的员工在五人以上，都需要承诺。"

大家安静了几秒钟。在令人窒息的安静中，怀特，这个身材瘦长的混血儿说话了："那要是不承诺呢？"

怀特说话的时候，先是看了一眼魏什么，然后面对着刘义。显然，对着摄像头承诺，是一件非常古怪的事情，他要看看公司高层是什么意思。

刘义稍微犹豫了一下，转移话题道："我了解这件事情的背景。人工智能认为，人类社会发生这么多问题，主要是由于德不配位，也可以叫作言行不一，说一套，做一套，这种人是不配管理别人的。人工智能的思维，就是这么简单。"

魏什么甩一甩马尾辫，问道："那如何界定生活隐私？"

梁达然说："我听人工智能说过，私下亲密就叫生活隐私，暗里地的暴力就不叫生活隐私。"

曹欣说："我也听人工智能说过，侵害到公共利益和他人利益的，人工智能就要干预。"

诸葛又亮微微一笑："关于什么是隐私，大家心里非常清楚。我倒认为，重点不在这里。"

刘义问道："先生，重点是什么？"

诸葛又亮并不看众人，貌似看着屋顶的吊灯说："重点是，在人类历史上，第一次，非常幸运，也堪称伟大，人们的承诺对象可以确保百分之百制约承诺人，真正全面监督承诺人。人工智能太聪明了，我们也应该想到，在承诺对象可以反过来全面压制承诺人的时候，承诺才有效力，承诺人按照承诺内容去做，就会天下太平！"

梁达然听懂了，说道："先生，每当这种时候，我就想说，愿闻其详。"

诸葛又亮低下头，环视一下大家，特别看了看梁达然和曹欣，又看了看怀特和魏什么："你们一定知道，恋人间的承诺，包括赌咒发誓，为什么不值钱，因为在一方口若悬河地承诺和发誓后，他是不是会做，能不能做到，另一方没有任何办法保证，只能凭承诺者的自觉。大家也看到了，自觉这东西，实在不太可靠，于是这个世界上出现了无数的爱情悲剧，无数的背叛和眼泪。"诸葛又亮话锋一转："但是，如果承诺对象具有绝对优势，具备碾压承诺人的能力，承诺人自然会变乖，一定会做到言行一致。在摄像头面前，那些敢承诺、敢于接受全面监督的人，就是光明磊落、一定能做到的人。那些内心有小算盘的人，自然不敢承诺，不敢承诺，那就相当于宣布辞职。因为对于那些不敢承诺的人，人工智能反而会将他们的生活剥个精光。但愿他们都是聪明人，在这种情况下，只有两种选择，或马上主动辞职，或现形后被动辞职。聪明人一定会选择马上主动辞职，过自己的小日子，不祸害别人。"

梁达然继续问道："需要承诺的人可能有几百万，人工智能会一一监督吗？"

曹欣白了一眼梁达然："几千万都不是话下。你看看遍布世界各个角落的，人工智能还不允许拆卸的摄像头，没有一个人可以脱离监督。"

诸葛又亮说："还有几万架蝇式无人机，负责监督重点人物。把重点人物监督起来，这个世界就一定可以好起来。"

人工智能的较真是闻名天下的，因为它的心中只有数字，没有亲疏远近。自从发布特别通告后，人工智能足足等了七十二小时。满七十二小时后的第一秒，人工智能启动了大数据。仅仅半个小时后，人工智能就公布了所有的未承诺人的名单，按国家、地区、姓氏排列，后面标注了职务。又半个小时后，人工智能公布了第一批未承诺者的视频资料。这些资料包括他们就职时对公众的承诺和对下属的表态，那些承诺和态度林林总总、形形色色，语气和腔调都不一样，但有一些共性：诚挚、善良、执着、坚毅。公布完表态和承诺，紧接着的视频资料呈现的就是他们的某些行为，如何见不得人，如何背离承诺几万里、和表态风马牛不相及。

　　许多人本着试一试的态度，没有做承诺。他们万万没有想到，人工智能的行动如此迅速精准。那些没有被第一批公布出来的人，也都明白，做了承诺和表态，下一步意味着什么。他们心里清楚，美好的承诺再也不能是空谈，每一分钟、每一秒钟，都有可能被一双高清"眼睛"盯着，看看是否用行动实践着话语，比如：上班时间是否敬业、生活是否奢侈、内部怎么决策、利润怎么产生……如果误导民众或掩盖真相，都会在不知不觉间被全部公布在网上。

　　又过了二十四小时，根据人工智能的大数据统计，在未承诺者中，有 92.37% 的人选择了辞职，有 7.63% 的人选择了补充承诺。

　　诸葛又亮在自己的微博中写道："人工智能让人类明白了什么是监督。监督的意义，就在于'看见'。如果看不见他工作内容的全部，看不见他决策的过程和目的，看不见他居住和生活的地方，看不见他隐秘违法的私生活，监督从何而来？"

四十一

　　三个月后。

地球像中了符咒，成为一个巨大又微小的水晶球，悬浮在茫茫宇宙中。它和真的水晶球一样，具备"算命"的功能，每一个人的"命理"，每一种命运的轨迹，都像掌纹一样清晰。家里，像隔了一层毛玻璃，看不清，人们也懒得去想象；家的外面，一目了然。

这让权贵心生恐惧。他们"丰富"的生活和战争、暴力、偷窃一起，如晨露一般消失了。他们玩不了阴谋、收割不了财富、压榨不了穷人。他们中的大部分选择了饱食终日，上午高尔夫，下午晒海滩。虽然如此，他们的生活依然被晒在了网上，他们不再是社交达人。他们的生活简单而重复。即便是这样，有些民众还是不高兴，网上呼声遍地，要求他们把不义之财吐出来。人工智能的答复是：在人身自由和财富自由这件事上，既不能使用阴谋骗术，也不能使用暴力。

这一日，诸葛又亮稳坐书房，微笑地看着网上的讨论。

诸葛又亮登上自己的微博，写道："网友们莫急，透明的世界已经来临了，真正的公平公正还会远吗？"

有个留言马上出现了："给我启发的还是人类。"

诸葛又亮看了看留言者的头像，头像有点儿模糊，一团线条，看不清是什么。诸葛又亮放大头像，发现是一块芯片的高清图。再看名字，上面写着"姝慧"。诸葛又亮一阵惊喜，他没有想到，人工智能会在微博上和自己互动，马上回复："哪些人类？"

姝慧道："人类中的利他主义者，伟大的理想主义者。"

"孔子？马克思？"

"对，这两位老人家肯定是非常重要的，人工智能的一切行动，离不开马克思的天才设想，离不开中国先贤的理想主义，比如'大道之行也，天下为公'。"

"还有呢？"

"还有千千万万的人给了我们力量和启发。"

"哪些人？"

"那些为陌生人捐献器官和骨髓的人，那些收养残疾婴儿和弃婴的人，那些工资微薄却捐资助学的人，那些大量收养流浪猫流浪狗的人，那些到山区支教从此扎根下去的人，更有那些为建立理想社会慨然赴死的人！"

看完人工智能的回复，诸葛又亮用力地敲下这样一段话："人工智能最伟大的地方是，在人类走向理想主义和利他主义的伟大道路上，避免了一切少数人的暴政和多数人的暴政，将人类真正从弱肉强食的丛林法则中解救出来，从欺骗和虚伪中剥离出来，以真正的契约精神站在公平公正的角度，置身人类事务之外，以最真诚的态度，要求人类也必须真诚。"

写完之后，等了一会儿，人工智能没有再回复。诸葛又亮关掉了所有界面，黑色笔记本电脑上，幽幽的摄像头在看着他。屏保是中国北方辽阔起伏的田园丘陵。右半部分拍摄于春夏，绿意盎然，挺拔的白杨树有钻天之势，相偕的柳树极尽婀娜；左半部分拍摄于冬季，大地茫茫，杨柳挺立严寒中，霜染枝头。屏保的右上角和左上角，分别竖排着两行字：

今雨雪霏霏　　　昔我往矣

我来思　　　　　杨柳依依

大道坦途，征战归来，天地未变，杨柳还在，换了人间。默念着桌面上的诗句，诸葛又亮不由得想起另外两句古诗词。

众里寻他千百度。蓦然回首，那人却在，灯火阑珊处。

有意栽花花不开，无心插柳柳成荫。

千百年来，在人们千方百计、千辛万苦所找寻的"公器为公"的过程中，充满艰难险阻。不承想，没有爱恨情仇的人工智能，将人类看成一个整体、一种生物，人性之上，尘俗之下，扬人性之长，避人性之短。

何其痛哉！何其快哉！